詞学の用語

『詞学名詞釈義』訳注

施蟄存　著
宋詞研究会　訳

汲古書院

引言

唐詩や宋詞を、私は十六七歳の時にはすでに愛好していて、しばしば口ずさみ、時には見よう見まねで数首の絶句や小令を作ったこともあった。[1] しかし数十年来、私はずっとそれらを情を高ぶらせたり、気晴らしをさせてくれる文学鑑賞の読み物と思い、精力を費やして研究する価値のあるものとは考えなかった。したがって、若い頃の私の意識の中では、詩詞は学問の一つではなかったのだ。[2]

一九六〇年代に、突然詞に対する新たな興味がわき起こった。高熱にうかされたように、たくさんの詞集を読んだ。また分類して詞籍の目録を編集し、多くの詞集に校勘を施した。しだいに、詞の世界にも研究に値する多くの問題があると考えるようになり、そこでようやく、学問研究の方法と熱情をもって詞集を読み始めたのである。

私の研究の第一段階は、詞に関連する多くの専門用語の正確な意味をはっきりとさせることであった。私は、いくつかの用語について、宋元以来、たくさんの人が文章中に用いてはいるが、それぞれのその用語に対する理解がみな異なっているように思われる現象があることを発見した。たとえば「換頭」という用語は、ある人は、詞の下段第一句の、句法が上段[3]の第一句と異なっているものを指して用い、またある人は、下段第一句ならば、句法が上段の第一句と同じか同じでないかにかかわらずすべて「換頭」と呼ぶと考えている。またある者は、詞の下段全体がすべて「換頭」であるとし、ある者は上段の末句を「換頭」だとしている。このように、つまるところいったい何が「換頭」であるのか、明確にする必要があるのだ。

私は、いささか力を入れて考証を行い、詞学の用語数十個を整理して、その正確な概念を求めることができた。ここには、かつて『文史知識』と『文芸理論研究』に発表した二十五篇をまとめて、④まず一冊の単行本を出版し、詞を学ぶ人たちの参考に供することとする。

詞は音楽と密接な関係を有する文学形式であり、詞の用語はしばしば音楽と関連がある。逆に言えば、詞を研究し鑑賞する人ならば当然知っていなければならない音楽の用語もいくつかあるのだ。たとえば張炎の『詞源』に論じられている宮調や律呂、謳曲旨要などには、音楽の用語でもあり、また詞学の用語でもあるという語がたくさん存在する。しかしながら、詞楽は失われてすでに久しく、これらの用語の正確な概念を解明するのは容易なことではない。私は古代音楽については全くの素人で、これらの用語に対して探索を進める能力が無く、古代音楽研究者の助けを待つほかない。いま、この小さな書物のなかで解説をしているのは、詞の一般の鑑賞者が知りたがっていると思われるいくつかの常用の用語だけである。いわゆる「詞学用語」の中の、一部分のみにすぎない。

一九八六年二月十日　施蟄存

注

① 若年の頃の詩詞との関わりについては、著者自身の回想文「私の最初の本（原題「我的第一本書」）」「わが創作生活の歴程（原題「我的創作生活之歴程」）」（いずれも青野繁治訳『砂の上の足跡—或る中国モダニズム作家の回想』大阪外国語大学学術研究双書二十二、大阪外国語大学学術出版委員会、一九九九所収）に触れられている。特に詞については、「私の最初の本」に「父の本箱には何冊かの詞に関する本があった。『白香詞譜』とか『草堂詩余』の類であるが、私は全部目を通していたし、塡詞（詞をつくること）も学んでいた」（青野繁治氏訳）と述べている。なお、「小令」は字数の少ない詞を言う。詳しくは、「八、令・引・近・慢」及び「九、大詞・小詞」を参照。

② ただし施蟄存氏は、民国二十四年（一九三五）から二十五年（一九三六）にかけて発行された明・毛晋輯『宋六十名家詞』（中国文学珍本叢書第一輯、上海雑誌公司刊）の校点を行っている。

③ 「上段」「下段」（底本は「上片」「下片」）とは、前後二段からなる双調の詞において、前半部と後半部とを言う。また「前闋」「後闋」、「前遍」「後遍」、「上遍」「下遍」などとも称する。「十、闋」および「十一、変・徧・遍・片・段・畳」参照。

④ 附録の「異同表」を参照。なお『文史知識』連載開始の一九八四年第五期（総第三十五期）には編集者の按語が付されているので、ここに訳出する。

詞学名詞解釈（の一）

〔編集者説明〕本期から、本誌は施蟄存先生の『詞学名詞解釈』を連載する。一般読者諸氏は詞に関する各種用語についてしばしば概念が不明確であるので、施先生のご協力を得て、文章にまとめて、その源を探求していただいた。ここに謹んで謝意を表したい。この一連の文章はおよそ十数篇、長短句・雅詞・近体楽府《がふ》・闋《けつ》・令・引・近・慢・減字偸声《とうせい》・拍・転調・自度曲《じたくきょく》・自製曲・自度腔《じたくこう》などからなり、いずれも簡潔でわかりやすく、たいへんおもしろい。

詞学名詞解釈（之一）

〔編者按〕従本期開始、本刊将連載施蟄存先生的『詞学名詞釈義』。一般読者対于与詞有関的各種名詞常常概念不明確、承蒙施先生的支持、撰写文章、窮源探流、謹此致謝。這一組文章大約有十幾篇、諸如什么叫長短句・雅詞・近体楽府・闋・令・引・近・慢・減字偸声・拍・転調・自度曲・自製曲・自度腔等等、都写得簡練・明白、饒有趣味。

目次

凡　例

一、本書は、施蟄存氏の『詞学名詞釈義』の訳注である。文史知識文庫『詞学名詞釈義』(中華書局、一九八八初版)を底本とした。

二、各篇は翻訳と注釈とから成る。末尾に引用詞人詞学者小伝、引用書目、引用詞籍解題、異同表、参考年表、語彙索引、詞牌索引、書名・篇名索引、人名索引を付した。

三、本書においては、翻訳本文、注釈、附録等すべて、常用字体および現代仮名遣いを用いた。

四、底本が引用している文献のうち、文章は現代語訳を、韻文は訓読を用いて訳出し、原文を添えた。なお底本で本文中に埋め込まれている引用文についても、韻文や長文は改行して読みやすさを優先した。

五、底本に付された施蟄存氏の原注は〔　〕で、訳者による注は（　）で示した。

六、底本では詞牌だけを示している箇所が多いので、必要に応じて訳者が（　）で初句を補った。また人名を字号によって示している場合は各篇の初出箇所に（　）で姓名を記した。

七、出典については、版本が問題になる場合は書誌情報を付し、その他の諸本については末尾に引用書目を付した。

八、本書は、宋詞研究会有志が会誌『風絮』創刊号～第五号に連載したものを基としている。連載中に会員諸氏から頂いたご教示に、厚く御礼申しあげる。また出版に際しては村上哲見先生から全編にわたる御批正のほか、御家蔵の稀覯本の複写をお寄せくださるなど、懇切な御指教を賜った。それでもなお誤りは少なくないものと思う。読者諸氏のご意見をお願いしたい。

なお、原著の版権をもつ中華書局、著作権を相続された施達氏からは本書出版について御快諾を賜った。記して御礼申しあげる。

詞学の用語については、日本では以下の書籍においても説明されている。本書と合わせて参照されたい。

村上哲見『中国古典詩集Ⅱ』「宋詞について」（筑摩書房・世界文学大系、一九六三）
　後に『唐宋詩集』「宋詞について」（筑摩書房・筑摩世界文学大系、一九七五）
中田勇次郎『歴代名詞選』「序説」（集英社・漢詩大系、一九六五）
田森襄『文学概論』「Ⅳ詞・曲　1詞」（大修館書店・中国文化叢書、一九六七）
波多野太郎『宋詞評釈』「概説（二）文学史における宋の詞」（櫻楓社、一九七一）
村上哲見『宋詞』「詞の形式について」（筑摩書房・中国詩文選、一九七三）
　後に『宋詞の世界―中国近世の抒情歌曲』（大修館書店・あじあブックス、二〇〇二）
佐藤保『宋代詞集』「詞について」（学習研究社・中国の古典、一九八六）
中原健二『宋代詩詞』「宋代の詞　総説」（角川書店・鑑賞中国の古典、一九八八）

詞学の用語――『詞学名詞釈義』訳注

一、詞

「詩詞」という二文字が一緒になって、一つの熟語となるとき、現代人の常識では、それは二種類の文学形式を表している。一つは「詩」であり、これは商周時代以来の長い歴史を有する韻文形式である。またもう一つは「詞」[①]であり、こちらは唐五代に起こり、宋代に隆盛した韻文形式である。しかし、宋代より以前の人々の考え方からすれば、詩詞二文字はほとんど連用されることはなかったのである。たまたま連用されることがあっても、ただ「詩の字句」という意味でしかなかった。当時、詞はまだ一つの文学形式の名称とはなっていなかったのである。

「詞」という漢字は古字の簡略体であり、もともとは「辤」という文字である。この漢字は、古代の籀《ちゅう》文《ぶん》[②]では「𤔲」と書き、略して「辤」に作り、現在では「辭」と書くが、漢代の隷書では簡略化して「詞」に作った。だから、「詩詞」とは本来「詩辭」であったのだ。宋代になって、詞が新しい文学形式の名称となったため、「詩詞」は「詩辭」と同じものではなくなったのである。

詩は感情を表現し志《こころざし》を述べる一つの韻文形式であり、『詩経』の三百五篇はみな詩である。詩が楽曲に組み入れられ、音楽を伴い歌うことができるようになると、それは曲辤となり、また歌辤とも言われる。『詩経』中の詩は、実はまたすべて歌うことができるものであって、当時においては、詩はすなわち辞であったのだ。文学的な観点から名付ければ詩であり、音楽的な観点から名付ければ曲辞または歌辞、略して辞となるに過ぎないのである。「楚辞」とは音楽的観点から名付けられたものであり、それは「楚辞」が楚国の人々の間で流行した歌辞であったからだ。だがもし文字の観点から名付けたならば、③「楚辞」はまた「楚詩」とも言えるのである。

漢代に到り、五言詩が発生して以後は、詩はしだいに歌唱することのできない文学形式となっていき、このとき詩と歌辞とは別々のものとなった。これより後、およそ曲に乗せて歌うことのできる詩には、題名の下にしばしば「辞」という文字が付されている。魏晋の時代には、「白紵《はくちょ》辞④」「歩虚辞⑤」「明君辞⑥」などがあった。この「辞」字は、晋宋以後はすべて簡略化されて「詞」という文字となる。唐代に到るまで、すべて「柘枝《しゃし》詞」「涼州詞」「竹枝詞」「横江詞」「三閣詞」といった題名となっているのであるが、これらの「詞」字は、みなただ歌詞という意味か、あるいは普通名詞としてのみ使用されており、固有の文学形式としての「詞」という意を表しているのではない。

晩唐五代の時期に、長短不揃いの句を持つ歌詞が新しく起こり、それらの句法と音節とは従来の詩よりも更に曲に合わせるのに向いており、しだいに詩の形式とかけ離れていった。我々は『花間集』の序文において、当時これらの歌詞を曲子詞《きょくし》と称していたことを知ることができる。⑦どの曲子詞にもみな曲調の名前で標題が付けられており、たとえば「菩薩蛮」は、それが「菩薩蛮」と言う曲の歌詞であることを示している。

晩唐五代から北宋の頃には、この「詞」字はまだ一つの文学形式を表す固有名詞とはなっていなかった。牛嶠《ぎゅうきょう》の「女冠子（緑雲高髻）」詞に「浅笑双靨《えくぼ》を含み、低声もて小詞を唱う（浅笑含双靨、低声唱小詞）⑧」と言い、黄庭堅詞の序に「席に座っている客たちが小詞を作って欲しいと言う（坐客欲得小詞）⑨」と言い、また「周元固が酒をくれたので、そこでこの詞を作る（周元固恵酒、因作此詞）⑩」と言う。さらに蘇東坡（蘇軾）詞の序に「梅花の詞、楊元素の詞に和韻する（梅花詞、和楊元素）⑪」と言い、また「この詞を作ってこのことをからかった（作此詞戯之）⑫」と言っている。これらの「詞」字も、みな歌詞と言う意味であり、一つの文学形式を指しているのではないのだ。南宋の初めに、曾慥《ぞう》は『楽府《がふ》雅詞』と言う書物を編纂した。⑬今日、我々はこの書物を詞の選集と言っているが、しかし当時においては、この書名は「高雅な楽府歌詞」という意を表しているに過ぎなかった。北宋の詞家の詞集名にも、「詞」字はまったく用いられていない。蘇東坡の詞集は『東坡楽府』、秦観の詞集は『淮海居士長短句』、欧陽脩の詞集は『欧陽文忠公近体楽府』、周邦彦の詞集は『清真集⑭』という名であり、『××詞』と名付けられている詞集は一つも無いのである。

南宋の初期に、蘇東坡、秦観や欧陽脩の曲子詞を指す言葉として、「詩余」という語が現れた。⑮「楽府」であれ、「長短句」や「近体楽府」であれ、これらの語はすべて、依然として作者がその作品を、詩の範疇に含まれる文体であると認識していることを反映している。「詩余」という語の出現は、当時すでに曲子詞を詩からはみ出した余分なものと見なしていたことを意味している。つまり言い換えれば、詞はもう、詩の領域から離れ出たのだ。『草堂詩余』という書物の登場が、「詩余」というこの過渡期の言葉をしっかりと定着させた。

ほどなく、長沙の出版業者が六十家の詩余集を編集発行したが、[16]その大多数は『××詞』という詞集名に改められている。[17]たとえば、『東坡楽府』は『東坡詞』になり、『淮海居士長短句』は『淮海詞』という名称に変わり、『清真集』はまず『清真詩余』となり、その後さらに『清真詞』と改められているのだ。[18]

これより以後、新しい文学形式固有の名称として、「詞」という名称が確定し、その結果「詩詞」という熟語ができたのである。

文学史家は、語義を明確にするという観点から、歌詞の「詞」は「辞」と記し、「詞」はもっぱら一つの文学形式を代表する語として用いている。

注

① 「詞」という語の意味とその変遷に関しては、村上哲見『宋詞研究―唐五代北宋篇』の「序説」第一章「『詞』の語義と韻文様式としての『詞』」、附考一「詞の異称について」等も参照。

② 春秋戦国時代に秦において用いられていたとされる字体。唐代初めに発見された「石鼓文」に見える字体が、その代表とされる。「籀書」「大篆」ともいう。

③ 底本原文には「如果従文字的観点定名」とあり、この「文字」は「文学」の誤植であるとも考えられるが、ここでは底本通り「文字」として訳出した。

④ 宋・郭茂倩編『楽府詩集』巻五十五舞曲歌辞四雑舞三および同白紵舞辞に見える。

⑤『楽府詩集』巻七十八雑曲歌辞十八には「歩虚詞」として見える。
⑥『楽府詩集』巻五十四舞曲歌辞三雑舞二に見える。
⑦『花間集』の欧陽炯序文に「そこで近頃の詩人の曲子詞五百首を集め、分類して十巻とした（因集近来詩客曲子詞五百首、分為十巻）」とある。
⑧『花間集』巻四所収。また曾昭岷等編『全唐五代詞』正編巻三、五〇四頁に見える。
⑨黄庭堅「西江月（断送一生惟有）」（『全宋詞』第一冊四〇〇頁）の序の一部。全文は「おいぼれの身である私は既に禁酒していたので、宴会の時にもひとり酔客の傍らで醒めていた。席に座っている客たちが小詞を作って欲しいと言うので、筆をとって彼らのために作る。（老夫既戒酒不飲、遇宴集、独醒其旁。坐客欲得小詞、援筆為賦）」
⑩黄庭堅「菩薩蛮（細腰宮外清明雨）」（『全宋詞』第一冊四〇九頁）の序の一部。全文は「平山堂に滞在する。寒食節に、固陵録事参軍であるいとこの周元固が酒をくれたので、そこでこの詞を作る。（淹泊平山堂。寒食節、固陵録事参軍表弟周元固恵酒、為作此詞）」
⑪蘇軾「南郷子（寒雀満疏籬）」（『全宋詞』第一冊二九〇頁）の序。
⑫蘇軾「減字木蘭花（惟熊佳夢）」（『全宋詞』第一冊三一二頁）の序の一部。全文は「呉興に立ち寄った際、ちょうど李公択に子供が生まれ、三日間客を招いて祝宴を開いていたので、この詞を作ってこのことをからかった。（過呉興、李公択生子、三日会客、作此詞戯之）」
⑬『楽府雅詞』は、編者曾慥の自序に「紹興丙寅」とあるので、南宋・紹興十六年（一一四六）には成立していた。曾慥は、字は端伯。今の福建省晋江の人。

⑭　周邦彦の詞集としての『清真集』という名は、明・毛晋の「跋片玉詞」に「わが家に所蔵するのはすべて三本、一つは清真集という書名、一つは美成長短句という書名であり、いずれも収録数は百首に満たない。最後に入手したのが宋刻の片玉集二巻である（余家蔵凡三本、一名清真集、一名美成長短句、皆不満百闋。最後得宋刻片玉集二巻）」と見える。なお『宋史』巻二〇八「芸文志」に「周邦彦清真居士集十一巻」と見えるが、これは詩文も含んだ別集であろう。なお、周邦彦の詞集については、饒宋頤『詞集考』の六九頁以下、および蔣哲倫・楊万里編『唐宋詞書録』の二八五頁以下を参照。

⑮　施蟄存氏は「歴代詞選叙録（二）」（『詞学』第二輯所収、署名は「舎之」、一九八三）の「（六）草堂詩余」において、「かつて私は、高宗の紹興の頃にはまだ詩余という名称が無かったと思われることから、この書は孝宗の乾道から淳熙年間に出版されたのではないかと考えた（余嘗考高宗紹興時尚無詩余之名、故疑此書当出于孝宗乾道淳熙之時）」と述べている。また、本書の「七、詩余」では、王楙『野客叢書』と毛平仲『樵隠詞』に「詩余」という語が見えることから、「この二つが、宋人が『詩余』の語を用いた最も早い例である（以上二事、是宋人用「詩余」這個名詞的年代最早者）」と論じている。

⑯　宋・陳振孫『直斎書録解題』巻二十一の郭応祥「笑笑詞集一巻」の項に「南唐二主詞より以下はすべて長沙の書店が刻したもので、百家詞と名付けている。その最初の方の数十家は名家の作品であるが、後の方は才能のない詞人の作品が多い。商人が利益を得るために、いたずらに分量を増やそうとして、詞人の良否を選ぶいとまがなかったのであろう（自南唐二主詞而下、皆長沙書坊所刻、号百家詞。其前数十家皆名公之作、其末亦多有濫吹者。市人射利、欲富其部帙、不暇択也）」と見える。ただしこの記述は『百家詞』で、施蟄存氏の言う「六十家」とは合わない。南宋・

張炎『詞源』の「序」には「昔、刊本で『六十家詞』という書物があったが、歌誦できるものはあまり多くなかった（旧有刊本六十家詞、可歌可誦者、指不多屈）」（『詞話叢編』第一冊八三・八四頁）とあり、『六十家詞』なる書物が存在していたことも知られる。ここで言う「六十家」は、『詞源』の記述に拠ったのかもしれない。

⑰　参考までに、『直斎書録解題』巻二十一の記述で、「自南唐二主詞而下」を検してみる（「南唐二主詞」から「笑笑詞集」まで九十二家の詞集が著録されている）と、九十二家中、五十八家の詞集が『××詞』という書名であった。『××詞』ではないものは、「陽春録一巻」「家宴集五巻」「珠玉集一巻」など、九十二家中、三十四家。

⑱　本書「七、詩余」に「『詩余』が新しい名前として流行すると、書坊の商人が文集中に付されている詩余の巻だけ取り出して、単独で刊行するようになった。標題は、『履斎詩余』『竹斎詩余』『冷然斎詩余』となり、北宋の周邦彦の長短句を『清真詩余』とするケースまで現れたのである（「詩余」成為一個流行的新名詞以後、書坊商人把文集中的詩余附巻裁篇別出、単独刊行、就題作『履斎詩余』、『竹斎詩余』、『冷然斎詩余』、甚至把北宋人周邦彦的長短句也題名為『清真詩余』了）」と述べる。なお、『直斎書録解題』巻二十一の『百家詞』では、蘇軾、秦観、周邦彦の詞集をそれぞれ「東坡詞二巻」「淮海集一巻（ただし『直斎書録解題』の盧文弨校本は「淮海詞集」に作り、その校注に「集疑衍」と言う）」「清真詞二巻、後集一巻」に作っている。

二、雅詞

もともと詞は民間で流行した通俗歌詞であり、すべて大衆の口語が使われていた。『雲謡集』は唐代に三隴《さんろう》地域に流行した、現在の私たちが見ることのできる民間曲子詞集で、①この書によって保存された三十首の曲子詞は、民間詞の思想や感情そして言語の典型を知ることができる。②このような歌詞が、次第に士大夫たちの交際の宴会で歌われるようになると、文人の中に即興で歌のメロディに合う別の詞を作り妓女に歌わせる者もあらわれ、士大夫たちの宴会にふさわしい歌詞となった。③こうした歌詞に使われている語彙は、大衆の歌に比べれば洗練されて上品なものであったが、士大夫の創作活動の中ではやはりまだ口語に近いものだった。④このような士大夫の手になる初期の曲子詞を代表するものが、『花間集』に収録されている五百首の詞なのである。⑤『雲謡集』は大衆の俗文学であり、『花間集』は知識人の俗文学と言えよう。

北宋も中期になると、黄庭堅が晏幾道⑥『小山詞』の序文に「楽府の余をもてあそび、詩人の句法を用いた。清壮にして変化に富み、心を揺さぶるものだ（嬉弄於楽府之余、而寓以詩人之句法。清壮頓挫、能動揺人心）」と言い、また「かれの楽府は、歓楽街の大雅であり、豪傑の鼓吹でもある（其楽府可謂狎邪之大雅、豪士之鼓吹）」⑦と言う。晁无咎《ちょうむきゅう》（晁補之）も晏叔原（晏幾道）の詞を「風格は閑雅（風調閑雅）」⑧と称賛している。ここに新たな展開があった。詞の風格に「雅」が課せられたことが読み取れる。では、どのように作れば「雅」と認められるのだろうか。黄庭堅の挙げる条件は「寓以詩人之句法」であった。曾慥は『楽府雅詞』を編纂し、その自序に、詞の選択基準について「少しでも諧謔《かいぎゃく》があれば不採用とした（渉諧謔則去之）」[9]と言う。つまり、曾慥にとっては「諧謔」の詞は雅詞ではなかった。郭応祥『笑笑詞』に詹傅《せんふ》が付した序文に「康伯可の欠点は諧謔で、辛稼軒の欠点は粗豪だ（康伯可之失在詼諧、辛嫁軒之失在粗豪）」とあり、郭応祥の詞だけが「典雅にして純正、清新にして俊逸、先人の功績を集めて受け継ぎつつも、独自の作風を成している（典雅純正、清新俊逸、集前輩之大成、而自成一家之機軸）」とある。[10] 諧謔や粗豪の風格であれば雅ではない、と言うのである。黄昇は『花庵詞選』の中で、柳永の詞を「繊細で麗しい詞に長じてはいるが、かなり卑俗なので、巷《ちまた》の者に好まれる（長於繊麗之詞、然多近俚俗、故市井小人悦之）」と評している。[11] また、万俟雅言《ぼくきがげん》（万俟詠）の詞については「平易であり巧妙、穏和で古雅だ。これを、表現に技巧をこらして精巧で麗しい詞を追及したものに比べると、はるかに高尚だ（平而工、和而雅、比諸刻琢句意而求精麗者、遠矣）」と評している。[12] さらに、張孝祥の詞を「どの一字も出典がある。また、歌頭や凱歌の諸曲は、縦横に雄弁であり、詩人の句法を用いている（無一字無来処、如歌頭・凱歌諸曲、駿発踔厲、寓以詩人句法者也）」と称賛している。[13] 卑俗な市井の語、趣向を凝らした細工できらびやかな句、詞語の由緒正しくないもの、これら全て雅ではないとする。要するに「詩人の句法」で詞を作るのが雅の条件だと言うのである。これらの言論から、北宋後期に、詞の風格に雅を要求する声が出始めたのだとわかる。

『宋史』「楽志」に、「政和三年、大晟府《たいせいふ》の楽曲を教坊にも下され、天下に公布し、従来の楽曲は全て禁止した（政和三年、以大晟府楽播之教坊、頒於天下、其旧楽悉禁[14]）」と言う。この時、詞が俗曲から正式に宮廷の宴楽に昇格したのであり、雅詞という名称が成立したのもまさしくこのころであろう。王灼《おうしゃく》『碧鶏漫志』に次のようにある。「万俟詠は初め自分の作品集を、二つの詩体に分け、雅詞と艶詞と名付けて、集を『勝萱麗藻《しょうけんれいそう》』と呼んだ。後に（徽宗御前での）召試を経て官職（大晟府制撰）に就くと、側艶のスタイルは甚だ悪行《あくぎょう》であると考えてこれを削った。こうして再編した詞集が、周美成によって『大声』と名付けられた（万俟詠初自編其集、分為両体、曰雅詞、曰側艶、総之曰勝萱麗藻。後召試入官、以側艶体無頼太甚、削去之。再編成集、周美成目之曰大声[15]）」。この記録から、「雅詞」という名称が出現したのがこの時だと証明でき、「雅詞」の対義語が「側艶詞」もしくは「艶詞」だともわかる。曾慥『楽府雅詞』自序には紹興十六年の日付がある[16]。これに次ぎ、鮦陽《ちゅうよう》居士の署名のある『復雅歌詞』も、詞の風格を「雅正に復《かえ》る」という気概を込めた書名である。その後、多くの詞人は詞集に雅詞を自負する名をつけるようになった。張孝祥の『紫薇《しび》雅詞』、趙彦端《ちょうげんたん》の『介庵雅詞』、程正伯（程垓《ていがい》）の『書舟雅詞』、宋謙父（宋自遜《そうじそん》）の『壺山雅詞』などがその例であり、これらはほぼ同時期に成立し、一つの風潮にまでなっている[17]。以降、詞は民間俗曲から一層遠ざかり、日々に詩に近づき、詩の別体のようになった。「詩余」という名称は[18]、ここから生まれたと考えられる。

　雅が詞の最高理念となったことで、周邦彦が雅詞の典範とすべき作家となった。『楽府指迷』、『詞源』、『詞旨』これら諸書はそろって「清空雅正」を必須の風格だとしている[19]。夢窓（呉文英）、草窓（周密）、梅渓（史達祖)、碧山(王沂孫《おうきそん》)、玉田(張炎)等の諸詞家はみな卑俗さを忌避し、是が非でも典雅であろうとした。こうして志向する趣きは高くなったのだが、しかし才能がついて行かず、あれこれ言葉は多いのに内容が乏しいものや、言葉が難しくて意味がわかりにくいもの等々、大衆が理解できないどころか、理解できる士大夫を探すのも困難であった。こうして、詞は歌える曲子詞としての機能を失い、士大夫による文字の文学形式の一つになってしまった。一方民間では、詞はひたすら卑俗への道を進み続け、徐々に曲に移り変わっていった。

この時期、大いに注目すべきは陸輔之(陸行直)『詞旨』中の一文である。「詞もまたいわく言い難いものだ。雅に近づけようとしても俗から離れないことだ。(夫詞亦難言矣、正取其近雅、而又不遠俗)[20]」この観点は張炎や沈伯時(沈義父)と大きく異なる。張と沈が詞の風格を雅であるべきで俗であってはならないとするのに対し、陸は逆に雅に近くしかも俗を離れないと主張する。「雅に近し」とは、詞はやはり詩とは作りが違うのだということで、「俗に遠からず」とは、詞はやはり民間文学だということだ。私の考えでは、陸輔之こそ詞の本質を理解していたのだが、その後の詞の歴史はいかんともしがたく、詞家は例外なく俗気を帯びるのを恐れ、ひたすら高雅を追求し、詞は詞たるべき活力を失ってしまった。唐五代詞の風格は、二度と見られなくなった。

① 『雲謡集』に収録されている詞の制作時期を特定する試みには、盛唐説、唐末、晩唐五代説、北宋説がある。それら諸説の根拠を一つ一つ検討した論として、村上哲見『宋詞研究―唐五代北宋篇』附考二「『雲謡集』小考」があり、「王重民、劉大杰両氏のように、詞そのものも、鈔写の時期に準じて唐末五代のころのものと考えるのが穏当であると思う」（一六八頁）とする。

② 中田勇次郎「雲謡集雑曲子」の「一 敦煌写本雲謡集雑曲子」に引用の、『敦煌掇瑣』を編輯した劉復の跋語に次のようにある。「よくよく研究してみると古写本の尚書は、どんなに多くてもただ我々に経書の解釈の上においてわずかな小さい発明を助けることができるだけであるが、これにひきかえ、幾首かの小唱は、我々に一時代の社会上、民俗上、文学上、語言上に、少なからぬ新しい見解を得させることができるものである。」（『読詞叢考』一五一～一六四頁）

③ 訳文中の「士大夫」及び「文人」は底本原文のまま。一般に、「文人士大夫」を「官僚文人」とも言う。士大夫及び官僚は社会的身分の用語であり、文人は能力・資質に重点を置く用語である。『花間集』の詞の大半は五代蜀の宮廷に仕えた官僚が作者であり、彼らは歌う芸能としての詞を作る能力を備えていた。士大夫の社会的位置づけや資質に関しては、礪波護「貴族の時代から士大夫の時代へ」（『唐の行政機構と官僚』、中公文庫、一九九八）、村上哲見「文人・士大夫・読書人」（『中国文人論』汲古書院、一九九四）、『宋詞研究―唐五代北宋篇』「序説」第二章「詩と詞」及び第三章「五代詞論」参照。

詞人の創作活動と歌妓に関しては、李剣亮『唐宋詞唐宋歌妓制度』及び王兆鵬「宋詞的口頭伝播方式初探―以歌妓唱詞為中心」（『文学遺産』二〇〇四年第六期）に詳しい。後者は、『風絮』第二号に、「宋詞の口頭による伝播について―歌妓の歌唱を中心として―」と題して翻訳が掲載されている。

④ 底本原文は「接近口語的」。例えば中田勇次郎『読詞叢考』第Ⅳ部「一 花間集の詞人」の「いずれも宮廷の游宴において、歌妓の紅唇にのぼった小令のたぐいである」として挙げる十首は、女性が閨怨の情を吐露する内容となっており、中でも「訴衷情（永夜抛人何処去）」の「換我心、為你心」や「荷葉杯」の「知摩知」「帰摩帰」「来摩来」等の表現は口語的である。

⑤ 『花間集』については附録の「引用詞籍解題」を参照。

⑥ 底本原文は「黄庭堅為晏殊的小山詞作序」だが、『小山詞』は晏幾道の詞集であるから、晏殊を晏幾道と改めた。

⑦ 黄庭堅「小山詞序」は黄庭堅の全集のほか、『小山詞』の諸版本に見える。

⑧ 趙令畤『侯鯖録』巻七に「晁无咎が言った、晏叔原は人の使った語を使わず、風格は閑雅で、作風は一家をなした。『舞は低し楊柳楼心の月、歌は尽く桃花扇底の風』などは、おのずと田舎者ではないとわかる（晁无咎言、晏叔原不蹈襲人語、而風調閑雅、自是一家。如舞低楊柳楼心月、歌尽桃花扇底風、自可知此人不生在三家村中也）」と見える。

⑨ 曾慥「楽府雅詞自序」に、「私が所蔵する名士の長短句から蒐集して本にまとめたが、配列の順序は序列とは関わらない。おおよそ一家を成すほどの名士であり、優劣つけがたい。少しでも諧謔があれば不採用とし、書名を楽府雅詞とした（余所蔵名公長短句、裒合成篇、或後或先、非有詮次。多是一家、難分優劣、渉諧謔則去之、名曰楽府雅詞）」とある。

⑩ 底本原文は郭祥正に作るが、郭祥正は北宋の人で、『笑笑詞』は南宋中期の郭応祥の詞集であるから、郭応祥と改めた。詹傅「笑笑詞序」（『彊村叢書』第五冊）は次の通り。「近ごろの詞人、例えば康伯可は取るに足らないのではないが、その欠点は諧謔で、辛稼軒については好まないわけではないが、その欠点は粗豪である。ただ先生の詞だけが、典雅

にして純正、清新にして俊逸、先人の功績を集めて受け継ぎつつも、独自の作風を成している。（近世詞人、如康伯可、非不足取、然其失也詼諧、如辛稼軒、非不可喜、然其失也粗豪。惟先生之詞、典雅純正、清新俊逸、集前輩之大全而自成一家之機軸）」伯可は康与之の字、稼軒は辛棄疾の号。

⑪ 黄昇『唐宋諸賢絶妙詞選』巻五「柳耆卿」の項に次のようにある。「名は永。繊細で麗しい詞に長じてはいるが、かなり卑俗なので、巷の者に好まれる。ここには最も優れたものをとった。（名永、長於繊艶之詞、然多近俚俗、故市井之人悦之、今取其尤佳者）」

⑫ 同書巻七に、黄昇は万俟詠「長相思（短長駅）」詞を評して次のように言う。「雅言の詞は、詞の最も崇高なものである。奥深い趣旨を音律に乗せて現し、巧妙な構想は斧や鑿《のみ》のような小手先の細工をはるかに超えたもので、平易であり巧妙、穏和で古雅だ。これを表現に技巧をこらして精巧で麗しい詞を追及したものに比べると、はるかに高尚だ。（雅言之詞、詞之聖者也、発妙旨於律呂之中、運巧思於斧鑿之外、平而工、和而雅、比諸刻琢句意而求精麗者遠矣）」

⑬ 黄昇『中興以来絶妙詞選』巻二「張安国」に次のようにある。「作品集として紫薇雅詞があり、湯衡が序文を書き、次のように称賛している。ずっと詞を作っていたが、それをまとめて本にすることはなかった。筆がのってくると直ちに詞を作り、どの一字も出典がある。また、歌頭や凱歌の諸曲は、縦横に雄弁であり、詩人の句法を用いている。（有紫薇雅詞、湯衡為序、称其平昔為詞未嘗著稿、筆酣興健、頃刻即成、無一字無来処、如歌頭、凱歌諸曲、駿発踔厲、寓以詩人句法者也）」「駿発踔厲」は「踔厲駿発」に同じく、駆け出す駿馬の力強い勢いを、詩文の風格を表現するために用いられる。なお「無一字無来処」について、底本は黄昇の語として引用するが、厳密には『紫薇雅詞』を編纂した湯衡の同書に付した序文を黄昇が引用したものである。『紫薇雅詞』は佚書で張孝祥の詞集としては、『景刊宋金

元明本詞』に景宋本『于湖先生長短句』が収められており、これの巻首に湯衡「張紫薇雅詞序」が見える。

⑭「播」を底本原文では「挿」に作るが、『宋史』巻一二九「楽志」の記事及び『文史知識』一九八四年第六期掲載の本篇により改めた。『宋史』の徽宗政和三年の記述は次の通り。「五月、天子は崇政殿におはこびになり、自ら楽器を演奏なさり、侍従以上の臣下をお側近くに立たせ、大晟府の楽曲が郊廟に奉納されているが、まだ宮中晩餐会で演奏されていない、とのお言葉が下された。役目の者に御下命あってから、大晟府の楽曲を政和三年教坊にも下され、御殿の前で演奏させてみると全ての音階が整って乱れはなかった。天子はお褒めになり、天下の人々と共有するために、献上された楽曲を天下に公布し、従来の楽曲は禁止した。(五月、帝御崇政殿、親按宴楽、召侍従以上侍立。詔曰、大晟之楽已薦之郊廟、而未施於宴饗。比詔有司、以大晟楽播之教坊、試於殿庭、五声既具、無惉焦急之声、嘉与天下共之、可以所進楽頒之天下、其旧楽悉禁)」大晟府は、徽宗が設立した音楽所。教坊は、禁中に置かれた役所で、朝廷の雅楽や宮中の宴会に供する俗楽を担う妓女や俳優に、技芸の講習を受けさせる養成所であった。

⑮王灼『碧鶏漫志』巻二「各家詞短長」(『詞話叢編』第一冊八二頁)に見える。底本原文の引用の最後の一文は、「詞集を編成し直して五つのスタイルに分け、応制、風月脂粉、雪月風花、脂粉才情、雑類とした。周美成は彼の詞集に、大声と名付けている(再編成集、分五体、曰應制、曰風月脂粉、曰雪月風花、曰脂粉才情、曰雑類、周美成目之曰大声)」を節略して引用している。日本語訳は中純子・斎藤茂両氏の科学研究費研究成果報告書「宋代文献資料による唐代音楽の研究(課題番号一四五一〇四九八)」を参照した。

⑯注⑨に挙げた曾慥「楽府雅詞自序」の末尾に「紹興丙寅の年、上元の日、温陵の曾慥記す(紹興丙寅上元日、温陵曾慥引)」とある。紹興丙寅は南宋・高宗の紹興十六年(一一四六)。上元は正月十五日。

⑰　鮦陽居士『復雅歌詞』及び趙彦端『介庵雅詞』（『宝文雅詞』）は刊年未詳。張孝祥『紫薇雅詞』の刊年は、注⑬に挙げた湯衡「張紫薇雅詞序」の末尾に「乾道辛卯の年、六月十五日、陳郡の湯衡撰す（乾道辛卯六月望日、陳郡湯衡撰）」とある。乾道辛卯は、南宋・孝宗の乾道七年（一一七一）。『書舟雅詞』については、王称「書舟詞序」の末尾に「紹熙甲寅の年、端午の前日、王称季平が序を著す（紹熙甲寅端午前一日、王称季平序）」とある（金啓華、王恒展、張宇声、王増学編『唐宋詩集序跋匯編』一九一頁）。紹熙甲寅は南宋・光宗の紹熙五年（一一九四）。『壺山雅詞』については、戴復古「望江南」（『全宋詞』第四冊二三〇八頁）の序に「壺山・宋謙父が新刊の雅詞をよこしてくれた（壺山宋謙父寄新刊雅詞）」と見え、趙万里『校輯宋金元人詞』はこの戴復古序文を引き、「その生前に刊行していたのだ。かつ雅詞と称するのは、張安国の紫薇雅詞、程垓の書舟雅詞、趙彦端の宝文雅詞と同じ。当時の気風がそうさせたのであろう（是其生前已刊版。且号称雅詞、与張安国之紫薇雅詞、程垓之書舟雅詞、趙彦端之宝文雅詞相同。蓋当時風気使然也）」という。

⑱　「詩余」という名称については、「七、詩余」参照。

⑲　宋・沈義父『楽府指迷』に「清空」二字は見えない。「雅正」については、第七則「孫詞得失」に「孫花翁は好い詞を作っており、詞の構想を組み立てるのが上手だ。しかし、雅正の中にふと巷の者が使いそうな句が紛れ込んでいる。残念なことだ（孫花翁有好詞、亦善運意。但雅正中忽有一両句市井句、可惜）」（『詞話叢編』第一冊二七八頁）とある。『詞源』巻下「清空」に、「詞は清空であるべきで、質実であってはならない。清空であると古風で趣があり高く優れる。質実であると流れが滞りぎくしゃくしてわかりにくい（詞要清空、不要質実、清空則古雅峭抜、質実則凝渋晦昧）」（『詞話叢編』第一冊二五九頁）とあり、「雑論」に「詞は典雅純正でありたいものだが、心中の思いがひとたび感情に振り

回されるや、たちまち典雅な調べを失ってしまう（詞欲雅而正、志之所之、一為情所役、則失其雅正之音）」（二六六頁）とある。

陸行直（輔之）『詞旨』上「詞説七則」に「清空の二字は、一生これを使っても尽きることはない。『指迷』（ここは『詞源』下を指す）の妙所はこの語に尽きる（清空二字、亦一生受用不尽、指迷之妙、尽在是矣）」（『詞話叢編』第一冊三〇三頁）とある。

⑳『詞旨』の冒頭に「詞もまたいわく言い難いものだ。雅に近づけようとしても、俗から離れないことだ（夫詞亦難言矣、正取其近雅、而又不遠俗）」とある。『詞旨』の該当一文の、胡元儀の注に「詞の格が詩よりも卑しいのは俗から離れないからだ。そうではあるが、雅正を理想として追求すれば、詩の支流になる。雅正でなければ詞として認められないのだ（詞格卑於詩、以其不遠俗也。然雅正為尚、仍詩之支流。不雅正不足言詞矣）」（『詞話叢編』第一冊三〇一頁）とあり、陸輔之の「近雅」「不遠俗」を主張する背景と理由を説明している。

三、長短句

辞典の中には、「長短句」を「詞の別名」と説明するものや、「句が長短不ぞろいの詩体（句子長短不斉的詩体）」と注するものがある。①この解釈はいずれも正確さに欠ける。宋代よりあとでは長短句は詞の別名といってもよいが、北宋時代においては詞の本来の名称だったたし、唐代にあっても、長短句はやはりある詩体の名称だった。「長短句」と言った場合、その「長短」の二字それぞれに意味があるのであり、あいまいに「長短不ぞろい」と説明したのではいけない。

杜甫の詩に、

近来海内為長句　近来 海内 長句を為《つく》るに
汝与山東李白好　汝と山東の李白と好《よ》し

とあり、計東の注に、「長句とは七言歌行体のことである（長句謂七言歌行）」という。②しかし杜牧に「東兵長句十韻」③の詩題があり、これは七言二十句の排律である。また「長句四韻」④と題するものは、七言八句の律詩である。ほかにも「長句」⑤とだけ題するものがあるが、これらも七言の律詩である。白居易の「琵琶行」は七言歌行で、序の中で自らこれを「長句の歌」⑥と呼んでいる。つまり「長句」とは七言の詩句であり、歌行体にも律体にも同様に使われていたことが分かる。しかし、杜牧には「柳長句」と「柳絶句」と題する二つの詩があって、⑦彼が言うところの「長句」は七律である。彼の場合は「長句」を「絶句」と対にして挙げており、「長句」は七言律詩だけを指すようなのだ。

漢魏以来の古詩では一句は五言を主としたが、唐代になって七言詩が盛行し、句が古詩に較べて長いため、唐の人は七言句を長句と呼んだ。七言句が長句となれば、五言句は自ずと短句と呼ばれることになる。しかし唐の人は七言を長句とはよく呼ぶのだが、短句という名称は滅多に用いない。これは「出師《すいし》の表」や「赤壁の賦」などが後篇にだけ「後」の字を加え、前篇には「前」の字を加えないようなものだ。元の王珪に「楊无咎《ようむきゅう》の墨梅の巻子に題す（題楊无咎墨梅巻子）」と題する五言古詩があり、その跋語に、「陳明之がこの巻物を持って来て、識語を求めたので、私はこの絵の雅情をひそかにおしはかり、短句の詩を作った（陳明之携此巻来、将有所需、予測其雅情于隠、遂為賦短句云）⑧」という。これによって元人は短句とは五言の詩句であることをまだ知っていたことがわかる。

中晩唐期、楽曲がますます華美で変化に富んだもの⑨になったため、その楽曲に合わせる歌詩に五言七言の句法が混合した詩体を生み出した。この新興の詩体は、当時「長短句」と呼ばれた。韓偓《かんあく》がみずから分類編集した詩集『香奩《こうれん》集』には「長短句」の一類がある。⑩この巻に収録するのはすべて三言五言七言の歌詞であり、近体の歌行と同じでないのはもちろん、『花間集』の曲子詞とも違っている。これは晩唐五代に新たに流行した詩体であり、七言歌行から分かれ出て、だんだんと令や慢といった詞体の曲子詞へと移行することになる。三言の句は、しばしば二句を連用することによって七言一句と等しくし、あるいは一句を襯字《しんじ》として歌詩の正文には含めないこととする。だから「長短句」詩というのは、五言七言の句を主とするのである。胡震亨《こしんこう》の『唐音癸籤《きせん》』には、「宋元になって唐人の総集を編集して、始めて古体律体をさらに五言七言等で分け、そこで（以下の諸体を）秩序よく分け、ことごとく論じることができた。四言古詩、五言古詩、七言古詩、長短句である（宋元編録唐人総集、始于古律二体中備析五七等言為次、于是流委秩然、可得具論。一曰四言古詩、一曰五言古詩、一曰七言古詩、一曰長短句⑪）」という。ここで胡氏は、彼が見た宋元時代の古い唐人の詩集には「長短句」の一類が常にあったことを我々に教えている。私は明の嘉靖刊本の『先天集』にも「長短句」の類目がある⑫のを見たことがあり、どうやらこの名称は明代に到っても本来の意味を失わず、依然として詩体の名称として用いる人がいたことが分かる。

胡元任《こげんじん》（胡仔《こし》）の『苕渓漁隠叢話《ちょうけいぎょいんそうわ》』には、「唐の初めの歌詞は、ほとんど五言詩か七言詩であり、長短句はまったく無かった。中葉以後、五代にかけて、徐々に長短句に変化した。わが宋朝になると、すべてこのスタイルである（唐初歌辞、多是五言詩、或七言詩、初無長短句。自中葉後、至五代、漸変成長短句。及本朝、則尽為此体⑬）」という。この一段で、作者は宋詞が唐の長短句を起源とすることを説明しようとしているわけだが、ここで二度使用されている「長短句」について、我々はその意味を当然区別するべきで、一緒にするのはよくない。なぜならば、唐代の長短句のほうは詩であるのに対し、「わが宋朝ではすべてこのスタイル」の長短句は、すでに五代のころの「曲子詞」あるいは南宋の「詞」を意味しているからである。

晏幾道の『小山楽府』自序には、「試しに南部の才能優れた諸君に続き、五七字の語を作り、自分で楽しもうと思う（試続南部諸賢緒余、作五七字語、期以自娯⑭）」といい、また張鎡《ちょうじ》は史達祖の『梅渓詞』に序文を書いて、「ましてやその才力を五七言に思う存分ふるい、温庭筠《おんていいん》・韋荘の通った道に馬を駆り立て、李白・杜甫の域にまで進ませ、詩経の風雅の高みに達し、ひとえに正しきに戻り、そこで止まることのないようにと思うのであればなおさらだ（況欲大肆其力于五七言、回鞭温韋之途、掉鞅李杜之域、躋攀風雅、一帰于正、不于是而止[15]）」といった。この二篇の序文ではどちらも「五七言」を詞の代名詞としている。晏幾道は北宋初期の人で、張鎡は南宋末の人[16]であるので、宋一代の詞人はみな「長短句」の意味は五七言だと知っていたことが分かる。

ただし、北宋中期になっても、「長短句」は依然として詩の一スタイルの名称なのであって、詩とは別の文学形式の名称になってはいなかった。蘇軾が蔡景繁にあてた手紙に、「お示し下された新詞はさながらに古人の長短句の詩。それを手に入れることができて驚喜した（頒示新詞、此古人長短句詩也。得之驚喜[17]）」と言う。陳簡斎（陳与義）の詞題には「長短句を作ってこのことを詠じた（作長短句詠之[18]）」、「長短句を作った（賦長短句[19]）」あるいは「長短句でこのことを書き記す（以長短句記之[20]）」と言う。黄庭堅の詞の小序に「長短句[21]」を用いるものは二例あり、「念奴嬌《ねんどきょう》」詞の小序には「楽府長短句[22]」と称している。以上に例証した「長短句」では、意味するところはなお五言七言の句法に限られ、文学ジャンルの一種ではない。特に注意すべきは、黄庭堅が「玉楼春」詞の小序を書いて、「席上楽府長句を作って酒を勧めた（席上作楽府長句勧酒[23]）」といっていることである。「玉楼春」は全篇すべて七言句であって、五言句をまじえないから、彼は「楽府長句」と言い「長短句」と言わないのだ。もし当時すでに「長短句」が曲子詞を指す固有の用語だと認められていれば、ここでは「短」の字を省略することはできないことになる。

唐五代から北宋まで、「詞」はまだ文学ジャンルの名称ではなく、ふつうに詩文の語彙を意味するにすぎなかった。「曲子詞」の「詞」の字であろうと、東坡（蘇軾）の文中の「お示し下された新詞」の「詞」の字であろうと、あるいは北宋の人の詞序に「この詞を作った（作此詞[24]）」「墨竹の詞を作った（賦墨竹詞[25]）」というときの「詞」の字であろうと、すべて「歌詞」の意味に過ぎず、南宋の人が言う「詩詞」の「詞」ではない。

詞は北宋初期においては、普通すべて「楽府」と呼んだのであり、たとえば晏幾道の詞集は『小山楽府』と称する。ただ楽府も古い名称であって、漢魏以来どの時代にも楽府はあり、新興の文学ジャンルの名称とすることはやはりできず、そこで欧陽脩は自分でその詞集に『近体楽府』と題した。しかしこの名称は人々に受け入れられなかったようだ。なぜなら「近」の字が示す時代性は不安定なものだからである。引き続いて唐代の「長短句」を継承し従来のまま用いる人もいた。蘇東坡詞集の最古の版本は題を『東坡長短句』としたし〔『西塘耆旧《ききゅう》続聞』に見える[26]〕、秦観の詞集は『淮海居士長短句』と名づけられ、我々は現在もなお宋の版本を見ることができる。[27] 紹興十八年、晁謙之は『花間集』の跋文に、「いずれも唐末の才子の長短句である（皆唐末才子長短句[28]）」と記し、この書物の欧陽炯《おうようけい》の原序では「近頃の詩人の曲子詞（近来詩客曲子詞[29]）」という。ふたりはともに当時の名称を用いたのであり、五代には曲子詞といわれていたのが、北宋の中期以降は長短句と呼ばれるようになったのである。王明清の『投轄録《とうかつろく》』に、「拱州《きょうしゅう》の賈氏の子であり、正議大夫昌衡の孫でもあって、学問して詩と長短句とを作ることができる（拱州賈氏子、正議大夫昌衡之孫、読書能作詩与長短句[30]）」という一条がある。これも南宋初期の文章であるので、このときの「長短句」はすでに文学ジャンルの名称となっており、東坡がかつて言った「長短句詩」あるいは「楽府長短句」とは異なっていることが分かる。さらに何年か後になれば、「詞」の字はすでにこの種の文学ジャンルの名称として定着し、そこであらゆる詞集はすべて「某某詞」[31]と題され、王明清の筆になる「詩と長短句とを作る」という句のような表現は、もはや現れることはなく、「詩詞を作ることができる（能作詩詞）」[32]といった語句が現れることとなったのである。

注

① 本訳注の底本『詞学名詞釈義』は、「引言」に述べるとおり、雑誌『文史知識』と『文芸理論研究』に掲載されたものをもとにしている。本篇「長短句」は、『文史知識』一九八四年五月号に「詞学名詞解釈」として連載が開始されたその第一回である。一九八四年当時に定評ある辞書の「長短句」を閲すると、『辞海 文学分冊』（上海辞書出版社、一九八一年第二版）には「韻文中の句法が長短不ぞろいの作品を指す。一般には詞の別名として用いる（指韻文中句法長短不斉的作品。一般用為詞的別名）」、『辞源』（商務印書館、一九八三修訂本）には「詞曲の異名。魏晋唐の郊廟歌は、四字を一句とすることが多く、唐人の詞曲は楊柳枝曲の類のように、五字七字を一句とすることが多い。宋人は字数の多いのも少ないのも混ぜ合わせ、長いのも短いのも合わせ用いたので、長短句の名称がある（詞曲之異名。魏晋唐郊廟歌、多四字為句、唐人詞曲多五七言為句、如楊柳枝曲之類。宋人則煩促相宜、長短互用、因有長短句之名）」と解説し、『現代漢語詞典』（商務印書館、一九七九）には「詞の別称（詞的別称）」とのみある。

② 「蘇端 薛復の筵に薛華に簡するの酔歌（蘇端薛復筵簡薛華酔歌）」（『杜詩詳注』巻四）の注に、「計東が言った。長句は七言のことである。歌行体は太白が最も得意とし、太白の長句は鮑照に淵源を持つので、何・劉・沈・謝は五言がうまいだけで、七言では力はあってもまだ巧みとは言えず、必ずや鮑照の七言楽府の行路難の類のようであって、はじめて絶妙といえるのである。杜甫が以前に『俊逸なるは鮑参軍』と太白の詩を称えたのは、まさに長句を誉めたのである（計東曰、長句謂七言。歌行太白所最擅長者、太白長句其源出於鮑照、故言何劉沈謝但能五言、於七言則力有未工、必若鮑照七言楽府如行路難之類、方為絶妙耳。公嘗以俊逸鮑参軍称太白詩、正称其長句也）」とある。

③ 『全唐詩』巻五二一所収。

④ 題に「長句四韻」とある杜牧の詩は、「李処士に贈る長句四韻（贈李処士長句四韻）」（『全唐詩』巻五二一）「張祜処士に寄せらるるに酬ゆ長句四韻（酬張祜処士見寄長句四韻）」（『全唐詩』巻五二三）など全部で七例を検索できる。

⑤ 「長句四韻」以外に「長句」と題する杜牧の詩は、「長安雑題長句六首」「街西長句」（ともに『全唐詩』巻五二一）など七例ある。

⑥ 白居易「琵琶引 并序」（『全唐詩』巻四三五）の序の末に、「そこで長句の歌を作って贈った。全部で六百十二字、琵琶行と名付けた（因為長句歌以贈之。凡六百一十二言、命曰琵琶行）」とある。

⑦ 『全唐詩』巻五二二に七言絶句の「柳絶句」と七言律詩の「柳長句」を収める。

⑧ 明・郁逢慶『書画題跋記』巻四「宋楊補之墨梅」には呂粛、曾棨の七言絶句とともに王珪の五言十六句の古詩を収録する。その跋語は「私はこの絵の雅情をひそかにおしはかり、短句の詩を作った（余測其雅意於隠、遂為賦此短句云）」である。なお底本原文は「于穏」であったが、初出の『文史知識』に従って「於隠」に改めた。

⑨ 底本原文は「淫靡曲折」。「淫靡」は、一般的に通俗的な華美さを言う貶辞である。鄭衛の楽や民謡に対しての貶辞として用いられることも多い。梁・鍾嶸『詩品』下品「斉恵休上人詩」条に「恵休《えきゅう》は淫靡であり、感情が才能を上回って過剰である（恵休淫靡情過其才）」とある。これを解説して興膳宏氏は「『淫靡』の評は、相当の侮蔑をこめたことばにちがいなく、低俗な歌謡曲調の詩風への厳しい反発を示している」と解説する（『文学論集』二三三頁）。

⑩ 韓偓の『香奩集』は「四言古・五言古・七言古・長短句・五言律・七言律・六言律・五言排律・七言排律・五言絶句・七言絶句」に分類する。「長短句」に収録されるのは「三憶」（三・五・五・五言）、「玉合」（三・三・三・三・七・七・三・三・三・三・七・七言）、「金陵」（四・七・四・七・七・七・七・七言）、「厭花落」（三・三・七言十八句）である。このうち「金陵」は四言句を含むが、二句ともABCCの構成であり、三言句のバリエーションと言ってよい。

⑪ 明・胡震亨『唐音癸籤』巻一「体凡」では、唐人の集は往体（古体）、律詩（近体）、歌行（七言古詩を古体の別格とする）の三体を越えることはなかったと述べたあと、本文が引用する「宋元になって」以下が続く。「一曰長短句」には「全篇七字で、魏の文帝から始まった。長句を途中で交えるのは、鮑明遠に始まった。唐の人はこれを受け継ぎながらも、スタイルは変化して同じものではない。あとの歌行の類と参照し合うこと（全篇七字、始魏文。間雑長句、始鮑明遠。唐人承之、体変尤為不一。当与後歌行諸類互参）」と注する。

⑫ 宋・許月卿撰『先天集』十巻。四部叢刊続編所収本の序は明の嘉靖十三年である。『先天集』巻一は「詩四言、古詩五言、古詩七言、長短句」に分類し、「長短句」には「題明皇貴妃上馬図」「渉世」「山近」「新安」の四作品が収録される。

⑬ 『苕渓漁隠叢話』後集巻三十九の第十八条。但し、「自中葉後」は「自中葉以後」に作る。

⑭ 底本原文は引用の末句を「期以自誤」とするが、諸本が「期以自娯」とするのによって改めた。

⑮ 本書に引用するのは、『梅渓詞』の原序のうち、史達祖の詞を誉めた部分である。なお原序のはじめには「世の文人才子はたわむれに長短句を作る（世之文人才士遊戯筆墨於長短句）」の句もある。

⑯ 史達祖の『梅渓詞』に付された張鎡の序は嘉泰歳辛酉（元年、一二〇一年）の年号なので、南宋中葉の人とすべきであろう。

⑰ 蘇軾「蔡景繁に与う（与蔡景繁）」四の前半（『全宋文』第八十八冊一八三頁）。本文中の引用に続けて「それを手に入れることができて驚喜し、ためしに無理に続け、夜になって直接差し上げた（得之驚喜、試勉継之、晩即面呈）」とある。

⑱ 陳与義「虞美人（十年花底承朝露）」（『全宋詞』第二冊一〇六八頁）の小序「あずまやのあたりに桃の花が満開であったので、長短句を作って詠じた（亭下桃花盛開、作長短句詠之）」を指す。

⑲ 陳与義「虞美人（張帆欲去仍搔首）」（『全宋詞』第二冊一〇六八頁）の小序「大光の送別の席上酔って長短句をつくった（大光祖席酔中賦長短句）」を指す。

⑳ 陳与義「虞美人（扁舟三日秋塘路）」（『全宋詞』第二冊一〇六九頁）の小序「私は甲寅の歳、礼部を出て湖州の知事となった。秋の終わりで道中、蓮の花はもう無かった。乙卯の歳、宮中から病によって奉祠を願い出て許された。青墩に住まいを構えた。立秋の三日後に出発したが、舟の前後は（蓮の花で）朝焼けがどこまでも照り映えるようであった。そこで長短句を作ってこのことを記録した（余甲寅歳、自春官出守湖州。秋杪道中、荷花無復存者。乙卯歳、自瑣闥以病得請奉祠。卜居青墩。立秋後三日行、舟之前後如朝霞相映、望之不断也。以長短句記之）」を指す。

㉑ 「西江月（月側金盆堕水）」（『全宋詞』第一冊四〇四頁）の小序に「崇寧年間の甲申の歳、恵洪上人に湘中で出会った。

恵洪に長短句を作って贈られたので言う（崇寧甲申、遇恵洪上人於湘中。洪作長短句見贈云）」がある。また文では「跋東坡長短句」（『全宋文』第一〇七冊巻二三一七）の例がある。

㉒「念奴嬌（断虹霽雨浄秋空）」（『全宋詞』第一冊三八五頁）の小序「八月十七日、諸生と歩いた。永安城楼から、張寛夫の庭に立ち寄って月を待った。たまたま名酒があったので、金荷で客にふるまった。客に孫彦立がおり、笛を吹くのが上手だった。筆をとって楽府長短句を作り、文字に訂正を加えなかった（八月十七日、同諸生歩。自永安城楼、過張寛夫園待月。偶有名酒、因以金荷酌衆客。客有孫彦立、善吹笛。援筆作楽府長短句、文不加点）」を指す。文では五例を数える。

㉓「西江月（庾郎三九常安楽）」（『全宋詞』第一冊四〇四頁）の小序に「庾元鎮四十兄は、私黄庭堅の四十年来の筆の友である。私が当塗県の仮りの知事になったとき、元鎮は貧乏をしており、州県に出入りすることはなかった。席上楽府長句を作って酒を勧めた（庾元鎮四十兄、庭堅四十年翰墨故人。庭堅仮守当塗、元鎮窮、不出入州県。席上作楽府長句勧酒）」とある。

㉔蘇軾「水龍吟（小舟横截春江楽）」（『全宋詞』第一冊二七八頁）の小序に「正月十七日、小舟で川を渡る夢をみた……目覚めてから不思議なことだと思い、そこでこの詞を作った（正月十七日、夢扁舟渡江……覚而異之、乃作此詞）」とある。あわせて「一、詞」の注⑩⑫を参照。

㉕蘇軾「定風波（雨洗娟娟嫩葉光）」詞（『全宋詞』第一冊二七八頁）の小序に「元豊六年七月六日、王文甫の家で醸白酒を飲んで、したたかに酔った。古句を集めて墨竹の詞を作った（元豊六年七月六日、王文甫家飲醸白酒、大酔。集古句作墨竹詞）」とある。

㉖ 蘇軾の詞集は宋代に『東坡詞』『東坡楽府』などすでに複数の版本があり、王兆鵬『詞学史料学』も施蟄存氏と同じく、宋・陳鵠撰『西塘集耆旧続聞』巻二の「東坡道人が黄州で作った『卜算子』詞に黄魯直が跋文を書いて言った、……趙右史の家には顧禧（字は）景蕃の補注東坡長短句の真蹟があるという（黄魯直跋東坡道人黄州所作卜算子詞云、……趙右史家有顧禧景蕃補注東坡長短句真蹟云）」によって、顧禧の『補注東坡長短句』なる本があったとする。ただしこの記事だけではテキストとして存在したかどうかは疑問である。

㉗ 『淮海居士長短句』三巻は日本の内閣文庫に宋乾道中刊本が所蔵されている。また『中国古籍善本書目』によれば上海博物館にも宋の乾道の版本（巻中・下は補抄）がある。

㉘ 『花間集』の晁謙之の跋文は、南宋・紹興十八年（一一四八）。「以上、花間集十巻は、いずれも唐末の才能ある詩人の長短句である（右花間集十巻、皆唐末才子長短句）」と始まる。

㉙ 「一、詞」の注⑦参照。

㉚ 宋・王明清『投轄録』「賈生」の条に「拱州の賈氏の子であり、正議大夫昌衡の孫でもあって、風采は美しく、学問して詩と長短句とを作ることができる。（その作品は）怨みをこめ悲しげで、才情に豊かである（拱州賈氏子、正議大夫昌衡之孫、美風姿、読書能作詩與長短句、怨抑悽断、富於才情）」とある。『投轄録』の自序は紹興二十九年（一一五九）である。

㉛ 「一、詞」の注⑭⑯参照。

㉜ 北宋末に没した陳師道の『後山詩話』に「昔、青幕の嫁は、妓女であって、詩詞を作るのが上手だった（往時青幕子婦、妓也、善為詩詞）」とあるのが早い時期のものであるが、この詩話は後世の作であるとする説もあるので、「詩詞」が

安定して使用されるのは、施蟄存氏の言うとおり王明清『投轄録』自序から「何年か後（遅幾年）」の南宋初とみてよいであろう。王銍の『黙記』巻下に「賀方回は残された唐人の詩文集を読み、その着想を借りて詩詞を作り、できた作品は唐人の遺意をよく汲んでいる（賀方回遍読唐人遺集、取其意以為詩詞、然所得在善取唐人遺意也）」とある。

四、近体楽府

先秦の時期には、詩はすべて楽曲にあわせて唱う歌辞〔詞〕であったから、詩はすなわち歌であった。意味内容の点から名付けると詩となり、音楽の面から名付けると歌ということになる。楽器の伴奏無しに唱う場合は「徒歌」または「但歌」といった。①漢の武帝が楽府《がくふ》を設置して以降、②音楽に合わせて唱う詩を「楽府《がふ》歌辞」と称し、あるいは「曲辞」といい、後世では「楽府」と略称した。これより後、「詩」は「歌」や「楽府」と分かれ、音楽をともなわない文学形式を言う用語となったのである。

魏晋以後、詩人は主に詩を作ったが、楽曲に合わせて詞を作ることもあった。唐代に到ると、古代の楽曲はすでに伝承が絶えたり、あるいは廃れたりしており、詩人たちは依然として楽府の旧い題目（曲名）で歌詞を作っていたが、それらは実際にはもう唱うことができなくなっていた。この頃には、「楽府」という語はほとんど詩の一形式をあらわす用語となり、音楽とは関係が無くなっており、そこで「楽府詩」という名称が現れたのである。初唐の詩人たちが作った「飲馬長城窟」、「東門行」、「燕歌行」などは、③みな古代の楽府題をそのまま使用して擬作された歌辞であるが、実際はすべて楽府詩である。それらには唱うための楽譜が無いのであるから、楽府ではないのだ。

盛唐の詩人は楽府の詩体を用いて、新たな社会の現実を反映する多くの詩を書いたが、彼らは旧い楽府題を使わずに、自ら新しい詩題を作り出した。たとえば杜甫の「兵車行」、「麗人行」や「三吏」「三別」など[4]がそれで、この種の詩を「新題楽府」と称する[5]。後に白居易が略して「新楽府」といったが、新楽府もまた詩体の一種であって、楽府ではない。

これは非常に際立った現象であるが、唐代詩人の詩集中に見えるいわゆる「楽府」は、ほとんどすべてが楽府ではなく、楽府詩である。逆に、正真正銘、音楽に合わせて唱うために作られた多くの絶句や五七言詩、たとえば「涼州詞」、「簇拍《ぞくはく》陸州」、「楽世」、「河満子」など[6]は、楽府とは見なされず、絶句、あるいは長短句の部類に入れられているのだ。

北宋の人々は『花間集』、『尊前集』などに収められている曲子詞を楽府と称しているが、これは楽府という用語本来の意味を復活させたものといえよう。晏幾道は、自身の詞集を『小山楽府』と名づけており[7]、この「楽府」という語が、「曲子詞」というよび方以後の、詞の最初の正式名称である。欧陽脩の詞集は「近体楽府」と称されていて[8]、これは晏幾道の付けた名称に修正を加えたものである。彼はおそらく、旧体の楽府はみな詩であり、その形式は長短句の詞とは異なっていると考え、そこで「近体楽府」と名づけることで、旧体の楽府と区別したのであろう。ただ、宋本『欧陽文忠公近体楽府』の第一巻には「楽語[9]」と「長短句」という二つの項目があり、「楽語」は曲子詞ではなく、「長短句」が曲子詞である。このことから考えると、欧陽脩本人は「長短句」をまだ詞の正式名称と見なしており、「近体楽府」は「楽語」も含めてすべての当時の曲詞を包括する通称として使っているようだ。南宋に到って、周必大が自身の詞集を編集し、『平園近体楽府』と名づけた[10]。この時はじめて「近体楽府」は、もっぱら詞だけを指す用語となったのである。

ただ、「近体」の「近」という文字は、ある一定の範囲を示す時間概念である。宋代の人が言う「近体」は、元明代に到ると、すでに「近体」ではなく古体となっているのだ。元の宋褧《そうけい》の詞集は『燕石近体楽府』といい、明代の夏言の詞集は『桂淵近体楽府』と名づけられているが[11]、これらはみな宋人の用語に盲従したのであり、元代の近体楽府は北曲でなければならず、明代の近体楽府は当然南曲を指すべきであることにまったく思い至らなかったのである。詞はすでに新興の歌詞形式ではなくなっているのだから、どうしてまだ「近体楽府」と言うことができようか。

我々は次のように考えるべきである。「近体楽府」は、北宋の人が詞に与えた呼称であり、当時は「詞」という名称はまだ確立していなかった[12]。したがって「近体楽府」が詞の別名であるという言い方はできないのである。

注

① 「徒歌」「但歌」、いずれも伴奏無しで唱うこと、あるいは伴奏無しで唱う歌曲を指す。「徒歌」は、『晋書』巻二十三「楽志」に「すべてこれらの諸曲は、はじめはみな徒歌であったが、いまでは管絃の伴奏を伴うようになっている（凡此諸曲、始皆徒歌、既而被之絃管）」とあり、また「但歌」も『晋書』巻二十三「楽志」に「但歌は四曲あり、漢の時

代に作られた。絃楽器の伴奏や拍子取りが無く、歌舞の催しの際には一番先に歌われ、一人が歌うと三人が唱和する。魏の武帝はもっともこの歌を好んだ（但歌、四曲、出自漢世。無絃節、作伎最先唱、一人唱、三人和。魏武帝尤好之）」と見える。

② 『漢書』巻二十二「礼楽志」に「武帝が郊祀の儀礼を定めるに至って、太一神を甘泉にまつり、乾の方位に就けた。后土神を汾陰の沢中の四角い丘にまつった。そこで楽府を設立した。（至武帝定郊祀之礼、祠太一於甘泉、就乾位也。祭后土於汾陰、沢中方丘也。乃立楽府）」と見え、その顔師古注に「このとき始めて楽府が置かれた。楽府の名はここから起こっている。哀帝の時には廃止された（始置之也。楽府之名蓋起於此。哀帝時罷之）」と記されている。

③ 宋・郭茂倩編『楽府詩集』巻三十八では、「飲馬長城窟行」の唐人の作例として、唐太宗、虞世南、袁朗、王翰、王建、僧子蘭の作六首が掲載されている。このうち王翰までの四名が、おおむね初唐の詩人と言えるであろう。なお『全唐詩』巻五〇八には、上記六名の他に陳標の作も録されているが、陳標は長慶二年の進士であり、中晩唐の頃の人である。また「東門行」の唐人の作は、『楽府詩集』巻三十七では柳宗元の作一首、「燕歌行」の唐人作は『楽府詩集』巻三十二に高適、賈至、陶翰の計三首を掲げる。『全唐詩』を検しても、「東門行」は柳宗元の作のみ、「燕歌行」は『楽府詩集』所収詩以外では屈同仙作の詩を挙げる（『全唐詩』巻二〇三）のみで、いずれも盛唐以降の人であり、「初唐の詩人」とは言い難い。

④ 「兵車行」「麗人行」は、『全唐詩』巻二一六所収。「三吏」は「新安吏」「潼関吏」「石壕吏」詩、「三別」は「新婚別」「垂老別」「無家別」詩の総称。ともに『全唐詩』巻二一七に収められている。いずれも、戦乱の世を嘆く社会派の詩として名高い。

⑤「新題楽府」は、唐・元和四年（八〇九）に李紳によって作られた「新題楽府二十首」（現存せず）が、文学史上最初のものとされている。元稹の「李校書の新題楽府に和す十二首（和李校書新題楽府十二首）」序（冀勤点校『元稹集』巻二十四所収）に「私の友人である李公垂君が私に楽府新題二十首を送ってくれた。李君が常々言っていた、みだりには文章を作らない（というに値する作品である）。私はその時世を憂えることもっとも激しいものを取り、つらねてこれに唱和した。すなわち十二首だけである（予友李公垂貺予楽府新題二十首。雅有所謂、不虚為文。予取其病時之尤急者、列而和之、蓋十二而已）」と記されているように、元稹が李紳の二十首のうち十二首に唱和し、続いて白居易が「新楽府」五十首を完成した。また、杜甫の作品が「新題楽府」の嚆矢であるとの認識は、元稹「楽府古題」序（『元稹集』巻二十三所収）に「近年は、ただ詩人杜甫の悲陳陶、哀江頭、兵車、麗人等の歌行体の作品のみが、歌う内容にのっとって作品に題名をつけており、古い楽府題を踏襲することがない。私は若い頃、友人の白楽天、李公垂とこのことを議論して、杜甫の考え方を当を得たものとし、以後ついに古題による楽府を作らなかった（近代唯詩人杜甫悲陳陶、哀江頭、兵車、麗人等、凡所歌行、率皆即事名篇、無復倚傍。予少時与友人楽天、李公垂輩、謂是為当、遂不復擬賦古題）」という記述から窺うことができる。また清・馮班『鈍吟雑録』巻三には「杜子美が新題楽府を創り、元・白に至って盛んとなった（杜子美創為新題楽府、至元白而盛）」という。李・元・白の新題楽府（新楽府）に関しては、静永健「元稹『和李校書新題楽府十二首』の創作意図」（『日本中国学会報』第四十三集、一九九一）参照。

⑥近体詩や古詩などが音楽に合わせて歌唱されることがあり、それらの詩を「声詩」と称する。唐代には特に盛んで、唐代の「声詩」については、任半塘『唐声詩』（上海古籍出版社刊、一九八二）の専著がある。「涼州詞（辞）」、「簇拍陸州」、「楽世」、「河（何）満子」いずれも「声詩」の一つで、「涼州詞（辞）」「簇拍陸州」は七言四句、「楽世」は七

言四句、七言十句の両体、「河（何）満子」も五言四句、六言六句の両体が『唐声詩』下編「格調」に録されている。

⑦ 晏幾道の詞集は、諸本『小山集』または『小山詞』と称するが、宋・周応合の『景定建康志』巻三十三「文籍志」に「和晏叔原小山楽府二百四十六版」という記述があることから、『小山楽府』とも呼ばれていたことが分かる。なお、『碧鶏漫志』巻二に「晏叔原の歌詞は、はじめ楽府補亡といった（晏叔原歌詞、初号楽府補亡）」とあり、また晏幾道の自序に「補亡の一編は、失われた楽府を補うものである（補亡一編、補楽府之亡也）」と記されているように、当初は『楽府補亡』または『補亡』と称されていた。

⑧ 「近体楽府」は、南宋の周必大等が編纂し、慶元二年（一一九六）に刊行した『欧陽文忠公集』の巻一三一から巻一三三に収められている。「近体楽府」および欧陽脩の詞集については、『風絮』第二号所収の東英寿「欧陽脩『酔翁琴趣外篇』の成立過程について」を参照。

⑨ 「楽語」は宋代の歌謡の一種で、皇帝や貴人の事跡などを寿ぐ内容を持つものが多い。宋・張邦基『墨荘漫録』巻七に「優詞や楽語は、かつては文章の余技とされたが、体を備えた作品は少なかった（優詞楽語、前輩以為文章余事、然鮮能得体）」とある。

⑩ 毛晋『宋六十名家詞』所収本は『近体楽府』といい、『彊村叢書』『晨風閣叢書』所収本は『平園近体楽府』と称する。周必大は字は子充、前掲注⑧に記すように、『欧陽文忠公集』編纂に携わった人物である。

⑪ 宋褧は字は顕夫。『燕石近体楽府』は『彊村叢書』第八冊所収。夏言、字は公謹。その詞は『全明詞』第二冊六六六頁に収められており、中には「漁家傲　次欧陽文忠公韻二十首」など欧陽脩詞に次韻した作も見える。

⑫ ただし村上哲見氏は、北宋半ば頃には「詞」という語が独自の文学性を有する韻文の一体の名称として定着していた、

とされる。村上哲見『宋詞研究―唐五代北宋篇』の「序説」第一章「『詞』の語義と韻文様式としての『詞』」および附考一「詞の異称について」を参照。

五、寓声楽府

『花庵詞選』は、賀方回（賀鑄）に『東山寓声楽府』という小詞二巻があったことを記録している。[①] また『直斎書録解題』は長沙坊刻本『百家詞』を著録しているが、その中に賀方回の『東山寓声楽府』三巻があった。[②]「寓声楽府」という用語はおそらく賀方回が最初に使ったもので、彼の詞集名として用いられてきた。後世の人がその意味を深く考えずに、「寓声楽府」も詞の別名であるとみなしたのは、誤りである。

陳直斎（陳振孫）はこの用語を「旧来の詞調を用いて新しい詞を作り、別に詞調名を作って旧来の名から新しい名に変えている。ゆえに寓声というのだ（以旧譜塡新詞、而別為名以易之、故曰寓声）」と解釈し、[③] また朱古微（朱孝臧）は「寓声という名は、旧来の詞調を用いて詞を作り、その際にその詞中の語を取り出して詞調名とし、その新しい名称に変えることだ（寓声之名、蓋用旧調譜詞、即摘取本詞中語、易以新名）」と言っている。[④] この二家の解釈は、ほとんど同様であり、どちらも、以前から存在する詞調を使って詞を作るが、もともとの調名を用いずに、新しい詞の中から二三字を取ってきてそれを新たな調名とする、という意味でとらえている。しかし、このような解釈では、「寓声」という二文字の意味をまだ説明していないと言えよう。我々の研究によると、賀方回がこの「寓声」二文字を用いた真意は、どうやら自分で作り出した新曲を古い曲調に寓する、すなわち古い曲の音声や調子を借りて自らの新曲を歌唱する、ということであったようだ。陳・朱二人の解釈とは、まさしく正反対の考え方なのである。蘇東坡（蘇軾）のある詞の小序に「私はそこで一曲を作って、『賀新涼』と名づけ、秀蘭に歌わせて酒をすすめさせた（僕乃作一曲、名賀新涼、令秀蘭歌以侑觴）」と言う。⑤彼のこの詞は、題名は「賀新涼」であるが、その句法や音律は、実は「賀新郎」なのである。この東坡の小序によれば、その詞は「賀新涼」という新曲の曲調を旧曲の「賀新郎」に寄せた、と言うべきであり、「賀新郎」を「賀新涼」という名に改めたということではないのだ。もし賀方回の詞がすべて別の新しい調名に改名されているということであれば、「寓声」という二文字はどうにも解釈できなくなってしまう。王半塘（王鵬運）は、賀方回の「寓声楽府」は、周必大の詞集が「近体楽府」と名付けられ、元遺山（元好問）の詞集が「新楽府」と称されるのと同じく、いずれもみな古楽府と区別するために用いられた（「古に別する所以なり」）と考えたが、⑥これは全く賀方回がこの用語を用いた本来の意味に注意しないものであり、それゆえ朱古微は彼を「なずらえることはできるが同列ではない（擬不于倫）」と批判している。⑦

今本の賀方回『東山詞』には、寓声の新曲も有れば、もともとの調名のものも有る。黄花庵（黄昇）の選本によると、二巻本の『東山寓声楽府』においても、すべてが新しい調名で題されていたわけではなく、もとの調名のままのものもあったようだ。花庵は賀方回の詞を十一首選録しているが、いずれにも新しい調名を注記していない。今は別本によって、十一首中の「青玉案」が「横塘路」の、「感皇恩」が「人南渡」の、また「臨江仙」が「雁後帰」の新曲を寄せた曲調であることが分かるが、その他の八首については、それが新しい調名であるのか、あるいは以前からの曲調であるのか、よく分からない。『直斎書録』に説くところによれば、彼が見た三巻本の『東山寓声楽府』はすべて新曲であったようで、だとすれば賀方回の詞はおそらくこの三巻のみではなかったのであろう。元・李治の『敬斎古今注』に「賀方回の東山楽府別集に『定風波』、異名『酔瓊枝《すいけいし》』というものがある（賀方回東山楽府別集有定風波、異名酔瓊枝者）」云々と有り⑧、賀方回の詞集はまた『東山楽府』とも名づけられ、その「別集」に収められていたのは「寓声楽府」であったらしい。だが今はこの書は伝わらず、考察するすべもない。

賀方回の詞集は、現在二種の古本しか存していない。一つは虞山の瞿《く》氏鉄琴銅剣楼所蔵の残宋本『東山詞』上巻である⑨。この本はかつて毛氏汲古閣の所蔵であったが、『宋六十名家詞』には入れられなかった。清初に、無錫の侯文燦《こうぶんさん》が『十名家詞』を刻したが、その中の賀方回『東山詞』一巻はこの本を用いているので、事実上『十名家詞』所収本は宋本『東山詞』の上巻部分ということになる⑩。もう一種は、労巽卿《そんけい》（労権⑪）が伝録した鮑《ほう》氏《し》知不足斎所蔵の『賀方回詞』二巻である⑫。この本には新しい調名が題された寓声楽府も有れば、もともとの調名のものも有る。収められている詞も残宋本『東山詞』上巻と重複するものが有る。たとえば「青玉案」一首は、両本ともに収録しており、『東山詞』では詞牌名を「横塘路」として下に「青玉案」と注し、鮑氏鈔本では「青玉案」と題して異名を注していない。つまり、残宋本においては「青玉案」を寓声楽府とし、鮑氏鈔本では寓声楽府とみなしていないのである。鮑氏鈔本では「羅敷艶《らふえん》歌《か》」、「擁鼻吟《ようびぎん》」、「玉連環」、「芳洲泊《ほうしゅうはく》」など十六調の下部にもとの調名を注記していて、それらも寓声楽府であることが分かるが、これらの詞はすべて残宋本には見えず、あるいは下巻に収録されていた可能性もある。また鮑氏鈔本に見える「菱花怨《りょうかえん》」、「定情曲」の二詞は、いずれも詞の本文中から三文字を取り出して題名としており、寓声楽府とみなすことができるが、詞題の下にもとの調名についての注記がない。これらの状況から考えるに、この二種の古本は同一の原本から出たものではないのである。鮑氏所蔵の鈔本は来歴が不明で、宋代に編纂された書物ではないのではないかと疑っている。なぜならば、歴代の詩文集で作家の姓と字を題目にするものは、ほとんどが後世の人が編集した書物であるからだ。宋代に刊刻された賀方回詞は、決して『賀方回詞』という書名を用いるはずがないのである。

清代の道光年間に、銭塘の王迪《おうてき》、字は恵庵が、上記の二本をまとめて鈔写し、合わせて三巻とした。⑬鮑氏の鈔本二巻を上巻および中巻とし、残宋本『東山詞』上巻を下巻としたのである。⑭また同じ詞調の詞は一箇所に配置し、重複している詞八首をけずり、さらにその他の諸家の選本から四十首を探し集め、『補遺』一巻を編んだ。全体の書名を『東山寓声楽府』といい、これは、損なわれたり無くなったりした以外にかろうじて伝存した賀方回詞の、最初の整理編集作業となった。ただ王恵庵は、賀方回のすべての詞が寓声楽府であり、また賀方回の詞集の原名は『東山寓声楽府』であると考えていた。そのため彼はこの書名を採用して、自ら「其の旧名に仍《よ》る」と言うのである。

光緒年間に、王半塘の四印斎が初めて賀方回詞を刊刻する際、『汲古閣未刻詞』中の『東山詞』（これはすなわち残宋本『東山詞』上巻である）を採用して、また自ら輯録した二十首余りを増補した。⑮さらに、『東山詞』という書名は毛晋が勝手に改めたものであるとみなし、そこで書名を『東山寓声楽府』に直し、「以て其の旧に従」ったのである。⑯ところで、王半塘は『東山詞』が宋本の上巻のみであることを説明しなかったので、この四印斎本が現れて以降、残宋本『東山詞』上巻が伝存していることは一般の人たちには知られなくなってしまった。数年後、王半塘は皕宋楼《ひょくそうろう》所蔵の王恵庵編輯本を見ることができ、王恵庵本から百余首を補って『補鈔』一巻を編集し、刊刻して世に伝えた。⑰ このように四印斎本の刊刻と盛行によって、残宋本と鮑氏旧鈔本という二種の古本に見える賀方回詞の様態を見ることができなくなったばかりでなく、王恵庵編輯本さえも保存されなくなったのである。『四印斎所刻詞』の中で、賀方回詞の版本は最も議論の多いところで、この点は王半塘自身も快くは思っていなかったのだ。⑱

その後、朱古微が『彊村叢書《きょうそん》』を編集して刊刻するが、賀方回の詞については、残宋本と鮑氏鈔本を採用し、すべて両書の本来の面目を保った。巻末に呉伯宛（呉昌綬）編の『補遺』一巻を付し、⑲ また「東山寓声楽府」という書名をとらなかった。この処置は、最も謹厳であると言うべきで、朱古微は賀方回の詞のすべてが寓声楽府というわけではなく、また「寓声楽府」は詞の別名でもないということを知っていたのだ。

南宋の詞人張輯、字は宗瑞《そうずい》に、『東沢綺語債《とうたくきごさい》』という詞集二巻が有る。黄花庵は「その詞はすべて篇末の語を用いて新しい詞調名を立てている（其詞皆以篇末之語而立新名）」と述べている。⑳ この詞集は現在にも伝えられていて、すべての詞の末三字を取って新しい詞調名とし、その詞調名の下に「寓×××」と注記している。ここで作者ははっきりと「寓」という文字を使っており、それが寓声楽府であることがわかるのだ。作者の意図するところは、彼が作った新調を古い詞調の音声を借りて表現する、すなわち旧調に対して債務を負う、ということであり、ゆえに自ら詞集に「綺語債」と題したのである。『彊村叢書』

所収本が、「債」字をけずって、「東沢綺語」とのみ称するのは、おそらく朱古微はこの「債」字に含まれる意味に注意していなかったのであろう。[21]

注

① 黄昇『唐宋諸賢絶妙詞選』巻四「賀方回」に「小詞二巻があり、東山寓声楽府と名付けられ、張右史がこれに序文を書いている（小詞二巻、名東山寓声楽府、張右史序之）」とある。

② 宋・陳振孫撰『直斎書録解題』巻二十一の「笑笑詞集一巻」条に、「南唐二主詞より以下はすべて長沙の書店が板刻したもので、百家詞と名付けている（自南唐二主詞而下、皆長沙書坊所刻、号百家詞）」と見え、この中に『東山寓声楽府三巻』も含まれている。

③ 『直斎書録解題』巻二十一の「東山寓声楽府三巻」条に、「賀鋳、方回撰。以旧譜填新詞、而別為名以易之、故曰寓声」との解題が付されている。

④ 朱古微は、朱孝臧のこと。詳しくは、附録の「引用詞人詞学者小伝」を参照。この語は、『東山詞』上巻（『彊村叢書』第二冊）の跋文に見えている。

⑤ この小序は、汲古閣本「賀新郎（乳燕飛華屋）」（『全宋詞』では第一冊二九七頁に収録）詞に見える。それによると、蘇軾が杭州の通判であった時、秀蘭という官妓がおり、ある宴会の際に呼び出しがあったのに、たまたまその時沐浴をしていたために遅刻をしてしまった。秀蘭に思いを寄せていた府僚の一人が、秀蘭に私事有りと疑って怒りだし、

そこで蘇軾がこの詞を作って秀蘭に歌わせその場を収めたという。「(前略) 秀蘭は進退きわまり、ただ頭を垂れて涙を流すだけであった。私はそこで一曲を作って、『賀新涼』と名づけ、秀蘭に歌わせて酒をすすめさせた。その声や歌う姿はきわめて美しく、同僚たちは大変喜び、おおいに飲んでお開きとなった (秀蘭進退無拠、但低首垂涙而已。僕乃作一曲、名賀新涼、令秀蘭歌以侑觴。声容妙絶、府僚大悦、劇飲而罷)」とある。この逸話は、宋・胡仔『苕渓漁隠叢話』後集巻三十九に引く楊湜『古今詞話』に見え、『古今詞話』ではさらに「子瞻の作はみな眼前の事を述べ、沐浴後の新涼の意をとり、曲に『賀新涼』と名付けたのである。後の人がこのことを知らず、誤って『賀新郎』とするのは、子瞻の意を得ないものと言えよう (子瞻之作皆目前事、蓋取其沐浴新涼、曲名賀新涼也。後人不知之、誤為賀新郎。蓋不得子瞻之意也)」と述べている。

⑥　半塘は、王鵬運の号 (半塘老人)。詳しくは、附録の「引用詞人詞学者小伝」を参照。この語は、『四印斎所刻詞』所収の「東山寓声楽府跋」に「周益公の近体楽府、元遺山の新楽府の類と同様で、古い楽府と区別するために用いられた (即周益公近体楽府、元遺山新楽府之類、所以別於古也)」と見える。

⑦　朱孝臧「東山詞跋」に「半塘翁は平園の近体、遺山の新楽府をもってこれになずらえたが、同列に語ることはできないであろう (半塘翁以平園近体、遺山新楽府擬之、似猶未倫也)」とある。

⑧　李治『敬斎古今注』巻三に「又賀方回東山楽府別集。有定風波異名酔瓊枝者云」と見える。なお「李治」の名を、底本の本篇では正しく「李治」と記しているが (「六、琴趣外篇」では、底本も「李冶」と誤っている)、初出の『文史知識』や二〇〇四年第三次印刷本では「李冶」に誤っている。「治」が正しいことは清・施国祁の『礼耕堂叢説』や繆荃孫『敬斎古今注』跋、また余嘉錫の『四庫提要弁証』(巻十二「測円海鏡十二巻」条) 等に考証されている。

⑨　鍾振振校注『東山詞』附録の「賀鋳詞集版本考」にこの書を「六、残宋刊本東山詞巻上」として著録し、「これが現存する賀鋳詞の最も早い版本である。……この書はもと汲古閣の毛氏（毛褒、字は華伯、毛晋の子）が所蔵し、後に常熟の席氏（席鑑、字は玉照）、また常熟の瞿氏（瞿鏞の鉄琴銅剣楼蔵宋元本書目もまた著録している）の所有に帰した。現在は北京図書館に所蔵されている（此為今存賀詞之最早版本、……是書原蔵汲古閣毛氏（毛褒、字華伯、毛晋之子）、後帰常熟席氏（席鑑、字玉照）、又帰常熟瞿氏（瞿鏞鉄琴銅剣楼蔵宋元本書目亦曾著録）。今蔵北京図書館）」という。

⑩　前注に引いた「賀鋳詞集版本考」の「一四、亦園刊本東山詞一巻」に、「亦園とは、錫山の侯文燦の居所であり、その書斎である野草堂もここにあった。侯氏は康熙二十八年（一六八九）に十名家詞集を刻し、東山詞一巻を収録した。この本は汲古閣未刻詞によっている（亦園、錫山侯文燦之所居也、其書斎野草堂在焉。侯氏於康熙二十八年（一六八九）刻十名家詞集、収東山詞一巻。是本出汲古閣未刻詞）」とある。ただしこの本は、残宋本『東山詞』上巻と全く同じというわけではなく、残宋本に見える一〇九首に諸書から引いた六十二首を加え、全一七一首を収録している（重複が三首有るので、実際は一六八首）。

⑪　労権（一八一八〜一八六一）、字は平甫、号巽卿のこと。

⑫　知不足斎所蔵『賀方回詞』二巻は、朱孝臧『彊村叢書』所収本『賀方回詞』二巻の底本として用いられた。朱孝臧は、「東山詞跋」に「賀方回詞二巻は、労巽卿が伝写した鮑渌飲鈔本である。……その他の諸版本はみな労権鈔本の完備して優れているのには及ばない（賀方回詞二巻、労巽卿伝録鮑渌飲鈔本。……諸刻皆遜労鈔之完善）」と述べている（『彊村叢書』第二冊）。注⑨に引いた「賀鋳詞集版本考」によれば、知不足斎鈔本『賀方回詞』二巻は、王迪が所蔵した後に行方不明となったが、一九五二年に黄裳が北京の書肆で購入し、今は北京図書館に所蔵されているという。

⑬注⑨に引いた「賀鋳詞集版本考」は「一七、恵迪吉斎匯輯本東山寓声楽府三巻」として著録している。原本は既に不明で、伝鈔本数種が現存している。王迪の「東山寓声楽府跋」（『四印斎所刻詞』「東山寓声楽府補鈔」）に「ちかごろ、三家の所蔵本をまとめて編集し、二百四十五首を得て三巻とし、旧名によって名付けた。また諸家の選本の中から四十首を集めて補遺一巻を作り、後に付した（頃以三家蔵本匯而編之、得二百四十五首、録成三巻、仍其旧名。又於諸家選本中輯得四十首、為補遺一巻、附於後）」と見える。文中に見える三家とは、侯文燦、張金吾、鮑廷博のことである。

⑭底本原文では「以残宋本『東山詞』上巻下巻」に作るが、初出本文および鑑賞辞典本文、二〇〇四年第三次印刷本では「以残宋本『東山詞』上巻為下巻」に作っており、それに従う。

⑮光緒十五（一八八九）年刊。王鵬運「東山寓声楽府跋」に「この本は毛氏鈔本から輯録したが、毛氏鈔本は二十余闋を欠いている（此本由毛鈔録出、闕佚二十余闋）」と述べている。

⑯「東山寓声楽府跋」に「毛氏の伝鈔本が、つねに原書の体例を変更しているのは、この集に限ったことではない。ここでは書名を改めて旧名に従うこととする（毛氏伝鈔、毎変元書体例、不独此集為然。茲改従旧名）」とある。

⑰光緒十八（一八九二）年頃刊行。『四印斎所刻詞』「東山寓声楽府補鈔跋」に「近頃帰安の陸氏の皕宋楼蔵書志を読んだところ、王恵庵氏の輯本が所蔵されており、以前の版本より百闋ばかり多く作品が収録されていることを知った。そこで陸純伯君に頼んで写してもらい、補鈔一巻を作って後ろに付した（近読帰安陸氏皕宋楼蔵書志、知有王氏恵庵輯本、視前刻多百許闋。迺丐純伯舎人鈔得、為補鈔一巻附後）」という。

⑱王鵬運の「東山寓声楽府補鈔跋」に「賀方回は北宋の名家であり、その塡詞は少游、子野と肩を並べている。ただ淮海集、安陸集の完全な書物は現存しているが、東山集だけは伝存がまれとなり損壊が激しく、わずかに残っている部分もま

た字形の類似による誤刻や混乱が多く、淮海集や安陸集のように読者を快く満足させることはできない。世に王恵庵の祖本があれば、どうにか入手して校勘の業を終えたいものだ（方回北宋名家、其塡詞与少游、子野相上下。顧淮海、安陸完書具在。独東山一集、鎖沈剝蝕、僅而獲存、又復帝虎焉烏、使読者不能快然意満如此。世有恵庵祖本、願受而卒業焉）」と見えている。なお淮海集は秦観（字は少游）の、また安陸集は張先（字は子野）の詩文集。

⑲ 伯宛は呉昌綬の字。詳しくは、附録の「引用詞人詞学者小伝」を参照。朱孝臧は「東山詞跋」に「東山詞補一巻は、呉伯宛が諸家の書から遺漏を補い、重複や誤りを削除して、別に編集したものである（東山詞補一巻、則呉伯宛就諸家補遺、汰複除訛、別為編次也）」と記している

⑳ 黄昇『中興以来絶妙詞選』巻九「張宗瑞」に「其詞皆以為篇末之語、而立新名云」と見える。

㉑ ただし朱孝臧は注④の語の後に「後の東沢綺語債もほとんどこの例と同じである（後来東沢綺語債略同茲例）」と述べている。

六、琴趣外篇

陶淵明は無弦の琴を持っていて、自分の書斎に愛蔵していた。人が「無弦の琴は何の役に立つのですか（無弦之琴、有何用処）」と尋ねると、彼は「ただ琴中の趣がわかるというだけです。なぜわざわざ実際の弦の音をだすことがありましょうか（但識琴中趣、何労弦上音）」と答えた。①これが「琴趣」という言葉の由来で、琴趣というものは音声から来るものではないことが分かる。後の人が「琴趣」を詞の別名としたが、これは間違いに間違いを重ねたものだと言うべきだろう。琴曲をもって琴趣と呼んだことがまず間違いで、詞を琴曲になぞらえてそこから琴趣を詞の別名としたことが、さらなる間違いである。宋人の詞集で「琴趣外篇」を書名とするものは現在も六家あって、欧陽脩・黄庭堅・秦観・晁補之・晁端礼・趙彦端がそれである。②このほかに葉夢得《しょうぼうとく》の詞集に「琴趣外篇」の名があったが、この詞集は後に失われた。③「琴趣外篇」はいずれも作者自身がつけた書名ではなく、南宋の出版業者が諸名家の詞集を集めて出版する際、叢書にまとめるために、一冊ずつのタイトルをすべて某氏「琴趣外篇」としたものである。こうして「琴趣外篇」は詞の別名となった。

琴曲は元々古楽や雅楽であり、音楽の中でも高い地位を占めていた。庾信の「昭君辞」に、

方調弦上曲　方に調す 弦上の曲
変入胡笳声　変じて入る 胡笳の声

とあり、④琴曲で胡笳曲を演奏するには、アレンジを行わざるを得ないことが分かる。李治の『敬斎古今注』に、

諸楽には拍があるが、琴にだけは拍がない。琴には節奏（リズム）がなく、この節奏とは拍に似ているけれどもそれとは違うものである。昔の賢人が琴曲を論じて、すでに鄭衛⑤だとしているが、もしもさらに拍をつければなおさらみだらな音になって、鄭衛よりひどいことになる。故に琴家は、テンポが遅いのはかまわないしまた速いのもかまわないが、最も忌むべきことは拍をつけることなのだ、と言うのである。

諸楽有拍、惟琴無拍。琴無節奏、節奏雖似拍、而非拍也。前賢論今琴曲、已是鄭衛、若又作拍、則淫哇之声、有甚於鄭衛者矣。故琴家謂遅亦不妨、疾亦不妨、所最忌者、惟其作拍。

とある。⑥この言葉は大変おもしろい。琴は上古の楽器であり、奏でるところの楽曲ももちろん原始的なものである。その頃はまだリズムというものはなく、言い換えればリズムという概念はまだなかった。音楽がリズムを重んずるようになったのはほぼ周代の雲韶《うんしょう》の楽に始まったのであり、漢代に至ると楽府の歌辞にはみな「曲折」⑦があった。この曲折にはリズムも含まれている。これ以降、古楽・雅楽における琴曲というものが本来リズムのない音楽だったことが人々に分からなくなった。唐人は「胡笳《こか》十八拍」を琴曲に入れてしまった。⑧これこそ李治の言う「鄭衛より甚だし」い「淫哇《いんわ》」（みだらな歌）のことなのである。

人々にとって琴曲はとても高雅かつ素朴で、一般の音楽とは違っていた。一方詞はもともと民間俗曲なのであって、両者を結びつけることなどできはしない。実は宋人が詞の地位を高めるために、最初はこれを「雅詞」と称し、後に更に高めて琴操と言ったのである。これは詞曲をこの上なく尊重したものだと言える。しかしながらこのようになぞらえるのは却て的外れなものになってしまう。なぜなら詞の曲と琴の曲は全く異なるものだったからである。この点は宋人も知らないわけではなかったようで、蘇東坡（蘇軾）の「酔翁操」一首の自序に次のように言う。

琅琊《ろうや》の幽谷は、山川が美しく、泉の音は誰もいない渓谷に響き、中音（協和した音）が集まっているかのようである。酔翁はこれを好み、酒を手にここに来て聞くたびに、楽しさに帰るのを忘れるほどだった。ここを去って十余年の後、好奇の士沈遵《しんじゅん》がこれを聞きつけて遊びに行き、琴でその音を表現して「酔翁操」と名づけた。節奏はゆったりとしていて、音の表現はのびやかで、琴を知る者は絶品だと言った。しかし音楽はあっても歌詞がなく、翁は歌を作ったけれども琴の音と合わなかった。さらに楚辞に倣って「酔翁引」を作り、好事者がその歌詞に合わせて曲を作ったが、風情はほぼ合っていたけれども、琴の音が歌詞の制約を受けたため、自然なものにはならなかった。その三十年の後、翁はすでに鬼籍に入り、遵もこの世を去って久しかった。廬山の玉澗道人崔閑という人が特に琴の名手であったが、この曲に歌詞がないのを残念に思い、その音を楽譜にして、東坡居士に歌詞を補うよう請うた。

瑯琊幽谷、山川奇麗、泉鳴空澗、若中音会。酔翁喜之、把酒臨聴、輒欣然忘帰。既去十余年、而好奇之士沈遵聞之往游、以琴写其声、曰酔翁操。節奏疏宕、而音指華暢、知琴者以為絶倫。然有其声而無其辞、翁雖為作歌、而与琴声不合。又依楚辞作酔翁引、好事者亦倚其辞以製曲、雖粗合韻度、而琴声為詞所縄約、非天成也。後三十余年、翁既捐館捨⑨、遵亦沒久矣。有廬山玉澗道人崔閑、特妙於琴、恨此曲之無詞、乃譜其声、而請東坡居士以辞補之。

東坡のこの言葉は琴曲のリズムが自由闊達であり、詞とは異なることを示している。酔翁が楚辞体で「酔翁引」を作り、人がこれに作曲したが、演奏時には曲にリズムはあっても、琴の音はその古音の自然さを失っていた。ここから言えるのは、蘇東坡も詞と琴曲とは別物であることを知っていたということである。東坡の「酔翁操」が本来彼の詞集に収められていないのは、これが琴操であって詞ではないからである。⑩南宋になると辛稼軒が東坡に倣って作った一首を、彼の詞集に収めた。そして後人が東坡詞集を編む時に「酔翁操」もそこに収めてしまったのである。これ以降琴曲「酔翁操」は詞調名になってしまった。『侯鯖録《こうせいろく》』⑪には次のような詞話を載せている。「蘇東坡が、琴曲に瑶池燕という曲があるが、その歌詞はこれに合わず、音も怨みがましくむせび泣いているようだと言った。そこで歌詞を閨怨のものに変え、陳季常に送って、この曲はなかなか不思議だ、みだりに人に与えてはならない、と言った。（東坡云、琴曲有瑶池燕、其詞不協、而声亦怨咽。変其詞作閨怨、寄陳季常云、此曲奇妙、勿妄与人）」ここに引用しているのは蘇東坡の「瑶池燕」の詞の自序で、詞の出だしは「飛花 陣を成し 春心 困《こん》す（飛花成陣春心困）」である。⑫ここから分かることは、琴曲のために作られた歌詞は詞の音律には合わず、もし琴曲で詞に旋律をつけるならば、曲を変えざるを得ない、ということである。蘇東坡のこの話は庾信の「変じて入る 胡笳の声」と符合する。

以上の二つの事例から、琴曲は詞楽には転用できないということが言える。ゆえに私は、「琴趣」を琴曲の代名詞とするのがまず誤りで、また「琴趣」を詞の別名とすることがさらなる誤りだ、と言うのである。とはいえ、宋人はやはり「琴趣」を詞の別名として直接的に用いてはいない。彼らの用いたのは「琴趣外篇」である。ここで言う「外篇」の意味するものは、詞の地位は向上したとはいえ琴曲の亜流としか見なされておらず、いまだ本物の琴曲ではなく「外篇」に過ぎない、ということであろう。このような表記は誤りをひとつ犯しただけで、誤りを重ねていないだけまだよい。しかし毛子晋（毛晋）が晁補之の『琴趣外篇』の跋に次のように言う。

琴趣外篇は宋左朝奉・秘書省著作郎・充秘閣校理・国史編修官にして済北の晁補之无咎の長短句である。彼の作った詩文すべて七十巻を、自ら鶏肋《けいろく》集と名づけた。ただし詩余はその集の中に入れておらず、故に外篇と言う。以前呉門の鈔本を見たが、趙文宝の諸詞を混入して、また琴趣外篇と名づけていた。おそらく本屋が利益を得ようと、人の耳目を眩まそうとしたに違いない。最も恨むべきことである。

琴趣外篇、宋左朝奉、秘書省著作郎、充秘閣校理、国史編修宮、済北晁補之无咎長短句也。其所為詩文凡七十巻、自名鶏肋集、惟詩余不入集中、故云外篇。昔年見呉門鈔本、混入趙文宝諸詞、亦名琴趣外篇、蓋書賈射利、眩人耳目、最為可恨。

毛子晋のこの解釋は全くもって言い掛かりである。詩文が正集に入れられず、別に外集に入れて附録とすることは、しばしばあることだが、晁補之のような場合は『鶏肋集外篇』とすべきであって、「琴趣」の「外篇」ではないのである。ましてや宋の六家の詞集になぜみんな「琴趣外篇」と題をつけなければならないのだろうか[13]。

元明以来、多くの詞家が「琴趣外篇」という名詞の意味を知らず、「琴趣」を詞の別名と見なした。そして「外篇」の意味に対しても毛子晋と同様の誤解をして、自分の詞集に「琴趣」の名を用いたばかりか、宋人の詞集の「外篇」二字を削りさえした。『伝是楼《でんぜろう》書目』[14]が所収の秦観詞集を『淮海琴趣』とし、欧陽脩詞集を『酔翁琴趣』とし、汲古閣本趙彦端詞集を『介庵琴趣』とし、また『趙定宇書目』[15]が晁補之詞集を『晁氏琴趣』と称したことなど、みな同じ誤りである。清代以来、詞家は「琴趣」を詞の別名と見なしたため、これを詞集の名前にした者が多く、例えば朱彝尊《しゅいそん》の『静志居琴趣』、張奕枢《ちょうえきすう》の『月在軒琴趣』、呉泰来の『曇花閣《どんかかく》琴趣』[16]、姚梅伯（姚燮《ようしょう》）の『画辺琴趣』、況周頤《きょうしゅうい》の『蕙風《けいふう》琴趣』、邵伯褧《しょうはくけい》（邵章）の『雲淙《うんそう》琴趣』などはみな誤りに誤りを重ねたもので[17]、考証不足というべきである。

注

① 『晋書』巻九十四「隠逸」の「陶潜伝」に「生まれながらに音を解さず、弦も琴柱《ことじ》も無い素朴な琴を一面所有していた。友人との酒の席のたびに、これを弾いてそれに和して、ただ琴中の趣が分かるというだけだ、なぜわざわざ実際の弦の音を出すことがあろうか、と言った（性不解音、而畜素琴一張、弦徽不具。毎朋酒之会、則撫而和之、曰但識琴中趣、

何労絃上声）」とある。

② それぞれ欧陽脩『酔翁琴趣外篇』六巻、黄庭堅『山谷琴趣外篇』三巻、秦観『秦淮海琴趣』（清・季振宜『季滄葦書目』所載）、晁補之『琴趣外篇』（晁氏琴趣外篇・晁无咎詞）六巻、晁端礼『閑斎琴趣外篇』六巻（双照楼刊本は晁元礼に作る）、趙彦端『介庵琴趣外篇』六巻補一巻である。東英寿「欧陽脩『酔翁琴趣外篇』の成立過程について」（『風絮』第二号、二〇〇六）を参照。

③ 葉夢得の詞集は現在『石林詞』一巻が伝わる。

④『庾子山集』巻五楽府「昭君辞応詔」。但し各本「琴上曲」に作る。

⑤ 淫らな音楽のこと。鄭国と衛国の音楽は乱世の音であり、人の心を淫らにするものとされた。『礼記』「楽記」に「鄭衛の音は乱世の音である（鄭衛之音、乱世之音也）」とある。

⑥ 元・李治『敬斎古今注』巻八。底本原文は「李冶」に作るが、「五、寓声楽府」の注⑧により「李治」に改めた。

⑦ 曲調の上がり下がり、旋律線。例えば『隋書』巻十五「音楽志」に「今の人は大観を前舞と呼び、このことから楽名も時代に従って変わるということが分かる。しかしメロディーラインは、きっと同じはずである（今人猶喚大観為前舞、故知楽名雖随代而改。声韻曲折、理応常同）」とある。

⑧ 例えば宋・郭茂倩『楽府詩集』巻五十九「琴曲歌辞」の「胡笳十八拍」の序に、「胡人は文姫を思慕して、蘆の葉を巻いて彼女のために笳を吹き、哀怨の音を奏でた。後に董生が琴で胡笳の音を表現して十八拍の曲とした。今の胡笳弄がそれである（胡人思慕文姫、乃巻蘆葉為吹笳、奏哀怨之音。後董生以琴写胡笳声為十八拍、今之胡笳弄是也）」と述べ、古くから琴曲として演奏されていたことを記している。

⑨「館舎を損《す》つ」は、貴人の亡くなることを言う。

⑩鄒同慶・王宗堂『蘇軾詞編年箋注』の校勘は「この詞は呉本には入っておらず、傅本、元本、明刊全集、二妙集、毛本にも載っていない。朱本と全宋詞は東坡後集巻八にもとづいて補っている。龍本、曹本は朱本に従っている（此詞呉本未収、傅本、元本、明刊全集、二妙集、毛本亦不載。朱本、全宋詞拠東坡後集巻八補。龍本、曹本従朱本）」とある。また『欽定詞譜』巻二十二は「これは元々琴曲なので、蘇軾の詞集は載っていない。辛稼軒が詞の中に入れてから、それに従って詞調になってしまった。宋人の中では、辛稼軒の詞一首しか比較できるものがない（此本琴曲、所以蘇詞不載。自辛稼軒編入詞中、復遂沿為詞調。在宋人中、亦祗有辛詞一首可校）」と述べる。稼軒は辛棄疾の号。

⑪宋・趙令時撰『侯鯖録』巻八。

⑫『全宋詞』第一冊三三一頁。

⑬注②参照。ここで著者は、毛子晋の解釈や六家の詞集の書名が、「琴趣（＝琴曲）の外篇」というニュアンスではなく、「琴趣外篇」を趣のある書名としてそのまま用いたことを批判している。

⑭清・徐乾学の『伝是楼書目』ではなく、同氏の『伝是楼宋元本書目』のこと。「宋本『酔翁琴趣』上下巻、二本。宋本『淮海琴趣』一本」の記述があると、王兆鵬・劉尊明主編『宋詞大辞典』「歴代書目著録的宋詞版本目録序跋」（八九頁）に記す。

⑮明・趙用賢『趙定宇書目』（『中国著名蔵書家書目匯刊』明清巻一―四十）。

⑯『清詞別集知見目録彙編』では、『曇花閣琴趣』を『曇香閣琴趣』とする。また『中国叢書綜録』も『曇香閣琴趣』に作る。

⑰朱彝尊『静志居琴趣』一巻、張奕枢『月在軒琴趣』二巻、呉泰来『曇花閣琴趣』一巻、姚燮『画辺琴趣』一巻、況周頤『蕙

風琴趣』一巻。邵章『雲淙琴趣』については、北京前進打字謄写社油印倬盦遺稿本一巻、民国十九年北京邵氏刻本二巻、民国十九年邵氏刻二十四年続刻本三巻がある（『清詞別集知見目録彙編』による）。各詞人については、附録の「引用詞人詞学者小伝」参照。

七、詩余

一つの文学形式が芽生えて定型となるには、長いか短いかの違いはあろうが一定の過程が必要である。定型となった文学形式はさらに別の過程を経て、ようやく名称が確定する。詞が詩から分かれて次第に発展し、詩の領域とは別の独立した文学形式になったのは盛唐から北宋のことで、およそ二、三百年の時間を要した。そして最後にこの文学形式が「詞」という固有の名称で呼ばれるには、南宋中期まで待たなくてはならなかった。

近ごろ詞の名称を解釈するのに、「詞は又の名を長短句、又の名を詩余（詞又名長短句、又名詩余）」とされることがよくある。[1]「又の名」と言うけれども、時間の概念もあいまいであるし、どちらが主でどちらが従なのかもよく分からない。この種の文学形式が最初に詞と呼ばれ、後に長短句と呼ばれ、もっと後に詩余とも呼ばれるようになったかに見えるが、文学の実際の発展状況を調べると、そんなことはない。事実は、まず長短句という名称があり、のちに又の名を詞と呼ぶようになり、詩余について言えば、最初にあらわれた時には長短句の「又の名」でもなかったし、詞の「又の名」でもなかった。

胡元任（胡仔）[2]『苕渓漁隠叢話』は、前集の序が紹興四年甲寅（一一三四）、後集の序が乾道三年丁亥

〔一一六七〕に書かれたが、全書を通じて「詩余」の語は見えないし、『草堂詩余』にも触れていない。『草堂詩余』は、慶元年間〔一一九五～一二〇〇〕成書の王楙《おうぼう》『野客《やかく》叢書』には引用されているので[3]、乾道末年から淳熙年間までの間に成立したのであろう。毛平仲（毛幵《もうけん》）『樵隠詞』には乾道三年の王木叔の序があるが、そこでは詞集を『樵隠詩余』と呼んでいる[4]。この二つが、宋人が「詩余」の語を用いた最も早い例である。やや遅れて、乾道七年に六十歳で卒した王十朋の詞集『梅渓詩余[5]』がある。また、廖行之《りょうこうし》の詞集『省斎詩余[6]』が『直斎書録解題』に見える。廖行之は淳熙十一年の進士、詞集は子の廖謙によって編纂された。もちろん廖行之が卒した後である。林淳の詞集『定斎詩余[7]』も、『直斎書録解題』に見える。林淳は乾道八年に涇県令となり、詞集の刊刻はその後であろう。このほか『直斎書録解題』や宋人の筆記に見える詞集で「詩余」を冠するもの[8]は、いずれも乾道・淳熙年間で、「詩余」が当時流行った新しい名称であったことが分かる。黄叔暘《こうしゅくよう》（黄昇）は周邦彦に『清真詩余』があると言い、景定刻本『厳州続志』にも周邦彦『清真詩余』が著録されているが、これは厳州刻本『清真集』の附巻であって、必ずしも詞集の原名とは言えない[9]。現在知られている周邦彦の詞集で最も早いのは、淳熙年間に晋陽の強煥が溧水《りっすい》の郡斎（役所）で刊行したもので、書名は『清真集[10]』であり、『清真詩余』ではない。

思うに、南宋の人々は「詩余」を文学形式の用語として用いたのではなく、詩集を編纂する際の分類として用いたにすぎないのではないだろうか。北宋の人の集で詞を付す場合、多くが「楽府」あるいは「長短句」となっており、いずれも編次は詩の後ろである。「詞」と題するケースはないし、「詩余」と題するケースもない。南宋の人の集になってから、詩の後ろに「詩余」を付すことが始まる。陳与義は紹興八年に卒したが、その『簡斎集』十八巻には詩余十八首が付されている。ただ、現在見ることのできるのは胡竹坡（胡穉《こせい》）の箋注本[11]で、刊行はかなり後であろう。高登の『東溪集』[12]にも、詩余十二首が付されている。高登は紹興十八年に卒し、その三十年後に延平の田澹《でんたん》がはじめて遺文を刊刻した。とすると当然、淳熙年間のことである。今日我々が見ることのできる『東溪集』は明人の重編本であるから、宋代の初刻本に「詩余」の二字があったかどうかを確かめることはできない。宋本『後村居士集』[13]の巻十九・巻二十は、詩余である。淳祐九年の林希逸の序があり、後村（劉克荘）はまだ在世していた。だが『後村大全集』百九十六巻になると、巻百八十七から巻百九十一の計五巻、題は「長短句」である。南宋の人が詩集を編纂する際に詞を採録する場合、北宋の人の集に「楽府」や「長短句」があったように、詩の後ろに付して「詩余」と標題をつけたようである。

「詩余」が新しい名称として流行すると、書坊の商人が文集中に付されている詩余の巻だけを取り出して、単独で刊行するようになった。標題は、『履斎詩余』『竹斎詩余』『冷然斎詩余』となり[14]、北宋の周邦彦の長短句を『清真詩余』とするケースまで現れたのである。こうなるとまるで「詩余」は一つの文学形式の名称であったかのようだが、当時の人が詞について述べている詞話、詞序、詞集の題跋などの雑著を再検討すると、詞を作ることを指して詩余を作ると言っているケースは見あたらない。「詩余」という名称は乾道末年に現れたけれども、まだ文学形式の一つという意味で用いられたのではないことが分かる。個人の詞集には「詩余」と題するものがあるが、その前には必ず作者を表す別号か書斎名がある。詞の選集に『草堂詩余』『群公詩余』があるが、「草堂」は李白を指し、「群公」は多くの作者を指し、いずれも著者を示している。明代に張綖《ちょうえん》が詞譜を編纂して『詩余図譜』としてから、「詩余」はようやく詞の「又の名」となったが、これは張綖のおかした大きな過ちである。

『草堂詩余』の宋人の序はすでに散逸したので、当時「詩余」をどのような意味に解釈していたか、知ることはできない。他の宋人の著作中でも、説明は見当たらない。明代の楊用修（楊慎）『詞品』[15]になってようやく、自序の中に次の記述が見つかる。

詩余と言うのは、「憶秦娥」「菩薩蛮」が詩の余であって、歴代の詞曲の祖先なのである。いま学界に多くの本が伝わっているけれど、名前については分からなくなっているので、私は著作の『詞品』でまずこのことを記す。

詩余者、憶秦娥・菩薩蛮為詩之余、而百代詞曲之祖也。今士林多伝其書而昧其名、故余所著詞品首著之云。

李白の「憶秦娥」「菩薩蛮」二詞を「歴代の詞曲の祖先」としたのは南宋の黄叔暘で、『唐宋名賢詞選』に見える[16]。この部分の前にある「詩の余である（為詩之余）」は、楊用修自身の言葉である。だが働きのない「之」の字を加えただけで、これでは何も解釈していないに等しい。李白のこの詞がどうして詩の余なのか、この「余」の正確な意味は何なのか、やはり分からない。続く文からあれこれ考えてみるに、おそらく、この二首は詩にとっては文流や別派、後世の詞曲にとっては祖であり、詞が詩から出たので詩余、ということなのであろう。

以後、明清時代の詞学者は、それぞれの理解にもとづいて詩余にさまざまな解釈をほどこし、議論を展

開してきた。兪彦《ゆげん》『爰園《えんえん》詞話』⑰に云う、

詞をどうして詩余と呼ぶのであろう。詩が亡んだ後に詞がおこったので、余と言うのである。詩が亡んだのではなく、詩を歌う手だてが亡んだのである。詞が亡んだ後に南北曲がおこった。詞が亡んだのではなく、詞を歌う手だてが亡んだのである。詩余が興って楽府が亡び、南北曲が興って詩余が亡んだ、というのは違う。

詞何以名詩余。詩亡然後詞作、故曰余也。非詩亡、所以歌咏詩者亡。詞亡然後南北曲作。非詞亡、所以歌咏詞者亡也。謂詩余興而楽府亡、南北曲興而詩余亡者、否也。

この一節は、言いたいことは分かるが、文章のロジックがかなりおかしい。「詩が亡んだ後に詞がおこった」「詞が亡んだ後に南北曲がおこった」と言いきっておきながら、なぜすぐに自分で述べたことを否定して「詩が亡んだのではない」「詞が亡んだのではない」と言うのであろうか。亡んだのが「詩を歌う手だて」と「詞を歌う手だて」であるならば、なぜまず「詩が亡んだ」「詞が亡んだ」と言う必要があるのであろうか。

兪氏の意は、詩はもともと歌うものだったが、のちに詩を歌う機能が失われたので、その代わりに詞が興り、人々は詞を歌って詩を歌わなくなった。そのために詞を詩の余という。さらに後には、詞も歌う機能を失い、代わりに南北曲が興って、人々は南北曲を歌って詞を歌わなくなった、ということである。だが兪氏は、だから南北曲は詞の余だ、とは言わない。兪氏の考えでは、歌うことのできる詩歌はすべて楽府である。詩が歌うことのできた時代には、詩も楽府であった。詩が歌えなくなってからは、詩は依然として詩ではあるけれども、楽府ではなくなった。そのために兪彦は、詩が亡んだのではなく、詩がその楽府の機能を失っただけだ、と言うのである。詞〔詩余〕が歌えた時代は、詞も楽府であったから、「詩余が興って楽府が亡んだ」とは言えない。同様に、南北曲が興った後も、詩余はその楽府の機能を失っただけなので、「詩余が亡んだ」とは言えないのである。この一節の意味をよく考えると、実は兪氏は詩と詞、どちらも楽府の余であると考えていたようだ。だが「詩が亡んだ後に詞がおこったので、余と言う」とある。この「余」の意味と働きは、やはりよく分からない。

『草堂詩余四集』[18]の陳仁錫の序に云う、

詩は、余である。余が無ければ詩は無い。詩がどうして余なのだろうか。東海の何子は、「詩余は古楽府の支流であり、後世の歌曲の濫觴である。元声（基準になる音）があれば、法を簡略にしても容易に調和し、人気（人の感情）が乖離すれば、法を厳しく用いても調和は難しい」と述べている。私は読んで、まさしくと思った。さらに、「詩が亡んだ後に楽府が出て、楽府が損なわれて詩余が生まれ、詩余が廃れて歌曲がおこった」という。……およそ詩はみな余であり、およそ余はみな詩である。私にどうして詩が分かろうか、その余を述べるだけである。

詩者、余也。無余無詩、詩曷余哉。東海何子曰、詩余者、古楽府之流別、而後世歌曲之濫觴也。元声在、則為法省而易諧、人気乖、則用法厳而難叶。余読而韙之。及又曰、詩亡而後有楽府、楽府缺而後有詩余、詩余廃而後有歌曲。……凡詩皆余、凡余皆詩。余何知詩、蓋言其余而已矣。

東海の何子とは、華亭〔今の松江県〕の何良俊で、武陵逸史本『草堂詩余』[19]に見える言葉を陳氏は引用し、

「詩余」を解釈している。何氏の意は、詞は古楽府から生まれ、古楽府は詩三百篇から生まれた。だから「詩余」は詩三百篇の残余だ、というのである。この「詩」は、当然『詩経』と解するべきであろう。陳氏は何氏の説を拡大して、「詩は余である。余が無ければ詩は無い」と、はなはだ難解なことを述べている。この意味は、後世のあらゆる詩歌はすべて『詩経』の余波・別派であり、詩三百篇に余波・別派がなければ後世の詩歌はない、ということである。そのため、「およそ詩はみな余であり、およそ余はみな詩である」となる。後世のあらゆる詩歌は、いずれも『詩経』の余波であり、『詩経』を継承する作品はすべて詩である。最後に「私がどうして詩のことを分かろうか、その余を述べるだけである」と言う。この「詩」も『詩経』であろうが、『詩経』については分からないから、『詩経』の余波、すなわち詞についてのみ述べる、と謙遜するのである。

この序文で使われる「詩」には異なる意味が含まれていて、非常に難解である。明代の文人は、こうした「悪札《つたなさ》」を好んだ。『草堂詩余四集』の秦士奇の序には、次のようにある。

詩三百から以後、およそ詩はみな余である。「離騒」や賦は詩の余であるし、楽府は「離騒」や賦の余であり、塡詞は楽府の余であり、声歌は塡詞の余である。時代を下っていくと、声歌に至っても亦た詩の余であり、時代を遡っていけば、詩もまた声歌を余とする。すなわち、声歌・塡詞・楽府、およそ余はすべて詩であると言ってよいのである。

自三百而後、凡詩皆余也。即謂騒賦為詩之余、楽府為騒賦之余、塡詞為楽府之余、声歌為塡詞之余、逓属而下、至声歌亦詩之余、転属而上、亦詩而余声歌。即以声歌・塡詞・楽府、謂凡余皆詩可也。

この文も何良俊・陳仁錫の説を敷衍したもので、詞を『詩経』の余とする。「声歌」とは南北曲を指す。

清初、汪森《おうしん》は『詞綜』に序を書いて言った。⑳

詩が生まれると、長短句がそこに宿った。「南風」の操、「五子之歌」がこれである。周の頌三十一篇のうち長短句は十八篇あり、漢の「郊祀歌」十九篇のうち長短句は五篇ある。「短簫鐃歌《たんしょうどうか》」十八篇に至っては、全篇が長短句である。これが詞の源でないと言えるだろうか。魏晋南北朝時代には「江南」「採蓮」などの曲があり、倚声《いせい》に近づいた。詞にならなかったのは、まだ四声が調和しなかったからである。古体詩が発展して近体詩になると、五・七言の絶句が楽官の太楽署に伝わり、長短句の拠り所がなくなって、詞に変化せざるを得なかった。開元年間の太平の日に、王之渙・高適・王昌齢の詩句が酒楼で流行し、李白の「菩薩蛮」等の詞も、歌曲に合わせられるようになった。古体詩と楽府、近体詩と詞の関係は、鑣《くつばみ》を分け合って並び騁せるようなもので、前後はない。詩が時代を下って詞となり、詞は詩の余であるというのは、まったく通論ではない。

自有詩而長短句即寓焉。南風之操、五子之歌、是已。周之頌三十一篇、長短句居十八、漢郊祀歌十九篇、長短句居其五、至短簫鐃歌十八篇、篇皆長短句。謂非詞源乎。迄於六代、江南採蓮諸曲、去倚声不遠、其不即変為詞者、四声猶未諧暢也。自古詩変為近体、而五七言絶句伝於伶官楽部、長短句無所依、則不得不更為詞。当開元盛日、王之渙、高適、王昌齢詩句流播旗亭、而李白菩薩蛮等詞、亦被之歌曲。古詩之於楽府、近体之於詞、分鑣并騁、非有先後。謂詩降為詞、以詞為詩之余、殆非通論矣。

この文は、概念がかなり明白である。汪氏は詞の特徴として、その形式が長短句であることと、その機能が楽府の歌辞であること、の二つを挙げている。これを基準として文学の歴史を考えると、「南風」「五子之歌」「周頌」や漢の楽府は、いずれも二つの特徴を備えており、詞の起源が古楽府にあったと考えられる。兪彦『爰園詞話』と同じ考え方だが、兪氏が挙げた特徴は歌えるかどうかの一つだけで、楽府については言及していない。「長短句」という名称の意味については、汪氏も元明以来の多くの人と同じ見解で、句法がふぞろいの詩であればこれを長短句と考える立場である。唐人は七言句を長句といい、五言句を短句と言っていたことを、汪氏は知らなかったようだ。いわゆる長短句とは、五言と七言の混合した詩体を指し、古楽府の句法がふぞろいだからといって、長短句と称することはできない。

汪氏の考えでは、唐人の五・七言の絶句[21]は詩、李白の「菩薩蛮」などの作品は詞、両者は並行して作られていて、詞が詩から生まれた、ということはできない。だがこの観点は、十分に妥当ではない。五・七言の絶句と「菩薩蛮」など詞の最初の形式は、どちらも唐代の楽府の歌辞であって、近体詩と詞の境ではない。この二点が、汪氏の説では十分に検討されていない。

李調元『雨村詞話[22]』でも、序言で詩余が論じられている。

詞は詩の余ではなく、詩の源である。周の頌三十一篇のうち長短句は十八篇あり、漢の「郊祀歌」十九篇のうち長短句は五篇あり、「短簫鐃歌」十八篇になると全篇が長短句である。唐の開元年間の太平の日、王之煥・高適・王昌齢の絶句が酒楼に流行し、李白の「菩薩蛮」等の詞も管弦に合わせられるようになったが、実のところすべて古楽府である。詩は、先ず楽府が生まれて後に古体詩が生まれ、古体詩が生まれて後に近体詩が生まれた。楽府は即ち長短句、長短句はすなわち古《いにしえ》の詞である。

それ故、「詞は詩の余ではなく、詩の源である」と言うのである。

詞非詩之余、乃詩之源也。周之頌三十一篇、長短句属十八、漢郊祀歌十九篇、長短句属五、至短簫鐃歌十八篇、篇皆長短句。自唐開元盛日、王之渙、高適、王昌齢絶句流播旗亭、而李白菩薩蛮等詞亦被之管弦、実皆古楽府也。詩先有楽府而後有古体、有古体而後有近体、楽府即長短句、長短句即古詞也。故曰、詞非詩之余、乃詩之源也。

この文章は完全に汪森の文章を写したように見えるが、結論が異なる。汪氏は古体詩と近体詩を一つの系統とし、古今の楽府歌辞を別の系統とするが、李氏は今の詞すなわち古の楽府で、古詩は楽府を源とする、と考えるので、詞は詩の余でないのはもちろん、古楽府の余でもない。詞はそもそも古楽府と同じであって、詩はそこから現れたので、李氏の結論としては、詞は「乃ち詩の源なり」となるのである。この観点にもとづいて、李氏は王之渙・高適・王昌齢の詩や李白の「菩薩蛮」などの詞を、古楽府に分類する。これも汪氏と異なる点である。

呉寧『榕園《ようえん》詞韻』の「発凡」第一条に云う、㉓

詞は唐代に始まり、宋代に盛んになった。そのスタイルをさかのぼると、梁の武帝の「江南弄」、沈隠侯（沈約）の「六憶」がすでに始まりであった。詩が詞に変化して詩余と呼ばれるようになった、これを通論ではないと論じることができようか。屈子（屈原）の「離騒」は詞と呼ばれ、漢の武帝の「秋風」、陶靖節（陶淵明）の「帰去来」も詞と呼ばれた。詞という語で呼ぶことは、昔から行われている。今では、金元以来、南北曲はみな詞という語で呼ばれ、南北という語をつけることもあれば、単に詞と呼ぶこともある。詞は共通するものであり、詩余は独立するものである。世間では詩余と呼ぶ者は少ない。名前を混同させたくなければ、詩余のほうが安定するだろうが、本書がなお「詞韻」と名付けるのは、沈去矜《しんきょきん》氏の前例にならうものである。

詞肇於唐、盛於宋。溯其体制、則梁武帝江南弄、沈隠侯六憶已開其漸。詩変為詞、目為詩余、烏得議其非通論。屈子離騒名詞、漢武帝秋風、陶靖節帰去来亦名詞。以詞命名、従来久矣。由今言之、金元以還南北曲皆以詞名、或繫南北、或竟称詞。詞、所同也、詩余、所独也。顧世称詩余者寡、欲名不相混、要以詩余為安。是編仍号詞韻、従沈去矜氏旧也。

呉氏は、詞は斉梁の宮体詩から生まれたので詩余と呼ばれるのは当然だという。また、詞は通称であって、「楚詞」「古歌詞」「南北曲」も詞と呼ぶことができ、『花間集』や『草堂詩余』の形式の詞と区別はない、とする。このため、「詩余」がこの文学形式を指す唯一の正式な名称であると主張しているようである。呉氏はこういう観点を持ってはいたけれど、書名を『詩余韻』と改めることはしていない。沈去矜（沈謙）の『詞韻』を基礎として改訂した書物だからである。

私の考えでは、屈原や宋玉の楚辞、漢の武帝、陶潜（陶淵明）の歌う賦[24]は、文学の歴史では「辞」の字が使われ、「詞」の字は使われていなかった。「辞」は文のスタイルの固有名詞だが、「詞」は普通名詞で、「歌詞」「曲詞」などという。宋元以後になってようやく、「楚辞」を「楚詞」と書く人も現れた。南北曲は金元時代には詞と称されていたが、明清時代になると次第に曲と呼ばれるようになった。だから「詞」の字は、宋代に普通名詞から次第に固有名詞に変わり、元明代より後には定着して一つの文学形式の正式な名称となり、楚や漢の辞、金元の曲と紛れることはなくなった。呉氏は「詩余」を詞の正式名称と主張しているが、その当否を論ずることはしばらく措くとして、「詩が詞に変化して詩余と呼ばれるようになった、これを通論ではないと論じることができようか」という言葉から考えるに、汪森の説を指していることが分かる。汪氏は詩と楽府を二つの系統に分けていて、詞は楽府を起源とするので「詩余」ではない、と考えている。呉氏は、詞は詩が発展したものなので「詩余」と呼ばれて然るべきである、と考えている。ただ、呉氏が挙げた「江南弄」「六憶」などは斉梁の楽府で、楽府と詩の概念を混同していることが分かる。

宋翔鳳《そうしょうほう》『楽府余論』㉕にも「詩余」に関する部分がある。

これを詩余というのは、詞が唐人の絶句から始まったからである。太白（李白）の「清平調」などは、これを楽府に合わせたのである。太白の「憶秦娥」「菩薩蛮」は、いずれも絶句の変格で、小令のはじめである。酒楼の壁に数を数えながら誰の詩が歌われるか賭けたというのは、どれも七言の断句だった。のち十国の時代になって、争って長短句を作るようになった。一字、二字から七字まで、メロディにあわせて歌詞をつけ、そこで楽府のスタイルが一変したのである。つまり、詞はまさに詩の余である。そこでこれを詩余と呼ぶのである。

謂之詩余者、以詞起於唐人絶句、如太白之清平調、即以被之楽府。太白憶秦娥・菩薩蛮、皆絶句之変格、為小令之権輿。旗亭画壁賭唱、皆七言断句。後至十国時、遂競為長短句。自一字・両字至七字、以抑揚高下其声、而楽府之体一変。則詞実詩之余、遂名之曰詩余。

著者は、詞は唐人の絶句が発展して生まれたから詩余というのだ、とする。楽府の伝統を必ずしも否定していわけではないが、詩が変化して後に「楽府のスタイルが一変した」と考えていて、この見方はまったく逆である。

蔣兆蘭『詞説』㉖に、「詩余」に関する一節がある。

詩余の名は、『草堂詩余』がもっとも有名で、人を誤らせること最も深いものである。なぜそうかというと、すでに名を成した文人が、残りものを詞に余《のこ》し、こぼれものを詞に余し、諧謔を詞に余し、鬱憤を詞に余した。つまり、無聊の酬応、憂さ晴らし、二日酔い解消、これを余すところなく詞にしたのである。また、詞をよごれものとみなして余興を寄せたのであるから、風雅から遠いものとして、時代が下るほどますます誤ったのも当然である。これは明代の詞学の弊害である。こうしたのは升庵(楊慎)や鳳洲(王世貞)たちで、こうまで誤ったのは、実に「詩余」の二字があったからこそである。今すみやかに名を正して詞というべきである。決して「詩余」の二字で浅陋《せんろう》を粉飾し、責めを塞ごうなどと企図すべきでない。

詩余一名、以草堂詩余為最著、而誤人為最深。所以然者、詩家既已成名、而於是残鱗剰爪、余之於詞、浮煙漲墨、余之於詞、詼嘲褻諢、余之於詞、忿戻謾罵、余之於詞。即無聊酬応、排悶解酲、莫不余之於詞。亦既以詞為穢墟、寄其余興、宜其去風雅曰遠、愈久而弥左也。此有明一代詞学之蔽。成此者、升庵・鳳洲諸公、而致此者、実詩余二字有以誤之也。今亟宜正其名曰詞、万不可以詩余二字自文浅陋、希図塞責。

この文では「詩余」を詩人の余興と解釈していて、詩では書きにくい材料を詞に書く。そのため詩では風雅な品格が保たれているが、詞は凡俗な文学になったし、「詩余」と呼ばれるのは、詞の品格が卑しいことの現れである。蒋氏は明詞の不振を嘆いて、明人は詞に対して認識不足で詞体を尊重しないため詞風も堕落した、とする。このために「詩余」という名称に反対しているのであって、呉氏とはちょうど反対の考えである。

況周頤『蕙風詞話』[27]は「詩余」について、また別の解釈をしている。

> 詩余の「余」は、贏《みちあふる》余の余と解釈できる。唐人は朝に詩を一首作ると、夕には管弦にのせた。しばしばテンポは急で歌詞が足りなかったので、和声（合いの手）を加えた。和声はみな実字で塡めたので、こうして詞になった。詞の内容とリズムは、いずれも詩より余りがあるので、詩余という。世俗の説で、詞を詩の残りの意としているようなものは、この余の字を誤解しているのである。
>
> 詩余之余、作贏余之余解。唐人朝成一詩、夕付管弦、往往声希節促、則加入和声。凡和声皆以実字塡之、遂成為詞。詞之情文節奏、幷皆有余於詩、故曰詩余。世俗之説、若以詞為詩之賸義、則誤解此余字矣。

況氏のこの文では、詞の起源を論じるのに、朱熹の「泛声に易えて実字と為す（易泛声為実字）」説[28]を用いているが、詞は「内容とリズムは、いずれも詩より余りがある」とも言い、詞の思想や内容にも言及している。況氏の考えでは、詞の内容・文辞・音楽性が詩に比べて余分があるので、詩余という。「詩の残りの意」が誤解であるというのは、蒋兆蘭を指しての言葉である。

楊用修以来、「詩余」の解釈には、以上のような代表的なものがある。多くは、詞の文体の源流から論じている。「詩余」という名称を承認する場合は、いずれも詩を起源と考えているが、三百篇の『詩経』を起源とする説、唐人の近体詩を起源とする説、歌う絶句を起源とする説、などの違いがある。「詩余」という名称に反対する場合は、詞の起源を楽府とする。楽府は歌うことができるが、詩は歌わないので、詞は楽府の余であり、詩の余ではない、ということである。折衷案として、詞は古楽府を起源とするけれども、古楽府も詩三百篇から生まれたので、詞は詩余と呼ばれるが古楽府の系統を継承しているのだ、という説もある。これらの論点をまとめると、「詩」についてはさまざまな見解があるものの「余」については一致しており、余波・別派の意味であると考えられている。

蔣兆蘭と況周頤、二人の解釈は新しい。況氏の「詩」についての概念は宋翔鳳と同じで、「余」についての概念は創見である。ただ、少し無理のある解釈かも知れない。蔣氏は「詩余」を「詩人の余興」と解釈しているが、こうなると文体の源流の観点とはまったく無関係である。

宋人の著作で正面から「詩余」を論じたものはないが、ひとことふたこと触れているものは少なからずあり、蔣兆蘭の理論のもとになっている。『邵氏《しょうし》聞見後録』[29]に次の一節がある。

晏叔原（晏幾道）が潁昌《えいしょう》府許田鎮の監察だったとき、自作の長短句を手写して府帥の韓少師に奉った。少師は、「新詞が巻に満ちているのは、おそらく才に余があり、徳が足りないからでしょう。貴兄が有余の才を減らし、不足の徳を補い、門下の老吏の望みに応えられんことを願っております」と返書を返した。

晏叔原監潁昌府許田鎮時、手写自作長短句上府帥韓少師。少師報書云、得新詞盈巻、蓋才有余而徳不足者。願郎君捐有余之才、補不足之徳、不勝門下老吏之望。

ここでいう「有余の才」は、本来は倚声塡詞だけを指すものではなく、その才情が豊かで華麗であることを讃えるに過ぎない。だが百年後の王称は程垓『書舟詞』の序[30]で次のように云う、

むかし晏叔原は大臣の子として富貴の極みにあり、華麗な詞を作った。執務室にいた昔なじみの客が、その有余の才を捨てて未至の徳を求めることを願ったのは、おそらく叔原が詞ばかり有名で、他の文がまだ知られていなかったからであろう。少游（秦観）・魯直（黄庭堅）になると、すでに二つを兼ね備えていた。

昔晏叔原以大臣子、処富貴之極、為靡麗之詞、其政事堂中旧客尚欲其捐有余之才、覬未至之徳者、蓋叔原独以詞名爾、他文則未伝也。至少游・魯直則已兼之。

これは明らかに韓少師の話を誤解している。韓氏は小晏（晏幾道）に「文才を逞しくせずに徳行を修めよ」と勧めているが、王氏は小晏を「作詞の才には余裕があるが、詩文を作る才は不足している」と考えている。「有余の才」が詞を指し、「未至の徳」が「他の文」を指すと考えているが、これこそ王氏が詞を詩文の余事とみなしていた表れである。

黄庭堅は『小山詞』に序を付して、晏叔原の詞は「楽府の余をもてあそび、詩人の句法を用いた（嬉弄於楽府之余、而寓以詩人之句法）」と言う。詞を「楽府の余」と称し、『小山詞』を巷間俚俗に堕していないとする理由は、なお「詩人の句法」を保っているからである。このため続く文で、小晏の詞を「歓楽街の大雅、豪傑の鼓吹である（可謂狎邪之大雅、豪士之鼓吹）」と論じている。ここに、黄庭堅の詞に対す

る観点を見ることができる。黄庭堅は、詞は楽府の余波であり、巷間の俗曲であるので、晏叔原のように詩人の句法で詞を作るならば俗を化して雅とすることができる、と考えている。楽府は詞の形式であり、詩は詞の風格である。ここに「詩余」の意味について、わずかに一端をのぞくことができる。

黄庭堅より後の資料を、いくつか見てみよう。

公（欧陽脩）の吟咏の余が溢れて歌詞となり、『平山集』が盛んに世に伝わった。（公吟咏之余、溢為歌詞、有平山集盛伝於世）〔羅泌の欧陽脩『近体楽府』の跋文[31]〕

右丞の葉公（葉夢得）は、経学と文章で世の宗儒となった。翰墨の余に歌詞を作り、これも天下の評判となった。（右丞葉公、以経術文章、為世宗儒。翰墨之余、作為歌詞、亦妙天下）〔関注の「題石林詞[32]」〕

竹坡先生（周紫芝）は、若い頃から張右史（張耒）の幕客となり、師と慕っていた。やや長じて、李姑渓（李之儀）に従って游び、ともに議論を尽くし、こうして前輩の作文の関鍵を尽く知った。大きなところでは漢唐より勢いあって「離騒」や『詩経』に迫り、世に輝かしく名を成した。その嬉笑の余が溢れて楽章となると清麗かつ婉曲であり、刻苦して作ったものでは決してない。（竹坡先生少幕張右史而師之。稍長、従李姑渓游、与之上下其議論、由是尽得前輩作文関紐。其大者固已掀揭漢唐、凌歴騒雅、燁然名一世矣。至其嬉笑之余、溢為楽章、則清麗婉曲、是豈苦心刻意而為之者哉）〔孫兢の『竹坡長短句』序[33]〕

唐宋の詩はいよいよ卑しくなったが、楽府詞は高雅で精妙になって、漢魏に近づいた。陳無己（陳師道）の詩は天下に名高い。その余で詞を作ったならば当然巧みであったろうが、実際にはそうではないのは、ほとんど理解しがたい。（唐宋詩益卑、而楽府詞高古工妙、庶幾漢魏。陳無己詩妙天下、以其余作詞、宜其工矣、顧乃不然、殆未易暁也。）〔陸游の「跋後山居士長短句㉞」〕

直接「詩余」という名前に言及しているわけではないが、詞が詩人の余事であることが、かなりはっきりと分かる。こうした概念の形成には、歴史的な伝統もあった。孔仲尼（孔子）が「徳を行ってなお余力があったら、学問をせよ（行有余力、則以学文㉟）」と言っている。孔子の教育目標は、人の徳行を養うことを優先し、その次が学問・文学なので、学問・文学は徳行の余事なのである。唐の韓愈のような古文家になると、古文を作り詩も作るが、それでも「余事に詩人と作《な》る（余事作詩人㊱）」と言っている。詩を作ることは、学問・文学の余事なのである。韓愈の後、詩人が詞を作るようになると、詞は当然、詩人の余事になるであろう。蔣兆蘭は歴代の諸家とは違う「詩余」の解釈をしているが、宋人の議論を引用して証明することはなく、気ままな意見で詞の地位を不等に貶めたように見える。だが私が思うに、実は蔣兆蘭の解釈には根拠があり、宋人の詞に対する概念と一致している。「詩余」はまさしく詩人の余事であり、余興と言ってもいいかも知れない。詩や楽府の余派ではないのである。

このように見てくると、北宋の時代には、すでに詞を「詩人の余事」とする概念があったことが分かるが、まだ「詩余」という名称は現れていない。南宋の初めに、詩集を編纂する際に詞を後に付すことが始まり、「詩余」という分類が立てられた。こうして名称が生まれたが、この時にもまだ「詩余」は詞の「又の名」ではなかったし、「詞」という名称さえまだ現れていなかった。引用してきた資料で文学形式としての詞について述べている箇所を見ると、邵伯温《しょうはくおん》は「長短句」、黄庭堅は「楽府の余」、羅泌や関注は「歌詞」、孫兢は「楽章」、陸游は「楽府詞」と呼んでいる。王称だけは「書舟詞序」で「叔原はただ詞によってのみ有名だった（叔原独以詞名爾）」と述べていて、ここでようやく「詞」の字が使われている。ただ、この「詞」はまだ文学形式の名称ではなく、「歌詞」「曲子詞」を省略したものである。

さらにしばらく時がたって、書坊の商人が名家の詩文集から「詩余」を取り出し、単独で刊行するようになって、書名に「某人詩余」とつけるようになり、詞の選集にも『草堂詩余』『群公詩余』などが現れた。このとき、「詩余」の二字は単独で用いられることはなく、必ず主人の名前を前に冠して、某人の「詩の余事」であることを表明する必要があった。南宋の時代を通して、詞の一首を詩余一首として数えた人は、一人もいない。

明代になると、張綖が詞譜を作り、書名を『詩余図譜』とした。これ以後、「詩余」はようやく詞の「又の名」、別称となった。楊用修以後、大多数の詞家はこの名称を詩体の変化の余派であると解釈して議論が絶えなかったが、それは誤りである。

注

① 具体的に何かの記述を指しているのかも知れないが未詳。本篇「詩余」は、『文芸理論研究（季刊）』一九八二年第一期（七二〜七八頁）に「説『詩余』」のタイトルで載せられたのが初出であるが、文末に「一九六四年、文言にて草稿、一九八一年十一月、口語体に改める（一九六四年文言稿、一九八一年十一月改為語体）」とあり、一九六〇年代の詞学

書や教科書、文学史、辞書などに、「詩余」についてこうした記述があったのかも知れない。「又名」とする例ではないが、『辞海』試行本第十分冊「文学・語言文字」一九六一年十月版の「詩余」の項には、「詞の別称。宋人はすでにこう呼んでいた。かつて詞は詩の余り、あるいは詩の下降したものと見なされることが多かったが、実は詞を詩余と呼ぶのは、詩歌の変遷や発展の過程を説明しているだけである（詞的別名。宋人已有此称。旧時多以詞為詩的余緒、或詩的下降。実則称詞為〝詩余〟、只在説明詩歌的嬗変或発展的過程）」とある。また『辞海』一九三六年版の「詩余」の項には、「即ち詞である。古詩より変じて楽府となり、また変じて長短句となったので、詞を詩余と呼ぶ（即詞也、自古詩変為楽府、又変為長短句、故称詞曰詩余）」とある。「詩余」の名称、また詞というスタイルの源流については、村上哲見『宋詞研究―唐五代北宋篇』の附考一「詞の異称について」、上篇第一章「詞源流考」等も参照。

② 宋・胡仔『苕渓漁隠叢話』の前集巻五十九、後集巻三十九に「長短句」と題して、詞話を載せる。

③ 宋・王楙『野客叢書』巻二十四に、「『草堂詩余』に張仲宗『満江紅』詞を載す（草堂詩余載張仲宗満江紅詞）」とある。

④ 明・毛晋『宋六十名家詞』に毛幵『樵隠詞』を収める。王木叔の序に「『樵隠詩余』一巻、信安の毛平仲の作（樵隠詩余一巻、信安毛平仲所作也）」とある。陳振孫『直斎書録解題』巻二十一「歌詞類」には、『樵隠詞』一巻として著録されている。坊刻本である。毛晋の『宋六十名家詞』は、『宋詞一百家』の中から六十一家を先に刻したもの（毛扆『汲古閣珍蔵秘本書目』による）、やはりもとは坊刻本か。

⑤ 『全宋詞』（第二冊一三五〇～一三五三頁）は周泳先輯『梅渓詩余』より採録。『梅渓集』五十四巻（四部叢刊）には、詞は収められていない。

⑥ 廖行之は淳熙十六年（一一八九）卒。『直斎書録解題』巻二十一「歌詞類」に『省斎詩余』一巻が著録されている。明・

呉訥『百家詞』および清・朱孝臧『彊村叢書』第五冊に『省斎詩余』を収めるが、序跋は無い。『四庫全書』に『省斎集』十巻を著録する。紹熙二年（一一九一）の載渓序に「子の謙が、生前に残された作品を集めて、十巻にまとめた（其子謙……裒平生遺文、得拾巻）」とあり、巻四に「詞」と題して作品を収める。

⑦『直斎書録解題』巻二十一「歌詞類」に林淳『定斎詩余』一巻が著録されている。

⑧『直斎書録解題』巻二十一「歌詞類」には他に、蘇泂『冷然斎詩余』一巻、『草堂詩余』二巻、を著録する。宋人の筆記は何を指しているのか分からないが、楼鑰（一一三七～一二一三）の『攻媿集』巻五十二に「求定斎詩余序」（『全宋文』第二六四冊巻五九五〇）がある。

⑨黄昇『唐宋諸賢絶妙詞選』巻七に周邦彦の詞を採録し、小伝に「詞は『清真詩余』と名づける（詞名清真詩余）」という。『景定厳州続志』巻四に、『清真詩余』が著録され、また『清真集』も著録されているが、両書は並んでいるのではなく、「清真集、順庵集、史氏指南方、史載之方、衛済方、本事方、二典義、産宝方、癰疽方、清真詩余」と列せられている。『直斎書録解題』では、巻十七「別集類」に『清真集』二十四巻と『清真雑著』三巻、巻二十「詩集類」に『操縵集』五巻、巻二十一「歌詞類」に『清真詞』二巻『後集』一巻が著録されているが、『清真詩余』は見えない。黄昇が淳祐四年（一二四四）に序をつけた魏慶之『詩人玉屑』巻二十では、詞話を輯録して「詩余」と題する。村上哲見『宋詞研究―唐五代北宋篇』六六頁、参照。

⑩毛晋『宋六十名家詞』所収の『片玉詞』に強煥の序がある。「片玉」は南宋の陳元龍注本で用いられた名前で、南宋の方千里・楊沢民・陳允平が周邦彦に和した詞の集も「清真」を用いていることから、毛晋が刻する時に『清真集』から『片玉詞』に改めた、と考えられている。『彊村叢書』は陳元龍注『片玉集』を底本にするが、朱孝臧「片玉詞跋」

に、「毛刻本は強煥序本を用いている。もとは『清真集』で、この集（陳元龍注『片玉集』）の名によって（片玉詞に）改めたのである（毛刻用強煥序、本清真集、乃以茲集之名名之）」（『彊村叢書』第二冊）という。溧水はかつて周邦彦が赴任していた地。強煥が周邦彦の事跡をたどりながらその詞を集めた経緯は序に詳しい。

⑪『四部叢刊』所収の『増広箋註簡斎詩集』三十巻『正誤』一巻に、紹熙元年（一一九〇）の胡穉序がある。

⑫『四庫全書』に明・林希元の編による『東渓集』二巻「附録」一巻を著録し、下巻に「詞」の題で作品を収める。提要に「高登の遺集を、『文献通考』では二十巻、『直斎書録解題』及び『宋史』（巻二〇八）芸文志（七）ではどちらも十二巻としている（登之遺集、文献通考作二十巻、書録解題及宋史芸文志倶云十二巻）」という。「附録」の朱熹「高東渓先生祠記」に、「公の没後三十年に延平の田淡君が郡博士となって、はじめてその遺文を求めて刻した（公歿之後三十年、延平田君淡為郡博士、乃始求其文刻之）」とある。

⑬原文は「淳熙」九年の林希逸序となっているが、改める。『四庫全書』では淳祐九年林希逸序のある清抄本『後村居士集』を著録し、巻十九・巻二十に「詩余」の題で詞を収める。現在、北京図書館ほかいくつかの図書館に宋版本『後村居士集』五十巻が所蔵される（『中国古籍善本書目』による）。

⑭呉潜『履斎詩余』は、宋・黄昇『中興以来絶妙詞選』巻九の呉潜の小伝中に「『履斎詩余』があり世に広まっている（有履斎詩余行于世）」と見える。『直斎書録解題』には著録されていない。『百家詞』および『彊村叢書』第五冊に収められる。黄機『竹斎詩余』は『宋六十名家詞』所収、『直斎書録解題』では『竹斎詞』として著録されている。蘇泂『泠然斎詩余』は『直斎書録解題』に著録され、北京図書館に清抄本の宋・呉潜『履斎詩余』一巻『補遺』一巻が所蔵されている。

⑮楊慎『詞品』序（『詞話叢編』第一冊四〇八頁）では、「曰詩余者」に作る。

⑯ 黄昇『唐宋諸賢絶妙詞選』巻一の李白「菩薩蛮」の小序に、「二首の詞は歴代の詞曲の祖先である（二詞為百代詞曲之祖）」とある。二首は、「菩薩蛮」とその次に収める「憶秦娥」を指す。

⑰ 原文は「愛園」だが、改める。後文に「兪愛」と出てくるが、これも「爰」に改めた上で、「兪彦『爰園詞話』」と訳す。『文芸理論研究』掲載時は二箇所とも「爰」に作る。引用の記事は「詞所以名詩余之故」の題で、『詞話叢編』第一冊三九九頁に見える。

⑱ 『古香岑草堂詩余四集』十七巻は、明代の顧従敬『草堂詩余正集』六巻、長湖外史『草堂詩余続集』二巻、沈際飛『草堂詩余別集』四巻、銭允治『国朝詩余新集』五巻、を合わせたもの。顧従敬『草堂詩余正集』の巻首に、嘉靖三十三年（一五五四）の陳仁錫序がある。

⑲ 毛晋『詞苑英華』に収める『草堂詩余』四巻が、武陵逸史輯本。ほかに『四庫全書』『四部備要』も武陵逸史輯本を収める。また、『類選箋釈草堂詩余』六巻（明・顧従敬類選、陳継儒校、陳仁錫訂）には、巻首に陳仁錫序のほか、嘉靖二十九年（一五五〇）何良俊序もある。「元声」は十二律の黄鐘で、楽の基準となる音。「人気」は人の心、感情。

⑳ 朱彝尊『詞綜』の汪森序。以下、例として作品が挙げられる。「南風」は、舜が五弦琴を弾きながら作ったという古詩。「五子之歌」は、夏の太康の弟五人が兄の戻らないのを怨んで作った歌。周の頌は、『詩経』「周頌」の計三十一篇。漢の「郊祀歌」十九篇は、武帝が楽府を立てて司馬相如らに作らせた十九章。「短簫鐃歌」十八篇は、漢の軍楽、楽府の鼓吹曲。「江南」「採蓮」の諸曲は、六朝時代の相和歌。王之煥らの故事は、薛用弱『集異記』巻二に見える。歌妓が誰の絶句を歌うか、三詩人が酒を飲みながら賭けた話。

㉑ 原文は「五七絶歌詩」。王之煥らの故事は、絶句が当時歌われていたことを示す。

㉒『詞話叢編』第二冊一三七七頁。
㉓呉寧『榕園詞韻』一巻『発凡』一巻は、乾隆四十九年刻、清華大学図書館ほかに所蔵される（『中国古籍善本書目』による）が、未見。
㉔原文は「歌賦」。汪森や李調元のいう「長短句」、すなわち句がふぞろいで歌ったと思われる辞賦をいうのであろう。
㉕『詞話叢編』第三冊二五〇〇頁。
㉖蔣兆蘭『詞説』「詞名肇始」の条、『詞話叢編』第五冊四六三一頁、「塞責」は「卸責」に作る。
㉗況周頤『蕙風詞話』巻一「詞非詩之賸義」の条、『詞話叢編』第五冊四四〇六頁。原文は引用中「賸義」を「剰義」としているが、改める。『文学理論研究』掲載時は「賸義」になっている。「賸」「剰」とも「余り、残り」の意。
㉘『朱子語類』巻一四〇に、「古楽府はただの詩であったが、途中で泛声がたくさん加えられ、後世の人が泛声が失われることを心配して、一つの音にひとつの実字を当てはめたので、長短句になった。いまの曲子がそれである（古楽府只是詩、中間却添許多泛声、後来人怕失了那泛声、逐一声添箇実字、遂成長短句、今曲子便是）」とある。「泛声」は、歌詞のない旋律、あるいは歌詞のついていない音。
㉙邵博『邵氏聞見後録』巻十九に見える。
㉚毛晋『宋六十名家詞』所収の程垓『書舟詞』に王称の「題書舟詞」がある。これに従い、引用文中の「損」を「捐」に、「豈」を「覬」に、「晏叔原独…」を「蓋叔原独…」に改めた。
㉛毛晋『宋六十名家詞』所収の欧陽脩『六一詞』に、羅泌の跋文がある。
㉜毛晋『宋六十名家詞』所収の葉夢得『石林詞』に、関注の「題石林詞」がある。

㉝ 毛晋『宋六十名家詞』所収の周紫芝『竹坡詞』に、孫兢の「竹坡詞序」がある。

㉞ 陸游『渭南文集』巻二十八に、「跋後山居士長短句」がある。

㉟『論語』「学而」に見える。

㊱ 韓愈「和席八夔十二韻〔元和十一年、夔与愈同掌制誥〕」(『全唐詩』巻三四四)に、「多情 酒の伴を懐い、余事に詩人と作る(多情懐酒伴、余事作詩人)」とある。

八、令・引・近・慢

唐五代から北宋前期にかけて、詞の字句が多くないものを令詞という。北宋後期になると、字句の比較的長い詞が現われた。それを慢詞という。令・慢は詞の二大類型である。字数の長くも短くもない形式のものを経て令詞から慢詞に発展するが、それらは「引」もしくは「近」という。明朝の人が令詞を小令といい、引・近を中調に、慢詞を長調に分類することを始めた。①張炎『詞源』には「周邦彦たちは慢曲・引・近を増し広めた（美成諸人又復増演慢曲引近）」と述べられる。②従って、引・近・慢詞が北宋の徽宗の頃には既に流行していたことが分かる。③

「令」の字義は、あまりはっきりとはわからない。およそ唐代の人たちは宴会を行う時に、歌を歌って客に酒を飲むように勧め、一曲を歌うことを一令といった。その為、「令」字を「曲」字の替わりに使ったのである。④白居易は元微之（元稹）に寄せた詩に

打嫌調笑易　打は 調笑の易きを嫌い

飲訝巻波遅　飲は 巻波の遅きを訝《いぶか》る

とうたい、自注には「抛《ほう》打《だ》曲に調笑令がある」と記した。⑤また、「就花枝」詩には

酔翻衫袖抛小令　　酔いて衫袖《さんしゅう》を翻し 小令を抛ず

とある。⑥ 更に「田順児の歌を聴く（聴田順児歌）」には

争得黄金満衫袖　　争《いか》でか得ん 黄金 衫袖に満ち
一時抛与断年聴　　一時に断年の聴を抛じ与うるを

とある。⑦「抛打曲」の意味について、唐人の説明を見たことはないが、これらの詩句から考えると、「抛」は唱《うた》う、「打」は拍《う》つ、のようである。⑧ 元稹「何満子歌」には

牙籌記令紅螺碗　　牙籌《がちゅう》もて令を紅の螺碗《らわん》に記す

とある。⑨ ここでの「記令」は「記曲」であり、唐代の人々が小曲を小令と称していたことがわかる。

唐人は、小令の曲調名に「令」字を加えないことが多い。「調笑令」の元の名は「調笑」であり普通は「令」字を加えず、『教坊記』やその他の書物が唐代の小曲の名前を記載する際には多く「子」字が用いられる。⑩ 唐人は小さいものをいう時には「子」を用いた。例えば、「小船」を「船子」といい、「小椀」を「盞子《さんし》」という。現在広東人が「仔《し》」字を用いるのは、唐代の風習がまだ残っているのであろう。曲名に「子」字を用いる場合、大抵は令曲である。例えば、「甘州」は元々大曲であり、⑪ その令曲の名が「甘州子」となった。また、「八拍子」という曲があるが、これは八拍の小曲という意味である。漁人が歌った小曲は「漁歌子」と名づけ、酒泉で流行した小曲は「酒泉子」と名づけられた。宋代になると、次第に「子」字を使わず替わりに「令」字を使うようになった。例えば、「甘州子」は、宋代になると「甘州令」と名称が改められた。また唐五代の時には「子」字あるいは「令」字が付けられず、宋代になって「令」字を付け加えられ

たものもある。例えば、「喜遷鶯《きせんおう》」「浪淘沙《ろうとうさ》」「鵲橋仙《じゃくきょうせん》」「雨中花」などがそうである。「令」字は元来調名に属するものではなく、「浪淘沙令」は「浪淘沙」であり、「雨中花令」は「雨中花」であって、両者には何ら違いはない。しかし、万樹『詞律』[12]と『欽定詞譜』[13]は両者に違いがあると考えた。万氏は明らかに「すべて小調には令字を加えることができる（凡小調倶可加令字）」と知っていたにもかかわらず、多くの詞人の作品の詞句には違いがあると考え、「浪淘沙令」と「浪淘沙」は別の詞牌であるという態度を崩さなかった。[14]そのような態度は、何と頑ななことか。『猗覚寮雑記』では「宣和年間の末に、都では『新水』が盛んに歌われた（宣和末、京師盛歌新水）」と記すが、[15]ここでの「新水」は「新水令」のことである。宋人が書物のなかでさまざまな詞調を引く場合、よく「令」字や「慢」字を省略する為、この「令」「慢」の一字がないからといって別の曲調であるとは言えない。

「引」は元々琴曲の用語である。古代の琴曲には「箜篌《くご》引」「走馬引」があり、崔豹《さいひょう》『古今注』[16]と呉競『楽府古題要解』[17]に見える。宋人は唐五代の小令を用い、音に変化をつけて、新しい旋律の作品を作り、これに「引」と名づけた。例えば、王安石は「千秋歳引」を作ったが、これは「千秋歳」の旧調を用いて長くしたものである。[18]また曹組「婆羅門引」は「婆羅門」の旧曲に手が加えられた作品である。[19]これ以外にも晁補之「陽関引」[20]、李甲「望雲涯引」[21]、呂渭老「夢玉人引」[22]、周美成（周邦彦）「蕙蘭芳引」[23]は、およそ同名の旧調に手が加えられたものである。しかし、これらの旧曲は失われて今に伝わらない。万紅友（万樹）は王安石「千秋歳引」に、

荊公のこの詞は、「千秋歳」詞の曲調に字を増減したり引き伸ばしたりしたものであり、自然と一つ

の詞体となった。しかし、その起源は実は「千秋歳」にあり、前の曲調と全く異なるというわけではない。

荊公此詞、即千秋歳調添減攤破、自成一体、其源実出千秋歳、非前調迴別。

と注した。また「題に引の字のあるものは、引き伸ばすという意味であり、作品の字数は必ず元の詞体より多い（凡題引字有者、引伸義、字数必多前）」とも言っている。[24]徐誠庵（徐本立）も「すべて調名に引の字を加えるものは、句を引き伸ばしているのである。これこそが添字の意味である（凡調名加引字者、引而伸之。即添字之謂）」と言っている。[25]この二人の注釈は、正解には近いものの、まだ不十分な所もあるだろう。思うに、「引」と「添字攤破《たんぱ》」とには、やはり区別がある。およそ「添字攤破」は原調との違いが大きくなく、ただ違いは字句のレベルに止まるが、「引」は原調からやや遠く離れているのである。

詞調には「影」字を使うものもある。私は、「影」字は「引」のことではないかと推測している。汲古閣刊本『東坡詞』に「虞美人影」一首があり、黄庭堅にも二首ある。[26]これは二人の一時の諧謔かもしれないが、「引」字を改めて「影」字に作っている。ただ、この詞の字数は「虞美人」詞よりも少なく、「影」字すなわち「引」ではないかもしれない。延祐刊本『東坡楽府』では、この一首は調名を「桃源憶故人」に作っている。[27]この詞調の名前は南宋に始まり、陸放翁（陸游）も「桃園憶故人」と題した作品を作った。[28]また別に「賀聖朝影」という詞調があるが、[29]これも恐らく「賀聖朝」を引き伸ばしたものだろう。しかし、「賀聖朝」は四十七字体で、「賀聖朝影」には四十字体があるだけである。従って、恐らく唐代には四十字より字数の少ない「賀聖朝」があったのだろう、しかし今は既に失われて伝わらない。この「賀聖朝」の曲調名は、つとに『教坊記』に見え、唐代の旧曲があったと断言できる。姜白石（姜夔《きょうき》）「凄涼犯」自注には「また『瑞鶴仙影』と名づけた（亦名瑞鶴仙影）」とある。㉚「瑞鶴仙影」は「瑞鶴仙令」から引き伸ばして出来たものだと私は推測するが、「瑞鶴仙令」はすでに伝を失っているので、証拠を示す術が無い。別に百二十字体の「瑞鶴仙」があるが、これは「瑞鶴仙」の慢詞である。『陽春白雪』に徐囦子《じょえんし》（徐似道《じょじどう》）の「瑞鶴仙令」があるものの、実際には「臨江仙」である。㉛これは間違いなく伝写の誤りであり、「瑞鶴仙影」と比較検討の対象とすることはできない。以上「虞美人影」「賀聖朝影」「瑞鶴仙影」三調については推測の域を出ず、「影」が「引」であるか否かは、未だ定論はない。

「近」は「近拍」を省略したものである。周美成に「隔浦蓮近拍」があり、方千里の和詞は詞題を「隔浦蓮」に作り、呉文英には「隔浦蓮近」がある。㉜この三者は句式もリズムも完全に同じなので、「近」とは「近拍」のことだ、と分かる。つまり、古い「隔浦蓮」の曲調を編曲するので、「近拍」を加えた名称となるのである。「隔浦蓮」の令曲は伝を失ったのが早いが、白居易に五言四句七言二句の「隔浦蓮」詩がある。㉝これが恐らく唐代の「隔浦蓮」令曲の句式だろう。また、王灼『碧鶏漫志』には、

「荔枝香《れいしこう》」はもともと唐の玄宗の時に作られた曲である。現在歇指《けっし》・大石の二つの曲調はどちらも「荔枝香近拍」があり、どれがもとの曲かは分からない。

荔枝香本唐玄宗時所製曲、今歇指大石二調中皆有荔枝香近拍、不知何者為本曲。

とある。㉞この文によっても「荔枝香近」が「荔枝香近拍」だと証明できる。同名異曲㉟のものについては、宋詞の楽譜は失われており、考察する方法はなくなってしまった。

「慢」は古書では「曼」と記され、これも「引き伸ばす」の意味がある。歌声を引き伸ばすとは、歌い方が緩慢になることなので、「曼」字から徐々に「慢」字が出来たのだ。「楽記」には「宮商角徴羽、この五つの音が皆乱れて、互いにしのぎ合うことを慢と言う（宮商角徴羽、五音皆乱、迭相陵、謂之慢）」とあり、また「鄭・衛二国の音楽は、乱世の音である。慢と同じである（鄭衛之音、乱世之音也、比於慢矣）」とある。[36]この二つの「慢」字は、不必要な音が多いことを指す。『宋史』「楽志」では「遍曲」と「慢曲」とを並列させている。[37]法曲[38]・大曲はすべて多くの遍によって構成されて一曲となったものである。[39]もし一遍を取って歌唱すれば、それを「遍曲」と呼ぶ。「慢曲」はただ単遍があるのみだけであり、その歌唱のリズムは却て「遍曲」よりも緩慢である。張炎の『詞源』では、

慢曲は百余字に過ぎないが、その中の音調の抑揚や高低、また丁・抗・掣《せい》・拽《えい》などの装飾音、それには、大頓・小頓・大柱・小柱・打・掯《こう》などの延長、拍の音譜もある。これらの音譜を正しく演奏することは、まさに楽記の、音調が上がるときは天にのぼるように、下がるときは地におちるように、曲がるときは物がまがるように穏やかに、止まるときは枯れ木のように静かに、急に曲がるときはさしがねの直角のように、大きく曲がるときは鉤のようにゆるやかで、長く連なって明瞭であるときは一筋に貫いた珠のようである、ということばに当たり、実に難しいことである。

慢曲不過百余字、中間抑揚高下、丁、抗、掣、拽、大頓、小頓、大柱、小柱、打、掯等字。真所謂上如抗、下如墜、曲如折、止如槁木、倨中矩、句中鉤、纍纍乎端如貫珠語、斯為難矣。

と述べられる。[40]この一節には、多くの歌唱に関する専門用語が含まれるので、我々はすでにあまり理解す

ることができない、しかしこの記述より「慢曲」に「慢」字が使われる理由は引き伸ばして歌唱する方法が色々あるからだ、と分かるだろう。唐代の詩人盧綸には「姚美人の箏を拍ち歌うを賦す（賦姚美人拍箏歌）」という詩があり、

　有時軽弄和郎歌　　時に軽く弄し郎と和《とも》に歌う有り
　慢処声遅情更多　　慢処 声は遅く 情は更に多し

とうたうが、[41]この句によって唐人が曲をうたう場合は、すでに慢処（リズムがゆっくりしている所）があったと分かる。[42]宋代になると、慢詞が作られ、曲に緩急の違いが生まれた。およそ令・引・近は、リズムが比較的に速く、慢詞は字句が長く、韻が少ないので、リズムは比較的にゆっくりとしている。ただ「令」「慢」の中でも、おのおの速い遅いの違いはある。例えば、「促拍採桑子」は令曲の中でも速い曲であり、「三台」は三十拍の促曲であって、慢詞の中では速い曲である。[43]

　詞調にある「慢」字は概ね省略できる。例えば、姜白石には「長亭怨慢」があるが、周公謹（周密）・張玉田（張炎）の詞調では共に「長亭怨」になっている。[44]王元沢（王雱）に「倦尋芳《けんじんほう》」があり、潘元質（潘汾）の作品では題が「倦尋芳慢」となっているが、実際は同じ詞である。[45]『塡詞図譜』では「倦尋芳」と「倦尋芳慢」とを二つの詞調に分類するが、[46]これは甚だしい誤りである。『捫蝨《もんしつ》新話』で王元沢のこの詞を引用し、「倦尋芳慢」と呼んでいるが、宋代では「慢」字が、あってもなくてもよいことを証明しているのではなかろうか。[47]これ以外にも「西子妝」[48]「慶清朝」[49]などの例があり、宋代の書物において、「慢」字が加えられる場合と「慢」字が記されない場合があって、違いは全くない。おおよそ、同じ名前の令曲がま

だ流行していれば、慢詞の調名には必ず「慢」字を加えなければいけない。しかし、令曲が流行していない、もしくは元々令曲がなければ、詞調に「慢」字を加える必要がない、ということである。

注

① 「九、大詞・小詞」の冒頭部分の記述を参照。

② 当該記述は『詞源』巻下の巻頭（『詞話叢編』第一冊二五五頁）に見える。

③ 注②に引く『詞源』の記載の前に「徽宗の崇寧年間になって、大晟府が設立され、周邦彦らに命じて古代の音律を尋ね論議し、古い宮調をはかり定めさせた（迄於崇寧、立大晟府、命周美成諸人、討論古音、審定古調）」とある。施蟄存氏の記述は『詞源』のこの箇所の記載を踏まえてのものである。

④ 呉熊和『唐宋詞通論』（九三頁）は、唐代の酒宴で盛んに行なわれた遊戯「酒令」を妓女が歌舞で仕切ったため、酒令が変化して歌令という名称が現れたとする。

⑤ 当該詩句と自注は「代書詩一百韻寄微之」（『全唐詩』巻四三六）に見える。自注について、朱金城『白居易集箋校』（上海古籍出版社、一九八八、七一二頁）は「『巻波遅』この下の小注は馬本、汪本、全詩はともに『調笑令』及び『飲酒曲』に作るが、宋本に拠って改めた（「巻波遅」此下小注馬本、汪本、全詩倶作調笑令及飲酒曲、拠宋本改）」と記す。文中の「馬本」は明・万暦三十四年馬元調刊本『白氏長慶集』、「汪本」は清・康熙四十三年汪立名一隅草堂刊本『白香山詩集』、「全詩」は『全唐詩』を、それぞれ指す。これにより、宋代までのテキストは「調笑」と記して「令」字

がつかず、明代以降のテキストでは「調笑令」と「令」字がつくようになったことが分かる。このことは、後に底本が言及する「『調笑令』の元の名は『調笑』であ」ることの一つの例証と言えるかもしれない。なお、以下底本に引かれる白居易・元稹の詩は概ね酒令の様子をうたったものであり、酒令に関する専著には王昆吾『唐代酒令芸術』（知識出版社、一九九五）がある。

⑥ 『全唐詩』巻四四四に見える。

⑦ 『全唐詩』巻四四九に見える。施氏はすぐ後に見えるように「『抛』は唱う」の意と捉える様である。ただ、該句は別の解釈も可能だろう。例えば、岡村繁著『白氏文集九』（訳注の担当は藤井良雄氏）は該句を「争《いか》でか黄金を得て衫袖に満ちて、一時に抛じ与へて断年に聴かん」と訓じている。

⑧ 『唐代酒令芸術』では「抛打令」の項目を立て、その遊び方について詳細に説明している（該書二二一～三五頁）。

⑨ 『全唐詩』巻四二一に見える。「籌」はかずとり。よって施氏は該句を「象牙のかずとりを紅のほら貝の椀に置き曲数を数えた」と解する様である。なお、王氏は唐代に「籌令」という酒令が行われたと説明し、その実例として該詩を引く（前掲書一一一頁）。

⑩ 『教坊記』は唐・崔令欽の著。該書には、唐・玄宗の時に宮中に設置された音楽署「教坊」に関する記述が載せられ、「南歌子」以下六十五調の「子」の付いた曲調が記録される（任半塘『教坊記箋訂』一二三～一四二頁）。

⑪ 大曲とは唐宋の頃に盛んになった多段式の大型歌舞音楽を言う。器楽曲が演奏される「散序」、楽曲の演奏にあわせて歌唱される「中序」、舞踊が主となる「破」の大きく三段に分かれる。「十九、遍・序・歌頭・曲破・中腔」を参照。

⑫ 万樹、字は紅友。『詞律』については附録の「引用詞籍解題」を参照されたい。

⑬『欽定詞譜』は清・康熙帝の勅命により編纂された書。詳しくは、附録の「引用詞籍解題」を参照されたい。

⑭『詞律』巻一では「浪淘沙」のすぐ後に「浪淘沙令」の項目が別に立てられている。万樹は「浪淘沙令」において、「先の李（煜）詞と比べると、前段・後段の第一句は一字少なく、それ以外は全部同じである。調名に令字を加えるので、『浪淘沙』の後に収録した。ある人は、すべて小調は令字を加えることができ、別の体である為に令字を加える訳ではない、と言っている（比前李詞、前後首句倶少一字、余皆同。以調名加令字、故収在後。或謂凡小調、倶可加令字、非因另一体而加令字也）」と注記している。

⑮『猗覚寮雑記』は宋・朱翌の著した筆記。当該記述は巻上に見える。

⑯『古今注』は晋・崔豹の著。「箜篌引」「走馬引」は該書の巻中「音楽」に見える。「箜篌引」については、「箜篌引は朝鮮の渡し場の兵である霍里子高の妻麗玉が作ったものである（箜篌引、朝鮮津卒霍里子高妻麗玉所作也）」とあり、「走馬引」については、「走馬引は、樗里牧恭の作ったものである（走馬引、樗里牧恭所作也）」とある。

⑰『楽府古題要解』は唐・呉競の著。「箜篌引」の記述はないが、「走馬引」については巻下に『古今注』と同様の記述がある。

⑱『全宋詞』第一冊二〇八頁に見える

⑲『全宋詞』第二冊八〇六頁に見える。

⑳『校刊詞律』巻十一「陽関引」に晁補之詞が引かれ、詞牌下注に「七十八字　また『古陽関』と名づける（七十八字又名古陽関）」と記す。一方、『欽定詞譜』巻十八「陽関引」に「この曲調は宋の寇準の詞より始まる。……晁補之の詞は『古陽関』と名づける（此調始自宋寇準詞。……晁補之詞、名古陽関）」との注記がある。寇準詞は『全宋詞』第一冊三頁、晁補之詞は同書第一冊五六三頁、にそれぞれ見える。

㉑『全宋詞』第一冊四八九頁に見える。
㉒『全宋詞』第二冊一一二六頁に見える。
㉓『全宋詞』第二冊六〇五頁に見える。
㉔万樹が注した、と施氏が述べる二箇所の記述は、杜文瀾・恩錫の按語である。『校刊詞律』巻十で、万樹は王安石「千秋歳引」を引き「与前調迴別」と述べる。それに対して杜文瀾らは「按王荊公此詞即添減攤破、自成一体。……其源実出於千秋歳、非与前調迴別也。又按凡題有引字者、引伸之義、字数必多於前」と万樹の説を否定しつつ、「引」字の説明を加えている。
㉕徐本立、字は誠庵。彼の『詞律拾遺』については附録の「引用詞籍解題」を参照。当該記述は『詞律拾遺』巻二「秋蕊香引」の注に見える。
㉖『宋六十名家詞』所収『東坡詞』に見える。ただし、黄庭堅詞を載せる諸テキスト及び『山谷詞』には「虞美人」詞「桃源憶故人」詞は収録されるものの、「虞美人影」という詞牌名の作品は見つからなかった。
㉗元延祐七年葉曾雲間南阜書堂刻本（中華書局、一九五九）、巻下に見える。
㉘四庫全書本『放翁詞』では詞牌名を「桃園憶故人」とする。また、『欽定詞譜』巻七「桃源憶故人」に「陸游詞名桃園憶故人」の注を載せる。
㉙欧陽脩に「賀聖朝影」の作例がある。『全宋詞』第一冊一四五頁に所収。
㉚『全宋詞』第三冊二一八四頁。ただし、「亦曰瑞鶴仙影」と「曰」に作る。
㉛『陽春白雪』は趙聞礼が編纂した宋詞の選集である。該詞は巻三に見え、次の通りである。

西子湖辺春正好、輸他公子王孫。落花香趁馬蹄温。暖煙桃葉渡、晴日柳枝門。

中有能詩狂処士、閑将一鶴随軒。百銭買隻下湖船。就他弦管裏、酔過杏花天。

該詞の体裁は、「双調六十字、前後段各五句、三平韻」であり、「臨江仙」の又体である。
㉜ それぞれ『全宋詞』第二冊六〇二頁（ただし、詞牌は「隔浦蓮」に作る）、第四冊二四九五頁、第四冊二八八九頁に見える。
㉝ 『全唐詩』巻四三五に見える。該詩は次の通り、五言四句七言二句になっている。「隔浦愛紅蓮、昨日看猶在。夜来風吹落、只得一回采。花開雖有明年期、復愁明年還暫時。」
㉞ 当該記述は、『碧鶏漫志』巻四「茘枝香」（『詞話叢編』第一冊一〇九頁）に見える。ただ、施氏の引用文と『碧鶏漫志』原文との間に異同がある。まず「玄宗時所製曲」の六字は『碧鶏漫志』原文には見えず、『唐史』礼楽志、『楊太真外伝』、『脞説』三書に記される「茘枝香」の由来を紹介した上で、「この三つの説には少し違いはあるものの、必ず玄宗の時の曲である（三説雖小異、要是明皇時曲）」と記される。また、「今歇指大石二調中皆有茘枝香近拍」は、『碧鶏漫志』原文では「今歇指大石両調皆有近拍」に作る。
㉟ 底本原文は「同名而異曲」。名前は同じだが実際の曲調は異なる詞牌を指す。日本の詞学では「同名異調」と呼ぶケースが多いが、ここでは「同名異曲」と訳す。
㊱ この二条の記述はいずれも『礼記』「楽記」に見える。
㊲ 『宋史』巻一四二「楽志」十七「教坊」に、「毎年の春秋に催される聖節三大宴について。その第一は、天子が座にのぼられ、宰相は酒を進め、庭では觱栗《ひちりき》を吹き、その他多くの楽器がそれに合わせて演奏する。群臣に酒を賜り、皆が座につくと、宰相が飲むときには、『傾盃楽』を演奏する。百官が飲むときには、『三台』を演奏する（毎春秋聖節

三大宴。其第一、皇帝升坐、宰相進酒、庭中吹觱栗、以衆楽和之。賜群臣酒、皆就坐、宰相飲、作傾盃楽。百官飲、作三台）」とある。ここに見える「傾盃楽」は、恐らく唐代の大曲に由来し、「旧曲によって新しい曲を作った（因旧曲造新声者）」（『宋史』「楽志」）という五十八曲の大曲に含まれる「傾杯楽」だろう。また「三台」は「三台舞」を指すと考えられ、これは任半塘『唐声詩』下編九三頁の図表では「慢曲」に分類されている。なお、『東京夢華録』巻九「宰政親王宗室百官入内上寿」では『宋史』よりも詳細に宴席の様が記述される。

㊳ 注⑪に挙げた大曲の一種。楽曲の形式は大曲と同じだが、曲調と楽器の用法に違いがあり、より優雅な感があるという。

㊴ 「遍」に関しては、「十一、変・偏・遍・片・段・畳」を参照されたい。

㊵ 当該記述は『詞源』巻下「音譜」（『詞話叢編』第一冊二五六頁）に見える。なお、日本語訳は『宋代の詞論―張炎『詞源』―』「音譜」の訳注（担当は明木茂夫氏）を参照した（四七頁）。

㊶ 『全唐詩』巻二七七。

㊷ 唐・白居易「十二年冬 江西温暖たり 元八の金石稜を寄せ到るを喜び、因りて此の詩を題す（十二年冬江西温暖喜元八寄金石稜到因題此詩）」（『全唐詩』巻四四〇）に「山脚の崦中 纔《わずか》に雪有り、江流の慢処も亦た冰無し（山脚崦中纔有雪、江流慢処亦無冰）」とうたわれる例はあるが、唐宋期の音楽関係の記述に「慢処」が使われている用例は見つからなかった。

㊸ 「十五、促拍」に「促拍採桑子」と「三台」に関する説明がされている。

㊹ それぞれ『全宋詞』第三冊二一八一頁、第五冊三二七五頁（但し詞牌に「慢」字がつく）、第五冊三四八三頁に見える。

㊺ それぞれ『全宋詞』第一冊三八四頁、第二冊一〇三八頁に見える。ただし、潘汾作の詞牌は「倦尋芳」となっている。王雱作の詞牌は、分類本『草堂詩余』前集（『景刊宋金元明本詞』所収）では「倦尋芳」、『楽府雅詞拾遺』（『四部叢刊』所収）巻上は「倦尋芳慢」となっている。

㊻ 底本原文は書名を『詩余図譜』に作る。『詩余図譜』巻三では「倦尋芳」詞を載せるのみであり、『塡詞図譜』巻五では「倦尋芳」と「倦尋芳慢」と分けて項目を立てる。したがって、書名を『塡詞図譜』に改めた。

㊼ 底本原文では書名を『捫蝨新語』に、人物名を王元質に作るが、それぞれ改めた。『捫蝨新話』は宋・陳善の記した筆記。当該記述は巻九にあり、「世の人々が伝えるには、王雱は一生小詞を作らなかったが、ある人がこのことを笑ったので、王雱はとうとう『倦尋芳慢』詞一首を作った。当時の人々はその詞のうまさに心服した（世伝王元沢一生不作小詞、或者笑之、元沢遂作倦尋芳慢一首、時服其工）」と見える（『宋人小説』所収）。

㊽ 「西子妝」は呉文英の自度曲であり、後に張炎がその曲調に合わせて詞を作った。「西子妝」に「慢」がつくか否か、呉・張二氏の別集と総集とを調べると、『夢窓甲稿』（『宋六十名家詞』所収）『山中白雪詞』巻二（『彊村叢書』第六冊）『歴代詩余』巻六十四は「西子妝慢」に作り、『花草粋編』巻九（陶風楼万暦影印本、一九三三）『詞綜』巻十九・二十一は「西子妝」に作る。

㊾ 「慶清朝」を作った詞家としては王観・史達祖などが挙げられ、史達祖『梅渓詞』（『四印斎所刻詞』所収）は詞牌を「慶清朝」とし、王観の詞を収める『唐宋諸賢絶妙詞選』巻五は「慶清朝慢」とする。なお『詞律』『欽定詞譜』では詞牌を「慶清朝」とし、それぞれ「或加慢字」「一作慶清朝慢」の注記を載せる。

九、大詞・小詞

字数の多少による詞の分類として小令・中調・長調がある。これは明代の分類法で、明人の重編した『草堂詩余』[①]に見えるのが最も早い用例である。宋代の人が詞を語るには、このような分類はしない。宋人は概して令・引・近・慢と言い、また令・慢と大別する。[②]その令が明人の言う小令に相当し、引と近が中調に、慢が長調に相当する。これが大まかな対応関係であるが、重要なことは、大詞・小詞という分類もあることだ。『楽府指迷』に次のようにある。

大詞を作るには先ず全体の構想を組立て、詞に詠じる事柄と情感とをはっきりと決定しなければならない。先ずうまく歌い起こし、中間では羅列するように述べてゆき、過処では清新さが要求される。最も肝要なのは末句で、終わりが良くてこそすばらしいのである。一方小詞は、新しい着想が大切で、高尚に過ぎてもいけない。

作大詞、先須工間架、将事与意分定了。第一要起得好、中間只鋪叙、過処要清新。最緊是末句、須是有一好出場方妙。小詞只要些新意、不可太高遠。[③]

これは作詞のポイントを論じた文なのだが、宋人が大詞と小詞の二分類で詞を語っていることにも気づかされる。小詞に該当するものが小令で、大詞に該当するのが慢詞だとするのは理解できるが、そうだとしたら明人の言う中調すなわち宋人の言う引・近が、宋人の観念において小詞に属するのか大詞に属するのかという問題が残る。この問題に関する言及は宋人の著述に見えない。この『楽府指迷』の一条について蔡嵩雲は次のように注する④。

宋代のいわゆる大詞は、慢曲及び序子・三台等を包括する。いわゆる小詞は令曲だけでなく引や近なども含む。明以降は、大詞と呼ばれていたものを長調と言い、小詞を小令と言い、引と近などの詞を中調と言う。

按宋代所謂大詞、包括慢曲及序子三台等。所謂小詞、包括令曲及引近等。自明以後、則称大詞曰長調、小詞曰小令、而引近等詞、則曰中調。

この蔡氏の注で明らかになってはいるが、根拠が示されていない。宋人が引と近も含んで小詞と呼んでいたと、なぜ言えるのか。しかも「小詞を小令と言い（小詞曰小令）」には語弊がある。「令詞を小令と言い（令詞曰小令）」とすべきである⑤。

宋人の筆記『甕牖《ようよう》閑評』に「唐人の詞は令曲が多く、これを後の人が増して大拍を作った（唐人詞多令曲、後人増為大拍）」とある⑥。大拍とは大詞のことだから⑦、この記述から判断すると、令詞以外は全て大詞に属すことになってしまう。しかし⑧、張炎『詞源』に「慢曲と引と近を小唱という（慢曲、引、近、名曰小唱）⑨」とある。これは異なる概念による分類、つまり法曲や大曲に対置するものとしての小唱であって、令・引・近のみならず慢詞まで含んでおり、決して小唱すなわち小詞ではない⑩。さらに『詞源』に「法曲と大曲と慢曲に次ぐものとして、引と近が補い、みな拍眼が定められている（法曲・大曲・慢曲之次、引近輔之、皆定拍眼）」ともある。[11]この『詞源』二つの条はいずれも引・近に令曲を含み、慢曲を一類とし引・近を一類とする書き方である。つまり、宋人は慢曲を大詞と見なし、令・引・近を小詞と見なすのである。陳允平の詞集『日湖漁唱』は、「慢」と「西湖十景」と「引・令」と「寿詞」の四項目を立てる。そのうち二項目が詞体により、二項目が題材による分類である。引・令の項目に「祝英台近」を含むので、[12]陳允平は慢詞を一類とし、令・引・近を一類とすることになる。以上のことから、宋人は令・引・近を小詞とし、慢詞のみを大詞とするとわかる。では、宋人の言う小詞が明人の言う小令と中調で、宋人の言う大詞が明人の言う長調なのだろうか。明人の、五十九字より少なければ小令、五十九字以上九十字までが中調、九十字より多ければ長調といった、字数のみで割り切った区分には根拠がない。

元の燕南芝庵《えんなんしあん》は曲を論じて次のように云う。[13]

近ごろ始まった大楽とは、蘇小小の「蝶恋花」、鄧千江の「望海潮」、蘇東坡の「念奴嬌」、辛稼軒の「摸魚子《もぎょし》」、晏叔原の「鷓鴣天」、柳耆卿《りゅうきけい》の「雨霖鈴」、呉彦高の「春草碧」、朱淑真の「生査子」、蔡伯堅の「石州慢」、張三影の「天仙子」である。

近世所出大楽、蘇小小蝶恋花、鄧千江望海潮、蘇東坡念奴嬌、辛稼軒摸魚子、晏叔原鷓鴣天、柳耆卿雨霖鈴、呉彦高春草碧、朱淑真生査子、蔡伯堅石州慢、張三影天仙子也。

ここに列挙された宋人及び金人の詞十首には、令・引・近・慢そろっている。[14]それを一括して「大楽」としているのはどういうことだろうか。元代に民間で唱われたものは全て卑俗な北曲であり、宋金の人の詞を唱うこと自体が「雅楽」だったので、元人の観念では令・引・近・慢いずれも「大楽」だったということだ。そして「大楽」に対置されるのが「小唱」であった。宋人は詞を小唱とし、元人は詞を大楽とした。元代にあっては、詞人は多くはないが、逆に詞の地位は一層高まっていたことがわかる。

注

① 分調編次本『草堂詩余』を指す。これに対し、類書的な内容による分類の体裁をとっている分類編次本もある。中田勇次郎氏「草堂詩余の版本」(『大谷大学研究年報』四、一九五一、『読詞叢考』再収)に、「類編草堂詩余」の書名を持つ明の顧従敬刊本およびその系統のテキストについて、「詞が字数の多少によって分かたれるようになったのは、詞が歌われるためよりも読まれるために作られるようになってからであろう」とある。

② 「八、令・引・近・慢」参照。宋人の著作、例えば『詞源』の二分類とは、一つが令・引・近、もう一つが慢。これを大詞と小詞の二分類に対応させると、小詞に含まれるのが令(令曲・令詞)と引と近、大詞に含まれるのが慢となる。

③ 宋・沈義父『楽府指迷』「作大詞与作小詞法」(『詞話叢編』第一冊二八三頁)に見える。『楽府指迷』文中の「過処」は前後二段からなる詞の後段第一句のこと。この詞学用語については、「十一、変・徧・遍・片・段・畳」「十二、双調・重頭・双曳頭」「十三、換頭・過片・么」参照。

④ 蔡嵩雲『楽府指迷箋釈』(人民文学出版社、一九八一)。

⑤ 宋人の言う「小詞」には「令詞」だけでなく「引」と「近」も含まれ、宋人の言う「令詞」が、明人の言う「小令」

にあたるのだから、「小詞曰小令」ではなく「令詞曰小令」が正しい。これが施蟄存氏の趣旨であろう。
⑥　宋・袁文『甕牖閑評』には「唐人詞多令曲、後人増為大拍」の一文は無く、同じく宋の陳鵠『耆旧続聞』巻二（孔凡礼点校本の標題では「作詞善用前人底句転換」）にある。
⑦　多くの「遍」からなる「大曲」を「大遍」とも称するのと同様に、令詞を増して拍が多くなったものを「大拍」というのであろう。「拍」については、「十四、拍」参照。
⑧　底本原文は「可知令詞以外、都属於大詞了」。これは、後述の「由此可知宋人以慢曲為大詞、令・引・近為小詞」と矛盾するようだ。底本には、宋人の筆記は、令曲を増して大拍を作ったとはいうが、引と近には言及していないので、「令詞以外は大詞に属すようにも読める記述だ」といった意図が込められていると判断し、「この記述から判断すると」を補って訳出した。
⑨　『詞源』巻下「音譜」にある（『詞話叢編』第一冊二五五・二五六頁）。
⑩　その字数に関係なく、一遍の詞を唱うことを小唱という。宋・耐得翁『都城紀勝』「瓦舎衆伎」に「唱叫と小唱は、拍子木を使って慢曲や曲破を唱うもの。大率《おおむ》ね重く始まり軽く終わる。だから、浅く斟《く》み低く唱う、という。（唱叫小唱、謂執板唱慢曲・曲破、大率重起軽殺、故曰浅斟低唱）」また、孟元老『東京夢華録』巻五「京瓦伎芸」に、「小唱《こうた》は、李師師・徐婆惜・封宜奴・孫三四たちが、一流の花形であった（小唱、李師師、徐婆惜、封宜奴、孫三四等、誠其角者）」とある。現代語訳は、入矢義高・梅原郁『東京夢華録　宋代の都市と生活』によった。
⑪　『詞源』巻下「拍眼」（『詞話叢編』第一冊二五七頁）
⑫　『全宋詞』第五冊三〇九七頁。

⑬　底本原文は「元人燕南芝庵論曲云」。『元曲選』の冒頭に掲載された「燕南芝庵論曲」（第一冊三八頁）は「大楽」を「大曲」に作る。

⑭　この十首については、張鳴「宋金十『大曲（楽）』箋説」（『風絮』第三号に訳注がある）に詳しい。

十、闋

詞一首を一闋と言う。闋《けつ》は詞に特有の助数詞①だが、実は古い意味が復活したのである。音楽の演奏が終わることを「音楽が闋《お》わる（楽闋）」と言う。これは早くは三『礼』②や『史記』等に用例があり③、闋は動詞であった。『説文解字』はこの字を「事が終わって門を閉めることである（事已閉門也）」と解釈する。④事が終わって門を閉めて休むことと音楽とは全く関係ないことであるが、この終わるという意味だけが残った。『呂氏春秋』「古楽篇」では、「むかし葛天氏《かってんし》の音楽は、三人が牛の尾を手に持ち、足を踏み鳴らして八篇の曲を歌った（昔葛天氏之楽、三人操牛尾、投足以歌八闋）」と言う。⑤馬融「長笛譜」では、「一曲が終わると、名残の弦の音がさらに高くなる（曲終闋尽、余弦更興）」と言う。⑥この二つの「闋」字は、既に歌曲の単位を示す名詞となっている。ただし、漢魏以来、一つの歌曲、一首の楽府詩を一闋と称する文献をまだ目にしていない。唐代の詩人沈下賢（沈亜之《しんあし》）の詩文集の中に、「文祝延二闋」の標題がようやく出現し⑦、その後宋代になると、「闋」字は詞の単位名詞として広く用いられるようになり、この古字が晩唐期に復活し始めたことを知ることができる。

『墨客揮犀《ぼっかくきさい》』には、天聖年間に才女の盧氏が駅舎の壁に詞を書きつけ、その序に「そこで『鳳棲梧《ほうせいご》』の曲一闋を作った（因成鳳棲梧曲子一闋）」と書いた、と記される。⑧これが一首の詞を一闋と称した最も早い記録である。以後、蘇東坡（蘇軾）の「如夢令」詞序に「戯れに二闋を作った（戯作両闋）」と言い、⑨陳去非（陳与義）の「法駕導引」詞序には「（九のうちに）三を得て六を失った、そこで三闋を元の作品に真似て作った（得其三而亡其六、擬作三闋）」と言う。⑩馬令『南唐書』には、李中主（李璟《りえい》）が「かつて『浣渓沙《かんけいさ》』二闋を作った（嘗作浣渓沙二闋）」とあり、⑪馮延巳《ふうえんし》は「百闋あまりの楽章を作った（作楽章百余闋）」ともある。⑫これらの記事はすべて北宋期に属する。

宋人の習慣では、単遍⑬の小令⑭は言うまでもなく双曳頭《そうえいとう》⑮の慢詞⑯であっても、すべて一首を一闋と称する。上下遍に分けた詞を、上下闋と言ってよく、或いは前後闋と言ってよい。ただ、上下闋であろうと前後闋であろうと、やはり併せて一闋であって、二闋とは言えない。近頃「詞の一片を一闋と呼び、一首の詞を二段、三段に分けても両闋、三闋と言うことができる（詞一片叫做一闋、一首詞分做両片、三片、也可以説是両闋、三闋）」と説く人がいる。また「一首の詞を二段、三段に分けて、それぞれの段を一闋と呼ぶ（一首詞分両段或三段、毎段叫做一闋）」と説く人もいる。これらの説⑰は非常に奇妙で、どのような根拠があるかが分からず、宋元以来の詞集・詞話をくまなく探しても、一首を上下片に分けている詞を二闋とする例を、私はこれまで見たことがないのである。

「闋」字は後世に用いられるようになると、「詞」の代用字になった。東坡の詞序には「この闋を作る（作此闋）」とある。⑱白石（姜夔）の詞序には「よってこの闋を作る（因度此闋）」「よってこの闋を賦す（因賦是闋）」とある。⑲また金陵の人が欧陽脩の詞に跋文を記し「荊公はかつて客人に向かって永叔の小闋を

暗唱した（荊公嘗対客誦永叔小闋）」と言っている。⑳　また柳永の詞に、

　硯席塵生　　硯席《けんせき》に塵生じ
　新詩小闋　　新詩 小闋
　等閑都尽廃　等閑《なおざり》に都《すべ》て尽く廃す

とある。㉑　趙介庵（趙彦端）の詞には、

　只因小闋記情親　只だ小闋に因りて 情親を記す
　動君梁上塵　　　君が梁上の塵を動かす

とある。㉒　これらの「闋」字はすべて「詞」字の替わりに使っていて、「小闋」とは「小詞㉓」のことである。
呉文英の詞には、

　塵牋蠹管　　塵牋《じんせん》蠹管《とかん》
　断闋経歳慵理　断闋 歳を経て 理《ととの》うるに慵《ものう》し

とある。㉔　ここでの「断闋」とは未完成の詞稿を指し、「闋」字の本義からますます遠くかけ離れ、辞書にも収めることができなくなっている。

注

① 底本原文は「単位名詞」。本篇ではこの語が三度用いられる。直訳すれば「単位を示す名詞」、もしくは底本のまま「単

位名詞」となるが、ここでは「助数詞」と訳した。

② 三『礼』は、『周礼』『儀礼』『礼記』の三書を指す。いずれも儒教における礼を説いた書物であり、経書として扱われた。三『礼』のうち、『周礼』には「楽闋」の用例は見えない。『礼記』の「文王世子」に「役人たちが、音楽が終わったことを報告する（有司告以楽闋）」、『儀礼』の「燕楽」に「主人は答拝して音楽が終わる（主人答拝而楽闋）」とあるのなど。

③ 『史記』には「楽闋」の用例はないが、巻七「項羽本紀」には、項羽「抜山歌」を記した後に「何度か歌い、虞美人がこれに唱和した（歌数闋、美人和之）」とある。ここでの「闋」は、後で本文中に説明のある「歌曲の単位名詞」としての用法であり、動詞としての用法ではない。ただし、『史記』に見える「闋」の用例、及び注⑤⑥に共通する用例として留意すべきだろう。「楽闋」の用例は正史では『後漢書』以降に見え、『後漢書』志第四「礼儀志」には「音楽が終わり、群臣はたまものを受けて食事が終わる（楽闋、群臣受賜食畢）」とある。

④ 漢・許慎『説文解字』第十二上。

⑤ 『呂氏春秋』巻五「仲夏紀・古楽」に見え、古代音楽の成立に言及する箇所から引用されている。戦国時代末期に呂不韋が食客たちに編纂させた書物である。

⑥ 「長笛賦」は『文選』巻十八「音楽下」に収録される。作者の馬融は後漢の学者。博覧強記の人物として知られ、美しい容貌の持ち主で笛を吹くことを好んだことでも知られる。

⑦ 沈亜之は中唐期の詩人であり、唐代伝奇小説の作者としても知られる。『沈下賢文集』巻二に「文祝延」があり、その文中に「其詞二闋」とある。

⑧『墨客揮犀』は宋代の筆記。筆者については「彭乗」及び「彭淵才」の二人の説があり、未だに定論はない。巻四「盧氏題泥渓駅」に見える。天聖は北宋・仁宗のときの元号。以下⑫までの資料はすべて北宋期のものである。

⑨『全宋詞』第一冊三二一頁では「元豊七年十二月十八日、泗州の雍熙塔の下で沐浴して、戯れに『如夢令』の曲を作った（元豊七年十二月十八日、浴泗州雍熙塔下、戯作如夢令闋）」と「両」字を脱する。ただ、劉尚栄校証『傅幹注坡詞』（巴蜀書社、一九九三）の校勘記によれば、珍重閣手写本及び元刊本『東坡楽府』では「戯作如夢令両闋」に作る（二四二頁）とある。

⑩底本原文は「得其三而亡其二」に作るが、『全宋詞』第二冊一〇六八頁に見える詞序に従い「亡其六」に改めた。『全宋詞』に見える詞序は次の通りである。「世間が伝えるには、このごろ都のある店で、黒い衣を着てつちの形のまげを結った女性を引き連れた道士が、一斗の酒を買い一人で飲んでいた。女性は詞を歌って酒をすすめた。その作品は全部で九関あり、どれもこの世の人の言葉とは思えなかった。ある人がこのことを覚えていて、とある道士に尋ねると、道士は驚いて、これは赤城の韓夫人が作った『水府蔡真君法駕導引』である、黒い衣を着た女性は龍ではないだろうか、と答えた。（九のうちに）三を得て六を失った、そこで三関を元の作品に真似て作った。（世伝頃年都下市肆中、有道人携烏衣椎髻女子、買斗酒独飲。女子歌詞以侑、凡九関、皆非人世語。或記之以問一道士、道士驚曰、此赤城韓夫人所製水府蔡真君法駕導引也、烏衣女子疑龍云。得其三而亡其六、擬作三関）」

⑪底本では李中主を李後主に作るが、改める。宋・馬令撰『南唐書』は北宋崇寧五年（一一〇五）の成書。巻二十五「談諧伝」に「元宗はかつて『浣渓沙』二関を作り、みずから書いて王感化に賜った（元宗嘗作浣渓沙二関、手写賜感化）」とある。元宗は李璟のこと。

⑫『南唐書』巻二十一「党与伝」。ただし、「百闋あまりの楽章をあらわした（著楽章百余闋）」と「著」字に作る。なお、北宋・阮閲『詩話総亀』後集巻三十二「楽府門」では、「馮延巳作楽章百余闋」と記される。

⑬「単遍」は分段のない詞を指す。なお、「遍」については「十一、変・徧・遍・片・段・畳」を参照。

⑭「小令」は字数の少ない詞を指す。「八、令・引・近・慢」及び「九、大詞・小詞」を参照。

⑮「双曳頭」は三つに分段される詞のうちで、第一畳・第二畳が同じ句式であり、第三畳の二つ（双）の頭となっているものを言う。詳しくは、「十二、双調・重頭・双曳頭」を参照。

⑯「慢詞」は字数の多い詞を指す。「八、令・引・近・慢」及び「九、大詞・小詞」を参照。

⑰この二つの記述が何に拠るかは未詳。本篇「闋」の『文史知識』初出（一九八四年）当時の中国の詞学書・文学史・辞書・教科書などにこのような記述があったと推測される。

⑱『全宋詞』第一冊三一七頁、蘇軾「浣渓沙（羅襪空飛洛浦塵）」詞序に「松の下で酒を飲み、松黄湯を用意して、この闋を作った（野飲松下、設松黄湯、作此闋）」とある。なお、注㉔までは「闋」字が「詞」字に代用される例である。

⑲『全宋詞』第三冊二一七四頁、姜夔「浣渓沙（著酒行行満袂風）」詞序の末尾には「山歩きをして野で吟じ、自由気ままに歩き、寄るべなく遠くを眺め、そこでこの闋を賦した（山行野吟、自適其適、憑虚悵望、因賦是闋）」とあり、同書第三冊二一八一頁、「淡黄柳」詞序の末尾には「よってこの闋を作り、旅の思いを述べる（因度此闋、以紓客懐）」とある。

⑳明・毛晋輯刻『宋六十名家詞』所収『六一詞』に見える。荊公は王安石、永叔は欧陽脩である。

㉑『全宋詞』第一冊四七頁「郭郎児近拍」の後段四・五・六句。

㉒『全宋詞』第三冊一四四七頁「阮郎帰（三年何許競芳辰）」の後段最後の二句。ただし、『全宋詞』は当該箇所を「只応小関記情親、動君梁上塵」に作る。

㉓「小詞」は注⑭「小令」と同じく字数の少ない詞を指す。なお、「小詞」は「九、大詞・小詞」を参照されたい。

㉔「霜葉飛」の後段二・三句。ただし、『全宋詞』第四冊二八七四頁は「塵牋蠹管、断関経歳慵賦」に作る。押韻の関係上、「理」字でなく「賦」字でなければならないが、ここでは底本に従っておく。なお「蠹」字は、『文史知識』初出時及び『唐宋詞鑑賞辞典』では「蝨」字に作る。

十一、変・偏・遍・片・段・畳

『周礼《しゅらい》』「大春官」に、「もしも音楽を九変演奏すれば、死者の魂に対して祭礼を行うことができる（若楽九変、則人鬼可得而礼之矣）」とあり、[1]鄭玄《じょうげん》の注に「変とは、更のようなものである。音楽を一通り演奏し終われば、またそれを最初から改めて演奏するのである（変、猶更也。楽成則更奏也）」とある。[2]これが、音楽用語としての「変」字の最初の出現である。この「変」字は、「変更」の「変」である。一曲の歌曲を最初から最後まで一通り演奏し、続いてまた別の一曲の演奏に移る、これを「一変」という。『周礼』のいう「九変」とは、つまり九曲の歌曲から成る組曲である。[3]古代の音楽は、九曲一組という形式が最も盛んに且つ重んじられていたのであり、祖先や鬼神に対する祭祀は全て九曲一組の音楽を用いていたのである。

この「変（變）」字は唐代まで使われたが、やがて簡略化され、「偏」或いは「遍」という字が代わりに使われるようになった。『新唐書』「礼楽志」は「儀鳳二年、太常卿の韋万石が凱安舞六変を定めた。一変は龍が参墟に興るのを象《かたど》り、二変は関中を平定するさまを象り、三変は東の辺境の人々が帰順するのを象り、四変は江淮が平らげられるさまを象り、五変は北方の少数民族である獫狁《けんいん》が服従するのを象り、六変は帝位を回復して尊崇され、軍隊も整えられるさまを象る（儀鳳二年、太常卿韋万石定凱安舞六変。一変象龍興参墟、二変象克定関中、三変象賓服東夏、四変象江淮平、五変象獫狁服従、六変復位以崇、象兵還振旅）」という。④ また、「儀鳳二年、太常卿韋万石が、上元舞を作り、併せて破陣・慶善の二つの舞曲を演奏することを願います。そして破陣楽五十二徧のうち、雅楽として用いるのは二徧。慶善楽五十徧のうち、雅楽として用いるのは一徧。上元舞二十九徧はすべて雅楽といたしましょう、と奏上した（儀鳳二年、太常卿韋万石奏請作上元舞、兼奏破陣慶善二舞、而破陣楽五十二徧、著于雅楽者二徧。慶善楽五十徧、著于雅楽者一徧。上元舞二十九徧、皆著于雅楽）」、「河西節度使楊敬忠が、霓裳《げいしょう》羽《う》衣《い》曲《きょく》十二遍を献上した（河西節度使楊敬忠献霓裳羽衣曲十二遍）」といった記述もある。⑤ 同一の巻に記された音楽の歴史の中で、ある時は「変」といい、ある時は「徧」といい、ある時は「遍」というが、いずれも当時の公文書に基づいて、そのままに写し記録されたものであって、しかも統一はされていない。これらのことから、変の字はすでに次第に用いられなくなってきており、徧と遍の字は同音で通用されていることがわかる。『楽府詩集』が収める唐代の大曲である「涼州歌」や「伊州歌」は、みな「排遍」を持っており、⑥ また白居易の「水調を聴く（聴水調）」詩には、

　五言一遍最殷勤　　五言一遍最も殷勤
　調少情多似有因　　調少なくして情多きは因《よし》有るに似たり

とある。⑦ この二つの遍の字（「排遍」「一遍」）は、ともに大曲の組曲全体の中の一曲を指している。

宋代の慢詞の前身は、大曲中の一遍であることが多い。たとえば「霓裳中序第一」というのは、もとは「霓

裳羽衣曲中序」の第一遍である。[8] また「傾杯序」は、「傾杯楽序曲」中の一遍である。[9] 後に、ある人がただその一曲のためだけに作詞し、情を賦し景を写すことによって、慢詞の詞牌の一つとなった。この詞牌を使って一首の歌詞を作った場合、それを一遍と呼ぶことも可能なのである。

一首の詞を一遍と呼ぶ以上、一首の詞の前後段を前後遍と呼ぶ人もいる。賀方回（賀鋳）「謁金門（楊花落）」詞の序は、「李黄門は夢の中で一曲を得た。前遍二十言、後遍二十二言で、しかもそれに音楽はついていなかった。私はその前遍を採用して横の一字を加え、二十五字を続けてこの詞を作った（李黄門夢得一曲、前遍二十言、後遍二十二言、而無其声。余采其前遍、潤一横字、已続二十五字写之）」という。[10]

王灼『碧鶏漫志』は「望江南」の詞調を論じて、「この曲について調べてみると、唐より今に至るまですべて南呂宮であり、字句もまた同じである。ただ現在の曲だけが二段からなっている。思うに近頃の曲子は単遍からなるものはないのだ（余考此曲、自唐至今、皆南呂宮、字句亦同。止是今曲両段。蓋近世曲子無単遍者）」という。[11] 宋人が分段のない小令を単遍といっているのは明らかである。だとすれば、両段・三段に分かれる詞は双遍・三遍と称することも出来るはずである。しかし、実際にそのような名称で呼ばれた例はない。

南宋になると、この「遍」字を替えて更に簡略な「片」字が用いられるようになった。張炎『詞源』は、「東坡が章質夫の『水龍吟』に次韻した詞は、後片はますます素晴らしい（東坡次章質夫水龍吟、後片愈出愈奇）」、また「大曲には歌の入るものもあり、音譜はあるが楽曲としては演奏しないものがあっても、（全体としては）一曲中の楽曲数は法曲と変わらない（大曲亦有歌者、有譜而無曲、片数与法曲相上下）」という。[12] ここでいう後片はつまり後遍であり、片数はつまり遍数のことである。

前遍・後遍は、また前段・後段とも言う。『甕牖閑評』には「二郎神前段」「卜算子後段」などの言い方が見える。[13] また上段・下段ともいい、それは『花庵詞選』に見える。さらにまた第一段・第二段というのもある。『花庵詞選』は周美成（周邦彦）の「瑞龍吟」詞を解説して、「今この詞を考えてみると、『章台の路』から『旧処に帰来す』までが第一段であり、『黯《あん》として凝竚《ぎょうちょ》す』から『盈盈として笑語す』までが第二段である。『前度の劉郎』からあとは、第三段である（今按此詞自章台路至帰来旧処是第一段。自黯凝竚至盈盈笑語是第二段。自前度劉郎以下係第三段）[14]」と述べる。また『碧鶏漫志』には「今の越調の『蘭陵王』は、およそ三段、二十四拍である（今越調蘭陵王凡三段、二十四拍）」という。[15] これらはいずれも段の字を使っており、遍・片と同じ意味である。

また別に「畳」の字を使うこともある。それは唐代にすでに用例が有り、これもまた『新唐書』「礼楽志」に「韋《い》皐《こう》は南詔奉聖楽を作り、黄鍾《こうしょう》の音階を使った。その舞は六首の楽曲から成り、楽官は六十四人、司会者は二人、序曲は二十八畳である（韋皐作南詔奉聖楽、用黄鍾之韻、舞六成、工六十四人、賛引二人、序曲二十八畳）」と見えている。[16] また、沈存中（沈《しん》括《かつ》）『夢《む》渓《けい》筆談』は「霓裳曲は全部で十二畳、前六畳は拍子がない、第七畳に至るとこれを畳遍といい、ここから拍子が有って舞が始まる（霓裳曲凡十二畳、前六畳無拍、至第七畳方謂之畳遍、自此始有拍而作舞）」という。[17] これらの畳の字も、やはり遍の意味であることがわかる。また畳遍というのもつまりは排遍のことである。周紫芝の「浣渓沙（近臘風光一半休）」詞序には、「今年は冬が暖かく、十二月が近くなっても雪が降らない。そして梅はもちろんまだ花を咲かせていない。戯れに『浣渓沙』を三畳作って、それによって優れて美しい梅花を咲かせようと願った（今歳冬温、近臘無雪、而梅殊未放。戯作浣渓沙三畳、以望発奇秀）」[18]という。この詞序において三畳というのは、すなわち三首ということである。その実、「浣渓沙」は毎首二畳であるから、三首であれば六畳なければならない。周紫芝は一首を一畳としているが、このような畳字の用法は、誤りのように見える。

畳の字は、重複を意味する。そのため、詞家は一般に一首の下片を畳としている。『詞源』「謳曲旨要《おうきょくしよう》」は「畳頭の艶拍は前に置く（畳頭艶拍在前存）」という[19]。ここにいう畳頭とは、下片の首句のことであり、それはまたいわゆる過処である[20]。ただ、楊湜《ようしょく》『古今詞話』は秦少游（秦観）の「鷓鴣天（枝上流鶯和涙聞）」詞を論じて「この詞は愁い怨みの思いを描写するのに最も巧みである。後畳の『甫《はじ》めて能く灯児を炙《とも》し得了《え》て、雨は梨花を打ちて深く門を閉ざす』には、言外に深い意味がある（此詞形容愁怨之意最工、如後畳甫能炙得灯児了、雨打梨花深閉門、頗有言外之意）」といっている[21]。これによれば、下片のみが畳なのではなく、上片もまた畳と称することが出来ることになる。上片を前畳、下片を後畳と呼ぶことが出来るのであれば、上下闋を一闋という例に倣って、周紫芝のように一首の詞を一畳と称することも、間違いとは言い切れないかもしれない。

万紅友（万樹）の『詞律』は詞の二段に分かれているものを二畳といい、三段に分かれるものを三畳という。これは宋人の畳の観念とは異なるようである。宋人は前畳・後畳とはいっても、それはやはり一畳なのであって、二畳とはしなかった。三段に分かれる詞を三畳という例は、宋人の書物の中には見えない。

注

① 『周礼』「春官・宗伯下・大司楽」。なお、底本の引用は「可得而礼之矣」に作るが、原文は「可得而礼矣」である。

② 『周礼』「春官・宗伯下・大司楽」の「六楽というものは、一変を演奏することによって、翼有るもの及び川や沢の神霊を感動させ招来することができる（凡六楽者、一変而致羽物及川沢之示）」に付された注である。

③ 一曲の歌曲を一通り演奏して別の曲に移ることを「変」というのであれば、「九変」すなわち九回「変」すれば全部で十曲あるはずではないだろうか。但し、例えば本田二郎『周礼通釈』（秀英出版、一九七九）はこの直前の「凡六楽者、一変而致羽物及川沢之示」（前注②参照）という部分の「一変」に注して、「変とは一曲が終了し、最初から更めて一番を奏するを謂う。一曲が終了することを一成とも謂う。所謂第一回である」という。この「一回」を「一変」と考えれば、「九変」は九曲で正しいことになる。

④ 『新唐書』巻二十一「礼楽志」十一。儀鳳二年は六七七年。

⑤ それぞれ『新唐書』巻二十一「礼楽志」、巻二十二「礼楽志」に見える。二つ目の引用を底本は「十二偏」につくるが、『新唐書』が「遍」につくり、後文にも「或用偏、或用遍」とあるので、改めた。なお、この引用の直後に「同一巻中」というのは「同一書中」の意であろう。

⑥ 宋・郭茂倩『楽府詩集』巻七十九「近代曲辞」に「涼州」「伊州」が並んで収録されている。ただし「涼州」には「排遍第一・第二」があるが、「伊州」に「排遍」はなく、有るのは「入破」である。なお、この二曲に続く「陸州」には「排遍」がある。

⑦ 白居易「聴歌六絶句」第三首「水調」（『全唐詩』巻四五八）。なお、序には「第五遍は五言の調で、その響きは最も哀切である（第五遍乃五言調、調韻最切）」という。

⑧「霓裳中序第一」は『詞律』巻十六、『欽定詞譜』巻二十九にそれぞれ収録される詞牌名。『欽定詞譜』の按語は、宋・沈括『夢渓筆談』の「霓裳曲凡十二畳、前六畳無拍、至第七畳方謂之畳徧。自此始有拍而舞」を引き、「これを考えてみるに、霓裳曲十二畳は、七畳中序から舞が始まる。だから第七畳を中序第一という。おそらく舞曲の第一徧であろう（按此知霓裳曲十二畳、至七畳中序始舞。故以第七畳為中序第一。蓋舞曲之第一徧也）」という。また、姜夔に「霓裳中序第一」の作例があり、夏承燾氏が『姜白石詞編年箋校』に、詳細な注を付している。

⑨『詞律』巻七、『欽定詞譜』巻三十三に「傾杯楽」という詞牌が収められ、『欽定詞譜』の按語には「唐の教坊曲の名である。……一名『古傾杯』、またの名を『傾杯』という（唐教坊曲名。……一名古傾杯、亦名傾杯）」とある。この詞牌は様々な宮調で作られたらしく、例えば宋・柳永『楽章集』には大石・黄鍾・仙呂・林鍾等複数の調名で作例が見える。唐・崔令欽『教坊記』「曲名」に「傾杯楽」があり、また『新唐書』巻二十一「礼楽志」には太宗が長孫無忌に「傾杯曲」を作らせたという紀事が見えるなど、「傾杯」は唐初には成立していたことが知られる。

⑩『全宋詞』第一冊五四一頁。なお、底本は「前遍二十三言」というが、『全宋詞』では「前遍二十言」に作る。それに一つの「横」字を加えたということ、本詞前段は二十一字であることを考えれば、底本が「二十三言」というのは誤りとすべきであるので、改めた。

⑪ 宋・王灼『碧鶏漫志』巻五「望江南」（『詞話叢編』第一冊一一四頁）参照。

⑫ 張炎『詞源』巻下「雑論」に「東坡は章質夫の楊花を詠じた『水龍吟』の韻に次韻した、……その後片は（章詞より）

ずっと突出して優れていた。誠に古今の作品を圧倒する佳作である（東坡次章質夫楊花水龍吟韻、……後片愈出愈奇、真是圧倒古今）」（『詞話叢編』第一冊二六五頁）とある。東坡は蘇軾の号、章質夫は章楶。また同「音譜」に「大曲には歌の入るものもあり、音譜はあるが楽曲としては演奏しないものがあっても、（全体としては）一曲中の楽曲数は法曲と変わらない（若大曲亦有歌者、有譜而無曲、片数与法曲相上下）」（二五六頁）とある。なお、詳しくは詞源研究会編『宋代の詞論—張炎『詞源』—』の該当箇所を参照されたい。

⑬ 宋・袁文『甕牖閑評』巻五に「『二郎神』詞があって、前段に次のようにいう、……また『卜算子』詞の後段に次のようにある、……（有二郎神詞、前段云、……亦如卜算子詞後段云、……）」という文が見える。

⑭ 宋・黄昇『唐宋諸賢絶妙詞選』巻七周邦彦「瑞龍吟」の詞後に付された按語に「今この詞を考えてみると、『章台の路』から『旧処に帰来す』までが第一段であり、『黯かに凝佇す』から『盈盈として笑語す』までが第二段である。……『前度の劉郎』からあとは、すなわち大石調を犯して第三段である（今按此詞、自章台路至帰来旧処、是第一段、自黯凝佇至盈盈笑語、是第二段。……自前度劉郎以下、即犯大石係第三段）」とある。なお、「犯」については「二十、犯」参照。

⑮『碧鶏漫志』巻四「蘭陵王」（『詞話叢編』第一冊一〇三頁）参照。

⑯『新唐書』巻二十二「礼楽志」に「貞元年間、南詔の異牟尋が使者を送って剣南西川節度使韋皐に拝謁し、夷中歌曲を献上したいと申し出、かつ驃国に音楽を進呈させた。皐はそこで南詔奉聖楽を作り、黄鍾の音階を使った。その舞は六首の楽曲から成り、楽官は六十四人、司会者は二人、序曲は二十八畳である（貞元中、南詔異牟尋、遣使詣剣南西川節度使韋皐、言欲献夷中歌曲、且令驃国進楽。皐乃作南詔奉聖楽、用黄鍾之均、舞六成、工六十四人、賛引二人、

序曲二十八畳）」という。南詔は今の雲南地方を拠点とする蛮族の名。黄鍾は宮調の名。底本引用の「韻」は「均」に通じ、音階のこと。「成」は一首の楽曲、「工」は楽官のこと。また「賛引」は儀式の司会を務める者を指していう。

⑰ 宋・沈括『夢渓筆談』巻十七に「霓裳曲凡十三畳、前六畳無拍、至第七畳方謂之畳遍、自此始有拍而舞作」とみえる。底本の引用は「凡十二畳」で一畳少ないが、『碧鶏漫志』巻三（『詞話叢編』第一冊九八頁）が「筆談云」として引用する文では「凡十二畳」となっている。

⑱ 『全宋詞』第二冊八七一頁。周紫芝、字は小隠、自ら竹坡居士と号した。『太倉稊米集』及び『竹坡詩話』の著作がある。

⑲ 張炎『詞源』巻上「謳曲旨要」（『詞話叢編』第一冊二五四頁）参照。底本は「謳歌旨要」に作るが、本来の文字に従って改めた。なお、「艶拍」は、補助的な拍のこと。

⑳ 「過処」については、「十三、換頭、過片、么」参照。

㉑ この詞話は、楊湜『古今詞話』（『詞話叢編』第一冊四九頁）によると、『草堂詩余』前集が収める無名氏「鷓鴣天」詞についての解説である。『草堂詩余』が秦観の作品に続いてこの詞を載せているため、秦観の作と誤られることがあったのであろう。

十二、双調・重頭・双曳頭

元明の時代から、ほとんどの人々は上下二段の詞を「双調」と称している。汲古閣刻『六十名家詞』の校注、万樹の『詞律』、また清の『欽定詞譜』もすべてこの用語を使っている。だがこれは実は極めて不適当なのである。「双調」とは宮調の名であって、①たとえ詞に上下二段あったとしても、ただ一調なのであり、双調ということはできないのだ。呉子律（呉衡照）の『蓮子居詞話』の中で既に万樹の誤りは指摘されているが、②杜文瀾は『詞律校勘記』において呉子律の批評を引用した後、さらに「この議論はいま書き留めておいて今後の参考としたい（此論存参）」という語を加えている。③これは、杜文瀾が『欽定詞譜』の権威を敢えて冒すことができなかったので、そのため呉子律の意見に賛同の意を表せなかったのであろう。④

「双調」という用語には、宋代にはまだこのような使い方はなかった。一首の令詞⑤で、上下二段の句法が完全に同じものは「重頭《ちょうとう》」と称している。『墨荘漫録』には次のような話が記載されている。⑥

北宋徽宗の宣和年間、銭塘の関子東が毗陵《びりょう》にいたとき、夢に一人の美しいひげをたくわえた老人と出会い、彼から「太平楽」という新しい曲調を伝えられた。関子東は夢から醒めた後、ただその曲の五拍しか記憶していなかった。四年後、関子東は銭塘に戻り、また夢にあの美しいひげの老人に会った。老人は笛を取り出して以前のあの曲を最後まで吹いてくれ、関子東はようやくそれが重頭小令であることを知ったのである。それまで記憶していた五拍は、その半分に過ぎなかった。そこで関子東は老人が伝えた曲拍によって、一首の詞を作り、「桂華明」と名づけた。

調べてみると「桂華明」という詞調は、現在にも伝えられている。⑦この詞は上下二段に分かれ、各段五句。上下の段の句式や音韻はすべて同じであり、故に「重頭小令」と言うのである。この「重頭小令」という語は宋人の著作中にはっきりと見えていて、宋代の人たちがこの種の詞を「重頭小令」と称し、「双調小令」とは言っていないことがわかる。〔「重」字は平声で発音する、つまり「重複」の重である。〕

「重頭」は小令にのみ見えるもので、たとえば「南歌子」、「漁歌子」、「浪淘沙」、「江城子」などの詞調はすべてそうである。もし下段の第一句が上段の第一句と同じでない場合は、これは「換頭」であって「重頭」ではない。換頭の意味は、頭の第一句を変換するということであり、重頭の意味は下段冒頭の一句が上段冒頭の一句と重複しているということである。換頭の場所は、音楽では過変というところで、過変とは即ち今の過門⑧である。小令には重頭のものも換頭のものも有るが、引、近、慢詞はすべて換頭であり、重頭のものは無い。『詞律』と『欽定詞譜』には詳しい区別が無く、みな一律に「双調」と称しているが、これも非常に不適切である。しかしながら、宋代の人の書物では、「換頭小令」という用語を私はまだ見たことがなく、このため上下二段に分かれて換頭を用いる令詞をどう呼ぶべきなのか、まだ知らない。宋代においては、換頭であるか否かに関わらず、二段に分かれた令詞をすべて「重頭小令」と言っていたの

かもしれない。晏元献（晏殊《あんしゅ》）の詞に、

重頭歌韻響錚深　重頭の歌韻 響きは錚《そう》として深く
入破舞腰紅乱旋　入破の舞腰 紅は乱れ旋る⑨

と言う。歌は重頭の箇所に至ってますます美しく、踊りも入破⑩の箇所でいよいよ激しくなっている様子を思い浮かべることができよう。だとすれば、詞句が同じであるか否かに関係なく、その音楽のリズムは下段が始まる箇所では音符が増えなければならず⑪、上段の第一句とは異なっていると考えることができるのではないか。以上のような解釈も可能ではないかとも思えるが、しかしまだ私は断定を下すまでには到っていない。いずれにしても、上下二段の令詞を「双調」と称し、宮調名の「双調」と混同してしまうことは、やはり誤りなのだ。

『柳塘詞話』に「宋詞で三換頭であるものは、美成の『西河』と『瑞龍吟』、耆卿の『十二時』と『戚氏』、稼軒の『六州歌頭』と『醜奴児近』、伯可の『宝鼎現』である。四換頭であるものは、夢窓の『鶯啼序』である（宋詞三換頭者、美成之西河、瑞龍吟、耆卿之十二時、戚氏、稼軒之六州歌頭、醜奴児近、伯可之宝鼎現也。四換頭者、夢窓之鶯啼序也）⑫」と言っている。ここでは、三段の詞を三換頭と称し、四段の詞を四換頭としているが、ただ宋代の人がこのように言ったことがあるのかどうかについては、私はまだそのような例を見たことがない。換頭が、必ず下段の起句にあることは分かっている。音楽家はここに多くの音符を加え、そのために後の作詞者は楽曲にしたがってここの句法を改変し、上段の第一句とは異なるものとした。上下二段の詞には、一つの換頭だけが有るのであり、この現象は、ただ令、引、近の詞において存在する。慢詞に至っては、三段や四段のものが有り、或いは「蘭陵王」のように、各段の句法が全く異なっているものも有る。また或いは、たとえば「西河」のように、第一段と第二段の句法が同じだが、換頭が有り、第三段の句法が前の二段とまったく異なっているようなのもある。これらはみな三換頭や四換頭とは言えない。しかも、換頭は第二段から始まるのであり、すなわち三段の詞には二つの換頭しかないのであるから、どうして三換頭と称することができようか。また四換頭とは、唐詞「酔公子」の俗名であって、[13]「酔公子」は重頭小令であり、四段の慢詞の意として用いることはできないのである。要するに、三換頭、四換頭という用語は、すべて明清の人が勝手に定めたもので、概念も明確ではなく、我々は踏襲すべきではない。

「瑞龍吟」という調は、『花庵詞選』では既にそれが双曳頭《そうえいとう》であると説明している。[14]この詞は第二段が第一段の句式や平仄と完全に同じであり、形式上まるで第三段の双つの頭のようになっていることから、[15]このような詞体は双曳頭と名付けられる。曳頭とは換頭のことではない。三段に分けられる詞であればすべて双曳頭であるという人もいるが、これは誤りである。『詞律拾遺』の「戚氏」詞補注に「諸種の詞体で双曳頭であるものは、前の二段はしばしば対になっているが、この調だけはそうではない（諸体双曳頭者、前両段往往相対、独此調不然）[16]」と言っている。考えてみると「戚氏」はもともと双曳頭ではなく、故に前の二段の句式は同じではない。三段の慢詞は、すべて双曳頭であるというわけではなく、双曳頭と称する以上、前の二段は必ず対になっていなければならない。徐本立氏も、三段の詞はすべて双曳頭と呼んでよいと考えていたため、それでこのような疑問を発したのであろう。

鄭文焯《ていぶんしゃく》は詞律に精通していた人であるが、この問題においてははっきりと理解していない部分があったようだ。彼は周邦彦の「瑞龍吟」詞の校箋⑰において、

汲古本に『花庵詞選』の旧注を引いて「これを双曳頭といい、正平調に属す。『前度の劉郎』からあとは、すなわち大石調を犯して⑱第三段であり、『帰騎晩く』以下の四句に至って再び正平調にもどるのである。坊刻本がみな『声価故の如し』の句において分段しているのは、誤りである」という。思うにこれは三段に分かれる詞体を双曳頭とすると明言しているのだ。いまの人がいつも三段の詞を三曳頭と称しているのは、疎略に過ぎる。

汲古本引花庵詞選旧注、此謂之双曳頭、属正平調。自前度劉郎以下、即犯大石調、係第三段。至帰騎晩以下四句、再帰正平調。坊刻皆于声価如故句分段者、非。按此明言分三段者為双曳頭。今人毎于三段則名之為三曳頭、失之疏也。

と述べている。また「双頭蓮」詞の校箋に、

調名の「双頭蓮」から考えるに、この詞は当然双曳頭の曲である。……宋本柳耆卿詞の「曲玉管」一闋は、冒頭の一段が二つに分かれ、すなわちそれぞれ三字句を結句とすると調がぴったりと合う。宋の譜例では、すべて曲で三段のものは双曳頭といい、これもまた「双頭蓮」という曲名の一証となる。

按調名双頭蓮、当為双曳頭曲。……考宋本柳耆卿詞曲玉管一闋、起拍亦分両排、即以三字句結、是調正合。宋譜例凡曲之三畳者、謂之双曳頭、是亦双頭蓮曲名之一証焉。

と論じている。

思うに、鄭氏が最初に言っている、冒頭の一段が二つに分かれるものを双曳頭と名づけるのは、間違いではない。しかし続いて「すべて曲で三段のものは双曳頭という」と説いているのは誤りである。三段の詞は、必ずしも冒頭の一段がすべて二つに分かれるというわけではない。周邦彦の「双頭蓮」詞は、第一、二段の句式が完全に同じであり、双曳頭なのであって、「双頭蓮」という名を付けられたのは、この意味を含んでいるのである。これによって、よりはっきりと三段の詞はすべてが双頭であるというわけではないということを知ることができる。もしそうでなければ、あらゆる三段の詞はみな双頭蓮という名を付けられていたであろうから。『欽定詞譜』に収録されている宋人の三段の慢詞を調べてみると、双曳頭のものはそれほど多くは見られない。「瑞龍吟」や「双頭蓮」を代表とする一類は、その一、二段の句式が全て同じものである。「西河」を代表とする一類は、その一、二段は同じであるが、第二段に換頭を用いているものである。鄭氏の言う「宋の譜例」に至っては、宋人の何の譜の、どのような例が、現在に伝わっているというのかよく分からない。また「いまの人に三段の詞を三曳頭と称している者がいる」と言っているが、私は詞家にこのような記録が有ることもまだ見つけていない。しかしこれによって、清代に既に「曳頭」を遍、片、段、畳と同義の言葉と考え、「疎略に過ぎる」と言うべき人がいたことがわかるのである。

注

① 「双調」は、十二律に七音（宮、商、角、変徴《ち》、徴、羽、変宮）を乗じて生ずる八十四調のうち、夾鍾商の俗名であ

る。王灼『碧鶏漫志』巻四「阿濫堆」（『詞話叢編』第一冊一一〇頁）に「夾鍾商は、俗に双調と呼ぶ（夾鍾商、俗呼双調）」と見え、また張炎『詞源』巻上「十二律呂」（『詞話叢編』第一冊二四七頁）にも「夾鍾商」の俗名として「双調」の名が挙げられている。夾鍾商は、夾鍾律を商声とする調のこと。

② 清・呉衡照の『蓮子居詞話』巻二（『詞話叢編』第三冊二四二四頁）「詞律失考」条に「紅友の詞律において、『南歌子』や『荷葉杯』などの体には、多く双調と注されている。西林先生は、双調とは唐宋燕楽二十八調の、商声七調の一曲の大段の名である、と言われる。詞の中では『雨淋鈴』、『何満子』、『翠楼吟』などは、みな双調に属する。万氏はこの点についてしっかりと考証せず、誤って二段を双調とするという、でたらめな言を残しているのだ（紅友詞律、如南歌子、荷葉杯等体、多注双調。西林先生云、双調乃唐宋燕楽二十八調、商声七之一曲之大段名也。詞中雨淋鈴、何満子、翠楼吟、皆入双調。万氏失考、誤以再畳当之、有此卮言）」と見える。紅友は万樹、西林先生は呉穎芳である。

③ 杜文瀾『詞律校勘記』（清咸豊十一年曼陀羅華閣刊本）にはこの語は見えず、『校刊詞律』巻一「南歌子」条の校記に「按ずるに呉子律の蓮子居詞話にいう、紅友の詞律において、……と。私が思うに、詞譜もまた二段を双調としている。この議論はいま書き留めておいて今後の参考としたい（按呉子律蓮子居詞話云、紅友詞律、……愚謂、詞譜亦以再畳為双調。此論存参）」と述べている。

④ 清・王奕清等奉勅『欽定詞譜』は、清・康熙帝御定の書物であり、清朝の人は表立ってその所説を批判することはできなかった。ただ杜文瀾の場合はむしろ積極的に『欽定詞譜』を肯定する傾向があり、その『詞律校勘記』『校刊詞律』両書において、『欽定詞譜』に盲従するあまり、逆に『欽定詞譜』の謬説によってせっかくの『詞律』の正しい見解まで否定してしまっている例が少なからずみられる。詳しくは、萩原正樹「杜文瀾の『詞律校勘記』について」（『學林』

第三十号所収、一九九九）参照。だがこの双調に関する議論については、『詞律校勘記』「何満子」条に「そこで双調と言っているのは宮調の名であり、唐書の礼楽志に言うところの夾鐘商である。詞律は白居易詩の指していることを知らず、また双調を誤って（詞の前段後段の）二段としている（其云双調者是宮調名、唐書礼楽志所謂夾鐘商也、詞律不知白詩所指、又誤認双調為両段）」と述べており、呉衡照の説に賛同していたと思われる。

⑤ 短編の詞。「九、大詞・小詞」参照。

⑥ 宋・張邦基『墨荘漫録』巻四（孔凡礼点校、中華書局、二〇〇二）。孔凡礼氏はこの条に「関子東三夢」との小題を付している。関子東は関注のこと。底本は、『墨荘漫録』の本文「宣和二年、睦冦方臘起幫源、浙西震恐、士大夫相与奔竄。関注子東在銭塘、避地携家於無錫之梁渓。明年、臘就擒、離散之家、悉還桑梓。子東以貧甚、未能帰、乃僑寓於毗陵郡崇安寺古栢院中。一日忽夢臨水有軒、主人延客、可年五十、儀観甚偉、玄衣而美鬚髯。揖坐、使両女子以銅杯酌酒、謂子東曰、自来歌曲新声、先奏天曹、然後散落人間。他日東南休兵、有楽府曰太平楽、汝先聴其声。遂使両女子舞、主人抵掌而為之節。已而恍然而覚、猶能記其五拍、子東因作詩記云、玄衣仙子従双鬟、緩節長歌一解顔。満引銅杯効鯨吸、低回紅袖作方彎。舞留月殿春風冷、楽奏鈞天暁夢還。行聴新声太平楽、先伝五拍到人間。後四年、子東始帰杭州、而先廬已焚於兵火、因寄家菩提寺。復夢前美髯者腰一長笛、手披書冊、挙以示子東。紙白如玉、小朱欄界、間行以譜、有其声而無其詞。笑謂子東曰、将有待也。徃時在梁渓、曾按太平楽、尚能記其声否乎。子東因為之歌。美髯者援腰間笛、復作一弄、亦私記其声、蓋是重頭小令。已而遂覚。其後又夢至一処、榜曰広寒宮。宮門夾両池、水瑩浄無波、地無纖草。仰観、巍峩若洞府、然門鑰不啓。或有告之者、曰、但曳鈴索、呼月姊、則門開矣。子東従其言。試曳鈴索、果有応者。乃引至堂宇、見二仙子皆眉目疏秀、端荘靚麗。冠青瑶冠、衣彩霞衣、似錦非錦、似繡非繡。因

問引者曰、此謂誰。曰、月姊也。乃引子東升堂、皆再拝。月姊因問、徃時梁渓、曾令双鬟歌舞、伝太平楽、尚能記否。又遣紫髯翁吹新声。亦能記否。子東曰、悉記之。因為歌之。月姊喜見顔面、復出一紙、書以示子東、曰、亦新詞也。姊歌之、其声宛転、似楽府昆明池。子東因欲強記之、姊有難色、顧視手中紙、化為碧字、皆滅跡矣。因揖而退、乃覚、時已夜闌矣。独記其一句云、深誠杳隔無疑。亦不知為何等語也。前後三夢、後多忘其声、惟紫鬚翁笛声尚在、乃倚其声而為之詞、名曰桂華明、云、縹緲神清開洞府。遇広寒宮女。問我双鬟梁渓舞。還記得、当時否。碧玉詞章教仙語。為按歌宮羽。皓月満窓人何処。声永断、瑶台路。子東嘗自為予言之」を節略して現代語に直している。

⑦『全宋詞』は、第二冊一二九五頁に関注の「桂華明」詞一首を録している。『詞律』巻六では「桂華明」を詞牌名として立てて関注詞を収め、『欽定詞譜』巻八は「四犯令」の別名として「桂華明」を挙げている。

⑧「過門」は、音楽用語で、歌詞の前後や中間に挿入される器楽の間奏を指す。

⑨晏殊「木蘭花（池塘水緑風微暖）」詞。『全宋詞』第一冊九六頁。『全宋詞』では「重頭歌韻響錚深」を「重頭歌韻響錚琮」に作る。

⑩唐宋の大曲には散序、中序、破の三段が有り、入破とは、破の部分の第一曲をいう。詳しくは「十九、遍・序・歌頭・曲破・中腔」を参照。ここでの楽曲は変化に富み、急なリズムが用いられることが多かった。

⑪底本原文は「繁声」。「繁声」とは、音符が多く密であることをいう。

⑫清・沈雄『柳塘詞話』巻二（王文濡輯『詞話叢鈔』上海大東書局、一九二四所収）に見える。ただし『詞話叢鈔』所収本では、本篇底本原文の「宋詞三換頭者」を「宋人三換頭者」に作る。なお、沈雄編『古今詞話』（『詞話叢編』第一冊八三八頁）「詞品」上巻「換頭」にも同文が収められているが、ここでも「宋人三換頭者」に作っている。美成

は周邦彦、耆卿は柳永、稼軒は辛棄疾、伯可は康与之、夢窓は呉文英である。

⑬ 『詞律』巻三は顧敻「酔公子」四十字体の別名として「四換頭」の名を挙げている。

⑭ 『唐宋諸賢絶妙詞選』巻七の周邦彦「瑞龍吟」詞注に「今この詞を考えてみると、『章台の路』から、『旧処に帰来す』までが第一段であり、『黯として凝佇す』から、『盈盈として笑語す』までが第二段である。これを双拽頭といい、正平調に属す。『前度の劉郎』からあとは、すなわち大石調を犯して第三段に入り、『帰騎晩く』以下の四句に至って再び正平調にもどるのである。今の諸本はみな『吟牋賦筆』の句の部分で分段しているが、それは誤りである（今按此詞、自章台路至帰来旧処、是第一段。自黯凝佇至盈盈笑語、是第二段。此謂之双拽頭、属正平調。自前度劉郎以下、即犯大石係第三段。至帰騎晩以下四句、再帰正平。今諸本皆於吟牋賦筆処分段者、非也）」と指摘している。

⑮ 第一、二段が、第三段の双つの頭になる、いわばＡＡＢ型となっていることをいう。

⑯ 徐本立『詞律拾遺』巻八に「私が考えるに、諸種の詞体で双曳頭であるものは、前の二段はしばしば対になっているが、この調だけはそうではない。また第二段の字数も第一段とはかなり異なっている（余按諸体双曳頭者、前両段往往相対、独此体不然。且第二段字数亦与第一段相懸）」とある。

⑰ 鄭文焯の「瑞龍吟」詞校箋と後出の「双頭蓮」詞校箋は、大鶴山人（鄭文焯）校『清真集二巻補遺一巻』（清・光緒二十六年刊）の、いずれも『清真集』巻上に見える。

⑱ 「犯」については、「二十、犯」、および明木茂夫「『詞源』犯調考―その「犯」の意味するもの―」（九州大学文学部「文学研究」第九十号所収、一九九三）を参照。

十三、換頭・過片・么

詞の最初期の形式は段落を分けない単遍の小令である。これがのちに発展して単遍を繰り返す形となり、ここに上下二遍に分かれた令詞が出現した。『花庵詞選』に収める張泌「江城子」二首の注に、「唐代の詞は換頭がないものが多い。この詞の両段はもとより二首であり、それゆえ二度、情の字を用いて押韻している。今の人はそれを知らず、二首を合わせて一首とするのは誤りである(唐詞多無換頭。如此詞両段、自是両首、故両押情字。今人不知、合為一首、則誤矣)①」とある。当時、俗本が誤って二首を合わせて一首とし、重頭の小令とみなしたことが分かる。②さいわい、詞中に二度「情」字を押韻しているので、もとは二首であったことが証明されるが、そうでなければ容易には区別しがたい。『花間集』に収める牛嶠の「江城子」二首も、ともに単遍である(二首目に誤字がある)③。宋の蘇東坡(蘇軾)作「江城子」十三首④はいずれも牛嶠の詞体を用いて単遍を繰り返しており、このような場合、これを宋人は「畳韻」と称する。晁无咎(晁補之)に「梁州令畳韻(田野閒来慣)⑤」と題する詞があるが、これは二首の「梁州令」をつなげて一首にしたもの。「梁州令」はもともと上下両遍の令詞であるが、いままたその一首を重ねたので、四遍の慢詞となったのである。

詞は単遍から発展して両遍となったが、当初は上下両遍の句の形式はまったく同じであった。たとえば、「採桑子」・「生査子」・「卜算子」・「蝶恋花」・「玉楼春」・「釵頭鳳《さとうほう》」・「踏莎行《とうさこう》」などがそれである。のちに下遍の冒頭部分でわずかに音楽のテンポを変えるようになり、これに応じて歌詞の句の形式が変化した。たとえば「清商怨」・「一斛珠《いっこくしゅ》」・「望遠行」・「思越人」・「夜遊宮」・「阮郎帰」・「憶秦娥」などがいずれもこの例である。およそ、下遍冒頭の句の形式が上遍のそれと異なるものは、これを換頭と呼ぶ。[6]

今日、詞家はみな換頭は詞の音楽用語だと思っているが、それは詩・曲ともに換頭が無いからである。しかし実際はそうではない。唐代の詩論にはすでに換頭という語が存在していた。宋代以降、この語は詞において使用されるのみで、詩にも換頭があることを知るものは誰もおらず、ましてや換頭が唐詩の理論から受け継がれてきた用語であることを知るものはいなかった。日本の僧・遍照金剛（空海）の『文鏡秘府論』に「調声を論ず（論調声）」の章があり、これに、「音声を調《ととの》える方法として、三つの例がある。一を換頭といい、一を護腰といい、一を相承という（調声之術、其例有三。一曰換頭、一曰護腰、一曰相承）[7]」とある。その後に五言律詩「蓬州野望」を例に挙げ、換頭の意味について次のように説明する。

第一句のはじめ二字が平声であれば、第二句のはじめ二字は仄声を用いるべきである。第三句のはじめ二字が仄声であれば、第四句のはじめ二字はまた平声を用いるのがよい。第五句のはじめ二字に平声を用いれば、第六句のはじめ二字は仄声を用いるべきである。第七句のはじめ二字に仄声を用いれば、第八句のはじめ二字はまた平声を用いるべきである。このようにして車が回るように順を追って一首を終える作を、双換頭と名付ける。これが最もよい。もし毎句の一字目を換えるだけであれば、換頭とは言うものの、双換頭には及ばない。

第一句頭二字平声、第二句頭両字当用平声。第三句頭両句仍用仄声、第四句頭両字又宜用平声。第五句頭両字仍用平声、第六句頭両字当用仄声。第七句頭両字仍用仄声、第八句頭両字又当用平声。如此輪転終篇、名為双換頭、是最善也。若僅換毎句第一字、則名為換頭、然不及双換頭也。⑧

これによって、換頭という用語は唐人の詩の規則に始まることが分かるが、これはおそらく八病《はちへい》のうちの平頭に対して言われた語であろう。⑨ 遍照金剛のこの著作はこれまで中国では伝わっておらず、唐宋人の詩話にも換頭について言及したものがない。そのため、この語の来歴を知るものはなかった。清末の劉熙載の『芸概』に、

詞に過変があるのは、じつは詩にもとづいている。『宋書』「謝霊運伝論」に、「前に軽い音声があれば、後には重い音声を用いる」と言う。詩は前と後とで音声を変化させるべきだ、と言うのである。双調の換頭の仕組みは、ここにすでに含まれている。

詞有過変、隠本於詩。宋書・謝霊運伝論云、前有浮声、則後須切響。蓋言詩当前後変化也。而双調換頭之消息、即此已寓。⑩

という。劉熙載は『文鏡秘府論』を目にしたことがなかったが、すでに詞の換頭は詩の規則に源があることに思い至っている。劉氏の詞学に深きこと、まことに敬服に値する。

『苕渓漁隠叢話』に引く「李翰林集後序」におおよそ次のように言う。

李白は詔を承けるや「清平辞」三章を作り、上は梨園の楽人たちに命じて楽器にのせて曲を演奏させ、

李亀年にこれを歌わせた。太真妃は七宝杯を手にして西涼州の葡萄酒を酌み、笑いながらその歌詞の意味を理解して、大いに気に入った。陛下はそこで曲にあわせて玉笛を演奏させ、一段の曲の変わり目がくるたびに、歌うテンポを遅くして太真妃を喜ばせた。

李白既承詔撰清平辞三章、上命梨園子弟略約調撫糸竹、遂促李亀年歌之。太真妃持七宝杯酌西涼州葡萄酒笑領歌辞、意甚厚。上因調玉管以倚曲、毎曲徧将換、則遅其声以媚之。[11]

この一段の記載は、楽曲中に換頭の起源が有ることを物語っている。

換頭はまた過と称し、過処、過片とも言う。なぜなら、音楽の演奏はここまでくるときまって音符が増えるからであり、そうすると歌詞が上遍から下遍に移るさいに、聞く者は上遍の繰り返しとは感じないのである。この過の字は今日の中国伝統音楽家のいわゆる過門に他ならない。[12]『楽府指迷』は、「過処は多くは自ら叙《の》べるものである（過処多是自叙）」、「過処は清新でなければならない（過処要清新）[13]」のように、過処を用いる。『詞旨』、『詞源』は、「過片は意味を断絶させてはならない（過片不可断意）」、「ことに過片は一曲の詞意を断絶させてはならず、前を承けて後に繋げていくことが必要である（最是過片不要断了曲意、須要承上接下）[14]」のように、過片を用いる。ここに言う過・過処・過片はみな下遍の起句を指している。『詞旨』の胡元儀の注に、「過片とは詞において上下に段が分かれる箇所を言う（過片、謂詞上下分段処也）」と言う。この注は、意味がきわめて曖昧である。もし「上下に段が分かれる箇所」と言うのであれば、上遍の結句もまた過片と言うことができよう。

換頭という語は、宋代の詞家においていま一つの用法があり、一首の詞の下遍全体を指して言う。たとえば、先に引いた『花庵詞選』に「唐代の詞には換頭がないものが多い（唐詞多無換頭）」と言うが、その意味は唐の詞にはただ単遍があるのみで、下遍はない、ということである。『苕渓漁隠叢話』に蘇東坡の詞「卜算子（缺月挂疏桐）」を論じて、「この詞はもともと夜の景色を詠じているが、換頭では鴻のことのみをうたっている。ちょうど『賀新郎』の詞〔乳燕華屋に飛ぶ〕がもともと夏の景色を詠じているのに、換頭では榴《ざくろ》の花のことのみをうたっているのと同じである（此詞本詠夜景、至換頭但只説鴻。正如賀新郎詞〔乳燕飛華屋〕本詠夏景、至換頭但只説榴花）[15]」という。ここに言う換頭はあきらかに下遍全体を指しており、下遍の起句のみを指しているわけではない。そのうえ、「卜算子」は重頭の小令であって、下遍はその冒頭を変えてはいないのであるから、これによって宋人が詞の下遍を換頭としていることが分かる。

　過片はまた過変とも称する。この語は、宋人の著作ではこれまで目にしたことがない。『詞林紀事』附『詞源』〔『楽府指迷』に誤る〕「製曲」の条では過変に作って、過片には作らないが[16]、これはおそらく元明の人が伝写のさいに改めたのであろう。『柳塘詞話』に、「楽府を作るときには繰り返しを用いることがある。思うに、詞では換頭であり、過変とも言う。ちょうど曲における過宮にあたる（楽府所製有用畳者。今按詞則用換頭、或云過変、猶夫曲之為過宮也）[17]」と言う。また、『七頌堂《しちしょうどう》詞繹《しえき》』、『宋四家詞選』「序論」ではともに過変を用いる[18]。思うに、変が本来の字であり、唐人は略して偏ないし遍に作り、宋人はさらに略して片に作った[19]。今日また昔にもどって変の字を用いていても、いけないことはない。過宮にいたってはこれは別ものであり、過変とは少しも関係がない。柳塘のたとえはまったく素人の言にすぎない。

換頭はまた過拍とも称する。これも明清時代に広く用いられた用語である。詞は一句を一拍とするが、[20]拍の字は句の字に置き換えることができ、そこで過処を過拍と称する。ただし、況周頤の『蕙風詞話』では、およそ過拍と言えばつねに上遍の結句を指して言う。たとえば、「廖世美の『燭影揺紅』の過拍に、塞鴻問い難く、岸柳何ぞ窮まらん、別愁紛絮《ふんじょ》たり、とある（廖世美燭影揺紅過拍云、塞鴻難問、岸柳何窮、別愁紛絮）」[21]とあり、また「許古の『行香子』の過拍に、夜山低く、晴山近く、暁山高し、とある（許古行香子過拍云、夜山低、晴山近、暁山高）[22]」とある。この両者のもとの作にあたってみると、況氏の言う過拍はすべて上遍の歇拍《けっぱく》（末尾の句）である。また、顧太清（顧春）の「鷓鴣天」詞の上片結句に、「世人恋うること莫かれ香花の好きを、花の香濃きに到るは是れ謝《ち》るの時（世人莫恋香花好、花到香濃是謝時）」とあり、蕙風の批評に「過拍は大いに悟るところがある（過拍具大澈悟）」という[23]。また、蕙風は詞を論じて、

曲には煞尾《さつび》があり、度尾《たくび》がある。煞尾は軍馬の手綱を引くかのごとく、度尾は川の流れが尽きて雲が湧き起こるかのごとく表現する。煞尾は詞における歇拍にあたり、度尾は詞における過拍にあたる。川の流れが尽きて雲が湧き起こるように、後段の意を引き出すのである。詞を作る場合はこのようではない。過拍はただ上段を収束するのみで、その表現は落ち着きがあるのがよい。換頭は（前段とは）異なった意を異なった表現によってうたい起こし、その表現は力強いのがよい。少しでも曲の表現方法にかかわるならば、たちまち風格を損なうきらいがある。これが詞と曲の違いである。

曲有煞尾、有度尾。煞尾如戦馬収韁、度尾如水窮雲起。煞尾猶詞之歇拍也、度尾猶詞之過拍也。如水窮雲起、帯起下意也。塡詞則不然、過拍只須結束上段、筆宜沈著。換頭另意另起、筆宜挺勁。稍

涉曲法、即嫌傷格、此詞与曲之不同也。[24]

という。これらの用例から、況氏は上遍末尾の句を過拍とし、下遍の起句を換頭とし、一首全体の末尾を歇拍としていることが分かる。これは大きな間違いである。過拍は換頭にほかならず、上遍の結句もまた歇拍と称することができる。況氏は当時もっとも優れた詞家だが、これらの用語についてはまだ宋人の用法を理解していないように思われる。蔡嵩雲は況氏のこれらの語を引いて『楽府指迷』の過処に関する語句に注釈を施しているが、[25]これはますます人を惑わせる。蔡氏は注を施したさいに、どうして況氏の間違いに気づかなかったのか。曲は套《とう》を構成単位とし、一つの套の末尾を煞尾と言う。中間にもときに尾があるが、これは前の曲の尾声にほかならず、これをもって後の曲にわたっていくので度尾と言う。これは諸宮調の名残であり、詞の過拍と似たところはない。

換頭はまた人によっては過腔と称する。私は以前、許穆堂（許宝善）の『自《じ》怡《い》軒《けん》詞選』に姜夔・周密・詹正《せんせい》の三者の「霓裳中序第一」を取り上げて、「後者の両詞の過腔第五句は、姜夔の作に較べて襯字《しんじ》が一二字多い（後両闋過腔第五句較姜多一二襯字）[26]」と評しているのを読んだことがある。同書はまた辛棄疾・姜夔の「永遇楽」を取り上げ、「（姜夔の『永遇楽』の）過腔の第二句目の平仄は辛棄疾のそれとは異なっているが、思うにいずれでもよい（過腔第二句平仄与前首互棄、想可通融）[27]」と評している。許氏の言う過腔は換頭もしくは下遍であることが分かる。しかし過腔という語は別に意味があるのであり、決してこのように用いることはできず、これは許穆堂の間違いである。いわゆる過腔とは、その本来の意味は、ある曲を別のある宮調に移して演奏することを言う。姜白石（姜夔）は自ら「湘月」の曲を創作したが、「念奴嬌」の隔指声を用い、双調の中に移して演奏した。隔指はまた過腔とも称する。姜氏はこの詞の自序においてこのことについて詳しく述べている。[28] どうして過片を過腔と称することができようか。

一首の詞の下遍はまた么《よう》と称する。元の詞人・白樸《はくはく》の『天籟集』に「水龍吟」小序があり、「么の前の三字に仄声を用いるのは、田不伐（田為）の『洋嘔集』の『水龍吟』二首を見るに、どれもこの通りである。田は声律に優れているから、思うに仄声であることは疑いがない。もし平声の字を用いれば、おそらく音声上の諧和を損なうであろう（么前三字用仄者、見田不伐『洋漚集』水龍吟二首、皆如此。田妙於音、蓋仄無疑。或用平字、恐不堪協）」[29]という。ここに言う「么の前の三字」とは、上遍の最後の三字のことである。白樸は下遍を么と称したことが分かるが、これは北曲の用語を借用したものである。北曲では前と同じ曲を么遍と言い、略して么と言う。[30] 白樸は北方の人なので北曲の語を用いたが、南方の詞人にはこの用法が有るのを見たことがない。

注

① 宋・黄昇『唐宋諸賢絶妙詞選』巻一に収められる張泌「江城子」の題下注に見える。左に「江城子」二首の本文を示す。

碧闌干外小中庭。雨初晴。暁鶯声。飛絮落花、時節近清明。睡起巻簾無一事、匀面了、没心情。

浣花渓上見卿卿。眼波明。黛眉軽。高綰緑雲、金簇小蜻蜓。好是問他来得麼、還笑道、莫多情。

右のように、両首とも三十五字七句五平韻（「飛絮落花」のあとは逗《とう》。『欽定詞譜』巻二所収）の同一の形式により、末尾に「情」字を押韻する。ただし、この詞はテキストによって文字に異同がある。たとえば、宋紹興本『花間集』（文学古籍刊行社、一九五五）や宋淳熙鄂州本『花間集』（『四印齋所刻詞』所収）巻五では、二句目の字数は其一では三字（「雨初晴」）、其二では五字（「臉波秋水明」）であり、両首は同一の形式にならない。そこで、五字のうち「秋水」二字を衍文とする注釈もある。詳しくは、李一氓校『花間集校』、及び曾昭岷等編撰『全唐五代詞』の校記参照。

② 「重頭」は小令において同一の句の形式を反復して一首とする作。「十二、双調・重頭・双曳頭」に見え、換頭との相違についても言及する。

③ 牛嶠「江城子」二首は『花間集』巻四所収。宋紹興本『花間集』では巻五に収める張泌「江城子」と同じ形式であり、其二の二句目は五字（「離筵分首時」）である。施氏が「第二首有誤字」と注記するのは、其二の二句目が三字ではなく五字であることを指して言うであろう。文字の異同については、『全唐五代詞』正編巻三、五一四頁参照。ちなみに、『欽定詞譜』巻二「江城子」では其二を単調三十七字の「又一体」として立てており、さらに「この詞の第二句の五字が、韋荘の詞に比べて二字多いのは、宋詞における添字の法を始めたものだ（此詞第二句五字、較韋詞多二字、即開宋詞添字之法）」（「韋詞」は「江城子」の冒頭に挙げられる韋荘の三十五字の体）と評する。

④ 蘇軾の「江城子」十三首はいずれも張泌や牛嶠の「江城子」のうち、二句目を三字とする形式を反復して一首とする。「江城子」はテキストにより「江神子」とも称する。施氏が蘇軾「江城子」を十三首とするのは、毛晋輯『宋六十名家詞』所収「東坡詞」に十三首を一括して収めるのによるか。以下に『宋六十名家詞』により十三首の初句を示し、合わせて『全宋詞』における所在を記す。「夢中了了醉中醒」（其一）、「翠蛾羞黛怯人看」（其二）、「鳳凰山下雨初晴」（其三）、「老夫聊発少年狂」（其四）、「天涯流落思無窮」（其五）、「相逢不覚又初寒」（其六）、「黄昏猶是雨纖纖」（其七）、「玉人

家在鳳皇山」（其八）、「十年生死両茫茫」（其九）、「銀濤無際巻蓬瀛」（其十）、「前瞻馬耳九仙山」（其十一）、「墨雲拖雨過西楼」（其十二）、「膩紅匀臉襯檀脣」（其十三）。以上のうち、其一～九は『全宋詞』第一冊二九八頁以下に「江神子」の詞牌名で収められ、其十一・十二は同三三〇頁に、其十三は三二九頁に共に「江城子」の詞牌名で収められ、其十は同七七一頁に葉夢得作の「江城子」として収められる。

⑤『詞律』巻六では「梁州令」のあとに「梁州令畳韻」を立てて晁補之の作（初句「田野閒来慣」）を収めるが、『欽定詞譜』巻八では「梁州令畳韻」を立てず、「梁州令」の「又一体」に晁補之の双調五十二字の作（初句「二月春猶浅」）を掲げたうえで、「この詞はさらに一畳を加えると、『梁州令畳韻』である（此詞再加一畳、即梁州令畳韻）」とする。晁補之の「梁州令畳韻」は『晁氏琴趣外篇』巻一所収。また、『全宋詞』第一冊五五五頁。

⑥上下両遍からなる双調形式の詞における旋律の実際については、明木茂夫「『白石道人歌曲』に於ける双調形式―歌曲集としての白石詞―」（『九州中国学会報』第二十九巻、一九九一）に、前後段が緩やかなバリエーションの関係にあることなどの指摘がなされている。

⑦引用箇所は『文鏡秘府論』天巻、「調声」に引く唐・元競の『詩髄脳』に見える。訳文については、興膳宏訳注『文鏡秘府論』五八二頁を参照した。施氏の引用に「一曰護腰、一曰相承」とある箇所、『文鏡秘府論』では「二曰護腰、三曰相承」とする。この箇所、『唐宋詞鑑賞辞典　南宋・遼・金巻』所収「詞学名詞解釈」では『文鏡秘府論』と同じく「二曰護腰、三曰相承」とする。ところで、『文鏡秘府論』では「調声」についての一文の後に、換頭とは元競の「於蓬州野望詩」のごとくであるとして元競自身の詩を例に引く。いま、盧盛江校考『文鏡秘府論彙校彙考』一五九頁によりその詩を掲げ、あわせて各句冒頭二字の平仄を示す。

飄颻宕渠域、曠望蜀門隈。　平平…、仄仄…
水共三巴遠、山随八陣開。　仄仄…、平平…
橋形疑漢接、石勢似煙迴。　平平…、仄仄…
欲下他郷涙、猿声幾処催。　仄仄…、平平…

右の各句冒頭二字の平仄は、この詩に続く換頭の説明に合致する。興膳宏「四声八病から平仄へ」（『六朝学術会報』第八集、六朝学術学会編、二〇〇七）によれば、元競の右の詩は起句以外は各句の二字目と四字目の平仄が交替しており、したがって換頭は実質的には近体詩の規則である二四不同に及んでいるという。なお、「調声の術」のうち、「護腰」、「相承」も句中の平仄の配置に関する規則である。

⑧　この一文、『文鏡秘府論』からの引用に節略がある。左に盧氏により原文を掲げる。

此篇第一句頭両字平、次句頭両字去上入、次句頭両字去上入、次句頭両字平、次句頭両字又平、次句頭両字去上入、次句頭両字又去上入、次句頭両字又平。如此輪転、自初以終篇、名為双換頭、是最善也。若不可得如此、即如篇首第二字是平、下句第二字是用去上入、次句第二字又用去上入、次句第二字又用平、如此輪転終篇、唯換第二字、其第一字与下句第一字用平不妨。此亦名為換頭、然不及双換。又不得句頭第一字是去上入、次句頭用去上入、則声不調也。可不慎歟。（『文鏡秘府論彙校彙考』一五九頁）

施氏の引用のうち、双換頭ではない換頭についての説明に「若僅換毎句第一字」とある。これは各句の第一字目を換える意であろうが、『文鏡秘府論』の当該箇所には「即如篇首第二字是平」云々とあるように、「第二字」目を換える場合を問題としている。第一字については、下の句の第一字が同じ平声であってもかまわないともある。施氏の引用に「第一字」とあるのは、「第二字」の誤りではないだろうか（訳文は施氏の引用通りとした）。また、施氏所引に「第三句頭両句仍用仄声」とある「両句」は「両字」の誤りであろう。『唐宋詞鑑賞辞典　南宋・遼・金巻』所収「詞学名詞解釈」の当該箇所では「両字」としている（二五六〇頁）。同じく、施氏所引「第一句頭二字平声」の「二字」は右辞典では「両字」に作る。なお、本文に掲げた施氏所引の一文については、底本ではこの直前に「他説」とあって全体を引用符で括っているが、『唐宋詞鑑賞辞典　南宋・遼・金巻』では引用符がなく、あたかも著者による要約であるかのようである。このこと、施氏所引の一文に『文鏡秘府論』の原文との大きな異同があることと関係するか。

⑨　「平頭」はいわゆる八病の一つ。いま、『文鏡秘府論』によって引用すれば、西巻、「文二十八種病」の冒頭に「平頭の詩とは、五言詩の第一字が第六字と同声であってはならず、第二字が第七字と同声であってはならぬことである。同声とは、平・上・去・入の四声を同じくしてはならぬことである。それを犯した場合、平頭を犯したという（平頭詩者、五言詩第一字不得与第六字同声、第二字不得与第七字同声。同声者、不得同平上去入四声、犯者名為犯平頭）」とあり、五言詩を例に挙げたうえで、「釈にいう。上の句の第一字第二字が平声であれば、下の句の第六字第七字にはもう平声を用いてはならない。もし二句のはじめを同声にすれば、禁忌に触れて病《へい》とされる。他の三声についても同様で、避けなければならない。三声とは、上声・去声・入声のことである。（釈曰、上句第一二両字是平声、則下句第六七両字不得復用平声。為用同二句之首、即犯為病。余三声皆爾、不可不避。三声者、謂上去入也）」（『文鏡秘府論彙校彙考』九一三頁。訳は注⑦興膳氏『文鏡秘府論』五八一・二頁による）と言う。これによれば、五言一聯の中で、上句と下句の一字目・二字目同士の四声は同じであってはならず、これを犯すものを「平頭」と言う。これは先の「換頭」の規則に反する場合にほぼ相当する。詳しくは、盧氏の注及び右の興膳氏著書五八二頁参照。興膳氏は端的に、「いわ

ゆる『換頭』とは、『平頭』の修正説である」（注⑦「四声八病から平仄へ」四七頁）とされる。また、清水凱夫『『文選』研究の基礎資料―沈約の声律諧和論―」（『新文選学―『文選』の新研究』所収、研文出版、一九九九）、古川末喜『初唐の文学思想と韻律論』（知泉書館、二〇〇三）参照。久保卓哉「北朝と南朝に於ける声律の諸相―魏節閔帝・梁曹景宗と沈約の四声八病―」（『六朝学術会報』第八集、六朝学術学会編、二〇〇七）の「参考文献」欄に、声律に関する中国と日本の論文名を多数掲載する。

⑩　劉熙載『芸概』巻四「詞曲概」に見える。文中に引用される「謝霊運伝論」は、『宋書』巻六十七に、「いったい五色が多彩な色調をくり広げ、八種の楽器がととのった調べを奏でるのは、色彩や音律が、対象に応じてところを得ていることによる。五種の音階を変化させながら、高低の抑揚に富む調べを奏でるには、前に軽い音声があれば、後には重い音声を用いるようにすることだ。つまり一句の中の文字を、すべてちがった音韻にし、二句の間での音声は、軽重をことごとく異なったものにする。この趣旨によく通じてこそ、はじめて文学を語る資格があるのだ（夫五色相宣、八音協暢、由乎玄黄律呂、各適物宜。欲使宮羽相変、低昂互節、若前有浮声、則後須切響。一簡之内、音韻尽殊、両句之中、軽重悉異。妙達此旨、始可言文）」（訳は、興膳宏編『六朝詩人伝』所収、同氏執筆「宋書謝霊運伝論」による。）とあるもの。「浮声」「切響」は一般にはのちの平声・仄声にあたるとされるが、詳しくは注⑨清水氏論文四四八頁、古川氏論文二一五頁、注⑦興膳氏論文四五頁などを参照。「前有浮声、則後須切響」の訳は注⑦興膳氏訳注『文鏡秘府論』七六頁に依る。なお、中国で『文鏡秘府論』が知られるようになったのは清末・楊守敬の『日本訪書志』に紹介されたのが最初であり、ついで一九三〇年に儲皖峰が『文鏡秘府論』のうちから「論病」部分（西巻「文二十八種病」「文筆十病得失」、及び天巻の序）を取り出し、『文二十八種病』と題して公刊したことにより研究者の間で注目

され、その後の文学研究に影響を与えることとなったようである。以上の経緯については、周維徳校点『文鏡秘府論』の前言、及び盧氏『文鏡秘府論彙校彙考』前言による。

⑪　胡仔『苕渓漁隠叢話』前集巻三十「六一居士」所引「李翰林集後序」に見える。引用文中の「上」は玄宗、「太真妃」は楊貴妃を指す。「七宝杯」は宝玉を散りばめた杯。「李翰林集後序」は宋初の楽史の撰。静嘉堂文庫蔵、宋刊『李太白文集』巻第一などでは「李翰林別集序」。施氏の引用は、冒頭の「李白既承詔撰清平辞三章」が『叢話』本文の要約であるほか、「上命梨園子弟」以下にも若干の異同がある。以下に『叢話』によって要約部分以降の当該箇所を引く。「亀年以歌辞進、上命梨園弟子、略約調撫絲竹、遂促亀年歌之、太真妃持玻璃七宝杯酌西涼州蒲萄酒、笑領歌辞、意甚厚。上因調玉笛以倚曲、毎曲徧将換、則遅其声以媚之。」『太平広記』巻二〇四「李亀年」の条に、『松窓録』に出るとしてほぼ同文が収められる。『松窓録』(『松窓雑録』)は晩唐の李濬の作とされる。なお、『唐宋詞鑑賞辞典　南宋・遼・金巻』所収「詞学名詞解釈」では、「則遅其声以媚之」の「之」字を欠く。

⑫　「過門」は歌詞の前後や中間において挿入される、胡琴などによる間奏のこと。前をうけて次に新たな展開を見せる境目の箇所とされる。

⑬　「過処多是自叙」は宋・沈義父『楽府指迷』の「論過処」(『詞話叢編』第一冊二七九頁)に、「過処要清新」は同じく「作大詞与作小詞法」(二八三頁)に見える。

⑭　「過片不可断曲意」は元・陸輔之『詞旨』の「詞説七則」(『詞話叢編』第一冊三〇三頁)に見え、胡元儀の注に「過片は詞が上下に段を分かつ箇所である(過片謂詞上下分段処也)」とある。また、「最是過片、不要断了曲意、須要承上接下」は宋・張炎『詞源』巻下の「製曲」(『詞話叢編』第一冊二五八頁)に見え、これに続いて「たとえば姜白石

の詞に、『曲曲たる屛山、夜涼しくして独自《ひと》り甚《なん》の情緒ぞ』といい、過片において『西窓又た暗雨を吹く』という。このようであれば、一曲の詞意の脈絡が断絶しないのである（如姜白石詞云、曲曲屛山、夜涼独自甚情緒。於過片則云、西窓又吹暗雨。此則曲之意脈不断矣）」と過片の具体例を挙げる。「曲曲…情緒」は姜夔「斉天楽」（『全宋詞』第三冊二一七六頁）の前段末尾二句、「西窓又吹暗雨」は後段冒頭の句。つまり、『詞源』は後段の冒頭を過片と称していることになる。

⑮『苕渓漁隠叢話』前集巻三十九「東坡」に見える。蘇軾「卜算子」は、「缺月 疏桐に挂り、漏 断えて人 初めて静かなり。時に見る 幽人の独り往来するを、縹緲たり 孤鴻の影。　驚き起きて却て頭を回らし、恨み有るも人の省する無し。寒枝を揀《えら》び尽くして棲むを肯ぜず、楓 落ちて呉江 冷ややかなり（缺月挂疏桐、漏断人初静。時見幽人独往来、縹緲孤鴻影。　驚起却回頭、有恨無人省。揀尽寒枝不肯棲、楓落呉江冷）」（『全宋詞』第一冊二九五頁）。「賀新郎（夏景）」は、「乳燕 華屋に飛ぶ。悄として人無く、桐陰 午に転ず、晩涼 新たに浴す。手に生綃の白団扇を弄すれば、扇手 一時に玉に似たり。漸く困じて倚り、孤眠 清熟す。簾外 誰か来たりて繡戸を推し、枉《いたず》らに人をして夢の瑶台の曲に断たしむるも、又た却て是れ、風 竹を敲《たた》く。　石榴 半ば紅巾を吐きて蹙《ちぢ》む。浮花 浪蕊の都《すべ》て尽くるを待ちて、君の幽独なるに伴う。穠艶なる一枝 細かに看取せば、芳心 千重 束《つか》ぬるに似たり。又た恐る秋風に緑を驚かさるるを。若《も》し君の来たるを待ち得て此に向《お》いて、花前 酒に対するも 触るるに忍びざらん。粉涙と共に、両つながら簌簌たり（乳燕飛華屋。悄無人、桐陰転午、晩涼新浴。手弄生綃白団扇、扇手一時似玉。漸困倚、孤眠清熟。簾外誰来推繡戸、枉教人、夢断瑶台曲。又却是、風敲竹。　石榴半吐紅巾蹙。待浮花、浪蕊都尽、伴君幽独。穠艶一枝細看取、芳心千重似束。又恐被、秋風驚緑。若待得君来向此、花前対酒不忍触。共粉涙、両簌簌）」（同前二九七頁）。「卜算子」の後段がもっぱら「鴻

を説く」と言うのは、「驚起卻回頭、有恨無人省」の主語を鴻とするためであろう。小川環樹『蘇軾』下冊一三四頁では、これを作者自身とする。なお、この両詞については、唐圭璋『宋詞三百首箋注』五七・六二頁や呉熊和主編『唐宋詞彙評』両宋巻第一冊四五九・四六五頁に多くの詞評を引くが、その中に、「後段」はもっぱら「鴻」「榴花」を説くとする指摘が散見する。たとえば、元・呉師道『呉礼部詩話』に、「東坡の『賀新郎』詞に、『乳燕 華屋に飛ぶ』云々とあり、後段の、『石榴 半ば紅巾を吐きて蹙《ちぢ》む』以下にみな榴のことを詠じているのや、『卜算子』に、『缺月 疏桐に挂り』云々とあり、『縹緲たり孤鴻の影』以下にみな鴻のことを詠じているのは、別に一格をなすものである（東坡賀新郎詞乳燕飛華屋云云、後段石榴半吐紅巾蹙以下皆詠榴、卜算子缺月挂疏桐云云、縹緲孤鴻影以下皆説鴻、別一格也）」（丁福保『歴代詩話続編』六二〇頁）とあるなど。

⑯ 清・張宗橚輯『詞林紀事』には附録として『楽府指迷』が収められるが、これは沈義父の『楽府指迷』ではなく、張炎撰『詞源』上下巻のうち下巻に相当するもの。そこで、施氏は「誤作『楽府指迷』」と注記する。ただし、『詞源』には大別して書名を「詞源」とする二巻本と「楽府指迷」とする一巻本の両系統があり、このうち『詞林紀事』は一巻本系統の『楽府指迷』を附載したものであり、かならずしも『詞林紀事』の誤りというわけではない。「製曲」の条に見える「過片」は、一巻本『楽府指迷』系統の諸本ではいずれも「過変」に作っている。『詞源』のテキストについては、詞源研究会編著『宋代の詞論―張炎『詞源』―』、及び松尾肇子『詞論の成立と発展―張炎を中心として』参照。

⑰ 清・沈雄『柳塘詞話』（王文濡輯『詞話叢鈔』上海、大東書局石印、民国十年序刊所収）巻二に、「楽府所製、有用疊者。今按詞則云換頭、或云過変、猶夫曲調之為過宮也」とある。『柳塘詞話』四巻は沈雄編『古今詞話』から沈雄自身の評を抜き出したものとされるが、その『古今詞話』「詞品」上巻「換頭」に右と同文が収められ（『詞話叢編』第一冊

八三八頁)、文字に異同はない。これに対して、施氏の引用では「則云換頭」を「則用換頭」に作り、「曲調」を「曲」に作る。「曲調」であれば旋律ないし音楽の意になろうが、施氏は「曲」と記して元曲の意に解したか。すなわち、施氏は『柳塘詞話』のこの一文を、過片のことを楽府では「畳」と言い、詞では「換頭」ないし「過片」というが、それは曲では「過宮」にあたる、の意に解したかと思われる。なお、この一文は蔡嵩雲『楽府指迷箋釈』「過処」の条の注にも引用されており、蔡氏の引用においても「曲調」を「曲」に作っている(「則云換頭」については『柳塘詞話』に同じ)。曲における「過宮」については、明・臧晋叔の「元曲選序」に、「南と北では声調が異なるが、過宮と下韻は同じである(南与北声調雖異、而過宮・下韻一也)」とあり、清・梁廷枬『曲話』巻五に、「南北曲声調雖異、而過宮・下韻則一」とあるが、これは声調に関する議論であり、詞の換頭・過変との関係は未詳。

⑱ 清・劉体仁『七頌堂詞繹』「過変言情」(『詞話叢編』第一冊六二三頁)に「古人は過変において感情を表現することが多い。そして、その詞意はすでに上段において十分に述べられているのであり、もしさらに別に心中の思いを述べるならば、作品の体をなさない(古人多于過変乃言情。然其意已全于上段、若另作頭緒、不成章矣)」と、清・周済『宋四家詞選目録序論』(『詞話叢編』第二冊一六四六頁)に「表現の要諦は、ひとえに換頭と煞尾にある。古人は換頭を過変と呼んだ。ときには藕《はす》の根を切っても切り口が糸を引くように詩意が繋がり、ときには突然新手の軍隊が現れたように新たな展開を見せる。いずれも読者の耳目を揺り動かすことが必要で、かくてはじめて優れた作となるのである(呑吐之妙、全在換頭煞尾。古人名換頭為過変、或藕断糸連、或異軍突起、皆須令読者耳目振動、方成佳製)」とあり、いずれも「過変」に作る。なお、この両書とも、『楽府指迷箋釈』「過処」の注二に引用されている。

⑲ 「変・徧・遍・片」については、「十一、変・徧・遍・片・段・畳」に詳しい。

⑳ 詞の一句が一拍に相当することについては、「十四、拍（一）（二）」に詳しい。

㉑ 況周頤『蕙風詞話』（『詞話叢編』第五冊四四二九頁）巻二に、「廖世美の『燭影揺紅』過拍に、『塞鴻 問い難く、岸柳 何ぞ窮まらん、別愁 紛絮たり』とある。神が降りてきたかのような表現で、もうすでに佳句である。換頭に、『年光を催促す、旧来の流水 知んぬ何れの処ぞ。断腸 何ぞ必ずしも更に残陽あらんや、極目 平楚を傷む。晩に霽《は》れて波声は雨を帯び、悄として人無く、舟は古渡に横たわる』とある。言葉は平淡で思いは深い（廖世美燭影揺紅過拍云、塞鴻難問、岸柳何窮、別愁紛絮。神来之筆、即已佳矣。換頭云、催促年光、旧来流水知何処。断腸何必更残陽、極目傷平楚。晩霽波声帯雨、悄無人、舟横古渡。語淡而情深）」とある。廖世美の「燭影揺紅（靄靄春空）」（『全宋詞』第二冊九一五頁）は双調で、「過拍」とされる「塞鴻…紛絮」はその前段の末尾に、「換頭」とされる「催促年光…」は後段の冒頭にあたる。

㉒ 『蕙風詞話』（『詞話叢編』第五冊四四六二頁）巻三に見える。許古の「行香子（秋入鳴皋）」（『全金元詞』上冊四九頁）は双調で、「…暁山高」はその前段末尾にあたる。

㉓ 屈興国輯注『蕙風詞話輯注』所収「蕙風詞話補編」巻二「太清春詠花詞」に、「冬の夜、盆の中の散りかけの梅が香を放ち、悟るところが有って『鷓鴣天』を作った。過拍は大いに悟るところがある（冬夜盆中残梅香発有悟賦鷓鴣天、過拍具大徹悟）」（四六五頁）とある（施氏の引用では「徹悟」を「澈悟」に作るが、「徹悟」に改めて訳する）。太清は清・顧春の号。屈氏の注に引く顧春「鷓鴣天（夜半談経玉漏遅）」の詞序に「冬の夜に夫子が道を論ずるのを聞き、いつの間にか三刻ばかりの時が過ぎた。盆の中の散りかけの梅が香を放ち、悟るところが有ってこの詞を賦した（冬夜聴夫子論道、不覚漏下三商矣。盆中残梅香発、有悟賦此）」とあり、その前段に「夜半 経を談じて玉漏遅し。生機

妙は本奇無きに在り。世人 恋うること莫かれ花香の好きを、花の香濃きに到るは是れ謝るの時（夜半談経玉漏遅。生機妙在本無奇。世人莫恋花香好、花到香濃是謝時）」（施氏の引用では、「花香好」を「香花好」に作る）とある。詞序に言う「有悟」とは、「世人莫恋花香好、花到香濃是謝時」という表現に関わるであろう。そうであれば、況周頤が「過拍具大徹悟」と評する「過拍」は「鷓鴣天」前段の末尾を指すことになる。

㉔『蕙風詞話』（『詞話叢編』第五冊四四一九頁）巻一に見える。施氏所引のものと異同はないが、『詞話叢編』では「度尾如水窮雲起」のあとに、「董解元西廂記の眉評に見える（見董解元西廂記眉評）」という注が挿入されている。

㉕『楽府指迷箋釈』「過処」の条では、注一に『柳塘詞話』、注二に『七頌堂詞繹』、『宋四家詞選序論』及び『蕙風詞話』（施氏の引用箇所に同じ）を引く他に、注三には『詞源』『詞旨』『七頌堂詞繹』及び沈祥龍『論詞随筆』をも引いている。蔡嵩雲氏はこの条においてこれらの関連資料を引くのみで按語を施してはいない。したがって、過処に対する況周頤の説をどのように見ていたかについては、かならずしも明らかではないように思われる。

㉖清・許宝善、字穆堂輯『自怡軒詞選』は未見であるが、現存する姜夔・周密の「霓裳中序第一」は以下に取り上げる『欽定詞譜』に見える各一首のみである。『欽定詞譜』巻二十九「霓裳中序第一」によれば、姜夔の作（初句「亭皐正望極」）では後段第五句は「篷裏関山」の四字、周密の作（初句「湘屏展翠畳」）では「悵洛浦分綃」の五字（『詞律』巻十六も同じであるが、『全宋詞』第五冊三二七八頁では「洛汜分綃」四字）。いま一人の詹正については『全宋詞』にその名が見えないが、『全宋詞』第五冊三三四八頁に詹玉の作として「霓裳中序第一（一規古蟾魄）」が見え、この作を指すと思われる。これによれば後段第五句は「対雲淡星疏」の五字。したがって、周密と詹正（玉）の作は姜夔の作に比べて一字多いということになる。『欽定詞譜』には周密の作のあとに「又一体」として尹煥の作（初句「青顰粲素靨」）

を掲げるが、この作も後段第五句は「怕杳杳詩魂」五字である（ただし、『全宋詞』第四冊二七〇八頁に収める同作では「杳杳詩魂」の四字とする）。周密の「悵」字、詹正（玉）の「対」字（加えて尹煥の「怕」字）が、許穆堂の言う「多一二襯字」にあたるであろう。ちなみに、周密の作について『欽定詞譜』では「これは姜夔の詞と同じ。ただ後段の第五句が一字加わっているのが異なるだけだ（此与姜詞同。惟後段第五句添一字異）」と言い、『詞律』では逆に「姜夔の詞が誤って落としたのであろうか（疑姜詞誤脱）」と言う。なお、『自怡軒詞選』については、施蟄存主編『詞籍序跋萃編』七六五〜七六八頁に呉蔚光「自怡軒詞選序」、許宝善「自怡軒詞選自序」、同「自怡軒詞選凡例」が収められる他、『詞学』第五輯（一九八六）に収められる舍之（施蟄存）「歴代詞選集叙録（二十九）」に解題がある（二六〇頁）。

詹正について附言すれば、詹正の名は右に挙げた『欽定詞譜』所収の姜夔「霓裳中序第一」の按語に「詹正詞」と見える他、『欽定詞譜』巻十、徐昌図「臨江仙」の按語に「元詹正」とある。さらに同巻二十七、史達祖「三姝媚」の按語に、「ただ、詹正の詞に、江南の煙雨、とあり、煙の字は平声である。思うに、詹の詞の前段第一句に、一篷児別れに苦しむ、とある一の字は仄声である（惟詹正詞、江南煙雨、煙字平声。按、詹詞前段第一句、一篷児別苦、一字仄声）」云々とあるのは、「一篷児別苦」に始まり「江南煙雨」に終わる詹詞を話題にしているのであるが、この詞は『全宋詞』第五冊三三五〇頁に詹玉詞「三姝媚」として収載される。詹玉の「霓裳中序第一」の序に「至元間」とあるように、詹玉は宋より元に入る人（「至元」は元の年号）。張高寛等主編『宋詞大辞典』（遼寧人民出版社、一九九〇）の「詹玉」の項に、「玉、一作正」（一五六頁）とする。王兆鵬・劉尊明主編『宋詞大辞典』にやはり詹玉の名で録される（五八一頁）が、「詹正」との関係については触れられない。

㉗ 底本原文「与前首互棄」の「棄」はそむく意か。一文は、姜夔の「永遇楽」の後段第二句の平仄は辛棄疾のそれと違っ

ているが、いずれでもよい、といった意味かと思うが、よく読めない。ちなみに、『全宋詞』には姜夔の「永遇楽」は二首、辛棄疾のそれは五首が収められる。

㉘ 姜夔「湘月」（『全宋詞』第三冊二一八四頁）の詞序に、「私がこの曲を作ったが、これは『念奴嬌』の隔指声である。双調で吹く。隔指は過腔とも言い、晁无咎集に見えている。笛を吹ける者ならばみなこの過腔ができるのである（予度此曲、即念奴嬌之隔指声也、于双調中吹之。隔指亦謂之過腔、見晁无咎集。凡能吹竹者、便能過腔也）」とある。「過腔」「隔指」については、「二十二、自度曲・自製曲・自過腔」に詳しい。

㉙ 白樸『天籟集』（王鵬運輯『四印斎所刻詞』所収。また、『全金元詞』下冊六二九頁）に収める「水龍吟（綵雲蕭史台空）」の序に見える。施氏の引用中に「田不伐『洋漚集』」とある「漚」字、『四印斎所刻詞』、『全金元詞』ともに「嘔」に作る。本文の訳文では「嘔」に改めた。田不伐は北宋の詞人田為。『全宋詞』第二冊八一三・四頁に六首を収めるが、「水龍吟」は見当たらない。ちなみに、白樸の当該詩前段末尾の三字は「暗中換」。また、『欽定詞譜』巻三十「水龍吟」には同調異体が多いが、そのほとんどは前後段ともに仄韻である。なお、白樸は、元曲四大家の一人。代表作に「梧桐雨」がある。本篇に、白樸は北曲（元曲）の用語を借用した、と言うのは、このことを踏まえる。

㉚ 「么遍」は北曲における用語で、同一曲牌を続けて用いる場合、後の曲においてふたたび同じ曲牌の名を出すことなく、「么遍」ないし「么」の語によって称することをいう。「么」は「幺」とも表記する。張相『詩詞曲語辞匯釈』「幺篇」の項に、北曲や白樸「水龍吟」を引いた釈義がある。

十四、拍（一）（二）

（一）

「拍」とは、音楽の節目《ふしめ》である。音楽や歌唱で音が高下したり休止する時に[1]、手や拍板[2]でその節目を示す、これを「拍」をとると言う。韓愈は拍板を定義して、「楽の句（楽句）」とした[3]が、拍板についての絶妙な注釈である。歌詞を作って楽曲にあわせるとき、音楽の拍節《ふしめ》の箇所で、歌詞の意味もとうぜん一段落したり、少なくともいくらか区切りがある。先に歌詞があって後から曲をあわせる場合なら、とうぜん楽曲の拍節は歌詞の句読に合わせるはずである。このため詞では、楽曲の一拍を一句とする。歌を楽曲に合わせると、自然とそうなる。宋代の詞人や音楽家の書物に、詞の一句は曲の一拍であるとはっきり記載する例は見あたらないが、いくつかの現存する史料からこうした状況を証明することができる。

蘇東坡（蘇軾）に「十拍子」[4]と題する詞があるが、「破陣楽」のことである。この詞は、上下段とも五句で、十拍でちょうど十句となる。それで「十拍子」の別名をもつ。

毛滂《もうぼう》には「剔銀灯《てきぎんとう》」[5]詞があり、その小序に、「公素（孫守）と一緒に賦した。歌い手は七急拍だったので七回お辞儀してから酒を勧めた（同公素賦。侑歌者以七急拍七拜勧酒）」とある。思うに、この詞は上下段とも七句、入声韻を用い、七句中の五句が押韻していることから、急曲子⑥であると分かる。そのため「七急拍」というのであろう。「十拍子」は一闋全体の拍数を指していたが、この「七急拍」は一段について言うのである。

『墨荘漫録』⑦に、「宣和年間に、銭塘の関注、字は子東が毗陵にいたとき、夢の中で美しいひげをたくわえた老人と出会い、太平楽という新しい曲調を授けられた。子東はその五拍を記した。四年後、子東が銭塘に帰り、ふたたび美しいひげの老人が腰の辺りから笛を取り出してまたあの曲を吹いてくれる夢を見て、それが重頭小令であることを知ったのである（宣和間、銭塘関注子東在毗陵、夢中遇美髯翁授以太平楽新曲。子東記其五拍。後四年、子東帰銭塘、復夢美髯翁、出腰間笛復作一弄、蓋是重頭小令也）」とある。調べてみると、『墨荘漫録』にはこの詞の全文も記されており、詞名は「桂華明」で、上下段とも五句である。「その五拍を記した」とは、うち上段五句を記す、ということであろう。

姜白石（姜夔）の「徴招《ちしょう》⑧」詞の小序に、「この一曲は私がむかし作ったものである。旧曲の正宮の『斉天楽慢』の前二拍が徴調だったので、足してこの曲とした（此一曲乃余昔所製、因旧曲正宮斉天楽慢前両拍是徴調、故足成之）」とある。思うに、ここでいう正宮の「斉天楽慢」の前二拍とは、歌詞の面からいえば冒頭の二句である。白石道人のこの詞の冒頭二句は、「斉天楽」の冒頭二句とちょうど同じ⑨なのである。

劉禹錫の詩題⑩に、「楽天の春詞に和す、『憶江南』の曲拍に依って句を為す（和楽天春詞、依憶江南曲拍為句）」とある。これも、歌詞の一句が曲の一拍であることの証明である。

李済翁（李匡乂《りきょうがい》）『資暇録』[11]に、「『三台』は、三十拍の促曲である（三台、三十拍促曲）」とある。現存する万俟雅言（万俟詠）の「三台」一闋[12]は、従来は上下二段に分けられていたが、万樹『詞律』では三畳に分けていて、緻密な解説が加えられている。[13]この詞は各畳十句で、「三台」が三十拍、つまり三十句だったことが分かる。

王灼『碧鶏漫志』[14]に、「いまの越調の『蘭陵王』は全部で三段、二十四拍である。さらに大石調の『蘭陵王慢』もあるが、旧曲とはまったくことなる。周や北斉の時代には、まだ前後十六拍の慢曲子はなかったのである（今越調蘭陵王凡三段、二十四拍。又有大石調蘭陵王慢、殊非旧曲。周斉之際、未有前後十六拍慢曲子耳）」とある。越調「蘭陵王」は、周美成（周邦彦）をはじめ作者は少なくないが、一句の字数にばらつきがある。しかし三段二十四拍であることは一致している。鄭文焯も「『蘭陵王』は二十四拍で、ほぼこれを言うようだ（蘭陵王二十四拍、猶能約略言之）[15]」と述べている。本篇末に、「三台」と「蘭陵王」の句拍を分析したものを載せるので、参考にされたい。

また、『碧鶏漫志』「六幺」の項に、「ある人は、この曲は拍が六字を超えることがないので、それで六幺と言うのだという（或云此曲拍無過六字、故曰六幺）」とある。「六幺」は「録要」を誤ったもので[16]、必ずしも句の字数が調名になったのではなかろう。だがここの文から、曲拍を字数ではかれることが分かる。詞調に「六幺令」があるが、上下段とも七字句が一句と、それ以外は六字を超えない短い句である。ここからも、一句を一拍とすることが証明できる。

『碧鶏漫志』[17]には、次のような項もある。「近ごろ『長命女令』[18]があり、前段七拍、後段九拍で、仙呂調に属する。宮調の句読は、まったく旧曲と一致しない。また別に大石調の『西河慢』があり、調子は正平調に転調し、はなはだ古めかしく変わった印象がある（近世有長命女令、前七拍、後九拍、属仙呂調。宮調句読、並非旧曲。又別出大石調西河慢、声犯正平、極奇古）」ここでいう「前七拍、後九拍」は、上段が七句、下段が九句である。残念ながら宋人の詞にこの調の作品は見えず、論証できない。いま見ることのできる「長命女」は、『花間集』に魏承班の作が載せられているが、全篇で七句しかない。[19] 周美成には「西河」[20]が二首あり、大石調に属している。おそらくこれが王灼のいう「調子は正平調に転調し、はなはだ古めかしく変わった印象」なのであろう。ただ、この調は「長命女」とは関係なく、王灼は二つの新しい曲を記したものであろう。

　以上の例から、宋詞では一拍を一句としていたことが分かる。だが拍の時間は固定的だが、句のほうは長短が一律ではない。そのため、何字を一拍とするか規定することはできない。方成培『香研居詞麈《しじゅ》』[21]に引く戚輔之『佩楚軒《はいそけん》客談』に、趙子昂《ちょうすごう》が「歌曲は八字を一拍とする（歌曲以八字為一拍）」と言ったとある。実に不可解な説だが、方成培はそのまま信じて、「元曲は八字を一拍とする（元曲以八字為一拍）」としたけれども、まったくの誤りである。

　張炎『詞源』[22]には、「法曲の拍は大曲と同じで、段ごとに異なる。歌詞と音に遅速がある時は、拍であわせる。たとえば大曲の『降黄龍花十六』は、十六拍を用いなければならない。前袞《こん》・中袞は六字一拍なので、声をのばして拍を待ち、軽く巧みに息をつがなければならない。煞袞《さつこん》は三字一拍であるが、おそらく曲の終わり近くだからだろう。曲の末尾の数句は、ゆったりと声をのばし、響きがとぎれないようにし、余韻が梁を繞《めぐ》るようなのが良い（法曲之拍、与大曲相類、毎片不同、其声字疾徐、拍以応之。如大曲降黄龍花十六、当用十六拍。前袞・中袞、六字一拍。要停声待拍、取気軽巧。煞袞則三字一拍、蓋其曲将終也。至曲尾数句、使声字悠揚、有不忍絶響之意、似余音繞梁佳）」とある。ここからも詞句の長短と歌唱の関係をあらまし見ることができる。曲尾の三字句は、声を伸ばして長く引くのがよい。袞遍[23]の六字句は、「声をのばして拍を待つ」必要がある。なぜなら、袞遍の音楽は急促になるので、六字しかない一句では一拍の時間に満たないことがあったとしても、歌詞もまた早く唱うのがよいからである。音楽家はいわゆる「虚声を駆使して思いのままに宮調を操り（駆駕虚声、縦弄宮調[24]）」、新しいパターンを作り出す。たとえば「花拍」「慢拍」「急拍」「打前拍」「打後拍」などの用語は、いずれも音楽に関するもので、歌詞からこれを理解しようとしてもできない。

附、「三台」の句拍　　万俟詠の詞

見梨花初帯夜月、　見る 梨花 初めて夜月を帯び
海棠半含朝雨。　海棠半ば朝雨を含むを
内苑春、不禁過青門、　内苑の春 青門を過ぐるを禁ぜず
御溝漲、潜通南浦。　御溝 漲り 潜かに南浦に通ず
東風静、細柳垂金縷、　東風 静かに 細柳は金縷を垂れ
望鳳闕、非煙非霧。　鳳闕を望めば、煙に非ず　霧に非ず

好時代
朝野多歓㉕、
遍九陌
太平簫鼓。

乍鶯児百囀断続、
燕子飛来飛去。
近緑水、台榭映秋千、
斗草聚、双双游女。
餳香更、酒冷踏青路、
会暗識、夭桃朱戸。
向晩驟
宝馬雕鞍、
酔襟惹
乱花飛絮。

正軽寒軽暖漏永、

好き時代
朝野に歓多く
九陌に遍し
太平の簫鼓

乍《たちま》ち鶯児の百囀 断続し
燕子 飛び来たり飛び去る
緑水に近く 台榭に秋千 映え
斗草に聚《つど》う 双双たる游女
餳《あめ》の香りは更《あらた》に 酒は冷ゆ　踏青の路
会《たまた》ま暗《ひそ》かに識る 夭桃の朱戸
晩に向かって驟《はし》る
宝馬の雕鞍
酔襟に惹く
乱花 飛絮

正に軽寒 軽暖 漏《とき》は永く

半陰半晴雲暮。
禁火天、已是試新妝、
歳華到、三分佳処。
清明看、漢蠟伝宮炬、
散翠煙、飛入槐府。
斂兵衛
閶闔門開、
住伝宣
又還休務。

半陰半晴 雲は暮れなんとす
禁火の天《ひ》 已に是れ新妝を試み
歳華到り 佳処を三分す
清明に看る 漢蠟 宮炬《たいまつ》に伝わり
翠煙を散じ 飛んで槐府《かいふ》に入るを
兵衛を斂めて
閶闔 門開き
伝宣を住《とど》めて
又た還《ま》た務めを休《や》む

この詞は三段に分かれ、各段は十句で、句法はきわめて整っており、三十拍すなわち三十句であると考えて、ほぼ間違いない。ただ、各段の第三句以下はいずれも三字で逗（句中で停頓する箇所）となり、第三句と第四句、または第五句と第六句を、二句に分けることもできる。いま末二句を分けて四句としたのは、『詞源』にいう「曲の末尾の数句は、ゆったりと声をのばす」の意をとったためである。

「蘭陵王」の句拍　周邦彦の作

柳陰直、
煙里糸糸弄碧。
隋堤上、曾見幾番、
払水飄綿送行色。
登臨望古国、
誰識、京華倦客。
長亭路、年去年来、
応折柔条過千尺。

閑尋旧踪迹。
又酒趁哀弦、
灯照離席。
梨花楡火催寒食。
愁一箭風快、
半篙波暖、
回頭迢逓便数駅。
望人在天北。

柳陰は直《なお》く
煙里に糸糸 碧を弄ぶ
隋堤の上《ほと》り 曾て見ること幾番《いくばく》ぞ
水を払い綿を飄わせ行色《たびだち》を送る
登臨して古国を臨めば
誰か識らん 京華の倦客を
長亭の路 年去り年来たり
応に柔条を折ること千尺を過ぐべし

閑かに旧《ふる》き踪迹《あと》を尋ぬ
又た酒は哀弦を趁《お》い
灯は離席を照らす
梨花 楡火 寒食を催す
愁う 一箭の風快く
半篙《さお》の波暖かく
頭を回《めぐら》せば迢逓《はるか》に便《たちま》ち数駅なるを
人の天北に在るを望む

凄惻、恨堆積、　凄惻として恨みは堆積し
漸別浦縈回、　漸く別浦は縈回《めぐ》り
津堠岑寂。　津堠《わたしば》の岑寂《さびし》き
斜陽冉冉春無極。　斜陽　冉冉として 春は極まり無し
念月榭携手、　念《おも》う 月榭《うてな》に手を携え
露橋聞笛。　露橋に笛を聞きしを
沈思前事、　前事を沈思すれば
似夢裏涙暗滴。　夢裏に似て 涙 暗《ひそ》かに滴る

この詞は三段で、各段八句、二十四拍であることは、間違いない。歴代の諸家の作品は、小さな違いはあるけれど、各段八句でほぼ一致している。[26]

(二)

詞では一拍一句であることが多いため、拍の字を借りて句の意味で用いることもあった。『西清詩話』[27]に、「かつて李後主の『臨江仙』の詞を見たが、結拍の三句が欠けていた（嘗見李後主臨江仙詞、缺其結拍三句）」

とある。詞の結尾の箇所を「結拍」と言うことが分かるが、結拍は必ずしも結句ではない。後人が詞の末一句を「結拍」と呼ぶのは、誤りである。

結拍は「歇拍」とも言う。宋人の文献ではこの用法はまだ見つからないが、楊慎『詞品』㉘には、「秦少游の『水龍吟』前段の歇拍の句に、『落紅 陣を成し 鴛甃《いど》に飛ぶ』とある（秦少游水龍吟前段歇拍句云、落紅成陣飛鴛甃）」とある。これは明らかに、末一句を歇拍としている。だが歇拍はもともと大曲の中の一遍で、曲が終わろうとする時に、後ろに煞衮一遍がつく、これが全曲の煞尾（エピローグ）である。いま詞の末尾の一句として用いられているのは、誤りである。宋人の詞にも歇拍というこの用語が見えるが、歌唱の時に音をのばして拍を待つという意味である。たとえば張仲挙（張翥《ちょうしょ》）の詞㉙に、

数声白翎雀　　数声 白翎《はね》の雀

又歇拍多時　　又た拍を歇《や》むの多き時

嬌甚弾錯　　嬌《なま》めかしきこと甚しく 弾み錯《まじ》わる

とある。ここの「歇拍」は、用語の一つではない。鄭文焯校『清真集』では、詞の上下段の末句を煞拍と呼んでいる㉚。この用語は、大曲の煞衮を例とすれば成立する。だが、つまるところは元明の南北曲の用語であって、宋詞で用いていたものではない。

詞の換頭の箇所を過拍と呼ぶこともあるが、宋人の用法には見られない。『詞源』では過片と呼び㉛、『楽府指迷』では過処と呼んでいる㉜。楊无咎の詞㉝に、

慢引鶯喉千様囀　　慢として引く 鶯喉 千様の囀《さえず》り

聴過処幾多嬌怨　　聴く過処 幾多の嬌怨

とある。これは歌が過門の箇所にくると、声がとくに「嬌怨」になるということである。だが、詞の下片(後段)の起句が換頭でないときも、過拍と呼ぶ人がいる。こうして、過拍が下片起句の意味になった。況周頤『蕙風詞話』では、詞の上片[34]結尾句をしばしば過拍としているが、大きな誤りである。

宋人は音も歌詞も多い曲調を、大拍とした(唐人詞多令曲、後人増為大拍)」とある。この大拍は慢詞を指していて、大曲ではない。『甕牖閑評[35]』に、「唐人の詞には令曲が多く、後世の人が増やして大拍とした(唐人詞多令曲、後人増為大拍)」とある。この大拍は慢詞を指していて、大曲ではない。

拍の字は派生義として、楽曲の代名詞として用いられることもある。陳亮が鄭景元に与えた書[36]の中に、「閑居していて思い煩うことがないので、旧友のために近拍の詞三十闋を作り、はじめて後世に示そうと思う(閑居無所用心、却欲為一世故旧朋友作近拍詞三十闋、以創見於後来)」とある。ここでいう「近拍詞」は、近体楽府の歌詞の意味である。

また、旧曲を新調にアレンジすることも、近拍と呼ばれることがあった。詞の調名に、「郭郎児近拍」「隔浦蓮近拍」「快活年近拍」などがあるが、いずれも旧曲を新しい調にアレンジしたものである。『碧鶏漫志[37]』に、「『茘枝香』は、いま歇指・大石の二つの調どちらにも近拍があり、どれがもとの曲かは分からない(茘枝香、今歇指・大石両調中皆有近拍、不知何者為本曲)」とある。ここでいう近拍も、新調と同じである。

注

① 原文は「抑揚頓挫」である。音楽や舞踊、文章の勢いが上がり下がりしたり、停頓したりしながらリズムを作ること。

② 数枚から数十枚の細長い板の上部を結んで重ね、指で挟んで下部を打ち鳴らす打楽器。

③ 五代・王定保『唐摭言』巻六「公薦」に、進士に合格した牛僧孺が、韓愈・皇甫湜に拝謁した時、「二公が著作をひもとくと、巻首に説楽の一章があった。まだ読まぬうちから、すばらしい文章ですね、たとえば拍板とは何でしょうか、とあわただしく聞いた。楽の句であります、と答えると、二公は互いに顔を見合わせ、たいへん喜んで、すばらしい文章に間違いない、と言った（二公披巻、巻首有説楽一章、未閲其詞、遽曰、斯高文、且以拍板為什麼。対曰、謂之楽句。二公相顧大喜曰、斯高文必矣）」とある。『唐摭言』巻七「升沈後進」の項にも同様の話があるが、ともに「楽句」と定義したのは牛僧孺。宋・李昉『太平広記』巻一八〇は「牛僧孺」としてこの話を載せる。

④ 蘇軾の「十拍子」、『全宋詞』第一冊二九五頁。全文は、「白酒新開九醞、黄花已過重陽。身外儻来都似夢、酔裏無何即是郷。東坡日月長。　玉粉旋煮茶乳、金虀新擣橙香。強染霜髭扶翠袖、莫道狂夫不解狂。狂夫老更狂。」と全十句である。『詞律』巻九、『欽定詞譜』巻十四に「破陣子」を載せ、「又の名を『十拍子』（又名、十拍子）」とする。唐の教坊曲。

⑤ 毛滂「剔銀灯」、『全宋詞』第二冊六七三頁。

⑥ 急曲子とは、「拍」（音楽のテンポやリズム）の速い曲。「十五、促拍」の項、参照。後文に出てくる慢曲子は逆に、「拍」の遅い曲。

⑦ 宋・張邦基『墨荘漫録』巻四。「十二、双調・重頭・双曳頭」およびその注⑥を参照。「桂華明」の全文は、「縹緲神清開洞府。遇広寒宮女。問我双鬟梁渓舞。還記得、当時否。　碧玉詞章教仙女。為按歌宮羽。皓月満窓人何処。声永断、

瑤台路。」『全宋詞』第二冊一一九五頁。

⑧ 姜夔「徴招」、『全宋詞』第三冊二一八二頁。

⑨ 万樹『詞律』巻十七に「斉天楽」を二体収める。二体とも前段は、七字（句）六字（韻）で始まる。姜夔「斉天楽慢」の冒頭は、「潮回却過西陵浦、扁舟僅容居士」の十三字。

⑩ 『全唐詩』巻三五六。

⑪ 唐・李匡乂『資暇録』巻下。「『三台』は今の攤酒、三十拍の促曲の名（三台、今之攤酒、三十拍促曲名）」とある。

⑫ 万俟詠「三台」、『全宋詞』第二冊八〇九頁。

⑬ 『詞律』巻一。万樹の注に「従来の旧刻では、どれもこの作を双調として、『双双遊女』で段を分けていた（従来旧刻、此篇倶作双調、双双遊女分段）」として解説がある。従来の旧刻とは、たとえば宋・黄昇『花菴詞選』巻七や『草堂詩余』巻四など。

⑭ 「蘭陵王」は唐の教坊曲。北斉の文襄の子長恭が蘭陵王に封ぜられ、いつも仮面をつけて勇猛に戦い、周の軍隊を破った。兵士たちも共に歌い、その曲を「蘭陵王入陣曲」といった、という。王灼『碧鶏漫志』巻四「蘭陵王」（『詞話叢編』第一冊一〇三頁）の原文には「三段二十四拍……又大石調」の間に「昔から伝わっている音楽ともいわれている。この曲は正宮に転調し、管楽器は大凡・大一・勾の譜字を用いるので、大犯とも呼ばれる（或曰遺声也。此曲声犯正宮、管色用大凡字、大一字、勾字、故亦名大犯）」とある。「前後十六拍の慢曲子」については未詳。

⑮ 大鶴山人（鄭文焯）校『清真集二巻補遺一巻』の「校語要録」と思われるが、見あたらない。

⑯ 唐の琵琶曲の名。「緑腰」とも書く。唐・段安節『楽府雑録』「琵琶」の条に、唐の琵琶の名手康崑崙が羽調で弾き、

別の琵琶の名手段善本が他調にアレンジした、として名前が見える。王灼『碧鶏漫志』巻三「六幺」（『詞話叢編』第一冊一〇一頁）には、「六幺は、別名を緑腰とも、楽世とも、録要とも言う（六幺、一名緑腰、一名楽世、一名録要）」とある。

⑰『碧鶏漫志』巻五「西河長命女」の条（『詞話叢編』第一冊一一六頁）。

⑱「長命女」は、もとは唐の教坊曲。『碧鶏漫志』に「旧曲」とあることから、この当時にはメロディも残っていたのだろう。

⑲五代・趙崇祚『花間集』巻九に魏承班の「長命女」なし。『花間集』巻六に和凝の「薄命女（一名長命女）」があり、『碧鶏漫志』「西河長命女」にも「『花間集』には和凝の『長命女』の曲がある（花間集和凝有長命女曲）」とある。和凝の作は、双調三十九字、前段三句、後段四句。『全唐五代詞』上冊四七二頁。

⑳毛晋『宋六十名家詞』所収『片玉詞』に「西河」二首を載せるが調名の注はなく、清・朱孝臧『彊村叢書』第五冊所収『片玉集』巻八に「西河（佳麗地）」一首を録し、小序に「大石」とある。『全宋詞』第二冊六一二頁。毛晋『宋六十名家詞』所収本と朱孝臧『彊村叢書』所収本は、底本としている周邦彦の詞集が異なる。詳しくは、村越貴代美「南宋における周邦彦の作品の編纂」（『図書館情報大学研究報告』第十四巻第二号、一九九五）、参照。

㉑清・方成培『香研居詞麈』巻三「楽節」に、「元の戚輔之の『佩楚軒客談』に、歌曲は八字一拍を楽節とし、句ではない、いまの楽は拍板を用いず、鼓で楽節をくぎった、という趙子昂の説が書いてある。……ここから、元曲では八字を一拍とすることが分かる（元戚輔之佩楚軒客談紀趙子昂説、歌曲八字一拍、当云楽節、非句也。今楽不用拍板、以鼓為節。……観此知元曲以八字為一拍）」とある。

㉒張炎『詞源』巻下「拍眼」（『詞話叢編』第一冊二五七頁）。詞源研究会編『宋代の詞論—張炎『詞源』—』（五七～六九頁）、

参照。「拍」「眼」「楽句」等についても、詳しい注がある。

㉓ 袞遍は、唐宋の大曲における大遍中の一遍をいう。王灼『碧鶏漫志』巻三「涼州曲」（『詞話叢編』第一冊一〇〇頁）に、「大曲には散序・靸・排・遍・顛・正顛・入破・虚摧・実摧・袞遍・歇拍・殺袞があって、はじめて一曲となるのであり、これを大遍という（凡大曲有散序、靸、排、遍、顛、正、顛、入破、虚摧、実摧、袞遍、歇拍、殺袞、始成一曲、此謂大遍）」とある。

㉔ 宋・耐得翁『都城紀勝』「瓦舎衆伎」に見える。「十七、攤破・添字」の注㉓を参照。

㉕ 底本はこの箇所を区切っていないが、二〇〇四年版は区切っているので、それに従う。

㉖ 『詞律』巻二十、『欽定詞譜』巻三十七に載せる「蘭陵王」の各体も三段、各段八句の作である。

㉗ 現行の宋・蔡絛『西清詩話』三巻には見えないが、故事は胡仔『苕渓漁隠叢話』前集巻五十九「後主囲城中作詞」の条（『詞話叢編』第一冊一六一頁）や『耆旧続聞』巻三などに、蔡絛『西清詩話』からの引用として載せられる。李後主は南唐の末代皇帝李煜のこと。城を囲まれた状況で「臨江仙」詞を作ったが、作り終えないうちに陥落した故事。だが「結拍」の二字は見えない。

㉘ 明・楊慎『詞品』巻一「塡辞句参差不同」の条（『詞話叢編』第一冊四二六頁）に見える。秦観の「小龍吟」、『全宋詞』第一冊四五五頁。「売花声過尽、斜陽院落、紅成陣、飛鴛甃」と作る。

㉙ 元・張翥「蘭陵王（晩風悪）」（『全金元詞』下冊九九九頁）の後段に見える。

㉚ 大鶴山人（鄭文焯）校『清真集二巻補遺一巻』の「長相思慢」の校語に、「柳永のこの調の煞拍も十三字である（柳詞是調煞拍亦作十三字）」と見える。

㉛『詞源』巻下「製曲」に、「とくに過片は一曲の詞の内容を断ち切ってはならず、前をうけて後につなげることが必要である（最是過片不要断了曲意、須要承上接下）」などと見える。

㉜『楽府指迷』に「過処」の条がある（『詞話叢編』第一冊二七九頁）。

㉝楊无咎「雨中花令（已是花魁柳冠）」の後段、『全宋詞』第二冊一二〇二頁。

㉞原文は「下片」だが、况周頤『蕙風詞話』では「上片」結尾句を「過拍」とし、「下片」結尾句は「歇拍」としているので、改める。例えば、李薦（字は方叔）の「虞美人令」（『全宋詞』第二冊六三七頁）は、全文が「玉闌干外清江浦。渺渺天涯雨。好風如扇雨如簾。時見岸花汀草・漲痕添。　青林枕上関山路。臥想乗鸞処。碧蕪千里信悠悠。惟有霎時涼夢・到南州。」だが、これを『蕙風詞話』巻二「李方叔虞美人」の条（『詞話叢編』第五冊四四二七頁）では、次のように引いている。「李方叔の『虞美人』の過拍に、『好風は扇の如く雨は簾の如し。時に岸花の汀草の、漲痕の添うるを見る』とある。春と夏の変わり目のころ、水辺の建物には、確かにこうした風景がある。好風の句はとくに新しく、まだ誰も言ったことがないようだ。歇拍に、『碧蕪千里　信に悠悠たり。惟だ霎時の涼夢に、南州に到る有るのみ』とあるが、きわめて淡く清らかなことこの上ない。（李方叔虞美人過拍云、好風如扇雨如簾。時見岸花汀草、漲痕添。春夏之交、近水楼台、確有此景。好風句絶新、似乎未経人道。歇拍云、碧蕪千里信悠悠。惟有霎時涼夢、到南州。尤極淡遠清疏之致）」

㉟宋・袁文『甕牖閑評』に見えず。宋・陳鵠『耆旧続聞』（『知不足斎叢書』所収）巻二に、「唐人の詞には令曲が多く、後世の人が字を増やして大拍とした（唐人詞多令曲、後人増為大拍）」と見える。原文は引用中「会曲」となっているが、「令曲」に改めた。

㊱原文は「陳景元」とするが、「鄭景元」に改める。陳亮『龍川集』巻二十一に「鄭景元提幹伯英に与うる書（与鄭景

元提幹伯英書)」(『全宋文』第二七九冊巻六三二五)がある。鄭伯英、字は景元、一一三〇～一一九二。陳亮には「鄭景元提幹を祭る文」もある。『龍川集』巻二十三。

㊲　王灼『碧鶏漫志』巻四「茘枝香」の条(『詞話叢編』第一冊一〇九頁)に見える。

十五、促拍

楽曲の名に「促拍」の二字を加えることは、唐代から見られる。『楽府詩集』に「簇拍《ぞくはく》六州①」があるが、これは七言絶句である。また「簇拍相府蓮②」があり、これは五言八句の詩である。唐代の詩人は歌曲の詞を作る時に楽曲の音節の長短に合わせて句を作ることをしなかったので、その歌詞は句法が整った五言詩や七言詩だった。こうした詩句からは、歌曲の拍子を知ることができない。このため、「簇拍六州」が「六州」とどう違うのか、歌詞の字句から判断することはできないのである。

宋人が詞を作るとき、一部の詞調名の前に「促拍」の二字を加えて、本調と区別することがあった。たとえば「醜奴児」には「促拍醜奴児」があり、「満路花」には「促拍満路花」がある。詞名の後に「促拍」を加える例もあり、『松隠楽府③』には「長寿仙促拍」がある。「促拍」とは「簇拍」である。唐人が「促」の字を使い始め、宋人では「簇（むらがる）」の字を使うことは完全になくなった。初めは音が同じことから間違えられたのかも知れないが、「促」のほうが意味を理解しやすい。「促」とは「急促（せわしない）」である。「促拍満路花」はせわしないリズムで演奏・歌唱する「満路花」の詞調で、いわゆる「急曲子」である。唐の詩人、劉言史の「胡騰《ことう》を舞うを観る歌④」に、

四座無言皆瞪目　四座に言《ことば》無く皆な瞪目す
横笛琵琶徧頭促　横笛 琵琶の徧頭《へんとう》促たり

とある。宋の詞人、賀方回（賀鋳）の詞⑤には、

按舞華裀　舞を華裀《かいん》に按《あん》ず
促徧涼州　促徧涼州
羅袜未生塵　羅袜《らまつ》未だ塵を生ぜず

とある。「徧」は「遍」である。「徧」の冒頭が「促」であるものを、「促遍」という。張祜《ちょうこ》「悖拏児《はいだじ》の舞⑥」詩に、

春風南内百花時　春風 南内《なんだい》 百花の時
道調涼州急遍吹　道調涼州 急遍吹く

とあり、「急遍」も「促遍」のことである。『宋史』「楽志」に「涼州曲」を載せ⑦、正宮・道調・仙呂・黄鐘の諸調があるが⑧、道調の「涼州曲」がとくに急促な節拍であったことが分かる。李済翁（李匡乂）『資暇録⑨』に「『三台』は、三十拍の促曲の名である（三台、三十拍促曲名）」とあり、「急遍」「促遍」「促曲」「促拍」がどれも同義語であることが分かる。唐宋の人々はテンポの速い音楽を好み、舞曲はとくに「急遍」でなければだめだった。趙虚斎（趙以夫）の詞⑩に、

聴曲曲仙韶促拍　曲曲たる仙韶促拍を聴く
趁画舸飛空　趁《お》う 画舸の空を飛び

雪浪翻激

雪浪の翻って激しきを

とある。これもテンポの速い舞の姿を形容している。

だが、いわゆる「促拍」は楽曲のテンポが変わるだけで、歌詞もそのために変わることはあっても、「攤破」「減字」等を加えなければならない詞調ほど顕著ではなかった。たとえば、「醜奴児」はもともと唐・五代の「採桑子」で、周美成（周邦彦）の『清真集』になって「醜奴児」の名に変わった。黄山谷（黄庭堅）にも「醜奴児」二首があるが、その句の形式は周美成の「醜奴児」とはまた異なる。趙長卿の二首は黄山谷の「醜奴児」と同じ形式だが、調名は「似娘児《じじょうじ》」である。ほかにも「醜奴児」一首と「採桑子」二首があり、形式はどれも完全に一致している。元好問には黄山谷の「醜奴児」と同じ形式の詞が三首あり、題に「促拍醜奴児」とある。ここから分かるように、「醜奴児」は本調がはっきりせず、どれが正格か分からない。そこに「促拍」の二字が加えられると、その違いがどこにあるのか、もっと分からなくなる。また、「促拍満路花」の場合、黄山谷・柳耆卿（柳永）・趙師俠がこの調を作っている。⑪山谷の詞⑫には小序があり、

むかしある人がこの詞を州東の酒肆の壁に書き、愛好していたけれど、歌うことはできなかった。十年前、酔った道士が広陵の市中で歌っているのを、子どもたちが一緒に歌って曲を覚え、それが「促拍満路花」であると分かった。巷《ちまた》の者が口伝えするうちに猥雑な言葉を足し、もとの良さを損なってしまった。山谷老人がもとの歌詞を記録して、教養ある人たちに伝える。

往時有人書此詞於州東酒肆壁間、愛其詞、不能歌也。一十年前、有酔道士歌於広陵市中、群小児随

歌得之、乃知其為促拍満路花也。俗子口伝、加醸鄙語、政敗其好処。山谷老人為録旧文、以告深於義味者。

とある。この小序から、歌詞があってもそれがどの調なのか知ることはできなかった、と分かる。誰かが歌うのを聞いた後に、はじめてその詞の調名が「促拍満路花」だったと分かったのである。だが黄山谷のこの詞の文字上の形式は、周美成の「満路花」二首と比べて、換頭と結拍が少し違うだけで、「促拍」の形跡を見て取ることはできない。『詞律』『欽定詞譜』などの書には「促拍」とする詞調がいくつかあるけれども、様々な議論があり、要領を得ないようである。杜小舫（杜文瀾）は「促拍醜奴児」を論じて、⑭「促拍は、音楽の拍を省略し縮めることであり、減字と似ている。この調は字数が『醜奴児』より多く、促拍と呼ぶことはできない。『詞譜』や『楽府雅詞』にならって『攤破南郷子』と改めるべきである（促拍者、促節短拍、与減字彷彿。此調字数多於醜奴児、不能以促拍名之也。応遵詞譜並楽府雅詞、改為攤破南郷子）」という。また、徐誠庵（徐本立）は「促拍採桑子」を論じて、⑮「私が考えるに、この詞は字数が『南郷子』より少ないので、『促拍南郷子』と呼ぶべきである。黄庭堅の詞は字数が『南郷子』より多いので、『攤破南郷子』と呼ぶべきである（窃謂此詞字数少於南郷子、応名促拍南郷子。黄詞字数多於南郷子、応名攤破南郷子）」という。両者とも「促拍」を「減字」と考えているようだが、あまり正確とは言えない。音楽のテンポが速いことと歌詞の字数の多少は、関係がない。文字はいくつか多めに歌ったり少なめに歌ったりすることができるし、増減なしでもかまわない。要は、どの調子にするかの問題で、字数ではない。このため、字句の異同から「促拍」の意味を解釈しようとしても、宋詞においては、それは不可能なのである。

注

① 宋・郭茂倩『楽府詩集』巻七十九。全文は、「西去輪台万里余、故郷音耗日応疎、隴山鸚鵡能言語、為報閨人数寄書。」の七言絶句である。

② 『楽府詩集』巻八十。全文は、「莫以今時寵、寧無旧日恩。看花満眼涙、不共楚王言。閨燭無人影、羅屏有夢魂。近来音耗絶、終日望応門。」の五言八句である。

③ 曹勛『松隠楽府補遺』に「長寿仙促拍」二首がある。『全宋詞』第二冊一二三一頁。

④ 劉言史「王中丞の宅にて夜に胡騰を舞うを観る（王中丞宅夜観舞胡騰）」、『全唐詩』巻四六八。胡騰舞は、涼州から伝来した男性の舞。

⑤ 賀鋳「苗而秀」、『全宋詞』第一冊五一一頁。

⑥ 『全唐詩』巻五一一。

⑦ 『宋史』巻一二一「礼志」に「涼州曲」が見える。

⑧ 宋・王灼『碧鶏漫志』巻三「涼州曲」の条（『詞話叢編』第一冊九九頁）には、「いま涼州の曲で世間に伝わっているものは全部で七つの宮調の曲で、黄鐘宮・道調宮・無射宮・中呂宮・南呂宮・仙呂宮・高宮であるが、西涼府が献上したのがどの宮調だったかは分からない。しかし七曲のうち、三曲は唐代に作られた曲であることが分かっており、黄鐘・道調・高宮がそれである（今涼州見于世者凡七宮曲、曰黄鐘宮、道調宮、無射宮、中呂宮、南呂宮、仙呂宮、高宮、

不知西涼所献何宮也。然七曲中、知其三是唐曲、黄鐘、道調、高宮者是也)」とある。

⑨ 唐・李匡乂『資暇録』巻下。原文は引用中「十拍」となっているが、十拍ずつ三段の曲、「三十拍」に改める。「十四、拍(一)(二)」の注⑪参照。

⑩ 趙以夫「桂枝香(青霄望極)」、『全宋詞』第四冊二六七三頁。

⑪ 『欽定詞譜』巻二十、参照。

⑫ 明・毛晋『宋六十名家詞』所収の黄庭堅『山谷詞』に「促拍満路花」があるが、『全宋詞』第一冊四一七頁では存目詞とし、呂洞賓(一に無名氏)の作とする。『欽定詞譜』巻二十にも載せるが無名氏の作とする。『欽定詞譜』巻二十に載せる詞の全文は、「秋風吹渭水、落葉満長安。黄塵車馬道、独清間。自然鈩鼎、虎繞与龍盤。九転丹砂就、琴心三畳、蕊宮看舞胎仙。　任万釘宝帯貂蟬。富貴欲薫天。黄粱炊未熟、夢驚残。是非海裏、直道作人難。袖手江南去、白蘋紅蓼、又尋湓浦廬山」。双調八十六字、前段八句、四平韻、後段八句、五平韻。

⑬ 周邦彦の「満路花」、『全宋詞』第二冊六〇八頁。『欽定詞譜』巻二十に載せる詞の全文は、「金花落燼鐙、銀礫鳴窓雪。庭深微漏断、行人絶。風扉不定、竹圃琅玕折。玉人新間濶。著甚悰情、更当恁地時節。　無言攲枕、帳底流清血。愁如春後絮、来相接。知他那裏、争信人心切。除共天公説。不成也還、似伊無箇分別」。双調八十三字、前後段各八句、五仄韻。換頭は四字、五字で、「促拍満路花」の換頭が七字、五字なのに対して三字違うのみ。結拍は、五字で押韻、四字、六字となっており、「促拍満路花」の結拍が、五字、四字、六字なのに対して五字句が押韻するかしないかの違いのみ。

⑭ 『詞律』巻四「促拍醜奴児」の杜文瀾の注。

⑮ 『詞律拾遺』巻一「促拍採桑子」の徐本立の注。

十六、減字・偸声

詞楽家[1]の使う手法に減字・偸声《とうせい》がある。詞の曲調にはそれぞれ定まった規格があるのだが、より美しく聞こえるように、少しばかり節回しを増減して歌うこともできる。「添声楊柳枝」や「攤破浣渓沙」などが「増」したもの、「減字木蘭花」や「偸声木蘭花」などが「減」らしたものである。音楽の側面からは「増」なら「添声」と、「減」なら「偸声」と言い、歌詞の側面からは「増」なら「添字」または「攤破」と言い、「減」なら「減字」と言う。

ここではまず減字と偸声について述べる。

歌詞の字数が減ったからには、歌えば自ずと数音短くなるはずだ。逆に、曲の短縮に応じて歌詞の字数も減少する。つまり、減字は必然的に偸声となり、偸声は必然的に減字となる。

「木蘭花」はもともと唐五代の「玉楼春」であった。『花間集』に次の牛嶠「玉楼春」一首がある。[2]

春入横塘揺浅浪　　春は横塘に入り 浅浪揺らぐ
花落小園空惆悵　　花は小園に落ち 空しく惆悵《ちゅうちょう》す
此情誰信為狂夫　　此の情 誰か信ぜん 狂夫の為なるを

恨翠愁紅流枕上　　恨翠《こんすい》と 愁紅《しゅうこう》の枕上に流るると
小玉窓前嗔燕語　　小玉 窓前 燕の語るを嗔《いか》る
紅涙滴穿金線縷　　紅涙 滴り 金の線縷《せんる》を穿つ
雁帰不見報郎帰　　雁帰るも 郎の帰るを報ずるに見《あ》わず
織成錦字封過与　　錦字を織り成し 封過して与えん

この詞の形式は前後二段あり、各段七言四句である。押韻は仄韻、後段で換韻する。③ 後段で換韻しなければまるで七言詩のようである。温飛卿（温庭筠）の詩集に次の「春暁曲」がある。④

家臨長信往来道　　家は臨む 長信往来の道
乳燕双双払煙草　　乳燕 双双として 煙草《えんそう》を払う
油壁車軽金犢肥　　油壁車《ゆへきしゃ》は軽く 金犢《きんとく》 肥え
流蘇帳暁春鶏報　　流蘇帳《りゅうそちょう》 暁にして 春鶏報ず
籠中嬌鳥暖猶睡　　籠中の嬌鳥は暖かくして猶お睡り
簾外落花閑不掃　　簾外の落花は閑として掃かず
衰桃一樹近前池　　衰桃一樹の前池に近きは
似惜紅顔鏡中老　　紅顔の鏡中に老ゆるを惜しむに似たり

この八句からなる詩を南宋初の人が前後二段に分けて「玉楼春」と改題して『草堂詩余』に収録した。⑤

こうして一首の詞と見なされるようになった。

唐五代の時、別の詞調の「木蘭花」があった。『花間集』に韋荘「木蘭花」一首がある。⑥

独上小楼春欲暮　　独り小楼に上れば 春 暮れんと欲す
愁望玉関芳草路　　愁いて望む 玉関 芳草の路
消息断、不逢人　　消息断え 人に逢わず
却斂細眉帰繡戸　　却て細眉を斂《ひそ》めて繡戸に帰る

坐看落花空歎息　　坐《そぞ》ろに落花を看て 空しく歎息す
羅袂湿斑紅涙滴　　羅袂《らべつ》の湿うこと斑にして 紅涙滴《したた》る
千山万水不曾行　　千山万水 曾て行かず
魂夢欲教何処覓　　魂夢は何処《いずく》にか覓《もと》めしめんと欲する

「玉楼春」第三句の七言句がこの韋荘「木蘭花」では二つの三言句となっている。それだけの違いだが明らかに別体である。『花間集』収録の魏承班「玉楼春」二首はいずれも七言八句で、⑦牛嶠の作と同じ。

では「木蘭花」はどうだろうか。⑧

小芙蓉、香旖旎　　小さき芙蓉 香りは旖旎《いじ》たり
碧玉堂深清似水　　碧玉の堂 深くして 清きこと水に似たり
閉宝匣、掩金鋪　　宝匣《ほうこう》を閉ざし 金鋪を掩《おお》い

倚屏拖袖愁如酔　屏に倚《よ》り袖を拖《ひ》きて 愁い 酔えるが如し

遅遅好景煙花媚　遅遅たる好景 煙花媚《なまめか》しく

曲渚鴛鴦眠錦翅　曲渚の鴛鴦 錦翅《きんし》眠る

凝然愁望静相思　凝然として愁い望み 静かに相い思う

一双笑靨嚬香蘂　一双の笑靨《しょうよう》 香蘂《こうずい》を嚬《ひそ》む

この魏承班「木蘭花」と韋荘「木蘭花」とはすでに違いが見られる。韋荘詞の前段第一句と第三句の七言二句が三三の形式に変わるが、⑨後段には変化はない。ここに減字・偸声のあり方が窺える。

宋代になると、「玉楼春」が「木蘭花」と混同されてくる。牛嶠「玉楼春」が諸家の選本中では全て「木蘭花」と題されている。⑩清人の万樹は『詞律』を編集するにあたり、「これを『玉楼春』というものもあり、『木蘭花』というものもあり、またそれに令の字を加えるものもある。二つの詞体がついには合わさって一つになった。理由あってのことだろうから、ここに『玉楼春』の名を立てない（或名之曰玉楼春、或名之曰木蘭花、又或加令字、両体遂合為一、想必有所拠、故今不立玉楼春之名）」⑪と判断した。これ以来、詞家は「木蘭花」を「玉楼春」の別名とみなしている。これは、唐五代詞及び宋詞の研究において検討すべき問題の一つであるが、ここでは論じない。これから述べるのは、北宋以後「木蘭花」に二つの減字形式が現れたことだ。一つは、晏幾道の「減字木蘭花」である。晏幾道『小山詞』に「木蘭花」八首がある。その第一首を次に挙げる。⑫

鞦韆院落重簾暮　鞦韆《しゅうせん》 院落 重簾 暮《く》れて
彩筆閑来題繡戸　彩筆もて閑として来たりて繡戸《こ》に題す
墻頭丹杏雨余花　墻頭《しょうとう》の丹杏《たんきょう》 雨余の花
門外緑楊風後絮　門外の緑楊 風後の絮《わたげ》

朝雲信断知何処　朝雲 信《たより》断え 知んぬ 何処《いずく》ぞ
応作襄王春夢去　応《まさ》に襄王《じょうおう》の春夢に去るを作《な》すべし
紫騮認得旧遊踪　紫騮《しりゅう》 旧遊の蹤《あと》を認め得て
嘶過画橋東畔路　嘶《いなな》き過ぐ 画橋東畔の路

別に「減字木蘭花」三首もある。⑬ その第一首を挙げる。

長亭晩送　長亭に晩に送る
都似緑窓前日夢　都《すべ》て似たり 緑窓 前日の夢
小字還家　小字《たより》は 家に還る
恰応紅灯昨夜花　恰も応ず 紅灯 昨夜の花

良時易過　良時 過ぎ易《やす》し
半鏡流年春欲破　半鏡 流年 春は破《おわ》らんと欲す

往事難忘　　　　往事 忘れ難し
一枕高楼到夕陽　　一枕 高楼 夕陽に到る

この「減字木蘭花」を「木蘭花」と比較すると、前段及び後段の第一句と第三句いずれも三字減り、四七、四七の形式となっている。押韻の方法は、一首を通して同じ韻の「木蘭花」に対し、これは前段後段それぞれ二韻用いている。字数は減ったが、押韻は逆に複雑になっている。

これとは別の形式の「減字木蘭花」もある。張先の詞が最も早い用例である。

雲籠瓊苑梅花瘦　　雲は瓊苑《けいえん》を籠《こ》め 梅花瘦せ
外院重扉聯宝獣　　外院 重扉《ちょうひ》 宝獣を聯《つら》ぬ
海月新生　　海月 新たに生じ
上得高楼没奈情　　高楼に上り得て 情を奈《いか》んともする没《な》し

簾波不動銀釭小　　簾波 動かず 銀釭の小さき
今夜夜長争得暁　　今夜 夜の長きに 争《いか》でか暁を得ん
欲夢高唐　　高唐を夢みんと欲するも
只恐覚来添断腸　　只だ恐る 覚め来って断腸を添うるを

この詞牌名は「偸声木蘭花」である。⑭ 前段及び後段の各第三句で三字減らし、前段後段とも七七四七の形式。押韻は晏幾道詞と同じく前段後段いずれも二韻用いている。

晏幾道の詞を「減字木蘭花」と呼び、字句の減らし方が異なる張先の詞が同じ詞牌名では具合が悪いので、「偸声木蘭花」と名付けて区別しているわけだが、その実、いずれも（唐五代に七言八句だった）「玉楼春」の文字を削減したにすぎない。

「減字木蘭花」は宋代に最も盛んに作られた詞調で、略して「減蘭」と呼ばれた[15]。柳永の詞集では「減蘭」及び「玉楼春」いずれも仙呂調に属す[16]。張孝祥『于湖詞』でも「減蘭」は仙呂調に属している[17]。『金《きん》奩集《れんしゅう》』では韋荘「木蘭花」は林鐘《りんしょう》商調に属し[18]、張先の集では「減蘭」及び「木蘭花」いずれも林鐘商だが、「偸声木蘭花」は仙呂調に属している[19]。このことから、「木蘭花」が偸声減字されると、その曲の宮調も変化するとわかる。よって、減字・偸字は移宮転調[20]に関連している。

周密に西湖十景を詠んだ「減字木蘭花慢」十闋があり[21]、形式は諸家の「木蘭花慢」と全く同じで[22]、「木蘭花令[23]」を増し伸ばした慢詞だから、「減字」二字本来の意味が失われている。

賀方回（賀鋳）に「減字浣渓沙」七首がある[24]。もともと「浣渓沙」は前後二段、各段七言三句で平声韻を用いる。賀方回の七首もこの古い形式の「浣渓沙」で、全く減字されていない。それなのに「減字浣渓沙」と題するのはなぜだかわからない[25]。当時、「攤破浣渓沙」が非常に流行していたので、みなそれを「浣渓沙」の正格と思い込み、攤破によって増えた三字を削減した形式と同じ賀方回七首を「減字浣渓沙」と称したのだろう。これこそが正格本調の「浣渓沙」だと知らなかったわけである。

『小山詞』に、

月夜落花朝　　月夜と落花の朝に

減字偸声按玉蕭　　減字 偸声 玉蕭を按ず㉖

とあり、『清真詞』に、

香破豆　　香は破豆のごとく
燭頻花　　燭は頻りに花さく
減字歌声穏　　減字の歌声は穏やかなり㉗

とあり、『逃禅詞』は、

換羽移宮　　換羽 移宮
偸声減字　　偸声 減字
不怕人腸断　　人の腸断ゆるを怕れず㉘

とある。これらの詞句から、減字・偸声の及ぼす効果㉙を知ることができる。

注

① 「詞楽家」は底本原文のまま。底本における「詞楽家」の意味は、歌う芸能として詞を提供するために歌手を指導する者や曲をアレンジする者、楽器を演奏する者のようだ。「詞楽家」とほぼ同義と思われる語彙は次のようなものである。「音楽師」(「十二、双調・重頭・双曳頭」や、「教師」(「十七、攤破・添字」)、「音楽家」(「十四、拍」及び「十八、転調」)。底本中、「詞楽家」と区別して、詞の作者、いわゆる詞人を「詞家」と言い(「一、詞」「二、雅詞」「六、琴

趣外篇」等)、また『詞源』『詞律』『楽府指迷』等の詞の理論書の著者、詞選集や詩話の編著者、さらには現代の詞学研究者も「詞家」と言う(「十一、変・徧・遍・片・段・畳」、「十三、換頭・過片・么」)。「宋代詞家或楽家的書中」のように、底本が「詞家」と並列する「楽家」は、『墨荘漫録』『資暇録』『碧鶏漫志』等の著者たちや、作曲もした姜夔を指す(「十四、拍」)。

② 『花間集』巻四。底本原文は「花落」を「花入」に作り、「嗔」を「瞋」に作るが、李一氓『花間集校』及び『全唐五代詞』(五一三頁)によって改めた。

③ 前段は去声四十一漾、後段は上声八語。韻目は、塡詞の際に広く用いられる、清・戈載『詞林正韻』による。

④ 清・曾益『温飛卿詩集箋注』巻三は「春暁曲」と題して収録し、「春鶏報」を「春鶏早」に作る。

⑤ 『全唐五代詞』副編巻一(一〇二一頁)は、温庭筠「玉楼春」として収録し、注に「洪武本草堂詩余前集巻上」とあり、「紅顔」を「容顔」に作る。分類編次本の『増修箋注妙選草堂詩余』巻之上前集(『四部叢刊』所収)は「春意『玉楼春』」として、分調編次本『草堂詩余』巻一(『四部備要』所収)は「『玉楼春』春暮」として収録する。いずれも底本原文と同じく「春鶏報」に作る。『草堂詩余』の版本については「九、大詞・小詞」の注及び附録の「引用詞籍解題」参照。
『全唐五代詞』の「考弁」は「木蘭花」と「玉楼春」の詞体の違いについて述べた後、「あるいは、宋人が『玉楼春』の調子でこの詞を歌うようになったので、『草堂詩余』に収録され、それを諸本が踏襲したことで、温詞とされてしまったのだろう。『温飛卿詩集』に従って古詩とするべきだ(此首或因宋人以『玉楼春』調歌之、乃為『草堂詩余』所収、諸本仍之、遂以為温詞。当従『温飛卿詩集』作古詩)」(一〇二二頁)と言う。

⑥『花間集』巻三。

⑦『花間集』巻九に二首収録する。いずれも前後段とも七言四句の斉言体（『全唐五代詞』正編巻三、四八四頁）。

⑧『花間集』巻九（『全唐五代詞』正編巻三、四八三頁）。『全唐五代詞』は「笑翳」を「突翳」に作る。

⑨底本原文は「韋荘詞的上片第一句和第三句、両個七言句、已変成両個三三句法」。韋荘詞の前段第三句を七言句だと言うが、この部分は三三の形式であり、前段七言四句の「玉楼春」の第一句と第三句が魏承班「木蘭花」で三三の形式に変わっているのであって、韋荘詞との違いは第一句だけだから、「韋荘詞は前段第三句だけが三三の形式に変わっていたが、魏承班詞は前段第一句も変わり、三三の形式が二つに増えた」とするのが正しい。

⑩牛嶠の「玉楼春」について、王国維『唐五代二十一家詞輯』巻八所収の『牛給事詞』のみ「木蘭花」の題で収録する。王国維は、『花間集』から牛嶠の詞を輯録したと注するが、『花間集』のどの版によったかは不明。底本が「宋代にいたるとこのふたつの詞牌がひとつとみなされ、諸家の選本中、すべて木蘭花となっている」とする根拠も不明である。

⑪底本は万樹『詞律』の記述そのままではなく要約している。『詞律』巻七「木蘭花」の項に、五十二字の毛熙震「木蘭花」一首、次に「又一体」として五十四字の魏承班詞一首、五十五字の韋荘詞一首、五十六字の牛嶠詞一首の四首を挙げ、牛嶠詞に「又名『玉楼春』」と注する。次に五十六字の葉夢得詞一首に「又名春暁曲、惜春容」と注し、「前段も後段も七字四句。これは宋代の詞体である（前後倶七字四句。此宋体也）」とする。底本の引用は、これに続く次の一文の要約である。「考察するに、唐代の『木蘭花』は前に引いた四つの詞体だろう。七字八句の形式のものは『玉楼春』という。宋代にはすべて七言になり、これを『玉楼春』というものもあり、『木蘭花』とするものもあり、また詞牌名に令の字を加えるものもある。二つの詞牌がついには一つになった。理由あってのことだろうから、ここに『玉

楼春』の名を立てず、この注の前三つの詞体の後に載せた。（按唐詞木蘭花如前所列四体是矣。其七字八句者、名玉楼春。至宋則皆用七言、而或名之曰玉楼春、或名之曰木蘭花、又或名加令字。両体遂合為一。想必有所拠。故今不立玉楼春之名、而載注前三体之後）」

⑫ 晏幾道『小山詞』「木蘭花」八首之一。『全宋詞』第一冊二三三頁は「回橋」を「画橋」に作る。

⑬ 底本原文は「另外有両首減字木蘭花」、二首とするが、『全宋詞』第一冊二三四頁及び書韻楼叢刊『小山詞』は四七四七の形式の「減字木蘭花」を三首収録するので、三首と改めた。

⑭ 「偸声木蘭花」二首の第一首（『全宋詞』第一冊七二頁）。『全宋詞』には、前段後段とも七言四句の「木蘭花」三首と前段後段とも四七四七の形式の「減字木蘭花」一首もある（六八頁）。なお、『全宋詞』は「雲籠」を「雪籠」に、「没奈情」を「無奈情」に作る。底本は『詞律』巻七所収の本作に従っている。「高唐」も、底本原文は『詞律』に従い「荒唐」に作るが、『全宋詞』によって改めた。

⑮ 李子正「減蘭十梅」の連作（『全宋詞』第二冊九九五〜九九七頁）や黄廷璹「憶旧遊（乍梅黄雨過）」（『全宋詞』第五冊三一八〇頁）の詞句「謾《ゆる》やかに賦して『減蘭』成る（謾賦減蘭成）」などから、略称されていたことが分かる。

⑯ 『全宋詞』は、柳永「玉楼春」五首（第一冊一九〜二〇頁）を大石調に、「減字木蘭花」（四六頁）を仙呂調として収録する。

⑰ 『全宋詞』は、張孝祥「減字木蘭花」十首（第三冊一七〇九〜一七一〇頁）に曲調を記さないが、『景宋金元明本詞』所収の『于湖先生長短句』では、その目録の巻四に「減字木蘭花 仙呂調六首」とある。

⑱ 『金奩集』「林鐘商調」に「木蘭花（独上小楼春欲暮）」を収録する。『金奩集』は作者名を記さないが、例えば『花間集』巻三は韋荘詞として収録する。

⑲『全宋詞』は、張先「木蘭花」三首と「減字木蘭花」一首を林鍾商とし（六八頁）、「偸声木蘭花」二首を仙呂調（七二頁）とする。林鍾商とは仲呂商もしくは夷則商の別名、仙呂調とは夷則羽の別名で、それぞれ商調と羽調であるから調式も異なり、均も異なる別個の調である。

⑳「移宮」とは別の調を用いること。「転調」については、「十八、転調」参照。ここでは、もともと字数の増減である減字・偸字も、場合によっては移調や転調などの音楽面とも関わることを言う。

㉑『全宋詞』第五冊三二六四〜三二六六頁に収録の周密「木蘭花慢」十首は西湖十景を詠んだものだが、「減字」と冠されていない。周密の詞集としては『蘋洲漁笛譜』『草窓詞』があり、清・王鵬運編『四印斎所刻詞』所収『草窓詞』補下に「減字木蘭慢」（「花」字無し）の詞調名で収録し、清・朱孝臧編『彊村叢書』第六冊所収『蘋洲漁笛譜』巻一は「木蘭花慢」（「減字」二字無し）の詞調名で収録する。

㉒諸家の「木蘭花慢」はいずれも全百字だが、『全宋詞』及び『全金元詞』の句読によると次のように形式に相違がある。

五六五四四二四八六六　二四六五四四六　八　六六（周密「木蘭花慢」、『全宋詞』第五冊三二六四頁）
五六五四四二四八六六　二四六五四四二四八　六六（柳永「木蘭花慢」、『全宋詞』第一冊四七頁）
五六五四四六　八六六　二四六三六四五　八　六六（万俟詠「木蘭花慢」、『全宋詞』第二冊八一一頁）
五六五四四六　七六六　七五　五四四六　三五六六（元・陸文圭「減字木蘭花慢」、『全金元詞』下冊八二三頁）
五六四四六　八六三三六五　五四四六　三五六六（元・陸文圭「減字木蘭花慢」、『全金元詞』下冊八二三頁）

㉓『全宋詞』が「木蘭花令」の詞牌名で収録する二十一首（柳永一首、第一冊四六頁。賈昌朝一首、一一七頁。王観一首、二六一頁。蘇軾六首、二八三、三二七頁。黄庭堅十一首、三九二、三九三、四〇五頁。仇遠二首、第五冊

三四〇〇、三四一一頁）は、前段後段とも七言四句の形式である。魏了翁「木蘭花令」一首（『全宋詞』第四冊二三九一頁）は、前段後段とも七三四七三四の形式で、唐圭璋の注に「詞調から考えるとこれは『玉楼人』であろう（按調此乃玉楼人）」とある。

㉔　底本原文は「七首」とするが『全宋詞』第一冊（五三五～五三七頁）は、賀方回「減字浣渓沙」を十五首収録する。

㉕　底本の趣旨と異なる主張として、呉熊和『唐宋詞通論』は「減字の第一義は音符を減らすことであり、決して歌詞の文字を減らすことだけを意味するものではない。……『彊村叢書』所収『賀方回詞』巻二に『減字浣渓沙』十五首がある。調名には減字とあるが、文字は一字も減っておらず、七言六句の『浣渓沙』本調の字句と全く同じである。『東山詞』巻上には『酔中真』『頻載酒』『掩蕭斎』などの七首の作品の、自注に『減字浣渓沙』とあるが、字数句数は『浣渓沙』と全く同じである。これらの詞牌の減字は、音を減らすことをいうのであって、字を減らすものではない（減字首先是指減省声譜之字、并不専指文辞之字。……『彊村叢書』所収『賀方回詞』巻二、有「減字浣渓沙」十五首、調名減字、文辞却一字不減、与七言六句的「浣渓沙」本調字句全同。『東山詞』巻上有「酔中真」、「頻載酒」、「掩蕭斎」等七首、自注「減字浣渓沙」、字句亦与「浣渓沙」全同。這些詞調的減字、所減即在声而不在字）」（一一六頁）と述べる。

㉖　『小山詞』及び『全宋詞』第一冊二二九頁「南郷子（渌水帯青潮）」は「月夜落花朝」を「月夜与花朝」に作る。

㉗　周邦彦「驀山渓（江天雪意）」『全宋詞』第二冊六二六頁。但し『全宋詞』の原拠である周邦彦『片玉詞』はこの詞を収録せず、汲古閣本『片玉詞』によって補ったものである（『全宋詞』六二九頁「以上三十二首見汲古閣本片玉詞」）。『四印斎所刻詞』が『清真集』二巻の後に置く「清真集外詞」に収録する「驀山渓」二首之二に見える。

㉘　『逃禅詞』は楊无咎の詞集。楊无咎「雨中花令（已是花魁柳冠）」（『全宋詞』第二冊一二〇二頁）。

㉙　晏幾道の詞句「月夜落花朝、減字偸声按玉簫」の「月夜」及び「落花朝」いずれも「閨怨」の情を表す景物だから、減字・偸声によって玉簫に「閨怨」の情を込めることができるのだとわかる。この詞句と、周邦彦の詞句「減字歌声穏」から推測すると、字数が減るとゆるやかにしみじみと情感を込めた歌になり哀切さを増すのだろう。

十七、攤破・添字

「攤破《たんぱ》」二字を加えた詞調名がある。ある曲調の一、二句を攤破すると（開き広げると）字と音が増え、新しい別の曲調になるのだが、もとの詞調名を用いるので、区別するために「攤破」二字を加えたものである。文字と音楽の両側面から「攤破」と言い、文字の側面からのみ言うなら「添字」である。

よく見る詞調名に「攤破浣渓沙」がある。本調の「浣渓沙」は前後二段で、各段七言三句、平声韻を用いる。

堤上遊人逐画船
拍堤春水四垂天
緑楊楼外出鞦韆

白髪戴花君莫笑
六么催拍盞頻伝
人生何処似尊前

堤上の遊人 画船を逐《お》い
堤に拍《う》つ春水 四《よ》もに垂るるの天
緑楊 楼外に鞦韆を出だす

白髪に花を戴《いただ》くも 君笑うこと莫かれ
六么《りくよう》 拍を催《うなが》し 盞《さかずき》 頻りに伝う
人生 何処ぞ尊前に似たる〔欧陽脩①〕

「攤破」するには二つの方法がある。一つには、各段第三句を四言一句と五言一句に変えて七七四五の形式とし、押韻は平声韻のまま。

相恨相思一箇人　相《あい》恨み相思う 一箇の人
柳眉桃臉自然春　柳眉 桃臉と 自然の春
別離情思　別離の情思
寂寞向誰論　寂寞 誰に向かいて論ぜん

映地残霞紅照水　地に映ゆる残霞 紅 水に照る
断魂芳草碧連雲　断魂 芳草 碧 雲に連なる
水辺楼上　水辺 楼上
回首倚黄昏　回首して黄昏に倚《よ》る〔失名、『草堂詩余』所収②〕

もう一つ別の方法は、各段第三句末を仄声韻に変え、さらに三字一句を加えることで平声韻の韻律を崩さず、③七七七三の形式となるもの。

菡萏香銷翠葉残　菡萏《はすのはな》 香りは銷《き》えて翠葉も残《すが》れ
西風愁起緑波間　西風 愁いは起こる 緑波の間に
還与韶光共憔悴　還《ま》た韶《はる》の光と共に憔悴しては
不堪看　看るに堪えず

細雨夢回鶏塞遠　　細雨 夢より回《かえ》れば鶏塞は遠く
小楼吹徹玉簫寒　　小楼に吹きて徹す 玉簫寒し
多少涙珠何限恨　　多少の涙珠 何ぞ恨みに限《はて》あらん
倚闌干　　闌干に倚る④〔南唐中主李璟《りえい》〕⑤

これと同じ形式の「浣渓沙」が、元の大徳年間に刊行された『稼軒長短句』には八首あって、「添字浣渓沙」の題で収録するのは、⑥第一の形式の攤破の方法と識別するためだ。こうして添字された「浣渓沙」⑦が、唐代の詞「山花子」と同じ音調・形式となることに注意しなければならない。⑧次に『花間集』収録の和凝《かぎょう》「山花子」二首の第一首を挙げる。⑨

鶯錦蟬紗馥麝臍　　鶯錦 蟬紗 麝臍 馥《かお》る
軽裾花早暁煙迷　　軽裾 花は早暁 煙に迷う
鸂鶒顫金紅掌墜　　鸂鶒《けいちょく》 金を顫《ふる》わし 紅掌 墜《お》ち
翠雲低　　翠雲 低《た》る

星靨笑偎霞臉畔　　星靨《せいよう》 笑いて偎《よ》る 霞臉《かれん》の畔
蹙金開襜襯銀泥　　蹙金 襜《せん》を開き 銀泥に襯《しん》す
春思半和芳草嫩　　春思は半ば和す 芳草の嫩《やわ》らかにして
緑萋萋　　緑 萋萋たるに

上記二首の形式が完全に同じなので、汲古閣版本『稼軒詞』では「添字浣渓沙」八首全てを「山花子」として収録している。⑩『花間集』は次の毛文錫《もうぶんしゃく》の詞も収録する。⑪

春水軽波浸緑苔
枇杷洲上紫檀開
晴日眠沙鸂鶒穏
暖相偎

羅襪生塵游女過
有人逢着弄珠廻
蘭麝飄香初解珮
忘帰来

春水の軽波 緑苔を浸《ひた》す
枇杷洲の上《ほと》り 紫檀 開く
晴日 沙に眠りて 鸂鶒《けいちょく》は穏《おだや》かに
暖かに相偎《あいよ》る

羅襪《らべつ》に塵を生じ 游女過ぐ
人の逢着して珠《たま》を弄びて廻《めぐ》る有り
蘭麝《らんじゃ》 香を飄《ただよ》わせて 初めて珮を解き
帰り来るを忘る

この詞調名は「浣沙渓」だが、和凝「山花子」と同一の形式である。この詞と、その後に置かれている七言三句二段の「浣渓沙」一首について、巻頭の目録が「浣沙渓一首」に続いて「浣渓沙一首」と別々に記載するのは誤刻ではない。⑫このことは鄂州《がくしゅう》本『花間集』⑬によって確認できることで、明清坊本では「浣渓沙二首」とまとめてしまっている。⑭「浣沙渓」という詞調名はこの一例だけなので気付きにくいのであろう。万樹『詞律』及び徐本立『詞律拾遺』は「添字浣渓沙」という詞調名を載せない。⑮前掲の毛文錫の詞を、『全唐詩』では「攤破浣渓沙」と改題して収録する。⑯

南唐中主李璟の「菡萏香銷翠葉残」一首を、『花庵詞選』は「山花子」の詞調名で収録し、[17]『南詞』本『南唐二主詞』は「攤破浣渓沙」と改名して収録している。[18]

上記の数例から、七七七三の形式の曲調は、五代の時の原名が「山花子」であり、「浣渓沙」とは無関係だったことがわかる。それを宋人が「浣渓沙」の別体と見なして「攤破浣渓沙」と改名した。「山花子」の存在を知らなかったのである。万樹の『詞律』には、

この詞調はもとの「浣渓沙」の結句の七字を開いて十字とし、「攤破浣渓沙」と名づけ、後に別名として「山花子」と呼んだだけのことだ。李主のこの詞の、細雨・小楼二句が大変よく知られたので、後の人は、ついに「南唐浣渓沙」と呼ぶようになった。

此調本以浣渓沙原調結句破七字為十字、故名攤破浣渓沙、後另名山花子耳。後人因李主此詞細雨、小楼二句膾炙千古、竟名為南唐浣渓沙。[19]

とある。万樹のこの考察はまさしく本末転倒である。万樹は詞集の版本を充分には見なかったので、[20]五代の時にはすでに詞調名「山花子」が存在し、後から詞調名「攤破浣渓沙」が現れたことに思い至らなかった。ところで、宋人が「攤破浣渓沙」と言っているのは概ね第一の（七七四五の）の破法のもので、もう一つの、「山花子」と同じ形式（七七七三）のものは「添字浣渓沙」と称すべきである。

程正伯（程垓）『書舟詞』にある「攤破江神子」は、実は「江梅引」であり、「攤破南郷子」は「醜奴児」に他ならない。「攤破醜奴児」という詞調名もあるが、これは「採桑子」である。[21]こうした情況になったのは、もしも故意に新しい詞名を創ろうとしたのでなければ、なんの意図もなく、ある一つの曲調を「攤破」し

たと思い込み、実は別の曲と同一のものになったと気付かなかったのだ。

『楽府指迷』に、「古曲の楽譜には異同が多く、一曲に二、三字の増減があるものや、句法の長短が異なるものがあるのは、師匠によって変更されたのであろう。嘌唱の一派が字を増やすこともある。我々は古雅を第一とすべきである（古曲譜多有異同、至一腔有両三字多少者、或句法長短不等者、蓋被教師改換。亦有嘌唱一家、多添了字。吾輩只当以古雅為主）」[22]という。また『都城紀勝』には、「嘌唱は、鼓を打ちながら令曲や小詞を歌うものであって、虚声を駆使して、さまざまな調の曲をほしいままにする。叫果子や唱耍曲児と同じようなものである。昔は繁華街だけのものだったが、今ではお屋敷でも歌われている（嘌唱、上鼓面唱令曲小詞、駆駕虚声、縦弄宮調。与叫果子、唱耍曲児為一体。昔只街市、今宅院亦有之）」[23]と言う。上記二条の記載から、減字であれ偸声であれ、また攤破であれ添字であれ、最初は歌の師匠や市井の芸人たちが花腔《かこう》の技巧を凝らすために、[24]ある詞の旋律を歌う時に音律や字句を増減したのだ、ということがわかる。後にこうした歌い方が定着すると、塡詞の作者によっていつのまにか別の曲調にされてしまった。

注

① 『全宋詞』第一冊一四三頁。韻字は船・天・韆・伝・前（『詞林正韻』、平声一先）。

② 『全宋詞』第五冊三六六〇頁。韻字は人（平声十七真）・春（十八諄）・論（二十三魂）・雲（二十文）・昏（二十三魂）。

この無名氏「攤破浣渓沙」を、『増修箋注妙選草堂詩余』（『四部叢刊』所収）及び『草堂詩余』（『四部備要』所収）いずれも収録しない。万樹『詞律』巻三にも、南唐元宗（李璟）の七七七三の形式の「攤破浣渓沙」しか載せない。曾慥『楽府雅詞』拾遺下（『四部叢刊』所収）は収録するが、この七七四五の形式の「攤破浣渓沙」は作者も不明な上に、本作一首しか存在していない孤証である。この一首のみを根拠として、七七四五の形式を、次の七七七三の形式と並べて「攤破浣渓沙」に二つの方式があるとするのは無理があろう。『草堂詩余』の版本については、「九、大詞・小詞」の注①参照。

③ 底本原文は「另一種攤破是将上下片第三句均改用仄声結尾、而另加三字一句、仍協平声韻」。「結尾」は各段の終わりを意味する。前段と後段の末尾句を仄声に変えるが、その後に加えた三字一句を平声韻に合わせることで詞の韻律を崩さないこと。

④ 李璟「浣渓沙」二首之二（『全唐五代詞』正編巻三、七二六頁）。『全唐五代詞』は「韶光」を「容光」に作る。韻字は残・間・看・寒・干（上平十四寒）。万樹『詞律』が「攤破浣渓沙」の詞牌名で「四十八字 又名『山花子』」として挙げるのが、この作である。

⑤ 宋・黄昇『唐宋諸賢絶妙詞選』巻一は、二首とも李後主（李煜）の作として「山花子」の名で収録するが、『全唐五代詞』の「応天長」詞に付された「考弁」は、「応天長」「望遠行」「浣渓沙」二首の計四首について、宋・陳振孫『直斎書録解題』の記載に拠り、李煜や欧陽脩や馮延巳の作とするのは誤りで、四首とも李璟作とするのが正しいとする。

⑥ 元の大徳年間に広信書院が刊行した十二巻本『稼軒長短句』に清の黄丕烈と顧広圻らが校勘を加えたものを、王鵬運が光緒年間に翻刻した『四印齋所刻詞』所収『稼軒長短句』があり、他に『稼軒詞甲乙丙丁集』（以下四巻本と略称する）、『四部叢刊』所収「涵芳楼景印汲古閣影宋鈔本」等もあるが、十二巻本『稼軒長短句』影印本の出版により、

テキストとしての価値をほとんど失った。鄧広銘箋注『稼軒詞編年箋注（増訂本）』はこの影印本を新たな校本に加えて増訂したものという。同書に収録する八首は全て七七七三、七七七三の形式である。一方、四巻本を原拠とし、十二巻本によって補った『全宋詞』は四首のみ「添字浣渓沙」として収録し（第三冊一九六八・一九六九頁、十二巻本巻十一より）、残り四首は「浣渓沙」として収録する（一九二五・一九二六頁）。

⑦ 底本の前後段とも七七七の斉言体を本調「浣渓沙」とする説とは逆に、前後段とも七七七三の長短句体を本調「浣渓沙」とし、それを減字したものが七七七の斉言体だとする説が近年提出されている（『全唐五代詞』正編巻三、四七〇頁）。『敦煌歌辞総編』が収録する十六首の「浣渓沙」は、詞牌名を欠く「推定『浣渓沙』」も含むが、全て前後段とも七七七三の長短句体である（任半塘『敦煌歌辞総編』）ことから、平韻「七七七三」二段の長短句体だけが先にあり、後から減字されて平韻「七七七」二段の斉言体ができたとする（『全唐五代詞』正編巻三、五三七頁）。

⑧ 任半塘『教坊記箋訂』は、曲名「山花子」の項で、『教坊記』に並列されている「山花子」と「浣渓沙」について、「二つの詞調の句の形式は同じだが、一方は平韻で押韻し、一方は仄韻で押韻している。敦煌曲が発見されてから、ようやく校合してこの二つの詞調名をそれぞれ別の曲調とすることができた（二調句法雖同、而一叶平韻、一叶仄韻。自敦煌曲発現後、乃得勘定此二名為二調）」と言う。

⑨ 『花間集』巻六。韻字は臍・迷・低・泥・萋（平声十二斉）。底本原文の「蟬紗」を『花間集校』『宋本花間集』『全唐五代詞』（正編巻三、四七〇頁）は「蟬穀」に作る。底本原文の「花早」「偎」を『宋本花間集』及び『全唐五代詞』は「花草」「隈」に作る。『花間集校』は「顫金」を「戦金」に、「緑」を「碧」に作る。

⑩ 「拠汲古閣本校刊」とする四部備要『宋六十名家詞』所収『稼軒詞』巻四に「山花子」として八首を収録する。

⑪　毛文錫「浣沙渓」（『花間集』巻五）。『宋本花間集』は「偎」を「隈」に作り、『花間集校』は「廻」を「回」に作る。
⑫　『花間集校』及び『宋本花間集』の目録に、「『浣沙渓』一首」の次に「『浣渓沙』一首」とある。『唐宋人選唐宋詞』収録の『花間集』は、二首とも「浣渓沙」の詞牌名だが、目録は別々に「浣渓沙一首」「浣渓沙一首」となっている。ただし、敦煌歌辞では同一の詞がテキストによって「浣渓沙」「渙沙渓」と異なる例がある。（『敦煌歌辞総編』一八五頁の「浣渓沙（麗質紅顔越衆希）」注）。『全唐五代詞』は詞牌名「浣渓沙」二首（五三七頁）に注して、「浣沙渓」を誤りと認定し、『教坊記』によって、唐の教坊曲の名「浣渓沙」と改めている。『全宋詞』では、周邦彦・趙彦端・方千里・黄昇に「浣沙渓」が、趙彦端・黄昇に「浣渓沙」があり、すべて七言三句二段で、『花間集』が「浣沙渓」の名で収録する毛文錫の作とは形式が異なっており、「浣渓沙」と同一である。
⑬　鄂州本すなわち南宋淳熙鄂州刊本を収録する清末・王鵬運『四印斎所刻詞』は『花間集』巻五に「浣沙渓」と「浣渓沙」を別々に収録する。これよりも早い南宋・高宗の紹興十八年建康知府晁謙之刊本の模刻を写真製版した『景刊宋金元明本詞』が収録する『花間集』の詞牌も四印斎本と同じ。
⑭　「明清坊本」の例としては、明・呉訥輯『唐宋名賢百家詞』所収『花間集』二巻が、二首とも「浣渓沙」とする。また『四部叢刊』所収玄覧斎刊本『花間集』十二巻も二首とも「浣沙渓」とする。
⑮　『詞律』及び徐本立『詞律拾遺』に詞牌名「添字浣渓沙」はない。
⑯　『全唐詩』巻八九三。
⑰　注⑤参照。
⑱　日本の大倉文化財団が所蔵する清鈔本『南詞』では「浣渓沙」となっている。『南詞』はもと六十四種八十七巻

だったらしいが、大倉文化財団所蔵清鈔本では五代南唐の李璟李煜にはじまり、宋の三十三種、元の八種を収め、存四十二種五十巻。これは清の董康の旧蔵書で、ここから転写した『南詞』十三種十六巻が中国国家図書館に所蔵される。この抜粋鈔写の過程で校訂し、「攤破」二字を加えたのかも知れない。『南詞』については、「二十五、南詞・南楽」参照。

⑲ 万樹『詞律』巻三「攤破浣渓沙」の項。『詞律』は「後又另」に作る。

⑳ 村上哲見「文人之最―万紅友事略―」（『中国文人の思考と表現』汲古書院、二〇〇八）には、清朝初期、康熙年間では世に流布する詞籍が乏しかったことに加え、万樹には肇慶に寓居しての編纂という不利な条件があったため、資料不足に起因する『詞律』の不備錯誤を指摘されることになったと指摘する。

㉑ 『全宋詞』第三冊一九九一頁は程垓の「攤破江神子」を「攤破江城子」に作り、その形式は次のとおり。

娟娟霜月又侵門。対黄昏。怯黄昏。愁把梅花、独自泛清尊。酒又難禁花又悩、漏声遠、一更更、総断魂。　断魂。断魂。不堪聞。被半温。香半温。睡也睡也、睡不穏、誰与温存。只有床前、紅燭伴啼痕。一夜無眠連暁角、人痩也、比梅花、痩幾分。

これに対して、例えば洪皓「江梅引」四首之一「憶江梅」（『全宋詞』第二冊一〇〇二頁）は次のとおり。

天涯除館憶江梅。幾枝開。使南来。還帯余杭、春信到燕台。準擬寒英聊慰遠、隔山水、応銷落、赴愬誰。　空恁遐想笑摘蕊。断回腸、思故里。漫弾緑綺。引三弄、不覚魂飛。更聴胡笳、哀怨涙沾衣。乱挿繁花須異日、待孤諷、怕東風、一夜吹。

程垓「攤破南郷子」（『全宋詞』第三冊二〇〇四頁）は次のとおり。

休賦惜春詩。留春住、説与人知。一年已負東風痩、説愁説恨、数期数刻、只望帰時。　莫怪杜鵑啼。真箇也、喚得人帰。帰来休恨花開了、梁間燕子、且教知道、人也双飛。

『全宋詞』中の「醜奴児」の大半は前段後段とも七四四七の形式のもので、これが「採桑子」と同じ形式である。『全宋詞』中、程垓「攤破南郷子」と同じ形式の「醜奴児」には、黄庭堅「転調醜奴児」（第一冊一五二〇頁）、趙長卿「攤破醜奴児」（第三冊一八〇〇・一八一三頁）、劉辰翁「促拍醜奴児」（第五冊三二〇一・三二〇二頁）の五首がある。また曾乾曜「醜奴児」（第二冊一〇三六頁）は前段結句が一字多く、向滈「攤破醜奴児」（第三冊一五二〇頁）は前段後段の結句が二字多い。「醜奴児」を含む詞調名と「攤破南郷子」との関係については「十五、促拍」にも述べられている。

㉒　『楽府指迷』「腔以古雅為主」（『詞話叢編』第一冊二八三頁）。

㉓　宋・耐得翁『都城紀勝』（『東京夢華録外四首』所収）「瓦舎衆伎」は、「今宅院亦有之」を「今宅院往往有之」に作る。「虚声」は歌詞ののらない音をいう。

㉔　底本原文は「為了要花腔」。ある基本旋律に装飾やアレンジを加えたバリエーションを花腔という。

十八、転調

曲はもともとある宮調①に属しているが、音楽家はそれを他の宮調に改めることがある。たとえば『楽府雑録』②に、唐の琵琶の名手康崑崙が羽調「録要」を上手に弾き、もう一人の琵琶の名手段善本がそれを楓香調の「録要」にアレンジした、とある。これを転調という。転調はもともと音楽に関するもので、歌詞とは関係がない。だが、一曲の歌が宮調を転調すれば、リズムにも変化が起こり得るし、歌詞もそれにしたがって変わらざるをえない。そこで「転調」の二字をもつ詞調名も現れるのである。楊无咎『逃禅詞』③に、

換羽移宮、　　換羽　移宮
偸声減字④、　　偸声　減字
不怕人腸断。　　人の腸　断ゆるを怕《おそ》れず

とある。「換羽移宮」は転調のことである。戴氏（載植《たいしょく》）『鼠璞《そはく》』⑤に、「いまの楽章は、言うほどのものでないが、正調・転調・大曲・小曲の違いがある（今之楽章、至不足道、猶有正調・転調・大曲・小曲之異）」とあり、正調があれば転調もあることが分かる。宋人の詞集で詞調名に「転調」の二字を加えるものに、徐幹臣（徐伸）の「転調二郎神」があり、『楽府雅詞』に見える。⑥徐幹臣「転調二郎神」⑦は、柳永の「二郎神」⑧

とまったく異なるが、湯恢《とうかい》の和詞一首[9]では「二郎神」と題している。そのため万樹『詞律』[10]では「二郎神」の後に「又一体」として、「転調」の二字を削っているのである。呉文英の一首[11]は徐幹臣・湯恢の作とまったく同じ形式で、「十二郎」という題である。「二郎神」は転調した後、形式が「二郎神」の正調と異なったので、「転調二郎神」を「十二郎」と呼ぶようになったことが、ここから分かる。万樹が「転調二郎神」を「二郎神」の「別体」としたのは、明らかに誤りである。

だが李易安（李清照）の「転調満庭芳」[12]は周美成（周邦彦）の「満庭芳（風老鶯雛）」[13]と形式がまったく同じで、どうして転調と称したのか分からない。劉無言（劉燾《りゅうとう》）にも「転調満庭芳（風急霜濃）」一首[14]があり、「満庭芳」との違いは、平韻を仄韻に改めたことである。これに習えば、姜白石（姜夔）が本来は仄韻だった「満江紅」を平韻に改めたのも[15]、「転調満江紅」と称すべきことになる。『楽府雅詞』には、沈会宗（沈蔚《しんい》）「転調蝶恋花」一首[16]がある。この二首は「蝶恋花」の正調とまったく同じで、ただ各段の第四句の末三字を、もとは平仄仄だが、沈会宗の詞では仄平仄に改めている。たとえば張泌「蝶恋花」[17]の第四句は「誰か鈿箏を把《と》りて玉柱を移さん（誰把鈿箏移玉柱）」だが、沈会宗の作は「野色煙と和して芳草に満つ（野色和煙満芳草）」で、字音が一つ顚倒しているだけである[18]。曾覿に「転調踏莎行」一首[19]があり、趙彦端にも一首[20]あるが、二つは同じ形式である。けれども「踏莎行」の正調[21]とは各段の第一句と第二句が同じなだけで、他はすべて異なる。歌う時には、「踏莎行」正調とはもうまったく異なるのである。張孝祥『于湖先生長短句』では詞調の下に宮調を注記していて、「南歌子」三首[22]の下には「転調」と記されているが、転調は宮調名ではないから、こう記すことで「転調南歌子」を表したのである。しかしこの詞の形式と音節は、欧陽脩の集にある「双畳南歌子」[23]とまったく同じで、正調だったことが分かるのであり、なぜ転調と注したのか不明である。また『古今詞話』[24]に無名氏の「転調賀聖朝」一首を載せる〔『花草粋編』[25]に見える〕。その形式は杜安世、葉清臣の「転調賀聖朝」[26]とそれぞれ違いがある。

宋人の詞の形式・文字から見ると、いわゆる転調と正調の間の違いは、一、二例しか見つからず、規律を見つけるのが難しい。おそらく純粋に音律上の変化であって、文字にあらわれる形跡ははっきりしないのである。

注

① 宮調は、調高を示す「宮」(均)と調式を示す「調」(旋法)の組み合わせ。音高に黄鐘・大呂・太簇・夾鐘・姑洗・仲呂・蕤賓・林鐘・夷則・南呂・無射・応鐘の十二律があり、それぞれが主音となって黄鐘均・大呂均などを構成する。一方、宮・商・角・徴・羽の五声(五音)、またはこれに変徴・変羽を加えた七声(七音)の、それぞれを主音として調式(音階)が構成され、宮声から始まる調式を宮調(式)、商声から始まる調式を商調(式)という。十二種類の均と七種類の調式から、黄鐘均宮調式、黄鐘均商調式、大呂均宮調式、大呂均商調式など最大で八十四種類の調が理論的にできる。実際に使われたのはこのうち一部で、略称や俗名もある。五声の中でも宮声がもっとも重視されるので、総称として宮調という。

② 唐・段安節『楽府雑録』「琵琶」の条に載せる。

③　楊无咎「雨中花令（已是花魁柳冠）」詞の後段に、「換羽移宮、偸声減字、不顧人腸断」とある。『全宋詞』第二冊一二〇二頁。

④　「偸声減字」については、「十六、減字・偸声」の項、参照。

⑤　戴植『鼠璞』巻上「十五国風二雅三頌」の項。

⑥　曾慥『楽府雅詞拾遺』巻上。

⑦　徐伸の「転調二郎神」、『全宋詞』第二冊八一四頁に、『楽府雅詞拾遺』巻上より採録されている。

⑧　『全宋詞』第一冊二九頁。

⑨　湯恢の「徐幹臣の韻を用う（用徐幹臣韻）」の序のある「二郎神（瑣窓睡起）」。『全宋詞』第四冊二九七八頁に、『絶妙好詞』巻五より採録されている。

⑩　『詞律』巻十五。

⑪　呉文英の「十二郎」、『全宋詞』第四冊二九一四頁。

⑫　李清照の「転調満庭芳」、『全宋詞』第二冊九二六頁。『楽府雅詞』巻下にも「転調満庭芳」を載せる。

⑬　周邦彦の「満庭芳（風老鶯雛）」、『全宋詞』第二冊六〇一頁。

⑭　劉燾の「転調満庭芳」、『全宋詞』第二冊六九二頁に『楽府雅詞拾遺』巻上より採録されている。

⑮　姜夔の「満江紅」（『全宋詞』第三冊二一七六頁）小序に、「『満江紅』は、旧調は仄韻を使っていたので、多くは律に調和しなかった。たとえば、末句の『無心撲』三字は、歌い手が（平声の）心の字を去声にとけこませて、ようやく音律に調和した。私は平韻で作ろうとしたが、長いあいだできなかった（満江紅、旧調用仄韻、多不協律。如末句

云無心撲三字、歌者将心字融入去声、方諧音律。予欲以平韻為之、久不能成）」とある。

⑯ 沈蔚の「転調蝶恋花」、（『全宋詞』第二冊七〇八頁）に『楽府雅詞』巻下より二首採録されている。

⑰ 南唐・張泌の詞は、『花間集』に二十七首、『尊前集』に一首が採録されている。万樹『詞律』巻九「蝶恋花」では張泌の作とするが、南唐・馮延巳の「鵲踏枝（六曲欄干偎碧樹）」に「誰把鈿筝移玉柱」の句がある。『全唐五代詞』正編巻三、六五八頁。「鵲踏枝」は「蝶恋花」の異称。

⑱ 「転調蝶恋花」第二首の第四句。張泌の「誰把鈿筝移玉柱」は、平仄平平平仄仄だが、沈蔚の「野色和煙満芳草」は、仄仄平平仄平仄になっている。

⑲ 曾覿の詞は、『全宋詞』第二冊一三一七頁に「踏莎行」一首、一三二三頁に「踏莎行（和材甫聴弾琵琶作）」一首を録するが、「転調」の二字はない。『全宋詞』の拠る曾覿『海野詞』は、毛晋『宋六十名家詞』所収本。万樹『詞律』巻八に、曾覿の「転調踏莎行」、六十五字を載せる。全文は、「翠幄成陰、誰家簾幙。綺羅香擁処、觥籌錯。清和将近、春寒更薄。高歌看蔌蔌、梁塵落。　好景良辰、人生行楽。金盃無奈是、苦相虐。残紅飛尽、裊垂楊軽弱。来歳断不負、鶯花約」。

⑳ 『全宋詞』第三冊一四五八頁。万樹『詞律』巻八には、趙師俠の作として「転調踏莎行」の別体、六十六字を載せる。

㉑ 『詞律』巻八に呉文英の「踏莎行」、五十八字を載せる。全文は、「潤玉籠綃、檀桜倚扇。繡圏猶帯脂香浅。榴心空畳舞裙紅、艾枝応圧愁鬟乱。　午夢千山、窓陰一箭。香瘢新褪紅糸腕。隔江人在雨声中、晩風菰葉生秋苑」。

㉒ 『全宋詞』は『于湖先生長短句』に拠るが、「南歌子」は第三冊に二首（一七一二頁）と一首（一七一八頁）あり、ともに「転調」の注は無い。『景宋本于湖先生長短句』（『景刊宋金元明本詞』所収）では、巻五に「『南歌子』転調二

首」、同「拾遺」一巻に「『南歌子』　転調一首」が見える。

㉓『全宋詞』第一冊一四〇頁の「南歌子」には「双畳」の二字なし。どのテキストに拠っているのか未詳。

㉔宋・楊湜『古今詞話』、『詞話叢編』第一冊五一頁。

㉕『花草粋編』巻六。全文は、「漸覚一日、濃如一日、不比尋常。若知人、為伊痩損、成病又何妨。　相思到了、不成模様、収涙千行。把従前、涙来做水、流也流到伊行」。

㉖杜安世は『全宋詞』第一冊一八〇頁に「賀聖朝」二首、葉清臣は『全宋詞』第一冊一一九頁に「賀聖朝」一首を載せるが、ともに「転調」の二字なし。どのテキストに拠っているのか未詳。

十九、遍・序・歌頭・曲破・中腔

遍・序・歌頭・曲破を含む詞調名はいずれも大曲①から生まれたことを示している。毛文錫の「甘州遍」一首とは大曲「甘州」の一遍②、晏小山（晏幾道）の「泛清波摘遍」一首とは大曲「泛清波」の一遍③、趙以夫の「薄媚《はくび》摘遍」とは大曲「薄媚」の一遍である。④大曲は、沢山の曲が連続して演奏・歌唱されるもので、その曲の数は少なくて十遍余り、多ければ数十遍にも及ぶ。一遍が一曲である。大曲から摘出した一遍の曲に歌詞を載せて歌うようになってから、それを摘遍ともいい、摘の字を省略して遍ともいう。⑤

大曲の第一の部分が序曲で、散序と中序からなる。大曲「霓裳羽衣曲⑥」は散序六遍で始まり、ここでは「拍子」が入らないので舞うことはできない。その次が中序で、ここで初めて拍子が入って舞女の舞が始まる。それで中序を拍序とも呼ぶ。詞調「霓裳中序第一」とは、大曲「霓裳羽衣曲」の中序の第一遍を意味する。⑦『新唐書』「礼楽志」は、大曲「傾杯」が数十もの曲からなっていたことを記載する。⑧「傾杯序」という詞調もあり⑨、これも大曲「傾杯」の序曲中の一遍である。詞調名として「鶯啼《おうてい》序」もあり⑩、これも大曲「鶯啼」の序曲であろう。ただ、「鶯啼」という大曲名を記録したものはない。

蘇東坡（蘇軾）「南柯子（山与歌眉斂）」詞中に「誰家《いずく》か 水調 歌頭を唱う（誰家水調唱歌頭）」とあり⑪、『草堂詩余』はこれに注して「水調には広い意味があり、それを歌頭というのは、曲の冒頭部分の一段に違いない（水調頗広、謂之歌頭、豈非首章之一解乎）」と言う。[12] この注は難解だ。大曲「水調」中の歌遍の第一遍だと言いたいはずだ。大曲の舞は中序の第一遍から始まるのだが、歌の全てが中序の第一遍から始まるわけではない。『碧鶏漫志』に、山東の王平が「霓裳羽衣曲」の歌詞を第四遍から作ったと記載されている。[13] 董穎《とうえい》の「薄媚」（西子詞）は排遍第八から『楽府雅詞』に記載されている。[14] 排遍の別名は畳遍、これが中序の部分である。これを歌についていえば歌遍である。歌遍の第一遍を歌頭という。中序の第一遍から舞が始まるが、歌は必ずしも舞と同時に始まらないので、歌頭は必ずしも中序の第一遍ではない。以上のことをふまえて「水調歌頭」や「六州歌頭」等の詞調名の意味を正しく理解すべきである。『尊前集』が「歌頭」とのみ題して記載する後唐・荘宗の詞については、どの大曲の歌頭なのかわからない。[15] ところが、「水調」はある宮調の俗名であって、大曲名ではないのだ。[16] 詞牌名「水調歌頭」は、その意味するのは、歌詞が水調に属していることだけで、どの大曲の歌頭なのかは不明である。「六州歌頭」については、明らかに大曲「六州」の歌頭を意味する詞牌名である。

　大曲の中序（つまり排遍）が終わると「入破」となる。『新唐書』「五行志」に次のようにある。「天宝以降、楽曲は辺境の地を名称とするものが多い。伊州、甘州、涼州などがある。曲遍がにぎやかなところに至ると、すべて入破という。破は、破砕の意味だろう。[17]（天宝後、楽曲多以辺地為名、有伊州、甘州、涼州等。至其曲遍繁声、皆謂之入破。破者、蓋破砕云）」更に陳暘《ちんよう》『楽書』に、宋の仁宗に関する記載があり、次のようにある。「排遍までは、歌や演奏が秩序を保っており、楽の正なるものだ。入破からは、秩序を失っており、こうなっては、鄭衛の楽である。⑱（自排遍以前、音声不相侵乱、楽之正也。自入破以後、侵乱矣、至此、鄭衛也）」この記載によると、大曲の演奏が入破に至った時、歌いぶりは節度無く舞はめまぐるしくなるので、⑲鑑賞者を陶酔させ目を眩ませるのである。唐の詩人薛能《せつのう》の「柘枝詞《しゃし》」の「急破は揺曳《ようえい》を催し、羅衫《らさん》半ば肩を脱す（急破催揺曳、羅衫半脱肩）⑳」は、「柘枝」が入破にいたった時の妓女の舞を形容している。袖を振りまわして舞うために肩から衣装がずり落ちかけた場面だ。張祜「悖拏児の舞」詩の、

春風南内百花時　　春風 南内 百花の時
道調涼州急遍吹　　道調 涼州 急遍吹く
掲手便拈金碗舞　　手を掲げ便ち拈《つま》む 金碗の舞
上皇驚笑悖拏児　　上皇 驚笑す 悖拏児に㉑

は、大曲「涼州」の「急遍」が演奏される時の「転碗舞㉒」の様子を詠んだものである。他に「悖拏児」の記録はみつからない。胡人の名前であろう。晏殊の詞の、

重頭歌韻響錚深　　重頭 歌韻 響き錚として深く
入破舞腰紅乱旋　　入破 舞腰 紅 乱旋す㉓

も、入破になると音楽のリズムが次第に激しさを増し、歌や舞もどんどん急速になってゆくことを形容している。それでこの入破部分の曲を「急遍」というのである。元稹「琵琶歌」の、

驟弾曲破音繁併　　驟く曲破を弾じ 音は繁併
百万金鈴旋玉盤　　百万の金鈴 玉盤を旋《まわ》す㉔

や、張祜「琵琶」詩の

只愁拍尽涼州破　　只だ愁う 拍 涼州の破に尽き
画出風雷是撥声　　風雷を画出するは是れ撥声なるを㉕

はいずれも琵琶の演奏が入破に至った時の様子を形容しており、白居易の詩の、

朦朧閑夢初成後　　朦朧たる閑夢 初めて成るの後
宛転柔声入破時　　宛転《えんてん》たる柔声 入破の時㉖

は、入破に入った歌唱がどういうものかを形容している。李後主（李煜）の作った曲に、「念家山破」と名付けられた一曲があったが流伝しなかったので、宋人はその楽譜を見ることができなかった。㉗『宋史』「楽志」に太宗自らが「曲破」二十九曲と「琵琶独弾曲破」十五曲を作曲したという記載がある。㉘『武林旧事』に天基節の排当楽について記載があり、それには「薄媚曲破」「万歳梁州曲破」「斉天楽曲破」「降黄龍曲破」「万花新曲破」がある。㉙これらの「曲破」とは、すべて大曲の摘遍であり、「薄媚曲破」とは大曲「薄媚」の入破一曲のことで、「万歳涼州曲破」とは大曲「涼州」の入破曲㉚のために作られた祝皇帝万歳の歌詞のことである。

『楽書』は「後庭花破子」一闋を著録する。陳暘は、「李後主と馮延巳とが相継いで作ったので、此の詞が李後主作かそれとも馮延巳の作かわからない（李後主、馮延巳相率為之、此詞不知李作抑馮作）㉛」と言う。ここに言う「破子」とは、入破曲の中の小令曲を意味する。㉜王安中に鼓子詞「安陽好」九首があり、「清平楽」を「破子」とする。㉝これは隊舞に用いる楽曲に配する詞である。「破子」を歌ってから「遣隊」（「放

隊」ともいう」を歌うと歌も舞も終わる。[34] このことから、「破子」とは舞曲に用いられるもので、短い舞が配せられる曲破だと解すべきだとわかる。よって『欽定詞譜』の「破子とは、そのテンポの早い歌によって破に入ってゆくのだ（所謂破子者以其繁声入破也）[35]」は、わかりやすい注ではないが、この注釈者が「破子」を「曲破」の一つだとみていると、読み取れるものである。

万俟雅言（万俟詠）に「鈿帯長中腔《でんたいちょうちゅうこう》」一首があり、[36]王安中に「徴招調中腔」一首がある。[37] これらに言う「中腔」については私も把握しきれておらず、宋人の著作物にも説明したものは見られない。『東京夢華録』に、天寧節において上寿の排当が記録されている。[38] それには「第一の盞、御酒を召し上がるとき、歌板色《かばんしょく》の一人が中腔を一節唱う（第一盞御酒。歌板色一名、唱中腔）」とあり、第七盞御酒のくだりに「『採蓮』を舞い終わり、曲が終わる。また群舞となる。中腔が唱われ終わると、女童が祝言を唱えて、雑劇を登場させる（舞採蓮訖、曲終。復群舞。唱中腔畢、女童進致語、勾雑戯入場）」とある。[39]『武林旧事』に記録された天基節の排当には、すでにこの名の色は無くなっている。[40] 北宋の時にだけ存在したのであろう。王安中の一首は天寧節において聖寿を祝う詞で、御酒第一盞の時に歌われたものである。となると、いわゆる「中腔」も中序の一遍かもしれない。[41] これについては今後の研究を待つ。

注

① 例えば楊蔭瀏『中国古代音楽史稿』「第九章　繁盛的燕楽和衰微的雅楽」では、「大曲は器楽・声楽と舞踏が全体で

一体となって、連続して演奏される大型芸術形式である。大きく三つの部分からなり、それぞれには若干の楽章が含まれる」と述べ、以下のように楽章を分けている。第一部分は散序、靸。第二部分は中序（拍序もしくは歌頭ともいう）、ここに排遍、攧、正攧を含む。第三部分は破もしくは舞遍、ここに入破・虚催・衮遍・実催（催拍、促拍もしくは簇拍）・衮遍・歇拍・煞衮を含む。宋代の大曲と詞に関しては『宋代の詞論―張炎『詞源』―』「音譜」注五（四九頁）も参照。

② 五代・毛文錫に「甘州遍」二首がある。『花間集』巻五、『全唐五代詞』正編巻三、五三三頁。

③ 北宋・晏幾道に「泛清波摘遍」一首がある。『全宋詞』第一冊二三四頁。『全宋詞』は「摘遍」を「摘徧」に作る。

④ 南宋・趙以夫に「薄媚摘遍」一首がある。『全宋詞』第四冊二六六六頁。

⑤ 底本原文は「現在従大曲中摘取其一遍来譜詞演唱」。「現在」とあるが、宋代の現象である。底本はときおり宋人の立場での語り口になっているようで、唐代に宮廷音楽であった大曲が、宋代にその一編を独立させて演奏歌唱するようになったことを意味する。曲・詞を数える単位については、「十一、変・徧・遍・片・段・畳」参照。

⑥ 「霓裳羽衣曲」は「霓裳羽衣舞曲」ともいう。宋・郭茂倩『楽府詩集』巻八十「近代曲辞」二「婆羅門」の注に次のようにある。「楽苑には、婆羅門は、商調の曲だという。開元年間、西涼府節度使の楊敬述が献上した。唐会要には、天宝十三年、婆羅門を改めて霓裳羽衣曲を作った、という。（楽苑曰、婆羅門、商調曲。開元中、西涼府節度楊敬述進。唐会要曰、天宝十三載、改婆羅門為霓裳羽衣）」

⑦ 白居易「霓裳羽衣歌」（『全唐詩』巻四四四）は、大曲「霓裳羽衣曲」の演出を描写するもので、その十五、十六句「散序六奏未動衣、陽台宿雲慵不飛」の自注に、「散序の六遍は拍が無いので舞わない（散序六遍無拍、故不舞也）」と、十七、十八句「中序擘騞初入拍、秋竹竿裂春氷拆」の自注に「中序で始めて拍がある。拍序ともいう（中序始有拍、亦

名拍序）」とある。ここに底本が特に「霓裳中序第一」を挙げるのは、この第一遍のみが南宋・姜夔の詞集『白石道人歌曲』によって楽譜が伝わっているからだろう。六巻本『白石道人歌曲』の第五、六巻は自度曲・自製曲としるされ旁譜を存する（村上哲見『宋詞研究―南宋篇』一〇三頁参照）。

⑧『新唐書』巻二十二「礼楽志」に、「玄宗はまた馬百匹を飾り立てて左右に分け、三重のながいすを設置して、傾杯数十曲の舞を演じさせた。（玄宗又嘗以馬百匹、盛飾分左右、施三重榻、舞傾杯数十曲）」とある。

⑨『全宋詞』第五冊三六七五頁は、無名氏「傾杯序」一首を収録する。

⑩『全宋詞』に、呉文英「鶯啼序」三首（第四冊二九〇七～二九〇八頁）や趙文「鶯啼序」二首（第五冊三三二三頁）などがある。

⑪『全宋詞』第一冊二九二頁。

⑫『増修箋註妙選草堂詩余』（『四部叢刊』所収）巻上に「明皇は水調の歌頭を好んだ（明皇好水調歌頭）」で始まる『明皇雑録』の一段を引き、そこに付された解説。

⑬王灼『碧鶏漫志』巻三（『詞話叢編』第一冊九八頁）に次のようにある。「宣和年間の初め、普州の太守の山東出身である王平は、詞藻豊かで、自ら夷則商の霓裳羽衣の楽譜を手に入れたと言い、陳鴻と白楽天の長恨歌伝と、白楽天の元微之に寄せた霓裳羽衣曲歌に資料を求め、かつ唐人の詩や、明皇と太真についての故事を参考にし、さらには元微之の連昌宮詞によって、それに補って曲を完成し、印刷して流通させた。その曲は十一段で、その第四遍から始まり、第五遍・第六遍・正攧・入破・虚催・衮・実催・衮・歇拍・殺衮からなっているが、音律やリズムは白楽天の歌にある注と大きく異なっている。つまり、唐の曲は今では決して再現されないということであり、まことに残念である。（宣

和初、普府守山東人王平、詞学華贍、自言得夷則商霓裳羽衣譜、取陳鴻、白楽天長恨歌伝、並楽天寄元微之霓裳羽衣曲歌、又雑取唐人小詩長句、及明皇太真事、終以微之連昌宮詞、補綴成曲、刻板流伝。曲十一段、起第四遍、第五遍、第六遍、正攧、入破、虚催、衮、実催、衮、歇拍、殺衮、音律節奏、与白氏歌注大異。則知唐曲、今世決不復見、亦可恨也）」

⑭　曾慥『楽府雅詞』（『四部叢刊』所収）上の董穎「薄媚」は詞序「西子詞」を付し、「排遍第八」「排遍第九」「第十攧」「入破第一」「第二虚催」「第三袞徧」「第四催拍」「第五袞徧」「第六歇拍」「第七煞拍」が収録されている。

⑮　『尊前集』の蔣哲倫の校点に引用する冒広生の校記には、「音を考えて見ると、実は『六州歌頭』である（尋其声響、実則六州歌頭）」（『唐宋人選唐宋詞』一〇八頁）とある。

⑯　「水調」の律呂名（正式名・理論名）は南呂商。また通用名として歇指調もある。

⑰　『新唐書』巻三十五「五行志」二「詭言」に次のようにある。「天宝の後、詩人は憂苦流寓の思いを詠むことが多くなり、官界を棄てて仏寺へ思いを託すようになった。楽曲も辺境の地を名称とするものが多い。伊州、甘州、涼州などがある。曲遍がにぎやかな部分に至ると、すべて入破という。また胡旋舞もあり、もとは（西域の）康居から伝わった舞曲で、速く旋回するのが上手とされ、当時人気があった。破は、破砕の意味だろう（天宝後、詩人多為憂苦流寓之思、及寄興于江湖僧寺。而楽曲亦多以辺地為名。有伊州、甘州、涼州等、至其曲遍繁声、皆謂之入破。又有胡旋舞、本出康居、以旋転便捷為巧、時又尚之。破者、蓋破砕云）」。

⑱　陳暘『楽書』に底本引用の記載はなく、宋・王鞏『随手雑録』に見える。

⑲　底本原文は「歌淫舞急」。「淫」は、『論語』「八佾」に「関雎は楽しみて淫せず、哀しみて傷まず（関雎楽而不淫、哀而不傷）」とあるように、抑制なく度を超すこと。

⑳ 『全唐詩』巻二十二。

㉑ 『全唐詩』巻五一一。「道調涼州」を『全唐詩』は「道唱梁州」に作り、「唱」について「一作調」と注する。

㉒ 「悖拏児の舞」詩の「掲手便拈金碗舞」については、数本の細い棒のそれぞれの先端で皿を回転させる雑伎の、その回転する碗のように舞妓が旋回して舞う様子を詠んだもので、その似せたものである碗を高く掲げた手にもって舞うのかと考えられる。ただし、これは「拈」を「つまむ」と解した場合の解釈である。底本の「掲手便拈金碗舞」を「転碗舞」とする意図は、碗を手の上もしくは指先に回転させながら舞う、雑伎的な舞だと解するものかもしれない。

㉓ 底本原文は「晏小山詞」だが、晏幾道の詞集には見えず、『全宋詞』第一冊九六頁は晏殊の作（「木蘭花」十首之四）として収録しており、「十二、双調・重頭・双曳頭」では同一の詞を「晏元献詞云」として引用していることにより改めた。『全宋詞』は「深」を「琮」に作る。

㉔ 元稹「琵琶歌」の第四十、四十一句。（『全唐詩』巻四二一）

㉕ 張祜「王家琵琶」（『全唐詩』巻五一一）。

㉖ 白居易「臥聴法曲霓裳」（『全唐詩』巻四四九）。

㉗ 李煜「臨江仙（桜桃落尽春帰去）」（『全唐五代詞』第一冊七四三頁）が「念家山破」だとする説がある。たとえば、北宋・馬令『南唐書』巻五「後主書」には、「（李煜は）音律にも造詣深く、旧曲に念家山があり、みずから歌って念家山破を作った。切迫した調子の曲で、名も不祥、亡国の予兆であった（又妙於音律、旧曲有念家山、王親演為念家山破、其声焦殺、而其名不祥、乃敗徴也）」とある。

㉘ 『宋史』巻一四二「楽志」十七「教坊」に、「太宗皇帝は音律に精通しており、みずから作曲した大小曲、及び旧曲

にもとづいて新たに作った曲は、あわせて三百九十曲になる。大曲十八曲を作曲し、正宮平戎破陣楽・南呂宮平晋普天楽……曲破は二十九あり、正宮宴鈞台・南呂宮七盤楽・仙呂宮王母桃……琵琶独弾曲破は十五あり、鳳鸞商慶成功・応鍾調九曲清・金石角鳳来儀（太宗洞暁音律、前後親制大小曲及因旧曲刱新声者、総三百九十。凡制大曲十八、正宮平戎破陣楽、南呂宮平晋普天楽……曲破二十九、正宮宴鈞台、南呂宮七盤楽、仙呂宮王母桃……琵琶独弾曲破十五、鳳鸞商慶成功、応鍾調九曲清、金石角鳳来儀）」とある。

㉙「天基節」は、南宋の理宗の誕生日を理宗朝において聖誕節としたもの。聖誕節の名は皇帝の代ごとに変わる。「排当」とは、禁中で催される宴会であって、音楽・舞踊・見せ物などの出し物鑑賞を含むもの。周密『武林旧事』巻二「賞花」に次のようにある。「禁中の宴会は大抵、第一席と第二席があり、そして食事が加わる。これを排当という。そうでなければ進酒という（大抵内宴賞、初坐、再坐、挿食盤架者、謂之排当、否則但謂之進酒）」。また巻一に天基節の排当楽次（宴会の式次第・演奏プログラム）が記載されている。「曲破」の箇所は、「上寿第十三盞、諸部合万寿無疆薄媚曲破。第十三盞、諸部合万寿無疆薄媚曲破。初坐楽奏夷則宮、第一盞、觱篥起万歳梁州曲破、斉汝賢。……第十盞、諸部合斉天楽曲破。再坐第五盞、諸部合老人星降黄龍曲破。……第二十盞、觱篥起万花新曲破」である。

㉚ 底本は注㉙の『武林旧事』の引用箇所では「万歳梁州曲破」に作り、後文の二箇所は「涼州」に作る。『唐宋詞鑑賞辞典』は先の『武林旧事』の引用箇所も「万歳涼州曲破」としている。唐の元稹の「連昌宮詞」でも「涼州」「梁州」の異文が存在する。文脈からは「涼州」とすべきかとも考えられるが、ここでは底本のままとした。

㉛ 陳暘『楽書』に本文引用の記載はないが、沈雄『古今詞話』「詞弁」上巻（『詞話叢編』第一冊八九五頁）に「陳氏楽書曰」として「後庭花破子」に関する一文を引用している。「もとは清商曲として後庭花を作詞した。孫光憲も毛熙震も作っ

ていて、双調で四十四字である。また後庭花破子もあり、李後主と馮延巳が相継いで作詞した、……これは単調の三十二字、いずれも古体の玉樹後庭花と異なっている。（本清商曲賦後庭花、孫光憲・毛熙震都賦之、双調四十四字。又有後庭花破子、李後主、馮延巳相率為之、……是単調三十二字、倶与古体玉樹後庭花異）」

㉜ 底本原文は「所謂『破子』、意思是入破曲中的小会曲」。「破子」が、小さなものを示す接尾辞「子」字をもつ名称であることを説明する意図であろうから、「小会曲」を誤植と判断し、「小令曲」に訂正して訳出した。南宋・洪适の「漁家傲」は、「引」の後に、一年の漁父の様子を詠んだ「詞」が一月から十二月まで十二首あり、その後に「破子」が四首ある（『全宋詞』第二冊一三七一～一三七三頁）。この「破子」は四首とも三十一（七七七三七）字の短い小曲である。

㉝ 鼓子詞は、民間芸能「説唱」の一種。鼓の伴奏で歌うことからこの名がある。『全宋詞』（第二冊七五一頁）の王安中の、詞牌名「安陽好」の下に「九首並口号破子」とあり、口号の後に「安陽好」九首を挙げ、続いて「破子清平楽」一首を挙げる。「破子清平楽」を『楽府雅詞』は「清平楽」に作る。

㉞ 「隊舞」は教坊の歌舞隊の呼称、「遣隊」はその歌舞隊を退場させる時の歌。前掲の洪适「漁家傲」には「引」に続いて「詞」十二首及び「破子」四首が置かれ、最後に「遣隊」が置かれて、退場の様子が描かれる（『全宋詞』第二冊一三七一～一三七三頁）。

㉟ 『欽定詞譜』巻二。詞調名「後庭花破子」の注に見える。

㊱ 『全宋詞』（第二冊八〇九頁）。

㊲ 『全宋詞』（第二冊七五〇頁）に「天寧節」と注する「徴招調中腔」一首がある。

㊳ 天寧節は徽宗皇帝の聖誕節。上寿は長寿を祝頌すること。排当については注㉙参照。

㊴　以下の孟元老『東京夢華録』巻九の文章を節略して引用している。現代語訳は、入矢義高・梅原郁『東京夢華録　宋代の都市と生活』によった。「十月十日は天寧節である。第一の盞。天子が御酒を召し上がるとき、歌板色の一人が中腔を一節唱う。これが終わって、まず簫と簫と笛と各々一人ずつが合奏してもう一節やると、全部の楽器の合奏となるが、ただ歌手の声が聞こえるだけである。……第七の盞。天子の御酒のときは慢曲子、宰相の酒のときも慢曲子が奏せられる。百官が酒をいただくときは、三台の舞が演ぜられ、これが終わると、参軍色が祝言を述べ、女童隊を指揮して入場させる。……採蓮を舞うこともあるが、その場合には御殿の前に一面に蓮の花をさした花垣をならべる。そして、これもやはり隊名の名乗りをする。参軍色が祝言を述べて、隊名をたずねると、杖子頭のものが口上を唱えて、舞いかつ唱い、楽部は採蓮の曲の断送を奏する。これが終わると、また群舞となり、中腔が唱われ、これが終わると、女童が祝言を唱えて、雑劇を登場させる。この場合の雑劇も一幕二場である。それが済むと、参軍色が口上を述べて、女童隊を退場させる。女童隊は曲子を合唱して、舞いながら退場する。（初十日天寧節。……第一盞御酒、歌板色一名、唱中腔一遍訖、先簫与簫笛各一管和、又一遍、衆楽斉挙、独聞歌者之声、……第七盞御酒、慢曲子、宰臣酒、皆慢曲子、百官酒、三台舞訖、勾女童隊入場……或舞採蓮、則殿前皆列蓮花、檻曲亦進隊名、参軍色作語問隊、杖子頭者進口号、且舞且唱、楽部断送採蓮訖曲終、復群舞唱中腔畢、女童進致語、勾雑戯入場、亦一場両段訖、参軍色作語、放女童隊、又群唱曲子、舞歩出場）」

㊵　北宋末期の皇帝・徽宗（在位一一〇〇～一一二五年）の生誕節の排当にあった「中腔」を「唱」う「歌板色」が、南宋・理宗（在位一二二四～一二六四年）の聖誕節の排当にはないこと。「色」は「教坊における専門別による部分けの名」（前掲『東京夢華録　宋代の都市と生活』二四六頁）。

㊶　中序の第一編から舞が始まり、歌は必ずしも舞と同時には始まらず、例えば山東の王平は中序の第四遍から歌詞を作っている、と前述にあるので、「中腔」とは「中序数編中の一篇の腔《うた》」の意味ではないか、と推測するものであろう。注①に挙げた唐朝の大曲では、第二部分の最初の「中序」が、排遍、攧、正攧の順で器楽伴奏付き歌唱となっていた。南宋初期の孝宗朝において高官であった史浩には、聖誕節のために作った「採蓮」詞と「採蓮舞」詞がある。史浩の「採蓮」の第一が「延徧」、次が「攧徧」。その次の「入破」から「煞袞」までは、「虚催」を除き、唐の大曲の第三部分の歌詞は揃っている（『全宋詞』第二冊一二五〇〜一二五四頁）。底本のいう「中序の一遍」に相当するのが、史浩「採蓮」の「延徧」または「攧徧」ということになる。

二十、犯

詞調の名に「犯《はん》」の字を持つものは、万樹の『詞律』に収めるものに「側犯」「小鎮西犯」「凄涼犯」「尾犯」「玲瓏《れいろう》四犯」「花犯」「倒犯」がある。また「四犯剪梅花」「八犯玉交枝」「花犯念奴」もあり①、これらは皆その詞の曲調が犯調であることを示している。

犯調とは何なのだろうか。姜白石（姜夔）「凄涼犯」詞の自序に言う。

およそ楽曲の犯と言うものは、宮を以て商を犯し、商宮を犯すといった類を言う。たとえば道調宮②は上《じょう》の音程で終わり、双調③もまた上字で終わる。終わりの音程が同じなので、道調曲中で双調を犯し、あるいは双調曲中で道調を犯すことができる。その他の調もこれに準ずる。唐人楽書は次のように言う。『犯には正・旁・偏・側が有って、宮が宮を犯すのを正、宮が商を犯すのを旁、宮が角を犯すのを偏、宮が羽を犯すのを側と、それぞれ言う』と。しかしこの説はまちがっている。十二宮の終わりの音が異なっていれば、互いに犯することはできない。十二宮のうちでは商角羽だけを犯することができる。

凡曲言犯者、謂以宮犯商、商犯宮之類。如道調宮上字住、双調亦上字住。所住字同④、故道調曲中犯双調、或於双調曲中犯道調、其他準此。唐人楽書云、犯有正、旁、偏、側、宮犯宮為正、宮犯商為旁、宮犯角為偏、宮犯羽為側。此説非也。十二宮所住字各不同、不容相犯。十二宮特可犯商角羽耳。[5]

ここから言えることは、唐人は十二宮はみなそれぞれ犯調することができると見なしたのに対して、姜白石は商・角・羽の三調にしか犯調できないと見なしていたことである。[6] その理由とは、住字を同じくする宮調しかお互いに犯することができない、ということである。いわゆる「住字」とは、各詞の歌詞における最後の一文字に付された工尺譜《こうせきふ》[7]の音符である。[8] 例えば姜白石の「凄涼犯」の自注に「仙呂調犯商調」とある。この詞の最後の一句は「誤後約（後約を誤てり）」であり、「約」の字の音符は「上」である。楽律的には、この「上」のような旋律最後の音程を「結声」もしくは「煞声」と呼ぶ。仙呂調と商調はいずれも「上」の音程を結声としているので、互いに犯することができる。しかしここで言う「商調」は「双調」のことであり、夷則商の「商調」のことではない[9]故に南曲[10]に「仙呂入双調」とあるのも、白石のこの詞と同じなのである。

張炎の『詞源』巻上に「律呂四犯」の条があり、宮調[11]互犯の表[12]を掲載している。さらに姜白石のこの詞序を引用してその解説とし、唐人の記録を修正している。張炎は「宮が宮を犯すのを正犯と言い、宮が商を犯すのを側犯と言い、宮が羽を犯するのを偏犯と言い、角が宮を犯するのを帰宮と言う。一周して始めに戻る（以宮犯宮為正犯、以宮犯商為側犯、以宮犯羽為偏犯、以宮犯角為旁犯、以角犯宮為帰宮、周而復始）」と述べている。[13]

ここから次のように言える。犯調の原義は宮調が互いに犯することで、これは完全に詞の楽律上の変化であり、音楽が分からない詞人は現有の詞調に合わせて塡詞するしかなく、犯調を創り出すことはできない。宋元以降詞楽は伝を失し、本来の旋律や唱法さえ現在我々は知る由もない。多くの古代音楽研究者の探求にもかかわらず、宋代の詞楽を復元する方法が未だないと言わざるを得ない。

しかし宋詞の中にはこれとは別の犯調もある。宮調が互いに犯するのではなく、各詞調の間の句法が互いに犯することである。例えば劉改之（劉過）に「四犯剪梅花」一首[14]があり、これは彼の創作した曲調で、犯する調名を彼自身が注記している。

水殿風涼、賜環帰、正是夢熊華旦（「解連環」）
畳雪羅軽、称雲章題扇（「酔蓬萊」）
西清侍宴。望黄傘、日華籠輦（「雪獅児」）
金券三王、玉堂四世、帝恩偏眷（「酔蓬萊」）

臨安記、龍飛鳳舞、信神明有後、竹梧陰満（「解連環」）
笑折花看、橐荷香紅潤（「酔蓬萊」）
功名歳晩。帯河与、礪山長遠（「雪獅児」）
麟脯杯行、狨韉坐穏、内家宣勧（「酔蓬萊」）

水殿に風は涼しく、環を賜いて帰るは、正に是れ熊を夢みるの華旦
雪を畳《かさ》ぬる羅は軽く、雲章の扇に題せらるるを称《たた》う
西清に宴に侍す。黄傘、日華籠輦を望む

金券三王、玉堂四世、帝恩偏えに眷《かえり》みらる
臨安に記す、龍飛鳳舞し、神明を信じて後有り、竹梧陰満つるを
笑いて花を折りて看、荷香紅潤を稾《い》る
巧名歳晩。帯河と礪山と長遠たり
麟脯杯は行われ、狨韉坐すこと穏やかにして、内家もて宣べ勧む

この詞の前後段各四段は、それぞれ「解連環」「雪獅児」「酔蓬萊」の三つの詞調中の句法をつなぎ合わせて出来ている。「酔蓬萊」は前後段でそれぞれ二回ずつ使われており、しかも前後段の末句がいずれも「酔蓬萊」である。つまりこの詞は「酔蓬萊」の詞体を中心とし、そこに「雪獅児」「解連環」の二調が挿入された句法だと言える。調名の「四犯剪梅花」は作者自身がつけた名前で、万樹はこれを次のように解釈している。⑮

この曲は改之の創作であり、各曲を寄せ集めてできている。前後はそれぞれ四段からなっており、ゆえに四犯と言う。柳の詞の「酔蓬萊」は林鐘商調に属し、「解連環」と「雪獅児」も同じ調であろう。剪梅花の三文字は、切り取るという意味から名づけたものだと思われる。

此調為改之所創、採各曲句合成。前後各四段、故曰四犯。柳詞酔蓬萊、属林鐘商調、或解連環、雪獅児亦是同調也。剪梅花三字、想亦以剪取之義而名之。

また秦玉簫（秦巘《しんかん》）⑯の解釈を引用して「この曲は『酔蓬萊』を二度用いており、そこに『解連環』と『雪

獅児』を合わせている。ゆえに四犯と言う。ここで言う剪梅花とは、梅の花びらは五枚で、その一つを切り取ると四だということである。犯とはいわゆる宮調を犯することで、字句がすべて同じであるとは限らない（此調両用酔蓬萊、合解連環、雪獅児、故曰四犯。所謂剪梅花者、梅花五弁、四則剪去其一。犯者謂犯宮調、不必字句悉同也⑰）」と述べる。

以上の二家の解説はいずれも推測に過ぎず、信用は出来ない。秦氏はこの詞も宮調相犯であると考え、万氏も三つの調がみな商調に属するので互いに犯することができるのではないかと疑っている。宮調の相犯は音律に関わることであり、字句からは読み取ることができない。劉改之は音律に通じている詞人ではない。彼は自分で犯した曲調を注記している。それはこれが一種の既成の曲の集曲形式だということであり、必ずしも音律に通じている必要はないと言うことができる。劉改之の別の詞一首は、句法が「四犯剪梅花」とまったく同一であり、後段第一句が一字少ないだけである。しかし調名は「轆轤《ろくろ》金井」となっている⑱。つまりこの二つの調名は作者がその時の興にのって自由につけた名前だということなのである。

元代の詞人仇遠《きゅうえん》には「八犯玉交枝」一首がある⑲。何調を犯するのか作者自身は注していないが、恐らくこれも「四犯剪梅花」の類であろう。『欽定詞譜』はこの詞を「八宝妝」に入れており、この二つの調名から考えるに、恐らく八調が相犯しているか、もしくは前後段でそれぞれ四調を犯するのであろう。

周邦彦が創作した詞調一首の名を、「六醜《りくしゅう》⑳」と言う。宋の徽宗皇帝がこの調名の意味を尋ねると、周邦彦は「この詞は六つの調子を犯しており、いずれも各調の音調の最も美しいところです。古代高陽氏には六人の息子がおり、みんな才能はありましたが、みんな醜男でした。故にこれを『六醜』と言うのです（這首詞犯了六箇調子、都是各調中最美的声律。古代高陽氏有六箇児子、都有才華、而相貌都醜、故名之曰六醜）」と説明した。[21] ここから「六醜」も犯調であることは分かるが、しかし調名からはそれが分からない。もしこの宋人の記録がなければ、我々はそれを知る由もない。

『歴代詩余』に「犯」を解釈した一段があり、「犯とは、歌うときに仮に別の調を借りて旋律を作ることである。ゆえに『側犯』『尾犯』『花犯』『玲瓏《れいろう》四犯』などがある（犯是歌時仮借別調作腔、故有側犯、尾犯、花犯、玲瓏四犯等）」と言う。[22] ここでは「仮に別の調を借りて旋律を作る」と一面的に述べるのみである。宮調の相犯のみを指摘して、句法の相犯をそこに含んでいない。姜白石には「玲瓏四犯」一首がある。その自注は「この曲は双調であり、世間には別に大石調の一曲がある（此曲双調、世別有大石調一曲）」[23]と述べているが、「玲瓏四犯」に宮調の異なる二曲があると述べるのみで、四犯とは何かを説明していない。この詞も白石の自製曲ではなく、その詞名はどこから取ったのかも分からない。側犯は宮を以て商を犯するという楽律用語である。つまり宮を以て商を犯す詞調はすべて側犯なのであり、決して詞調名ではない。尾犯・花犯・倒犯という三つの用語には注釈が見えず、[24] 考えるにやはり犯の方法の用語であって、調名ではないだろう。一方「花犯念奴」という一首があり、これは「水調歌頭」のことである。[25] 恐らく「念奴嬌」の犯調であろう。犯を行う方法を「花」と言うのであり、例えば花拍という言い方がある。[26] それならば「花犯念奴」で一つの詞調名をなすのであって、花犯の二字だけでは詞調名ではないのである。

注

① 「側犯」「小鎮西犯」は巻十一、「凄涼犯」は巻十三、「尾犯」「四犯剪梅花」は巻十四、「玲瓏四犯」は巻十五、「花犯」「倒犯」は巻十七、「八犯玉交枝」は巻十九に収録される。

② 「道調宮＝道宮」は音階の俗名であり、その律呂名は「仲呂宮」。

③ 「双調」は音階の俗名であり、その律呂名は「夾鍾商」。

④ 住字、煞声に同じく、曲調の最後の音。音階の主音のこと。

⑤ 引用は「凄涼犯」（『全宋詞』第三冊二一八三頁）自序の中間部分。ここの「住字（主音）」が同じ場合のみ犯調できるとは、「道調宮」の住字＝主音は「仲呂均の宮声」すなわち「仲呂＝上字」であり、「双調」の住字は「夾鍾均の商声」すなわち「仲呂＝上字」であり、このように主音を同じくする場合に限り犯調できる、という一種の縛りがあることを言う。西洋音楽に喩えるならば、「ハ長調」と「ハ短調」の間では犯調できるということである。姜夔の引く唐人楽書は佚文で、元の本は現在伝わらない。

⑥ これを要するに、「宮調式は十二種類あるが、その間では互いに犯調できない」、「ある宮調式は、それと主音を同じくする商・角・羽の三調式の間でのみ犯調できる」と言うことである。

⑦ 詞楽を含む俗楽に用いる記譜法が、「工尺譜」である。「合四一上尺工六」などの漢字（もしくはこれを記号化したもの）を、絶対音高を表す音符として用い、歌詞の側に置く。

⑧ 底本原文は「譜字」。工尺譜は漢字を音譜として用いる。そのため音符を譜字と呼ぶ。

⑨ 「仙呂調」は「夷則羽」で住字は「仲呂＝上字」。ところが「商調」は「夷則商」で住字は「無射＝下凡字」。よって「仙

呂調」と「商調」では住字を異にするので犯調できない。ここで言うこころは、この「商調」が「双調」の誤りならば、いずれも「上字」が住字となり犯調が可能だ、ということ。

⑩ 南宋以降南方に広まった南戯の戯曲音楽。元に隆盛した北曲に対して言う。詞楽との関わりも深い。南曲に「仙呂入双調」という犯調の曲があることが、「商調」を「双調」に作るべきだということの傍証となっている。

⑪ 西洋音楽で言う音階のこと。

⑫ 『詞源』巻上「律呂四犯」(『詞話叢編』第一冊二五二頁)。「宮犯商」「商犯羽」「羽犯角」「角帰本宮」の順で各均ごとに互いに犯調できる宮調が列挙されている。

⑬ 張炎は「以宮犯宮為正犯」(『詞話叢編』第一冊二五二・二五三頁)と述べ、唐人の「正犯」という名称は残しているものの、「律呂四犯」の実際の表の中では正犯＝以宮犯宮の項目を外している。つまり張炎は姜白石の説を引くことで、宮が宮を犯すことを認めた唐人の説を修正したのである。

⑭ 『全宋詞』第三冊二一五五頁に見える。

⑮ 『詞律』巻十四。文中の「改之」は劉過の字、「柳」は柳永を指す。

⑯ 清・秦瓛『詞繫』巻二十二に次のようにある。「この曲は『酔蓬萊』を二度用い、そこに『解連環』と『雪獅児』を合わせている。ゆえに『四犯剪梅花』と言う。詞律は前後段の初めが『解連環』と合わないと言うが、『剪梅花』という言葉の意味を理解していない。私が考えるに、『解連環』と『雪獅児』を『酔蓬萊』の間に挟み込んで、循環するようになっているのでまたの名を『轆轤金井』と言う。今の世の小曲に、穿心という名前のものや五弁梅という名前の者があるが、それこそこの形である。『剪梅花』と言うのは、梅の花びらはもともと五枚で、その一つを切り取る(と

四になる）ということである。犯とはいわゆる宮調を犯することで、字句がすべて同じであるとは限らない（此調両用酔蓬萊、合解連環、雪獅児、故曰四犯剪梅花。詞律謂前後起与解連環不合、且不解剪梅花之義。愚按、解連環、雪獅児間挿於酔蓬萊之中、宛転回環、故又名轆轤金井。如今世小曲有名穿心者、有名五弁梅者、即是此格。剪梅花者、梅花本五瓣而剪去其一耳。所謂四犯者、所犯宮調、不必字句悉同也）」

⑰ この一文は万樹の注釈ではなく、清・杜文瀾による『詞律』の校記。「按秦氏玉簫云、此調両用酔蓬萊…」とある。

⑱ 『全宋詞』第三冊二二五一頁に見える。

⑲ 元・仇遠、字は仁近・仁父。号は山村民。「八犯玉交枝」は『欽定詞譜』巻三十五、『詞律』巻十九にある。

⑳ 『全宋詞』第二冊六一〇頁に見える。

㉑ 周密『浩然斎詞話』「周邦彦詞」（『詞話叢編』第一冊二三二頁）に「『六醜』の意味を問われたが、答えられる者がいなかった。急いで周邦彦を呼び出して彼に尋ねた。答えて言うには、この曲は六つの調に犯調します。それぞれ音の非常に美しいものですが、歌うのが非常に難しいのです。昔高陽氏に六人の子供があり、才能はあるのですが醜男《ぶおとこ》でした。これになぞらえて『六醜』と言います、と（問六醜之義、莫能対、急召邦彦問之。対曰、此犯六調、皆声之美者、然絶難歌。昔高陽氏有子六人、才而醜、故以比）」とある。底本は大意を紹介している。

㉒ 『歴代詩余』巻四十九「側犯」の注。

㉓ 『全宋詞』第三冊二一七八頁。

㉔ 「尾犯」は『歴代詩余』巻六十五、「花犯」と「倒犯」は巻七十八に、それぞれ見える。

㉕ 『歴代詩余』巻五十八「水調歌頭」の注に「この詞の名前は『花犯念奴』である（此詞名為花犯念奴）」とある。

㉖ 例えば『碧鶏漫志』（『詞話叢編』第一冊一〇二頁）巻三に「『六么』というこの曲の中の一段を花十八と名付けており、前後十八拍と四花拍で、合わせて二十二拍ある。音楽家たちの言う花拍とは、おそらく正式のものではない（六么此曲内一畳、名花十八、前後十八拍、又四花拍、共二十二拍。楽家者流所謂花拍、蓋非其正也）」とある。

二十一、塡腔・塡詞

元稹の「楽府古題の序（楽府古題序）」に、楽府は、

音楽をもとに歌詞を作り、曲調にあわせて節をつけて歌った。句の長短の数や、詞律の平仄の違いも、これによってはかったのである。また区別して琴瑟の楽器に合わせたものは操・引とし、民の歌を採録したものは謳・謡とし、リズムとメロディを備えたものは、総じて歌・曲・詞・調といった。これらはすべて音楽をもとに歌詞をつくったのであり、歌詞を選んでから音楽をそれにつけたのではない。後世になって音楽に明るいものが、多くその歌詞をとっては歌曲にした。おもうに歌詞を選んで音楽をそれにつけるというのは、音楽をもとに歌詞を作るということとは違う。

因声以度詞、審調以節唱。句度短長之数、声韻平上之差、莫不由之準度。而又別其在琴瑟者為操引、采民甿者為謳謡。備曲度者、総得謂之歌、曲、詞、調。斯皆由楽以定詞、非選詞以配楽也。後之審楽者、往往采取其詞、度為歌曲。蓋選詞以配楽、非由楽以定詞也。①

と言う。この一段は楽曲と歌詞の相互形成を述べて、きわめて簡明に要点を押さえている。『宋書』「楽志」に「呉歌雑曲は、江東で生まれ、晋宋以後、徐々に増え広がった。そもそもこれらの曲は、始めはどれも

歌うだけだったのだが、管弦の伴奏がついた。また弦管打楽器によって、歌を作り伴奏するものもある（呉歌雑曲、並出江東、晋宋以来、稍有増広。凡此諸曲、始皆徒歌、既而被之管弦。又有因弦管金石、造歌以被之②）」と言うのも同様に歌詞と楽曲との関係を説明しているのである。

いわゆる「音楽をもとに歌詞をつくる（由楽以定詞）」というのは、先に楽曲があって、その楽曲の旋律にあわせて歌詞をつけることを指している。これは古代には「倚歌《いか》」と呼んだ。『漢書』「張釈之《ちょうせきし》伝」に、文帝は「慎夫人に瑟を弾かせ、皇帝みずから瑟の調べに合わせて歌った（使慎夫人鼓瑟、上自倚瑟歌）」と言う。顔師古の注には「瑟に合わせるとは、つまり今言うところの歌を曲に合わせることである（倚瑟、即今之以歌合曲也③）」と言う。唐・宋の人は「倚声」と呼んだ。『唐書』「劉禹錫伝」には「屈原が沅水湘水のあたりで、九歌を作り、楚の人々に神を迎え送らせたのだと劉禹錫は述べており、そこでその音楽に合わせて竹枝詞十篇を作ったところ、武陵の人はだれもがこれを歌った（禹錫謂屈原居沅湘間、作九歌、使楚人以迎送神、乃倚其声作竹枝詞十篇、武陵人悉歌之④）」という。張文潜（張耒《ちょうらい》）は賀方回（賀鋳）の詞に序を書いて、「わが友賀方回は博学で文学に優れ、彼の楽府の詞は、世間に高く抜きん出ていて、その一編を持ってきて私に示すと、たいてい旋律に合わせてその詞を作っているので、どれも歌うことができる（余友賀方回博学業文、而楽府之詞、高絶一世、携其一編示余、大抵倚声而為之詞、皆可歌也⑤）」と言う。宋の人は「塡曲」ということもあった。『夢渓筆談』に「唐の人が塡曲するときは、その曲の名をよみこむ場合が多く、このため哀しみや楽しさがまだ声とよく調和している（唐人塡曲、多詠其曲名、所以哀楽与声、尚相諧会⑥）」とある。宋元以来一般に人々は「塡詞」と通称した。この用語は、出現がまた相当に早く、宋の仁宗が柳永に対して「まあ詞を作らせておけ（且去塡詞）[7]」と言ったことから、この用語は北宋の時期にはすでに存在したことが分かる。

いわゆる「歌詞を選んでから音楽をそれにつける（選詞以配楽）」というのは、先に歌詞があって、それから歌詞に曲をつけることを指している。つまり『尚書』にいう「楽器の音階によって引き延ばした歌に旋律をつけ、律呂の調子によって楽器の音を調和させる（声依永、律和声）[8]」である。歌詞を楽曲に取り合わせることを、古代には「誦詩」と呼んだ。『周礼』には、大司楽が楽語で国子に教えるが、その三つめを「誦」と言うと記載する。その鄭玄の注は「声に出して節をつけることを誦という（以声節之曰誦）[9]」とある。『漢書』「礼楽志」には「よって楽府を立て、詩を採集して夜に歌わせた（乃立楽府、采詩夜誦）」という。これはつまり、昼間採集した各地の民歌は、夜に曲をつけることを言うのだ。しかし、顔師古の注には「夜に歌ったのは、その言葉は秘密にして公開することはできないので、夜中に歌ったのである（夜誦者、其言辞或秘不可宣、故於夜中歌誦也[10]）」という。この注釈ははなはだおかしい。民間の歌謡に、秘密にして公開することが許されず、夜中にこっそりと歌わなければならないことが何かあるだろうか。この「誦詩」の「誦」の字について、これまでだれも鄭玄の注釈に注意を払わなかったし、顔師古も「歌誦」の意味だと思っていたのだ。漢代には「自度曲《じたくきょく》」と呼んだ。『漢書』「元帝紀」に「多才多芸で、みずから歌曲を作り、歌詞をこれにのせて歌った。句の切り方が節度にかない、その終わりの声が微妙であった（多材芸、自度曲、被歌声。分刌節度、窮極幼眇[11]）」と言う。これはつまり皇帝が歌詞に曲を作ることができたことをいうのである。宋代になると、「塡腔（曲をつける）」と呼んだ。『復斎漫録』に、「政和年間、皇帝の側近の一人が越州に使者に行った帰り道、古い碑の裏の詞を入手したが、題名も譜も無く、誰が作ったのかもわからなかった。記録して進上したところ、大晟府に命じて曲をつけさせ、詞の中の語句にちなんで、『魚遊春水』の名を賜った（政和中、一中貴人使越州回、得詞于古碑陰、無名無譜、不知何人作也。録以進御、命大晟府塡腔、因詞中語、賜名魚遊春水[12]）」と言う。この記事から宋人が歌詞のために曲を作ることを「塡腔」と呼んだことが分かる。

昔からすべての音楽歌曲は、最初は口から歌い出されたその場の思いなのであり、腔調《ふし》には定型は全く無かった。後にこの腔調が歌い習わされると、格律として定まり、そうして一つの曲の型が決まった。それからさらに、ある人がこの曲調に合わせて別の歌詞を作り、そこで一つの曲調は多くの歌詞をつけて歌うことが可能になった。「塡詞」と「塡腔」とは相互に作用し合ったのだ。方成培の『詞麈《しじゅ》』に「昔の人は詩によって曲調を作り、今の人は曲調に合わせて詞を作り、今と昔とではこのように異なっている（古人縁詩而作楽、今人依調以塡詞、古今如是其不同[13]）」と言う。彼は昔の人はすべて詩を作って音楽をつけたのに対して、今の人はすべて曲の腔調に随って詞をつけていると思っている。このような言い方は、一面しか見ていないものだ。唐代の五言七言詩から宋代の詞に発展するまで、これらの文学形式の変化は、詩がいつでも音楽の影響を受けていたことをすでに物語っている。唐代の詩と楽の関係は先ず詩が有りその後曲調があったとも言えず、宋代の詩と楽の関係は先ず曲調がありその後詞があったとも言えない。しかし、宋代の詞人に、音楽に精通していた人は多くなく、そのため多くの人はただ塡詞することはできても塡腔することはできなかったのだ。

音律が分からなければ、当然のことながら塡腔作曲することはできない。ただし宋人のいう塡詞は、最初はやはり少しは音律がわかることが必要だった。ある曲調の転折[14]、節奏、速度を、もしも聞いてわからなければ、作った歌詞は字を選ぶことも、韻にかなうことも、拍にあうこともできはしない。このように作られた歌詞は、歌手にとっては歌いにくく、音律からはずれ、その音階にない音を入れてしまうだろう。宋代においては、文人たちは宴席で伝唱された詞調を、皆大変聞き慣れていたから、歌うのを聞きながら字を選び句を作ることができた。いわゆる「音楽をもとに歌詞を作り、曲が終わって詞ができる（依声撰詞、曲終而詞就）」のである。あるいは先に気の向くままに長短句の歌詞を作り、しばしば既成の歌曲に取り合わせることもできた。これはいつもたくさん聞いていたからで、自由に詞を作るといっても、実際には心の中である曲調をなぞっているのである。例えば蘇東坡（蘇軾）は「江城子」詞を作り、その序に「そこで長短句を作り、『江城子』の曲調で歌わせた（乃作長短句、以江城子歌之）[15]」といい、また「陽関曲」の序に「もとの名は『小秦王』、腔調に合わせると『陽関曲』だった（本名小秦王、入腔即陽関曲）[16]」と言っている。このふたつの詞序は東坡がことさらに疑わしいことを言って人を惑わせたのだ。もしも彼が詞を作り句を求めているときに、心の中で「江城子」や「小秦王」の腔調を思い出さなかったら、彼が気ままに書いた詞がどうして「江城子」や「小秦王」に曲を合わせられただろう。彼はまた「小秦王」の歌詞は「陽関曲」の旋律にも乗ることを知っており、だから「小秦王」の歌詞を作って楽師に「陽関曲」で歌わせ、「陽関曲」と題したのだ。このことから東坡が塡詞するにも音律の知識があって基礎としていることが分かる。周美成（周邦彦）・姜白石（姜夔）のような音律に深く通じているものであれば、詞を塡することができるだけでなく、曲を作ることもできた。楊守斎（楊纘）の『作詞五要』は其の三を「音譜を参照して詞をつくる（按譜塡詞）[17]」とし、沈伯時（沈義父）の『楽府指迷』もまた「簫を吹いて詞をつくる（按簫塡詞）[18]」といっている。前者は楽譜にもとづいて歌詞を作ることを、後者は簫の音に依って歌詞を作ることを、要求している。これらの例は、いずれも塡詞は音律がわからなければならなかったことを物語っている。

ただし南宋後期には、詞家はすっかり音律に暗くなっており、だから沈伯時は作詞を教えるのに、ただ去声の字をしっかり守れ、また平声は入声で替えることができるが上声は決して去声で替えてはいけない等々の規律に注意をうながしたのだ。[19]これは先輩の名家の詞に、その四声や句読を真似て型どおりにやったので、つまり楊守斎が言う「句を参照して歌詞を埋める（依句塡詞）」のである。しかし、楊守斎はまた「昔から詞を作るのに、句を参照する者は少なく、音譜に従って字を用いる者は、百人に一人二人も無い（自古作詞、能依句者少、依譜用事、百無一二[20]）」とも言っており、宋詞は盛んではあったが、詞家で歌を考究できる者は決して多くはなかったことがわかる。句にもとづいて詞を作ると言うのもまたすでに貴ぶべきだったのであり、元明以後、詞がわずかに紙の上にのみ存在してもはや楽府[21]ではなくなったのも何の不思議があろうか。

以上の文献から見てみると、用語としては「塡詞」と言いながら、実は三種類のやりかたがある。[22]第一は「音譜を参照して詞を作る」のであり、これらの作家は皆音律に深く通じており、曲譜に準じて歌詞を書くことができた。彼らはまた「塡腔」つまり作曲することもできた。柳耆卿・周美成・姜白石・張叔夏（張炎[23]）は皆この一類に属する。第二は「簫で確かめて詞をつくる（按簫塡詞）」である。これらの作家は作詞作曲することはできなかったが、しかし曲を知り音を理解することはできた。彼らは耳でわかり心で受け取って、簫の音に基づいて音律に合う歌詞を書いたが、「塡腔」はできなかったのである。蘇東坡・秦少游（秦観）・賀方回（賀鋳）・趙長卿[24]はみなこの一類に属する。第三は「句を参照して詞を作る」である。これらの作家は音律はわからない。詞は彼らにとってはただ紙の上の文学形式でしかない。かれらは先輩の作品に依って、一字一句型どおりに書いたのであって、「旋律にもとづく」効き目は完全に失われている。南宋以後、大多数の詞家がこの類に属する。ただ才気には高低があり、措辞には巧拙があるために、これらの詞家の作品にはなお大きな差がある。劉龍洲（劉過）・陸放翁（陸游）・元遺山（元好問）・陳其年（陳維崧《ちんいすう》）[25]らは、句に依って詞を塡した達人と言ってさしつかえないが、厲樊榭《れいはんしゃ》（厲鶚《れいがく》）から戈順卿（戈載《かさい》）に到るまでは[26]、杓子定規な古めかしい作品にすぎない。明清二代には、多くの小詞人がいたが、彼らの作品は、句はでたらめ、韻も踏み落とし、四声は合わず、舌は絡まる始末[27]。「句を参照する」工夫も問題外で、塡詞に数えることもできなくなってしまった。

近代の詞家は、音律に合わないことを自分でも知っており、ただ句を参照することしかできないから、謙遜して「塡詞」と言った。実際のところやはり「塡詞」の末流でしかない。もしも第一義の「塡詞」ができたならば、この「塡詞」の二字は謙遜の辞にはならないのである。

明代の人が「塡詞」をひとつの用語として使い始め、ついには「詞」を「塡詞」と呼ぶようになった。李蓘《りこん》は『花草粋編』の序文で、「思うに詩から変化して詩余になり、雅調とも塡詞ともいうが、また変化して金元の北曲となった（蓋自詩変而為詩余、又曰雅調、又曰塡詞、又変而為金元之北曲）[28]」と言った。

清代の詞家はその誤りを踏襲して、詞に話が及ぶと、いつでも「塡詞」と呼んでおり、この「塡」の字義を理解していないようだ。これは「塡詞」という言葉の誤用である。

注

① 「楽府古題序」を一部省略して引用している。『全唐詩』巻四一八「楽府古題序」冒頭に「詩は周に終わり、離騒は楚に終わり、この後の詩の流れには二十四種類ある。賦、頌、銘、賛、文、誄、箴、詩、行、詠、吟、題、怨、歎、章、篇、操、引、謠、謳、歌、曲、詞、調、どれも詩人の六義の余技である。そして作者の思いは、操以下の八つ、郊祀の祭り、軍礼や賓礼、吉礼と凶礼、苦しいとき楽しいときに歌われた（詩訖於周、離騒訖于楚、是後詩之流為二十四名。賦、頌、銘、賛、文、誄、箴、詩、行、詠、吟、題、怨、歎、章、篇、操、引、謠、謳、歌、曲、詞、調、皆詩人六義之余。而作者之旨、由操而下八名、皆起於郊祭、軍賓、吉凶、苦楽之際）」の一段がある。これに続く「歌曲においては（在音声者）」以後が引用部分である。ただし、最後の一段は引用に際して節略するほか異本を参照しており、原文は「これらはすべて音楽をもとに歌詞をつくったのであり、調を選んでから音楽をそれにつけたのではないのだ。詩以下の九つは、みな事に寄せて作られたもので、名称は違っても、それらはすべて詩とすることができる。後世になって音楽に明るいものが、多くその歌詞をとっては歌曲にしたのだ。おもうに歌詞を選んで音楽をそれにつけるというのは、音楽をもとに歌詞を作るということとは違うのだ（斯皆由楽以定詞、非選調以配楽也。由詩而下九名、皆属事而作、雖題号不同、而悉謂之為詩可也。後之審楽者、往往采取其詞、度為歌曲。蓋選詞以配楽、非由楽以定詞也）」と

ある。『碧鶏漫志』巻一「元微之詩と楽府と両科に分く（元微之分詩与楽府作両科）」（『詞話叢編』第一冊七八頁）に引く「楽府古題序」は底本原文と同じく「非選詞以配楽也」とする。

②『宋書』巻十九「楽志」の「楽章の古詞の、今残るものは、いずれも漢代の街の歌であり、江南可采蓮・烏生・十五・白頭吟の属のようなのがそうである（凡楽章古詞、今之存者、並漢世街陌謡謳、江南可采蓮・烏生・十五・白頭吟之属是也）」に続く文章。なお底本原文が「被之弦管」とするところを『宋書』は「被之管弦」に作っている。また『宋書』は本文引用部分に続けて「魏の三調歌詞のようなのがそうだ（魏世三調歌詞之類是也）」までを一文とする。

③『漢書』巻五十「張釈之伝」の、文帝が慎夫人を伴って覇陵に至り、この道は夫人のふるさと邯鄲に続いていると指し示した場面で、「慎夫人に瑟を弾かせ、皇帝みずから瑟の調べに合わせて歌ったが、心はいたみ悲しんだ（使慎夫人鼓瑟、上自倚瑟而歌、意悽愴悲懐）」とある。その李奇の注は「歌の調子を瑟に合わせることである（声気依倚瑟也）」と言い、顔師古の注に「倚瑟、即今之以歌合曲也。倚音於綺反」と言う。

④『新唐書』巻一六八「劉禹錫伝」と文字に少し異同がある。憲宗が即位した永貞元年（八〇五）に起きた八司馬の流貶で、劉禹錫は十月に朗州司馬に再貶されたが、その地の竹枝は「その音は俗っぽく下品であった（其声傖儜）」ため「竹枝詞十篇」を作った。この文は、劉禹錫の「竹枝詞九首並引」（『全唐詩』巻三六五）にもとづく。「引」の該当部分を挙げる。「昔、屈原は沅水湘水のあたりで、人々が神を迎えるのに、歌詞が田舎っぽく下品であるので、人々のために九歌を作った。今でも荊や楚の地方ではこれを歌い舞う。そこで私もまた竹枝九篇を作り、歌の上手い者にこれを広く知らせ、終わりに付けた。（昔屈原居沅湘間、其民迎神、詞多鄙陋、乃為作九歌。到于今荊楚歌舞之。故余亦作竹枝九篇、俾善歌者颺之、附于末）」

⑤「賀方回楽府序」(『全宋文』第一二七冊巻二七五五)では「携一編示予」と作る。

⑥北宋・沈括『夢渓筆談』巻五「楽律」の「古詩皆詠之」の条。引用の部分は「いま声と詞がつらなっているものは、民間の歌謡や陽関・擣練の曲といった類で、どちらかというと古い習俗にはいる(今声詞相従、唯里巷間歌謡及陽関擣練之類、稍類旧俗)」に続く。訳は梅原郁訳、平凡社、東洋文庫本によった。

⑦『苕渓漁隠叢話』後集巻三十九に引く『芸苑雌黄』に「柳三変は、字を景荘といい、また名は永、字を耆卿ともいう。詞を作ることを好んだが、素行がよくなかった。当時その才能を推薦した者がいたが、皇帝は、塡詞の柳三変ではないのか、とおっしゃり、そうですと申しあげると、皇帝は、まあ詞を作らせておけ、とおっしゃった。このため志を得ず、日々遊び仲間と娼館や酒楼に出入りし、慎むこともせず、奉聖旨塡詞柳三変、と自称した(柳三変、字景荘、一名永、字耆卿、喜作小詞、然薄於操行、当時有薦其才者、上曰、得非塡詞柳三変乎。曰、然。上曰、且去塡詞。由是不得志、日与獧子縦遊娼館酒楼間、無復倹、自称云、奉聖旨塡詞柳三変)」とある。

⑧『尚書』虞夏書「舜典」の、帝のことば「詩は人の意志を言語に表現したものであり、歌はその詩のことばを引き延ばして詠じたものだ。楽器の音階によってその引き延ばした歌に旋律をつけ、律呂の調子によって楽器の音を調和させるのである(詩言志、歌永言、声依永、律和声)」から後半を引用している。日本語訳は尾崎雄二郎等訳『書経』(筑摩書房、世界古典文学全集第二巻、一九六九)を参照した。

⑨『周礼』春官宗伯「大司楽」に「以楽語、教国子興、道、諷、誦、言、語」とあり、「誦」は三番目ではなく四番目である。またその誦の鄭玄の注「以声節之曰誦」に、賈公彦は疏をつけて「声に出して節をつけることを誦というというのは、これもみな暗誦するのである。ただ、諷が暗誦するだけで吟詠しないのに対して、誦はただ暗誦するだけ

でなく吟詠して、声に出して節をつけるというのが異なっている。（『礼記』の）文王世子に、春は誦する、とある誦に注して、歌楽をいう、歌楽は詩である。音楽に合わせて歌う、だから歌楽というのであって、やはり声に出して節をつけるのである（以声節之曰誦者、此亦皆背文。但諷是宜言之、無吟詠、誦則非直背文、又為吟詠、以声節之為異。文王世子春誦注誦謂歌楽、歌楽即詩也。以配楽而歌、故云歌楽、亦是以声節之）」と述べ、暗唱するだけの「諷」に対照するものとしている。

⑩『漢書』巻二十二「礼楽志」の、漢の武帝が封禅の儀を行い、郊祀の礼を定め、楽府を置いたことを述べた部分に「よって楽府を立て、民間から詩を採集して、夜静かなときこれを誦習させたが、それには趙、代、秦、楚のうたがあった（乃立楽府、采詩夜誦、有趙、代、秦、楚之謳）」とあり、顔師古は「夜誦者、其言辞或秘不可宣露、故於夜中歌誦也」と注する。なお、釜谷武志「漢武帝楽府創設の目的」（『東方学』八十四号、一九九二）は、神々を招き寄せるために夜に歌わせたことに意味があるとする。

⑪『漢書』巻九「元帝紀」の賛に、「元帝は多才多芸で、隷書を善くし、琴瑟を鼓し、洞簫を吹いた。みずから歌曲を作り、歌詞をこれにのせて歌ったが、句の切り方が節度にかない、その終わりの声が微妙であった（元帝多材芸、善史書。鼓琴瑟、吹洞簫、自度曲、被歌声、分刌節度、窮極幼眇）」とあり、注が付されている。この小竹武夫『漢書』の訳は、中華書局の標点本によっている。ただし、施氏の本文は「分刌比度」とあり、「分け比べて」という訳になるだろうが、中華書局本はこの文字に校勘を記さないので、「分刌節度」として訳出した。

⑫『苕渓漁隠叢話』後集巻三十九「長短句」に引く『復斎漫録』の文章。『欽定詞譜』本文の引用は節略があるようだ。また『能改斎漫録』巻十六「楽府」の「賜名魚遊春水」条は底本原文と同文であるが、『復斎漫録』との記載はない。

⑬ 清・方成培『香研居詞麈』巻一「詞の起源は楽曲の散声にあり（原詞之始本于楽之散声）」の冒頭部分。

⑭ 曲折はメロディーライン、「六、琴趣外篇」の「曲折」の注を参照。底本原文で言えば、「曲折」「節奏（リズム）」「快慢（速度、テンポ）」はそれぞれ下文の「選字」「協韻」「合拍」に対応するのであろう。

⑮ 宋・蘇軾「江城子（夢中了了酔中醒）」の序「陶淵明以五月五日云々」の末二句。但し詞牌を「江神子」として収録する『全宋詞』の序にはこの一文は無く、『蘇軾詞編年校注』の「江城子」校異によれば、北京図書館蔵清鈔本宋傅幹『注坡詞』十二巻および元延祐庚申刊『東坡楽府』二巻によって補ったとのことである。

⑯ 蘇軾「陽関曲（暮雲収尽溢清寒）」（『全宋詞』第一冊三一一頁）の序には「中秋作　本名小秦王、入腔即陽関曲」とある。

⑰ 宋・楊纘。守斎は号である。「作詞五要」に示される要諦は、択腔、択律、塡詞按譜、随律押韻、立新意であり、音楽が優先されていることがわかる。

⑱ 宋・沈義父『楽府指迷』「詞中去声字最緊要」（『詞話叢編』第一冊二八〇頁）に次のようにある。「腔律はどうしてだれもが簫の笛に合わせて譜を塡しなければならないだろうか、ただ句中の去声の字が最も大事なのであることに気をつけよ。（腔律豈必人人皆能按簫塡譜、但看句中用去声字最為緊要）」ただし、底本が「塡詞」とする箇所は「塡譜」となっている。

⑲ 『楽府指迷』「詞中去声字最緊要」（『詞話叢編』第一冊二八〇頁）に次のようにある。「腔律はどうしてだれもが簫の笛で確かめて塡譜できるだろうか、ただ句中で去声の字を用いるのが最も大事なのであることに気をつけよ。それからさらに昔のよく音楽がわかっている人の曲を、一腔につき二、三曲参考にし、もしすべて去声を用いていれば、やはり必ず去声を用いよ。次に平声のようなのは、入声の字で替えることができる。上声の字は去声の字で代用してはい

けない。上声を去声に入れることはできないし、すべて仄声とはいえ、用いるにはよく考え調べて用いなければならない。（腔律豈必人人皆能按簫塡譜、但看句中用去声字最為緊要。然後更将古知音人曲、一腔三両隻参訂、如都用去声、亦必用去声。其次如平声、卻用得入声字替。上声字最不可用去声字替。不可以上去入、尽道是側声、便用得、更須調停参訂用之）」ただし、底本が「塡詞」とする箇所は「塡譜」となっている。

⑳『詞源』附録「作詞五要」第三要は「第三に、詞を作るには音譜を参照しなければならない。昔から詞を作る際に、詞の語句に注意を払う者も少ないが、さらに音譜に従って文字を用いる者は百人のうち一人二人もいない。詞はもし歌って韻律がかなっていないならば、取り上げられようか。ある人は、優れた歌手が、その字を前後に溶け込ませて歌えば、欠点にはならないと言う。全く分かっていないが、転折が詳細に作られており、それらの用い方が当を失っていれば、音律からはずれてしまい、正旁偏側のように、他の宮調を犯すと、もはや本来の曲調では無くなってしまうのだ（第三要塡詞按譜。自古作詞、能依句者已少、依譜用字者、百無一二。詞若歌韻不協、奚取焉。或謂善歌者、融化其字、則無疵。殊不知詳製転折、用或不当、即失律、正旁偏側、凌犯他宮、非復本調矣）」（『詞話叢編』第一冊二六八頁）と言う。

㉑詞を楽府と称することについては「四、近体楽府」および「五、寓声楽府」を参照。

㉒村上哲見『宋詞研究―南宋篇』第四章「呉夢窓詞論」第四節「自度曲について」は、「宋代の詞人には、単に句法、押韻、平仄などを按じて作詞し、歌うことは楽工にまかせるというような人と、みずから音楽にも通じ、微妙なところまで楽曲に合わせて詞を作る人との二種があったといえる」とし、後者の詞人として、周邦彦、姜白石、呉文英を挙げる。

㉓作曲をしたこれら詞家については「二十二、自度曲・自製曲・自過腔」に詳しい。柳永の詞が妓女に人気を博したこと、

また作例が彼のみに限られる詞牌が多いことなど、その音楽的素養についてはすでに様々に指摘されている。周邦彦は徽宗の大晟府提挙となって詞楽の整備にあたり、新曲も製作した。以下は南宋の詞人で、姜夔が「暗香」「疎影」「揚州慢」などを創作したことは、それらの詞序に述べられている。張炎は、『詞源』巻上に詳しい音楽理論を展開している。

㉔ 蘇軾に始まる詞牌では、底本に挙げるもののほかに「華清引」など、秦観では「憶王孫」「画堂春」などがある。賀鋳の詞牌に同調異名が多いこともよく知られている。南宋の人、趙長卿は『欽定詞譜』に又体が多数収録される。

㉕ 南宋の劉過には『龍洲集』のほかに『龍洲詞』一巻（『陳振孫書録解題』では『劉改之詞』一巻）がある。『詞源』巻下「雑論」（『詞話叢編』第一冊二六八頁）においてすでに「辛稼軒、劉改之は意気盛んな詞を作るが、雅詞ではない。文章を作るひまひまに、ちょっと筆をもてあそんで長短句の詩をつくったにすぎない（辛稼軒、劉改之作豪気詞、非雅詞也。於文章余暇、戯弄筆墨為長短句之詩耳）」との評がある。陸游は『渭南文集』『剣南詩稿』など多くの詩文を残すが、詞では『放翁詞』一巻があり、毛晋が刊行した『放翁全集』には『長短句』二巻が附録されている。金の元好問は金の詩詞を集めて『中州集』十巻および『中州楽府』一巻を編んだ。清の沈雄『古今詞話』の「詞評」巻下「元好問錦機集」には「金源言行録に、……錦機集があって、その『三奠子』、『小聖楽』、『松液凝空』はいずれも自製曲である（金源言行録曰、……有錦機集、其三奠子、小聖楽、松液凝空、皆自製曲也）」（『詞話叢編』第一冊一〇一七頁）とある。清の陳維崧、字は其年。清の孫默『十五家詞』に収録される『烏絲詞』四巻には「鶯啼序」のように作例の少ない長調も収録されている。なお、元朝や明朝初期においてもまだ詞が歌唱されていたことについては、中原健二「元代江南における詞学の伝承」（『中国文学報』第七十三冊、二〇〇七）を参照。

㉖ 清の厲鶚は、宋の周密が編集した『絶妙好詞』に査為仁とともに箋を付した。彼の文集『樊榭山房集』には「長短句二巻」

を収録する。戈載は詞韻の専著『詞林正韻』を著した。

㉗ 底本原文は「渋字」。韻母、四声に対して声母の不備を指すのであろう。歌唱された詞においては声母にも注意をはらうべきであるとする議論の早いものには、北宋から南宋にかけての李清照の詞論がある。「李易安が言うには……思うに詩文は平側を分けるが、歌詞は五音を分け、また五声を分け、六律を分け、清濁軽重を分ける（李易安云……蓋詩文分平側、而歌詞分五音、又分五声、又分六律、又分清濁軽重）」（『苕渓漁隠叢話』後集巻三十三「晁无咎」）。

㉘『花草粋編』の万暦十五年の序に「思うに詩から変化して詩余になり、雅調とも塡詞ともいうが、また変化して金元の北曲となったのだ。当初に詞に変化したのは、あの唐末宋初の諸公がその聡明さ賢さを尽くして、完璧な美しさに到ったのであり、いわゆる曹劉が格を落としたために必ず勝てるというものでもないというのは、まことにその通り。北曲が起こって詩余はだんだん以前の作に及ばなくなり、今ではますます滅びようとしている（蓋自詩変而為詩余、又曰雅調、又曰塡詞、又変而為金元之北曲矣。当其初変詞也、彼唐末宋初諸公竭其聡明智巧、抵于精美、所謂曹劉降格為之未必能勝者、亦誠然矣。北曲起而詩余漸不逮前、其在于今、則益泯泯也）」とある。また明清の状況については、村上哲見『宋詞研究―唐五代北宋篇』附考一「詞の異称について」（b）「塡詞、倚声、倚声塡詞」を参照。

二十二、自度曲・自製曲・自過腔

音律に精通した詞人は、自分で歌詞を作り、また自分で新たな旋律を作曲できた。これを自度曲《じたくきょく》と言う。この言葉は最も古くは『漢書』「元帝紀賛」に見え、「元帝は多才多芸で、隷書を善くし、琴や瑟を弾き、洞簫を吹き、みずから歌曲を作り、歌詞をのせて歌った（元帝多材芸、善史書、鼓琴瑟、吹洞簫、自度曲、被歌声）」とある。応劭《おうしょう》の注に「自ら工夫して新曲を作り、そしてその新曲を歌詩の旋律とした（自隠度作新曲、因持新曲以為歌詩声也）」とあり、荀悦の注に「声を被るとは、音楽を広くひろめることである（被声、能播楽也①）」とある。また臣瓚《しんさん》の注に「曲を度すとは、歌が終わってさらにその次に引き延ばすことをさす。これを度曲と言う。西京賦に、延ばした曲がまだ終わらないうちに舞台に仕掛けた雲がわき起こり雪が飛ぶ、とあり、張衡の舞賦に、引き延ばした曲が終わると元の位置にもどり次に八人ずつ二列になる、とある（度曲、謂歌終更援其次、謂之度曲。西京賦曰、度曲未終、雲起雪飛。張衡舞賦、度終復位、次受二八）」とある。師古の注には「応・荀の二説はどちらも正しい。度は、大谷の反（応、荀二説皆是也。度、音大谷反②）」とある。考えるに、応劭は「度」を「隠度」（ひそかにはかる）の意味だとしている。師古は応劭の説を採っており、だからこそ「度」の字を「大谷の反」、つまり「たく」の音で読んでいるのである。一方臣瓚は「西京賦」を引用して注しており、「西京賦」の李善注もまた臣瓚を引用している。彼らはいずれもこの「度」の持を「過度」（＝「わたる」）の意味だと解釈しているのであり、と言うことは彼らは「度」の字を「ど」の音で読んでいるのである。③

但し応劭が注釈したのは「自度曲」の三文字であって、彼は「自度曲」とは「自ら曲を製《つく》る」のことだと考えている。臣瓚と李善が注釈したのは「自度」の二文字のみであって、彼らは「度曲」とは「曲を歌う」ことだと考えている。ところが「度曲」の二文字はすでに宋玉の「笛賦」にも見えていて、「度曲挙盼④」とある。宋玉はこの二字をやはり「曲を歌う」の意味で用いている。したがって後世の人が「度曲」を「唱曲」のことだとし、「自度曲」を「自製曲」のことだとしていたのは、それぞれ別個の説に従ったのであって、両者を混同してはならないのである。「自度曲」は一個の名詞であり、「度曲」は動詞―目的語構造の単語である。「自度曲」を「自唱曲」とは解釈できないのだ。

宋代には音楽に精通した詞人が多く、彼らは詞を作ると自分でそれに作曲もできた。よって詞集にはしばしば「自度曲」が見える。旧本姜白石（姜夔）詞集⑤の巻五の標題は「自度曲」となっており、ここには姜白石自身が創作した曲調を収めている。巻六の標題は「自製曲」であるが、実際はこれは「自度曲」のことで、当時編集中に偶然統一が取れていなかったのだろう。陸鍾輝《りくしょうき》刊本では既に「自度曲」に統一されている。⑥柳永と周邦彦は音律に通じていて、彼らの詞集にも少なからず自度曲があるが、すべてそれが明記されているわけではない。しかし凡そ自度曲である限りは、少なくともその曲の宮調を注記するか、あるいは序で説明しておいて欲しいものである。柳永の『楽章集』は宮調毎に編修されており、⑦姜夔の自度曲にはすべて小序がある。彼らのやり方は最も分かりやすい。ところが他の詞集に載っている何の説明もない自度曲は、後の世の読者が見てもそれと知るすべはないのである。

「自度曲」は「自度腔」とも呼ばれる。呉文英の「西子妝慢」(8)の注に「夢窓の自度腔である（夢窓自度腔）」とある。張仲挙の「虞美人（千林白雪花間譜）」詞(9)の序に「臨川の葉宋英の千林白雪に題す。多くは自度腔である（題臨川葉宋英千林白雪、多自度腔）」とある。また「自撰腔」とも呼ばれ、張先「勧金船」詞(10)の序に「流杯堂にて唱和する。翰林主人元素の自撰腔である（流杯堂唱和、翰林主人元素自撰腔）」とあり、蘇東坡（蘇軾）の和作(11)の序には「元素の韻に和す。自撰腔なので名をつけた（和元素韻、自撰腔、命名）」とある。つまりこれは、「勧金船」は彼らの友人楊元素が自分で作った曲であり、「勧金船」という調名も楊元素がつけたものだ、ということである。「自度曲」は時に「自製腔」とも呼ばれる。例えば蘇東坡の「翻香令」詞(12)の小序に「この詞は蘇東坡が言葉を並べて伯固家に伝えたものである。老人の自製腔であると言う（此詞蘇次言伝於伯固家、云老人自製腔）」とある。また黄花庵（黄昇(13)）は「馮偉寿は律呂に精通していて、詞には自製腔が多い（馮偉寿精於律呂、詞多自製腔）」と言う。

また「自過腔」と言うこともあるが、その意味は同じではない。晁无咎「消息」(14)詞の題下自注に「自過腔であり、越調の永遇楽である（自過腔、即越調永遇楽）」とある。姜夔の「湘月」詞の自序に「私がこの曲を作ったが、これは念奴嬌の隔指声である。双調で吹く。隔指は過腔とも言い、晁无咎集に見えている。笛を吹ける者ならばみなこの過腔ができるのである（予度此曲、即念奴嬌隔指声也。于双調中吹之。隔指、亦謂之過腔、見晁无咎集。凡能吹竹者、便能過腔也）」とあり、これからすると晁无咎の「消息」は、「隔指声」を用いて吹奏した永遇楽だということになる。姜夔の「湘月」詞は句法が「念奴嬌」と同じであり、(15)また晁无咎の「消息」は句法が「永遇楽」と変わらない。(16)つまり「過腔」というものは音律上の改変でしかなく、歌詞の句法には全く影響しない、ということが分かるのである。このため万樹は『詞律』の編集に際して、独自に「湘月」を「念奴嬌」の別名だと見なし、「湘月」という曲調を別に収録しなかった。万氏は次のように解説する。「白石の『湘月』という曲は、『念奴嬌』の隔指声であると自ら注しており、その字句はぴったりと合う。今の人には宮調が分からず、また隔指とはどういう意味かも分からないので、もしも『湘月』に塡詞しようとすれば、とりもなおさず『念奴嬌』に塡詞することになり、その調の名前にこだわる必要はない。故に本譜では『湘月』の調を別に収めない（白石湘月一調、自注即念奴嬌隔指声、其字句無不相合。今人不暁宮調、亦不知隔指為何義、若欲塡湘月、即仍是塡念奴嬌、不必巧徇(17)其名也。故本譜不另収湘月調(18)）。また万氏は「消息」も収録せず、「永遇楽」の下の注に「一名消息」と記している。その解説には「晁无咎は題を『消息』と名づけて、注に、自過腔、即ち越調の『永遇楽』である、と言っている。ゆえに、ある曲を別の調に変えるとその旋律は同じものではなく、よって曲の名前も変わるのだ、ということが分かる。例えば白石の『湘月』は『念奴嬌』と同じものだが、旋律は同じではない。しかしこの道理は現在は伝わっていない（晁无咎題名消息、注云自過腔、即越調永遇楽。故知入某調即異其腔、因即異其名。如白石之湘月、即念奴嬌、而腔自不同、此理今不伝矣）」とある。(19)

ここで言う「過腔」とは、ある旋律から別の旋律に移ることである。「隔指」とは、笛の運指法で一孔分高く、あるいは一孔分低くすることを言う。(20)運指がわずかでも変われば旋律も変わる。故に「念奴嬌」

の旋律もやや異なってくるため、別に調名を「湘月」としたのである。しかしこれは歌曲の旋律が変わるだけであって、歌詞の句法には影響しない。後の世の詞人には宋詞の音律が分からず、作詞するには句法に合わせて字を埋めるしかない。「念奴嬌」と「湘月」、「永遇楽」と「消息」は句法が同じである以上は、文学形式という角度からすれば、「湘月」は「念奴嬌」であり「消息」は「永遇楽」であると言っても何等問題はない。二者の間で旋律が異なるということなど、詞の字句からは見いだすことはできないのである。『詞律』と『欽定詞譜』は句法の異同によって詞調を分類するのみで、句法を同じくする二首の詞からその旋律の違いを区別することはできない。しかし周之琦《しゅうしき》の『心日斎詞選』や江順詒《こうじゅんい》の『詞学集成』は万樹が宮調を理解していないことに極めて批判的である。[21] 実際万樹は『詞律』巻頭の「発凡」で「宮調が今に伝わらず、作者が旋律（上の歌詞配置）によって句を埋めているからには、必ずしも別に湘月を収めない（宮調失伝、作者依腔塡句、不必別収湘月）」とはっきり言っている。万氏は字句から宮調を区別できないがために、詞の文字から詞を論じているのである。周之琦や江順詒にしても、二つの詞に宮調の違いがあることを自分では分かっているとはいえ、字句が同一の「湘月」と「念奴嬌」とを一つずつ作詞して、しかも読者にその宮調の違いを分からせるということなど、不可能なのだ。しかし字句の句法から言えば「湘月」は「念奴嬌」であり「消息」は「永遇楽」である。音律から言えば「湘月」は「念奴嬌」ではなく「消息」は「永遇楽」ではない。万氏は「念奴嬌」の下に「百字令」「酹江月《らいこうげつ》」「大江東去」という異名を注記しているが、[22]「湘月」もその中に入っていて、「湘月」もまた「念奴嬌」の別名の一つであるかのようだ。また「永遇楽」には「一名消息」と注記している。[23] こうした注記は確かに配慮を欠くものである。

「自過腔」は曲の創作ではない以上、それは「自度曲」とは異なる。しかし姜白石は「湘月」を詞集巻六の「自製曲」に入れており、宋人が「自過腔」を「自度曲」と見ていたことが分かる。

注

① 『漢書』巻九「元帝紀」、「賛」。
② 『漢書』巻九「元帝紀」、「賛」。
③ 「度」の音について底本では、応劭と師古は「大谷の反」で読み、それは現代中国語の「鐸」の字の発音（= duo）に当たる（故読此「度」字為「大谷反」、即今「鐸」字音）、臣瓚と李善は「わたる」の意味だとしており、その読みは現代中国語の「杜」の字の発音（= du）に当たる（於是可知他們把「度」字読作「杜」字音）という言い方をしている。ここでは中国語の発音を示すための「鐸」と「杜」を用いず、日本語の音読みを用いて訳した。
④ 『古文苑』巻二にあり。但し『古文苑』は「度曲口羊腸」に作る。
⑤ 『彊村叢書』第四冊所収本、張奕枢刊本ともに巻五「自度曲」・巻六「自製曲」とする。
⑥ 陸鍾輝刊本は、ここで言う「旧本」の巻五と巻六を併せて、巻四としている。夏承燾『姜白石詞編年箋校』によると、陸本の巻四は「自製曲」となっている。なお『白石道人歌曲』の版本については、村上哲見著『宋詞研究―南宋篇』第三章「姜白石詞論」第二節「その生涯と著述」を参照。

⑦『楽章集』は不分巻、「正宮」から始まり「中呂調」まで、宮調ごとに分けて詞を収録する。但し同じ宮調が複数箇所にまたがって配置されている場合もある。
⑧『全宋詞』第四冊二九〇〇頁に見える。
⑨『全金元詞』下冊一〇一九頁に見える。
⑩『全宋詞』第一冊八二頁に見える。
⑪「勧金船」、『全宋詞』第一冊二八二頁に見える。
⑫『全宋詞』第一冊三〇六頁に詞は見える。小序とされる一文は宋・傅幹注『注坡詞』巻十二で詞牌の下に記された傅幹の注である。引用の文は「名」の末一字を欠く。文中の「老人」は蘇軾を指す。
⑬宋・黄昇『中興以来絶妙詞選』巻十。馮偉寿は六首の詞を収録され、そのうち三首には宮調が記されている。
⑭宋・晁補之、字は无咎。『全宋詞』第一冊五五五頁に見える。
⑮「湘月」「念奴嬌」いずれも、前段十三・十三・十三・十、後段十五・十三・十三・十で、句法は同じ。
⑯「消息」は前段十二・十二・十四・十三、後段十四、十四、十四、十一。「永遇楽」は前段十二・十三・十四・十三、後段十四、十三、十四、十一。前後段の第二韻目の字数がやや異なるだけで、両者の句法はほぼ同じ。こうしたわずかな字数の相違は、同じ旋律上の歌詞配置の違いから起こり得る現象だと考えられよう。
⑰「徇」は「したがう」。この「不巧徇」は、「湘月」という詞牌名にわざわざこだわらなかったことを言う。
⑱『詞律』巻十六、「念奴嬌」の注。
⑲『詞律』巻十八。

⑳　姜夔「湘月」（『全宋詞』第三冊二一八四頁）の自序に「これは『念奴嬌』の隔指声である。双調で吹く（即念奴嬌之隔指声也。于双調中吹之）」とあることについて、清の方成培は『香研居詞麈』巻二「論隔指声」において次のように解説する。「考えるに、『念奴嬌』は元々大石調つまり太簇商であり、双調は仲呂商である。住字たる律は異なっているがいずれも商調式であるので、過腔することができる。太簇均は四の音を主音に用いる均であり、仲呂均は上の音を主音に用いる均である。簫管では上の音と四の音の間は指孔一個を隔てており、一方笛では四の音と上の音とは指孔が二つ隣り合っていて、指の間隔分だけ離れている。大石調と双調というこの二つの調の畢曲（住字、すなわち商声）も、一の音と尺の音を用いることになり、これも指の間隔だけ離れている。故に隔指声と言うのである。（蓋念奴嬌本大石調、即太簇商、双調為仲呂商。律雖異而同是商音、故其腔可過。太簇当用四字住、仲呂当用上字住。簫管上四字中間只鬲一孔、笛四上両孔相聯、只在隔指之間。又此調畢曲、当用一字尺字、亦隔指之間、故曰隔指声也）」。この説に従うならば、姜夔は本来大石調＝太簇商である「念奴嬌」を、双調＝仲呂商に移調して「湘月」としたことになる。それぞれの畢曲（終わりの音＝主音）は「一」と「尺」（一～尺の音程は、ミ～ソの音程に相当）であり、笛の運指法では指一つ隔たっていることになる。

㉑　例えば『詞話叢編』第四冊三二四三頁において江順詒は次のように述べる。「考えるに、これは実は紅友（万樹）が宮調を理解していなかったゆえの誤りである。『湘月』と『念奴嬌』とは字句が同じであるとはいえ、すでに別の調に移っているので別の曲調である。『紅情』と『緑意』が目新しい詞牌名をつけただけなのとは異なるのである。後の人は隔指の理屈を知らなかったために『念奴嬌』で作詞し『湘月』では作詞しなかった、というだけなのである。よって『湘月』という曲調は削除してはならない（案、此実紅友不知宮調之誤也。蓋湘月与念奴嬌字句雖同、業已移宮換羽、別為一調。

非如紅情緑意、僅取牌名新異也。後人不知隔指之理、則塡念奴嬌、不塡湘月可耳。而湘月之調、則不可删)」

㉒『詞律』巻十六。

㉓『詞律』巻十八。「『永遇楽』又名消息」とある。

二十三、領字〔虚字、襯字〕

張炎の『詞源』①巻下に「虚字」②の条があり、次のようにある。

詞は、詩と異なる。詞の句には、二字、三字、四字から六字、七、八字に至るものがある。もし、実字ばかりを積み重ねれば、読んでも意味が通じず、まして歌妓に歌わせることなどできない。虚字で歌いかけるべきである＊。単字には「正」「但」「甚」「任」など、③二字には「莫是」「還有」「那堪」など、④三字には「更能消」「最無端」「又却是」など⑤がある。これらの虚字は、用いるのに最も適当な位置に置かなければならない。もし十分に虚字を使いこなすことができれば、句が自然に生き生きとし、必ず表現が滑らかになり、読めば退屈して中途で投げ出してしまうようなことはない。

詞与詩不同。詞之句語、有二字、三字、四字至六字、七八字者、若堆疊実字、読且不通、況付之雪児乎。合用虚字呼喚＊。単字如正、但、甚、任之類。両字如莫是、還有、那堪之類。三字如更能消、最無端、又却是之類。此等虚字却要用之得其所。若能善用虚字、句語自活、必不質実、観者無掩巻之誚。

沈義父の『楽府指迷』⑥にも詞の虚字を論じた条があり、次のようにある。

腔子《こうし》[7]には、多く句頭に虚字を使わなければならないことがあり、嗟の字、奈の字、況の字、更の字、料の字、想の字、正の字、甚の字など[8]は、用いて差し支えない。もし、一首の詞の中に二度も三度も虚字を使えば、それは良くなく、これを空頭字という。

腔子多有句上合用虚字、如嗟字、奈字、況字、更字、料字、想字、正字、甚字、用之不妨。如一詞中両三次用之、便不好、謂之空頭字。

以上、一字から三字の虚字は、多く文脈の変わる所に用い、前後の句の結び付きを解らせ、意味がどう変わるか、どう結び付いているかを表す働きをしている。明の沈雄の『古今詞話』では、この種の虚字を「襯字」と称しているが[9]、万樹は『詞律』の中で、それに反駁している。万樹は、詞は曲と違い[10]、曲には襯字があるが詞には無い、と考えていた[11]。私が思うに、沈雄が詞の中の虚字を襯字と見なしているのは、妥当さをはなはだ欠く。南曲・北曲[12]の中では、襯字が必ずしも全て虚字ではなく、時には実字も襯字になりうる[13]。つまり、詞の中の虚字は、襯字と称すべきではない。

清代の人の、詞を論じた著作の中では、この種の虚字を「領字」と称している。というのは、その字がその後に続く文を導くために用いられているからである。例えば、「正」「甚」などの類である。『宋四家詞選』では、「句を導く一字（領句単字）」と称しているが[14]、これこそが「領字」の意味を説明している。「領字」の働きは、一字の「単字」の用法において最もはっきりしている。というのは、単字はある一つの概念をなさず、その働きは、単にそれに続く文を導くだけであるが、二字、三字になると、それ自体で既に一つの意味概念を持っており、これらの語を使うと、時として句の一部分と見なしうるからである。

これらは、領字でないだけでなく、虚字ともいえない場合もありうる。

宋の人の言う虚字は、全て句頭に用いられている。ところが、近頃の人で、次のように言う者がいる。

虚字の用法は、三つに分けられる。句頭に用いるもの、句中に用いるもの、句末に用いるもの、である。句末に用いるものは、多くが押韻の箇所で、いわゆる虚字協韻というのがこれである。これは、詞では、あっても無くてもいい。句頭あるいは句中に用いるものは、襯字に始まり、句首に用いて句を導き、句中に用いて前後を呼応させる。これは、詞の構造上、非常に重要で、これが無ければ、文として成立しない。

虚字用法、可分三種。或用於句首、或用於句中、或用於句尾。用於句尾者、多在協韻処、所謂虚字協韻是也。此在詞中、可有可無。用於句首或句中者、其始起於襯字、在句首用以領句、在句中用以呼応、於詞之章法、関係至巨、無之則不能成文者也。〔蔡嵩雲『楽府指迷箋釈』⑮〕

私が思うに、句末に虚字を用いるのは、少数の詞人の偶然の現象である。辛稼軒（辛棄疾）は、「虚字協韻」を好んで用いた。例えば、「六州歌頭（晨来問疾）」の末尾に、

庶有瘳乎　　瘳《い》ゆる有るに庶《ちか》きか

とあり、⑯「賀新郎（濮上看垂釣）」後関に、

畢竟塵汚人了　　畢竟 塵もて人を汚《けが》し了《お》われり

とあり、⑰「卜算子」六首はみな末尾に、

烏有先生也　　烏有先生なり

捨我其誰也　　　我を捨《お》きて其れ誰ぞや

のように「也」の字を用いている。[18] この種の虚字は、既に詞句の一部になっており、実字の働きをし、決して宋人の言う虚字ではない。沈祥龍の『約斎詞話』では、姜白石（姜夔）の詞の、

庾郎先自吟愁賦　　庾郎 先ず自ら愁いの賦を吟じ

凄凄更聞私語　　凄凄として 更に私語を聞く

の句の「先自」と「更聞」を句中の虚字と見なしているが、[19] これは明らかに間違えている。要するに、宋人の言う虚字は、全てが句を導く働きをするものであり、それゆえ、それらは必ず句頭にある。清人が「領字」と言っているのは、その意味を一層はっきりとさせたのである。

領字はただ慢詞[20]に用い、引や近[21]にはほとんど見られない。[22] 単字が句を導く形は、二字・三字が句を導くよりも多く用いられる。だから作詞を習う者や詞学を研究する者は、特に単字の領字に注意を払わなければならない。単字の領字には、一句・二句・三句を導くものから、最多では四句までも導けるものまである。今ここで、それぞれの例を以下に挙げてみる。

向抱影凝情処（影を抱きて情を凝らす処に向《あ》り）〔周邦彦「法曲献仙音[23]」〕

想繍閣深沈（想う 繍閣の深沈たるを）〔柳永「傾杯楽[24]」〕

但暗憶江南江北（但だ暗《ひそ》かに憶う江南江北）〔姜夔「疏影[25]」〕

縦芭蕉不雨也颼颼（縦《ゆる》す 芭蕉 雨ふらざるも也《ま》た颼颼《しゅうしゅう》たるを）〔呉文英「唐多令[26]」〕

以上、一字が一句を導くもの。

探|風前津鼓、樹抄旌旗（探る風前の津鼓《しんこ》、樹抄の旌旗《せいき》）〔周邦彦「夜飛鵲㉗」〕
嘆|年来蹤迹、何事苦淹留（嘆ずらく年来の蹤迹《しょうせき》、何事ぞ苦《はなは》だ淹留《えんりゅう》する）〔柳永「八声甘州㉘」〕
正|思婦無眠、起尋機抒（正に思婦眠る無く、起《た》ちて機抒《きちょ》を尋ぬ）〔姜夔「斉天楽㉙」〕
奈|雲和再鼓、曲終人遠（奈《いか》んせん雲和再び鼓し、曲終わり人遠きを）〔賀鋳「望湘人㉚」〕

以上、一字が二句を導くもの。

漸|霜風凄緊、関河冷落、残照当楼
（漸《ようや》く霜風は凄緊に、関河は冷落として、残照楼に当たる）〔柳永「八声甘州㉛」〕
算|只有殷勤、画檐蛛網、尽日惹飛絮
（算《おも》うに只だ殷勤なる、画檐《がえん》の蛛網の、尽日飛絮を惹くのみ有り）〔辛棄疾「摸魚児㉜」〕
奈|華岳焼丹、青渓看鶴、尚負初心
（奈《いか》んせん華岳に丹を焼き、青渓に鶴を看るも、尚お初心に負《そむ》くを）〔陸游「木蘭花慢㉝」〕
悵|水去雲回、佳期杳渺、遠夢参差
（悵《いた》む水去り雲回り、佳期杳渺《ようびょう》として、遠夢参差《しんし》たるを）〔張翥「木蘭花慢㉞」〕

以上、一字が三句を導くもの。

漸月華収練、晨霜耿耿、雲山摛錦、朝露溥溥
（漸《ようや》く月華 練《ねりぎぬ》を収め、晨霜 耿耿《こうこう》として、雲山 錦を摛《の》べ、朝露 溥溥《たんたん》たり）〔蘇軾「沁園春《しんえんしゅん》[35]」〕
望一川冥靄、雁声哀怨、半規涼月、人影参差
（望む 一川の冥靄《めいあい》、雁声 哀怨し、半規の涼月、人影の参差たるを）〔周邦彦「風流子[36]」〕
想驄馬鈿車、俊遊何在、雪梅蛾柳、旧夢難招
（想う 驄馬《そうば》 鈿車《でんしゃ》、俊遊 何《いず》くに在り、雪梅蛾柳、旧夢 招き難きを）〔張翥「風流子[37]」〕
正驚湍直下、跳珠倒濺、小橋横截、新月初籠
（正に驚湍《きょうたん》 直ちに下り、跳珠 倒に濺《そそ》ぎ、小橋 横ざまに截《た》ち、新月 初めて籠《こ》む）〔辛棄疾「沁園春[38]」〕

以上、一字が四句を導くもの。

一字が二句を導く句法は、詞の中で最も多い。もし、この二句が共に四字句であれば、対句を用いるのが最もよい。一字が三句を導く句法では、三句の中の二句が対句である形が最もよい。例えば、柳永の「八声甘州」のような三つの対偶句は、情調が一層いいように見える。一字が四句を導く場合[39]、この四句は必ず二つの対句あるいは四つの対偶句でなければならない。しかし、この種の句法は、詞の中では多くはなく、普通、詞人はみな「沁園春」と「風流子」の二調だけに用いる。

＊「合用」は「応当用（用いるべきだ）」ということで、この「合」の字は唐宋の人の用法で、「合併（合わせる）」と解釈するものではない。

注

① 『詞源』巻下（『詞話叢編』第一冊二五九頁）所載。

② 「虚字」は、語法的機能を持っているものの、実義は無く、単独では文にならない語。現代中国語では、一般に副詞、前置詞、接続詞、助詞、感動詞、擬声語を指すが、古典文法では、これと異なる。必ずしも定説があるわけではないが、青木正児「虚字考」（『中国文学報』第四冊、一九五六、『青木正児全集』第七巻再収）では、虚字実字の説は宋代の詩論から始まるとし、南宋の筆記『対床夜語』『詩人玉屑』に拠って、実体の備わっている名詞と数詞を「実字」とし、作用を表す動詞、意義を補助する形容詞、副詞、前置詞、接続詞などを「虚字」としている。なお、同論文では、『詞源』「虚字」の条を引用し、「正」「但」「甚」「任」を副詞、「莫是」「還有」「那堪」を助動詞、「更能消」「最無端」「又却是」を接続詞と見なしている。

③ 「正」は、ちょうど、の意。「但」は、ただ、の意。「甚」は、はなはだ、これ、まさに、の意。「任」は、まかす、そのままにしておく、の意。

④ 「莫是」は、～ではなかろうか、～にちがいない、の意。「還有」は、さらに～がある、くわえて～だ、の意。「那堪」は、どうして耐えられよう、ましてや、の意。なお「還有」は、『詞源』諸テキスト全て「還又」に作る。施氏が拠っ

たテキストは不明。

⑤「更能消」は、これ以上耐えられようか、の意。「最無端」は、なんと思いかけず、の意。「又却是」は、また意外にも、の意。

⑥施氏が引用しているのは、『楽府指迷』第十九条「句上虚字」の初めから三分の二までの部分。『詞話叢編』第一冊二八一・二八二頁所載。中田勇次郎『読詞叢考』六五一頁所収。

⑦「腔子」は、音楽の調子、節、抑揚、の意であるが、ここでは、音楽の抑揚に合わせて詞を付けることをいうのであろう。

⑧「嗟」は、ああ、嘆く、の意。「奈」は、どうしようか、の意。「況」は、まして～はなおさらである、の意。「更」は、さらに、の意。「料」は、～と思う、予測する、の意。「想」は、～と思う、の意。なお、「正」「甚」の字については、注③参照。

⑨『古今詞話』「詞品」上巻では「襯字」の項目を立て、その冒頭に「張炎曰く」という書き出しで『詞源』「虚字」の条を少々要約した形で引いている（『詞話叢編』第一冊八四一頁）。なお、施氏は沈雄を明人とするが、『詞話叢編』では清人とする。「襯字」は、詞や曲で定型以外に加えた字のこと。韻律には乗らないが、意味を補足したり、興趣を添えたりする。

⑩「曲」は、ここでは、元の時代に流行した戯曲の北曲と、明で流行した戯曲の南曲をいう。

⑪『詞律』巻四「憶少年」曹組体の万樹注に「詞匯の注に、念の字は襯字である、削除することができる、とある。しかし、曲に襯字があることは聞くが、詞に襯字があることは未だ耳にしたことがない。一体、何に拠ったのだろうか（詞匯注、念字是襯。可刪。但聞曲有襯字、未聞詞有襯字。不知何拠也）」とある。また、清・杜文瀾『憩園詞話』巻一「論詞三十則」第二十四則に、『詞源』巻下「虚字」の条を部分的に引いた後、「呉江の沈偶僧の『古今詞話』はこれを引きながら、襯字という別の標題を付けている。万氏紅友はそれに対して更に、詞には襯字が無いと力説している（呉

江沈偶僧古今詞話引之、另標題為襯字。而萬氏紅友則又極論詞無襯字）」とある（『詞話叢編』第三冊二八六二頁）。

⑫ 明に流行した南宋の雑劇が元曲の影響を受けて発達したものを「南曲」といい、それに対して、元の時代、都である大都（今の北京）を中心に流行した元曲を「北曲」という。

⑬ 実字が襯字となっている用例として、王和卿の「仙呂・酔扶帰」の冒頭二句に「我嘴揾着他油鬏髻。他背靠着我胸皮（わたしは口をあの女《こ》の鬢づけ油のかもじに当てたまんま。あの女《こ》は背《せな》をわたしの胸にもたせたまま）」とあり、傍線を付けた字が襯字である。この中で、「我」「他」は人称代名詞であり、虚字ではない。田中謙二『楽府 散曲』一六五頁参照。

⑭ 『宋四家詞選』は清の周済の撰。『宋四家詞選』「目録序論」に「領句単字を、一首の作品中に数回用いる場合は、作品に変化を持たせ、自然で調和のとれたものにし、互いに侵し合わないようにすべきである（領句単字、一調数用、宜令変化渾成、勿相犯）」とある（『詞話叢編』第二冊一六四五頁所載）。

⑮ 蔡嵩雲『楽府指迷箋釈』「句上虚字」（七三頁）。注⑥も合わせて参照。

⑯ 『全宋詞』第三冊一九〇九頁所載。

⑰ 『全宋詞』第三冊一九二九頁所載。

⑱ 施氏が引く末句が「烏有先生也」で終わる「卜算子」は、首句「夜雨酔瓜廬（夜雨 瓜廬に酔う）」、『全宋詞』第三冊一九四六頁所載。また「捨我其誰也」で終わる「卜算子」は、首句「千古李将軍」、『全宋詞』第三冊一九四六頁所載。なお、他の四首の「卜算子」も皆末句が「也」で終わる。『全宋詞』掲載順に仮にａｂｃｄを振り、以下に示す。

ａ 首句「一以我為牛（一に我を以て牛と為す）」、末句「全得于天也（全《すべ》てを天に得ればなり）」、『全宋詞』第三冊一九四六頁所載。

b 首句「珠玉作泥沙（珠玉を泥沙と作《な》す）」、末句「翁早帰来也（翁 早に帰り来たるや）」、『全宋詞』第三冊一九四六頁所載。

c 首句「百郡怯登車（百郡 車に登るを怯《おそ》る）」、末句「真得帰来也（真に帰り来たるを得るなり）」、『全宋詞』第三冊一九四六頁所載。

d 首句「万里籥浮雲（万里 浮雲を籥《お》う）」、末句「此地菟裘也（此の地 菟裘《ときゅう》なり）」、第三冊一九四七頁所載。

⑲ 沈祥龍『論詞随筆』「詞中虚字」に「句頭の虚字を重視するだけではなく、句中の虚字も注意すべきである。例えば、姜白石の詞の、『庾郎先自吟愁賦、凄凄更聞私語』の『先自・更聞』は、互いに呼応している。その他の詞も、同様だと類推できる（不特句首虚字宜講、句中虚字亦当留意、如白石詞云、庾郎先自吟愁賦、凄凄更聞私語、先自、更聞、互相呼応、余可類推）」とある（『詞話叢編』第五冊四〇五二頁）。

⑳ 「慢詞」は、字句が長く長編で、歌い方が緩慢な詞。「慢」は、曲調が緩やかな楽曲。詳しくは、「八、令・引・近・慢」を参照。

㉑ 「引」と「近」は、字数の長くも短くもない中編の詞。因みに短編の詞は「令」という。詳しくは、「八、令・引・近・慢」を参照。

㉒ 北宋・林逋の「点絳唇（金谷年年）」に「又是離歌、一闋長亭暮（又た是れ離歌、一闋 長亭の暮れ）」（『全宋詞』第一冊七頁）とあり、また、北宋・陳亜の「生査子（朝廷数擢賢）」に「自是鬱陶人、険難無移処（自《おのずか》ら是れ鬱陶の人、険難 移る処 無し）」（同前八頁）とある。施氏は「領字はただ慢詞に用い、引や近にはほとんど見られない」と言っているが、『全宋詞』を見ると、「慢詞」以外の詞にも領字が使われている例は、比較的容易に見付けられる。

㉓『全宋詞』第二冊六〇二頁所載。

㉔『全宋詞』第一冊五一頁所載。首句「鶩落霜洲」。なお『全宋詞』は詞牌を「傾杯」とする。

㉕『全宋詞』第三冊二一八二頁所載。

㉖『全宋詞』第四冊二九三九頁所載。なお、本句の訓読、「縦」を施氏は「芭蕉不雨也颼颼」まで導く「領字」の例に挙げているので「ゆるす」と訓じたが、「縦」を「也」と呼応して「縦《たと》い芭蕉は雨ふらざるも也た颼颼たり」と読むのが一般的である。村上哲見『宋詞の世界』一七二頁参照。

㉗『全宋詞』第二冊六一七頁所載。なお『全宋詞』では「旌旗」を「参旗」に作る。

㉘『全宋詞』第一冊四三頁所載。

㉙『全宋詞』第三冊二一七六頁所載。

㉚『全宋詞』第一冊五四一頁所載。

㉛『全宋詞』第一冊四三頁所載。なお『全宋詞』では「凄緊」を「凄惨」に作る。

㉜『全宋詞』第三冊一八六七頁所載。首句「更能消」。

㉝『全宋詞』第三冊一五九一頁所載。

㉞『全金元詞』下冊一〇〇九頁所載。

㉟『全宋詞』第一冊二八二頁所載。

㊱『全宋詞』第二冊六〇四頁所載。首句「楓林凋晩葉」。

㊲『全金元詞』下冊一〇〇三頁所載。首句「荷雨送涼飆」。

㊳『全宋詞』第二冊六〇四頁所載。なお『全宋詞』では「新月初籠」を「欽月初弓」に作る。

㊴訳文「一字が四句を導く場合」の底本原文は「一句領四句的」。これを訳せば「一句が四句を導く場合」になるが、これでは意味が通じない。ここでは、「一句」を「一字」の誤植と見なし「一字が…」という訳にした。

二十四、詞題・詞序

宋の黄玉林（黄昇）はこう述べている。「唐詞は題に基づいて作られることが多かった。『臨江仙』は仙人について、『女冠子』は世俗を離れた趣について述べ、また『河瀆神《かとくしん》』では祠廟に関する内容が詠まれており、大抵の場合もとの題の意味は失われていない。しかしその後徐々に変化していき、ついには詠われる内容は題からかけ離れてしまった（唐詞多縁題所賦、臨江仙則言仙事、女冠子則述道情、河瀆神則詠祠廟、大概不失本題之意。爾後漸変、去題遠矣〔『唐宋諸賢絶妙詞選』に見える[1]〕）」。明の楊升庵（楊慎）もこれに追随し、初期の詞においては詞意と詞題に一致が見られたが、そののち次第に乖離していったと述べている[2]。

この観点には間違いが二つある。第一に、詞調名は詞題に等しいという点である。第二に、まず詞題があり、そののち詞意が発生したという点だが、これでは本末転倒である。例えば「河瀆神」は、最初の作者が河神を祀る為に作詞し、楽師がその歌詞に楽曲をつけた結果、この曲調名は「河瀆神」となった。第一段階では、まず歌詞があり、その後に調名がつけられたということが分かる。第二段階では、およそ河神を祀る際には常にこの「河瀆神」の曲を用いるようになり、文人はこの曲の節に合わせて歌詞を作るようになった。その為、当時は調名と詞意に一致が見られたのだ。のちに「河瀆神」という曲が普及し、河神を祀る際に限らずこの曲が歌われるようになった。そこで文人はまた別の叙情や意境を用いて詞を作った。これ以降、調名と詞意に関係が見られなくなった。黄・楊の二氏は詞調名を詞題と称しているが、これは詞の発展上の第一、第二段階における情況であり、第三段階になると、詞調名は詞題ではなくなるのである。温飛卿（温庭筠）には「河瀆神」三首、③「女冠子」二首④があるが、それぞれ河神を祀る詞、女道士を詠う詞である。この二つの調名は、同時に詞題でもあるといえよう。しかし他の「菩薩蛮」⑤「酒泉子」⑥「河伝」⑦など多数の詞は、詞意と調名に全く関係がないから、調名が詞題であるとは見なせない。唐五代詞を概観してみると、調名と詞意に関わりのないものが多く、黄玉林の「唐詞は題に基づいて作られることが多かった（唐詞多縁題所賦）」と述べる、その「多い」という言葉は事実と合致しないと言わざるを得ない。

唐五代から北宋初期までの詞は全て小令であった。それらは度々、酒楼・妓館で用いられ、酒席に興を添えた歌詞であった。詞の内容は閨怨と別離、あるいは四季の景物の域を出ず、語句は簡潔明瞭で、詞意は一目瞭然であったから、題を更に加える必要がなかった。その後、詞の役割が拡大し、文人学士が心情を抒べる一種の新しい文学形式になると、詞の内容・意境・題材はどれも複雑化した。詞の語句を見ただけではなぜ作られたのか理解できないこともあった。そこで作者には題を加える必要が生じたが、これは恐らく蘇東坡（蘇軾）に始まる。⑧例として東坡の「更漏子」の詞調名の下に「孫巨源を送る（送孫巨源）」の四字が付けられ、また「望江南」一首には「超然台にて作る（超然台作）」の四字がある。⑨それらはみな詞の創作動機と内容を説明する為のものだが、これが即ち詞題である。詞題が付けられたということは、詞の内容と調名とが無関係になったことを意味している。但し、曹勛《そうくん》『松隠楽府』中の幾首かは調名が「月上海棠」「隔簾花」「二色蓮」「夾竹桃」「雁侵雲慢」となっており、内容もそれらの草花を詠んだものである。⑩このように、調名が即ち詞題でもあれば、本来題を加える必要はない。しかし当時の習慣では、調名はすでに詞題ではなくなっていた為、作者は更に「詠題」という題を加え、「月上海棠」等は曲名であると同時に詞題でもあることを説明しなければならなかった。とはいえ、これらの詞は作者の自製曲であり、やはり先に詞があり、後に曲が作られたのだから「題に基づいて詞を作った（縁題作詞）」わけではない。ただ陳允平に「垂楊」の詞調を用いてしだれ柳を賦した詞が一首ある。しかし更に「本意」という題を加えざるを得なかったのである。⑪

王国維『人間《じんかん》詞話』には詞題に言及した一条がある。⑫

詩経の三百篇や古詩十九首、また五代、北宋の詞にはみな題がなかった。詩詞の内容は題によって表し尽くすことなどできない。『花庵詞選』『草堂詩余』からすべての調に題を立てることが始まり、題のない古人の詞にさえ加えるようになった。すばらしい山水画を目にして、これは某山某河だ、などと言うことがあってよいだろうか。詩は題を立てるようになって滅び、詞も題を立てるようになって亡びたのである。

詩之三百篇、十九首、詞之五代、北宋、皆無題也。詩詞中之意、不能以題尽之也。自花庵、草堂毎調立題、幷古人無題之詞、亦為之作題。如観一幅佳山水、而即曰此某山某河、可乎。詩有題而詩亡、詞有題而詞亡。

王氏は詩詞に題を加えることに反対しているが、これは文学の発展における必然的法則に反している。『詩経』三百篇は第一句を題としており、題がないとはいえない。「古詩十九首」は初期の五言詩であるが、ちょうど唐五代の詞と同じく、読者は容易にその内容を理解できたため題がない。たださすがに不便であった為、陸機が擬作した際、やはり、各首の第一句をもって題としたのである。魏晋以後、詩にはみな題が現れるようになったが、それは詩の主旨を説明したものにすぎず、そもそも詩意を完全に概括する必要などない。王氏が「詩は題を立てるようになって滅び、詞も題を立てるようになって亡びた」とまで述べているのは「危言聳聴《きげんしょうちょう》（いかがわしいことを言って人を驚かせる）」といえよう。まさか杜甫の詩は題が付いていているから詩とはみなせないとでもいうのだろうか。

とはいえ、王国維のこの言葉は多分に『草堂詩余』に対して向けられたものであろう。明人は宋本の『草堂詩余』を改編し、本来は題のなかった小令に全て「春景」「秋景」「閨情」「閨意」のような題を加えた⑬。明人が自ら詞を作る際にも、この種の空虚で無用な詞題を好んで用いた。これは明代の文人における卑俗な作風であり、当然手本とするに足りない。

「詞序」とは実のところ詞題である。簡潔で文を成さないものは詞題と呼ぶが、もしも比較的長い文章で作詞の理由を述べ、またそれが些《いささ》か詞意を説明したものであれば、それを詞序と呼ぶ。蘇東坡の「満江紅（憂喜相尋）」「洞仙歌（冰肌玉骨）」「無愁可解」「哨遍《しょうへん》（為米折腰）⑭」等の詞は、全て調名の後に詞話と似た五十〜六十字の叙述がある。これらを題と見なすことは不可能である。

姜白石（姜夔）は最も詞序の付け方がうまく、「慶宮春」「念奴嬌（鬧紅一舸）」「満江紅」「角招[15]」等の詞序はさながら一篇の小品文のようである。詞序を詞と合わせて読むことは、ちょうど陶淵明の「桃花源」詩及び序文の関係と似ている。序と詩詞は互いに補い合いその価値を高めている。しかし、詞序を評価しない者もいる。周済『論詞雑著』は「白石の小序は大変すばらしいが、詞との重複があることが難点だ。もしそれが制作理由を述べ、詞意との重複がなければ、両者共によいものとなるであろうに（白石小序甚可観、苦与詞複。若序其縁起、不犯詞意、斯為両美已[16]）」また「白石は好んで小序をつけるが、序は詞のようで、また詞も序のようであり、何度も読むと蠟を噛んでいるかのようだ。詞序は詞の制作理由を述べるものであって、それは詞の内容に含まれないものである。最近の者は戯曲の脚本について述べる際、曲とせりふが互いを生み出しつつも重複を許さないことを知りながら、白石の詞序にだけ味わいを感じているが、実におかしなことだ（白石好為小序、序即是詞、詞仍是序、反復再観、味同嚼蠟矣。詞序作詞縁起、以此意詞中未備也。今人論院本、尚知曲白相生、不許複沓、而独津津於白石詞序、一何可笑[17]）」と述べている。

周氏は白石の詞序が「大変すばらしい」ものであることを知りつつも、他人が「白石の詞序にだけ味わいを感じる」ことを笑っているが、これらは矛盾した観念ではない。白石の詞序は単独で見れば一篇の良い文章だが、詞と合わせて読むと、詞意と序の内容が重複すると周氏は言う。この意見は確かに誤りではないが、姜白石の詞序は詞の内容を損なってはいないので、彼の詞序に適用することはできない。周氏の「曲とせりふが互いを生み出す」という比喩などはかえってふさわしくない。戯曲の脚本では、せりふ（道白）とうた（唱詞）が重複しない。なぜならせりふとうたが相互に連接することで劇の情趣が発展しているからだ。もしうたの内容がせりふと同じであったなら、観衆や聴衆は当然その重複を嫌うだろう。詞序は決してせりふと同じものではない。詞の歌い手は詞序を歌うわけではないのだ。詞序は書面上の文学であり、詞こそが演唱文学なのである。よって詞序と詞の関係は、せりふとうたの関係と同等ではない。詞の内容が詞序と重複していたとしても、実際のところ問題はないのである。

注

① 『唐宋諸賢絶妙詞選』巻一、李珣「巫山一段雲」に見える。なお中華書局本は底本と句読が異なり、「唐詞多縁題、所賦臨江仙則言仙事」とする。

② 楊慎『詞品』巻一「酔公子」（『詞話叢編』第一冊四三二頁）の「唐の詞は多くは題にあわせて詠じる。『臨江仙』ならば水仙を言い、『女冠子』ならば世俗を脱した境地を述べ、『河瀆神』ならば祠廟を詠じ、『巫山一段雲』ならば巫峡を述べる。この詞の題のように『酔公子』ならば、若君が酔ったことを詠じるのである。そののちだんだんと変わって、題とは遠ざかったのだ。（唐詞多縁題所賦、臨江仙則言水仙、女冠子則述道情、河瀆神則詠祠廟、巫山一段雲則状巫峡。如此詞題曰酔公子、即詠公子酔也。爾後漸変、与題遠矣）」は黄昇の言を踏まえている。

③ 『全唐五代詞』正編巻一、一一七頁。

④ 『全唐五代詞』正編巻一、一一七頁。

⑤ 『全唐五代詞』正編巻一に十四首を収める（九九〜一〇四頁）。但し一二五頁の温庭筠の作と断定できない一首は含

めない。

⑥『全唐五代詞』正編巻一に四首を収める（一〇九～一一一頁）。

⑦『全唐五代詞』正編巻一、一二三～一二四頁。

⑧村上哲見氏は『宋詞研究―唐五代北宋篇』下篇第二章「張子野詞論」第三節「張子野詞の特徴 その一」において、詞題を記した早期の例として、仁宗期に活躍した張先を挙げ、神宗期では詞序が広く見られるようになったと述べる。また下篇第四章「蘇東坡詞論」第一節「張子野と蘇東坡」で、蘇軾が作詞を開始したのは、神宗の煕寧四年以後のことであり、杭州に赴任の後、その地に隠居していた張先との交遊に始まるとする。

⑨「更漏子」は『全宋詞』第一冊三〇九頁。「望江南」は『全宋詞』第一冊二九五頁に二首あるが、詞題はどちらも「暮春」に作る。

⑩曹勛は『全宋詞』第二冊一二〇六～一二三九頁に収録され、『彊村叢書』第三冊所収本巻二と同じく、「月上海棠」は「月上海棠慢」（一二一四頁）「夾竹桃」は「夾竹桃花」（一二一八頁）に作り、いずれも「詠題」の詞題を持つ。

⑪陳允平、字は君衡・衡仲、号は西麓、宋元間の人。『日湖漁唱』（『彊村叢書』第七冊）、『日湖漁唱補遺』（『粤雅堂叢書』第八集）では詞題を「本意」に作る。『全宋詞』第五冊三一一三頁には詞題が見えない。また『唐宋人選唐宋詞』所収『絶妙好詞』巻五では詞題を「懐古」に作る。

⑫『人間詞話』「詩詞無題」に見える（『詞話叢編』第五冊四二五二頁）。全文は「詩之三百篇、十九首、詞之五代、北宋、皆無題也。非無題也。詩詞中之意、不能以題盡之也。自花庵、草堂、毎調立題、幷古人無題之詞、亦為之作題。如觀一幅佳山水、而即曰、此某山某何、可乎。詩有題而詩亡、詞有題而詞亡。然中材之士、鮮能知此而自振拔者矣。」

⑬『草堂詩余』の版本には、「分類編次本」「分調編次本」の二系統がある。「春景」「秋景」「閨情」「閨意」などの子目別に配列された分類編次本は、明代になると詞の長短や詞牌別に配列された分調編次本へと姿を変え、以後は分調編次本が主流となった。分調本編纂の際に、詞題のない詞には多くの場合分類本の子目が詞題として付された。「九、大詞・小詞」注①を参照。

⑭『全宋詞』第一冊二八〇頁、二九七頁、三〇七頁。「無愁可解」は「存目詞」一覧にのみ見え（三三四頁）、注記に、『東坡詞』巻下所載、また「陳慥詞、見『山谷題跋』巻九」とある。

⑮『全宋詞』第三冊二一七五頁、二一七七頁、二一七六頁、二一八二頁。

⑯この一節は『介存斎論詞雑著』ではなく『宋四家詞選』目録序論にある（『詞話叢編』第二冊一六四四頁）。「詞意」は「詞境」に作る。

⑰周済『介存斎論詞雑著』「姜夔詞」に見える（『詞話叢編』第二冊一六三四頁）。「復」は「覆」に作る。「味同嚼蠟矣」は「如同嚼蠟矣」に作る。「詞序作詞縁起」は「詞序序作詞縁起（詞序は作詞の縁起を序す）」に作る。

二十五、南詞・南楽

詞は唐五代には曲子詞とよばれ、南宋になると簡単に詞と呼ばれた。北方では、金から元にかけて、北曲[1]が起こったが、これもまた曲子詞だった。そこで北方の人は詞を南詞と呼んで北詞〔曲〕と区別した。『宣和遺事』では南に渡った文人を南儒とよび、詞を南詞と呼んでいる。[2]欧陽玄に「『漁《ぎょ》家《か》傲《ごう》』南詞十二闋、燕京の風物を詠じる（漁家傲南詞十二闋詠燕京風物）[3]」があるが、これらはいずれも北方の人の言葉であって、南方の人はこのようには言わない。明代には李西涯（李東陽）が五代宋元詞二十三家をあつめて『南詞』[4]と題した（とされている）。明初の詞人馬浩瀾（馬浩）は『花影集』に自序を書いて、「私が南詞を作り始めたとき、さっぱり要領をえなかった（余始学為南詞、漫不知其要領）[5]」と言った。これは明代初期の人は元代北方の人の名称をそのまま用いただけで、その誤りに気づいていないのだ。

詞にはまた南楽という呼称もあり、やはり元の人の言葉である。王秋澗（王惲《おううん》）の「南郷子」の詞序に、「幹臣楽府南郷子南楽に和す（和幹臣楽府南郷子南楽）[6]」と言う。詞を南楽とすれば、北曲はすなわち北楽ということになる。

注

① 北曲は南曲に対する呼称。南曲が五音音階を用いるのに対して、七音音階を用い、飛躍の大きな音楽だった。北曲は「北詞」とも称され、明・都穆『南濠詩話』巻下に「近ごろの北詞は西廂記を第一とするが、ちまたでは関漢卿が作ったと伝えている（近時北詞以西廂記為首、俗伝作於関漢卿）」と言う。また、本文末尾にいう「北楽」の呼称は、明・王世貞『弇州四部稿』（『四庫全書』所収）巻一五二「説部」に「曲というものは詞が変じたのであり、金元代から中国にはいったが、曲が使用する北楽は騒がしくすさまじく緩急があって、詞は合わない……いわゆる宋詞元曲というのはうそではない（曲者詞之変、自金元入中国、所用北楽嘈雑凄緊緩急之間、詞不能按……所謂宋詞元曲殆不虚也）」とある。ただ、該当箇所を「胡楽」に作るテキストもある。

② 『大宋宣和遺事』の「南詞」の用例は検索できなかった。「南儒」については、政和六年三月に「後に南儒が詩一首を詠じて云った（後来南儒吟詩一首云）」、靖康元年十一月に「後に南儒が歴史を詩一首に詠じて云った（後南儒詠史有一詩云）」とある。

③ 元の欧陽玄、字は原功。「『漁家傲』南詞並序」の序に「私は欧陽脩公の李大尉の席上十二月漁家傲鼓子詞を作ったを読んで、……十二闋を作って、首都の二城に人物が多く、四季の行事の華やかであることを述べた（余読欧公李大尉席上作十二月漁家傲鼓子詞、……作十二闋、以道京師両城人物之富、四時節令之華）」（『全金元詞』下冊八六八頁）という。

④ 李西涯は李東陽のこと。西涯はその号。施蟄存氏の言う「（明）天順六年（一四六二）西涯主人序」は、実は清・汪森の『詞

綜』の序を『南詞』が剽窃したものである。施氏はこの擬託の序文を疑わなかったようだ。訳には「とされている」を補った。詳しくは村上哲見『宋詞研究―南宋篇』附録二「日本収蔵詞籍善本解題叢篇類」参照。

⑤　馬浩瀾は馬洪のこと。浩瀾はその字。『花影集』の詳細は不明。ただし自序は明・陳天定『古今小品』巻四「花影集序、馬浩瀾」や明・田汝成『西湖遊覧志余』巻十三などに引かれる。序は「私が南詞を作り始めたとき、さっぱりその要領をえなかった。たまたま吹剣録を読んでいるとその中に、東坡が翰林院にいたとき歌の上手な幕士がいるというので、私の詞と柳耆卿の詞はどうだと尋ねた。……東坡公の詞を求め、それを読んでは自分で作って、その小道を知ることができた。それでも四十年あまりでわずか百篇ができただけ、なんと難しいことか（予始学為南詞、漫不知其要領。偶閲吹剣録中載、東坡在玉堂曰有幕士善歌問曰、吾詞何如柳耆卿。……是求公詞、而読之下筆、略知蹊径。然四十余年僅得百篇、亦不可謂不難矣）」と始まる。蘇軾や柳永の名が見えるので、ここでの南詞が詞を指すことは確実である。

⑥　元の王惲、号は秋澗。「南郷子」七の序に「幹臣の楽府南郷子南楽に和韻する、思いを中間に述べ、両韻を変える、思うに幹臣の音と意を用いたためしである（和幹臣楽府南郷子南楽、言懐中間、更易両韻、蓋前人用音意之例也）」（『全金元詞』下冊六七六頁）とある。

附録

引用詞人詞学者小伝

各詞人詞学者の生平や生卒年等については、曾昭岷・曹済平・王兆鵬・劉尊明編『全唐五代詞』、唐圭璋編『全宋詞』『全金元詞』、饒宗頤・張璋編『全明詞』（中華書局、二〇〇四）、葉恭綽編『全清詞鈔』（中華書局、一九八二）、および馬興栄・呉熊和・曹済平主編『中国詞学大辞典』（浙江教育出版社、一九九六）などを参考にした。また各詞人詞学者の排列は、基本的に『全唐五代詞』『全宋詞』『全金元詞』『全明詞』『全清詞鈔』の排列順に従っている。

【唐】

◇李白　字は太白、号は青蓮居士、祖籍は隴西成紀（甘粛省秦安）。七〇一～七六二。李白の作とされる「菩薩蛮」「憶秦娥」二首は「百代の詞曲の祖」とされる。ほかに『尊前集』に十二首を収める。（『全唐五代詞』上冊七頁）

◇白居易　字は楽天、号は香山居士、酔吟先生。祖籍は太原（山西省）、後に下邽（陝西省渭南）に移る。七七二～八四六。民間の新声（新しいメロディ）に関心が高く、曲子詞は『尊前集』に二十六首を収め

る。（『全唐五代詞』上冊六五頁）

◇温庭筠　もと名は岐、後に名を庭筠、字は飛卿、太原祁（山西省祁県）の人。八一二～八七〇。欧陽炯「花間集序」に『金荃集』があると記されるも伝わらず。『花間集』に詞人の中では最も多い六十六首を収め、詞風は後世にも影響を与え、花間派の鼻祖とされる。（『全唐五代詞』上冊九七頁）

◇韋荘　字は端己、長安杜陵（陝西省西安市東南）の人。韋応物の四世の孫。八三六～九一〇。詞は『花間集』や『尊前集』に収める五十四首が、後に『浣渓詞』にまとめられた。（『全唐五代詞』上冊一四九頁）

◇韓偓　字は致光、致堯、号は玉山樵人、京兆万年（陝西省西安）の人。八四二？～九一四？。詞の専集はなく、王国維が十三首を『香奩詞』にまとめた。『尊前集』に二首を収める。（『全唐五代詞』上冊一七八頁）

【五代】

◇李存勗（荘宗）　後唐の初代皇帝（九二三～九二六年在位）、字は亜子、突厥系沙陀族の出身。八八五～九二六。『尊前集』に詞を四首収める。（『全唐五代詞』上冊四四三頁）

◇欧陽炯　炯は迥、迵、炳にも作る。益州華陽（四川省双流）の人。八九六～九七一。趙崇祚『花間集』に序を作り、詞を十七首収める。『尊前集』にも詞を三十一首収める。（『全唐五代詞』上冊四四七頁）

◇和凝　字は成績、鄆州須昌（山東省東平）の人。八九八～九五五。詞は『花間集』に二十首、『尊前集』に七首を収める。（『全唐五代詞』上冊四六七頁）

◇魏承班　許州（河南省許昌）の人。?～九二五。詞は『花間集』に十五首、『尊前集』に六首を収める。（『全唐五代詞』上冊四八一頁）

◇牛嶠　字は松卿、延峰。狄道（甘粛省臨洮）の人。唐・牛僧孺の孫、牛叢の子。八五〇?～九二〇?。『花間集』に詞を三十二首収める。（『全唐五代詞』上冊五〇二頁）

◇張泌　蜀で官舎人となり、張舎人と呼ばれる。生卒年不詳。詞は『花間集』に二十七首、『尊前集』に一首収める。（『全唐五代詞』上冊五一六頁）

◇毛文錫　字は平珪、高陽（河北省）の人。生卒年不詳。詞を『花間集』に三十一首、『尊前集』に一首収める。（『全唐五代詞』上冊五二八頁）

◇毛熙震　後蜀の秘書監だったことから、毛秘書と呼ばれる。生卒年不詳。『花間集』に詞を二十九首収める。（『全唐五代詞』上冊五八三頁）

◇馮延巳　一に名は延嗣、字は正中、広陵（江蘇省揚州）の人。九〇三～九六〇。『陽春集』がある。（『全唐五代詞』上冊六四七頁）

◇李璟（中主）　南唐の二代皇帝（九四三～九六一年在位）、字は伯玉、初め名は景通、徐州（江蘇省）の人。九一六～九六一。（『全唐五代詞』上冊七二二頁）

◇李煜（後主）　南唐の末代皇帝（九六一～九七五年在位）、字は重光、初め名は従嘉、徐州の人。九三七～九七八。南宋の時代に、父の李璟とあわせて『南唐二主詞』が編纂された。亡国を経験した後の作品がとくに評価が高く、王国維『人間詞話』では李煜に到って「伶工の詞から士大夫の詞になった」

とされる。(『全唐五代詞』上冊七三九頁)

【宋】

◇林逋　字は君復、諡は和靖先生、銭塘(浙江省杭州)の人。九六七〜一〇二八。詞は三首伝わる。(『全宋詞』第一冊七頁)

◇陳亜　字は亜之、維揚(江蘇省揚州)の人。生卒年不詳、咸平五年(一〇〇二)の進士。詞は四首伝わる。(『全宋詞』第一冊八頁)

◇柳永　字は耆卿、初め名は三変、崇安(福建省)の人。官は屯田員外郎に至り、柳屯田とも称される。九八七?〜一〇五五以後。景祐元年(一〇三四)の進士。音楽にすぐれ楽工や妓女との交流が多く、唐五代に主流だった小令(数十字の短篇)を慢詞(長篇)にアレンジした。『楽章集』三巻は宮調ごとに分類されている。(『全宋詞』第一冊一三頁)

◇張先　字は子野、烏程(浙江省湖州)の人。九九〇〜一〇七八。官僚文人の詞が発達した仁宗朝の代表的詞人の一人で、『張子野詞』二巻がある。(『全宋詞』第一冊五七頁)

◇晏殊　字は同叔、臨川(江西省撫州)の人。諡は元献。九九一〜一〇五五。仁宗朝に宰相も務めた。詩集『臨川集』等があるも伝わらず、『珠玉詞』が残る。(『全宋詞』第一冊八七頁)

◇葉清臣　字は道卿、烏程(浙江省湖州)の人。一〇〇三〜一〇四九。詞は二首が伝わる。(『全宋詞』第一冊一一九頁)

◇欧陽脩　字は永叔、号は酔翁、晩年は六一居士と号した。廬陵（江西省吉安）の人。諡は文忠。一〇〇七～一〇七二。『欧陽文忠公文集』百五十三巻のうち三巻が長短句で、単行された詞集に『六一詞』がある。また『酔翁琴趣外篇』六巻が伝わる。（『全宋詞』第一冊一二〇頁）

◇杜安世　字は寿域、京兆（陝西省西安）の人。生卒年不詳。『杜寿域詞』がある。（『全宋詞』第一冊一七二頁）

◇王安石　字は介甫、半山老人と号す。臨川（江西省撫州）の人。諡は文。一〇二一～一〇八六。新法党のリーダーとして、神宗朝において大胆な政治改革を行った。詩人、文章家としても高く評価されている。詞は『臨川先生文集』に収められるほか、『臨川先生歌曲』一巻がある。（『全宋詞』第一冊二〇四頁）

◇晏幾道　字は叔原、号は小山。晏殊の子。一〇三〇？～一一〇六？。父の晏殊とあわせて「二晏」と称される。『小山詞』がある。（『全宋詞』第一冊二二一頁）

◇王観　字は通叟、如皋（江蘇省）の人。生卒年不詳、嘉祐二年（一〇五七）の進士。『冠柳集』があるも伝わらず、いま輯本がある。（『全宋詞』第一冊二六〇頁）

◇蘇軾　字は子瞻、一に字は和仲、東坡居士と号す。眉州眉山（四川省）の人。蘇洵の長子。諡は文忠。一〇三六～一一〇一。杭州赴任時代に、当時杭州に隠棲していた張先らと交流するうちに詞作を始め、その表現の大きさで詞風を一変させた。『東坡楽府』三巻がある。（『全宋詞』第一冊二七七頁）

◇李之儀　字は端叔、号は姑渓居士、滄州無棣（山東省）の人。一〇四八～一一一七以後。『姑渓詞』がある。（『全宋詞』第一冊三三八頁）

◇王雱　字は元沢、王安石の子。一〇四四～一〇七六。詞は一首を伝える。（『全宋詞』第一冊三八三頁）

◇黄庭堅　字は魯直、号は山谷道人、涪翁、洪州分寧（江西省修水）の人。一〇四五～一一〇五。張耒、晁補之、秦観とともに蘇軾門下の「蘇門四学士」と称され、詞には『山谷琴趣外篇』三巻、『山谷詞』がある。（『全宋詞』第一冊三八五頁）

◇晁端礼　字は次膺、済州巨野（山東省）の人。一〇四六～一一一三。『閑斎琴趣外篇』（晁元礼と題す）六巻がある。（『全宋詞』第一冊四一八頁）

◇秦観　字は少游、一に字は太虚、揚州高郵（江蘇省）の人。一〇四九～一一〇〇。『淮海居士長短句』三巻がある。（『全宋詞』第一冊四五四頁）

◇李甲　字は景元、華亭（江蘇省松江）の人。生卒年不詳。詞は九首を伝える。（『全宋詞』第一冊四八九頁）

◇賀鋳　字は方回、号は慶湖遺老、衛州（河南省汲県）の人。一〇五二～一一二五。自ら『東山寓声楽府』三巻を編纂するも伝わらず。『東山詞』がある。（『全宋詞』第一冊五〇〇頁）

◇晁補之　字は无咎（無咎）、晩年は帰来子と号した。済州巨野（山東省）の人。一〇五三～一一一〇。『琴趣外篇』六巻がある。（『全宋詞』第一冊五五三頁）

◇陳師道　字は履常、無己、号は後山居士、彭城（江蘇省徐州）の人。一〇五三～一一〇一。『後山詩話』のほか、詞には『後山詞』がある。（『全宋詞』第一冊五八四頁）

◇張耒　字は文潜、号は柯山、蘇州淮陰（江蘇省）の人。一〇五四～一一一四。詞は趙万里が『柯山詩余』にまとめた。（『全宋詞』第一冊五九二頁）

◇周邦彦　字は美成、号は清真居士、銭塘（浙江省杭州）の人。一〇五六～一一二一。音律に詳しく、徽宗朝の音楽署（大晟府）長官になった。北宋詞の集大成者とも評され、南宋詞人の和詞も多い。詞集は南宋時代に『清真集』二巻（詞牌別）と『片玉集』十巻（テーマ別）が編纂された。（『全宋詞』第二冊五九五頁）

◇邵伯温　字は子文、洛陽（河南省）の人。一〇五七～一一三四。詞は一首が伝わる。（『全宋詞』第二冊六三六頁）

◇毛滂　字は沢民、衢州江山（浙江省）の人。一〇六〇～一一二四?。『東堂詞』がある。（『全宋詞』第二冊六六一頁）

◇劉燾　字は無言、長興（江蘇省）の人。生卒年不詳。元祐三年（一〇八八）の進士。詞は十一首を伝える。（『全宋詞』第二冊六九二頁）

◇沈蔚　字は会宗、呉興（浙江省湖州）の人。生卒年不詳。詞は二十二首が伝わる。（『全宋詞』第二冊七〇五頁）

◇王安中　字は履道、中山曲陽（山西省）の人。一〇七五～一一三四。『初寮詞』がある。（『全宋詞』第二冊七四五頁）

◇葉夢得　字は少蘊、烏程（江蘇省蘇州）の人。葉清臣の曾孫。一〇七七～一一四八。『石林詞』がある。（『全宋詞』第二冊七六四頁）

◇曹組　字は元寵、潁昌（河南省許昌）の人。生卒年不詳。詞は三十六首を伝える。（『全宋詞』第二冊

八〇一頁）

◇万俟詠　字は雅言、号は大梁詞隠。生卒年不詳。周邦彦が序を付した『大声集』五巻があるというも伝わらず。詞は二十九首を伝える。（『全宋詞』第二冊八〇七頁）

◇田為　字は不伐。生卒年不詳。詞は六首を伝える。（『全宋詞』第二冊八一三頁）

◇徐伸　字は幹臣、三衢（浙江省衢県）の人。生卒年不詳。『青山楽府』があるも伝わらず。詞は一首のみを伝える。（『全宋詞』第二冊八一四頁）

◇周紫芝　字は少隠、竹坡居士と号した。宣城（安徽省）の人。一〇八二〜一一五五。『竹坡詞』三巻、また『竹坡詩話』がある。（『全宋詞』第二冊八七〇頁）

◇趙佶（徽宗）　神宗の第十一子。一一〇一年から一一二五年まで在位。一〇八二〜一一三五。近人・曹元忠が『宋徽宗詞』をまとめた。（『全宋詞』第二冊八九六頁）

◇蘇小小　徽宗朝の銭塘（浙江省杭州）の名妓。生卒年不詳。（『全宋詞』第五冊三五九六頁）

◇廖世美　生卒年ほか不詳。（『全宋詞』第二冊九一五頁）

◇曾慥　字は端伯、至游子と号す。晋江（福建省）の人。生卒年不詳。『楽府雅詞』三巻を編纂した。（『全宋詞』第二冊九一八頁）

◇李清照　号は易安居士、済南（山東省）の人。李格非の娘、趙明誠の妻。一〇八四〜一一五五？。詞が評価されるだけでなく、「詞論」も著した。『漱玉集』があるも散逸。いま伝わるのは後人の輯本。（『全宋詞』第二冊九二五頁）

◇楊湜　字は曼倩。生卒年不詳。『古今詞話』があるも明以降に散逸。

◇洪皓　字は光弼、鄱陽（江西省波陽）の人。一〇八八～一一五五。『鄱陽詞』がある。（『全宋詞』第二冊一〇〇〇頁）

◇王灼　字は晦叔、号は頤堂、遂寧（四川省）の人。生卒年不詳。『碧鶏漫志』五巻に、当時の詞や詞人、音楽についての記述がある。また『頤堂詞』がある。（『全宋詞』第二冊一〇三三頁）

◇潘汾　字は元質、金華（浙江省）の人。生卒年不詳。詞は六首を伝える。（『全宋詞』第二冊一〇三八頁）

◇陳与義　字は去非、号は簡斎、洛陽（河南省）の人。一〇九〇～一一三八。『無住詞』がある。（『全宋詞』第二冊一〇六七頁）

◇胡仔　字は仲任、号は苕渓漁隠、徽州績渓（安徽省）の人。生卒年不詳。『苕渓漁隠叢話』百巻中に、詞に関する二巻（前集巻五十九、後集巻三十九「楽府」）を含む。詞は二首のみ伝わる。（『全宋詞』第二冊一〇七一頁）

◇呂渭老　字は聖求、名は一に濱老に作る。嘉興（浙江省）の人。生卒年不詳。『聖求詞』がある。（『全宋詞』第二冊一一一二頁）

◇董穎　字は仲達、号は霜傑、徳興（江西省）の人。生卒年不詳。詞は十二首を残す。（『全宋詞』第二冊一一六五頁）

◇楊无咎（無咎）　字は補之、号は逃禅老人、清江（江西省）の人。一〇九七～一一七一。『逃禅詞』がある。（『全宋詞』第二冊一一七七頁）

◇曹勛　字は公顕、功顕、号は松隠、陽翟（河南省禹県）の人。一〇九八～一一七四。『松隠楽府』三巻がある。（『全宋詞』第二冊一二〇六頁）
◇高登　字は彦先、漳州漳浦（福建省）の人。紹興二年（一一三二）の進士。？～一一四八。『東渓詞』がある。（『全宋詞』第二冊一二九三頁）
◇関注　字は子東、香岩居士と号す。銭塘（浙江省杭州）の人。生卒年不詳。紹興五年（一一三五）の進士。詞は三首を残す。葉夢得『石林詞』に序を作る。（『全宋詞』第二冊一二九五頁）
◇康与之　字は伯可、号は順庵、滑州（河南省滑県）の人。生卒年不詳。紹興十五年（一一四五）頃の人。『順庵楽府』五巻があるも伝わらず。趙万里の輯本がある。（『全宋詞』第二冊一三〇二頁）
◇曾覿　字は純甫、号は海野老農、汴（河南省開封）の人。一一〇九～一一八〇。『海野詞』がある。（『全宋詞』第二冊一三一〇頁）
◇王十朋　字は亀齢、号は梅渓、楽清（浙江省）の人。諡は文忠。一一一二～一一七一。『梅渓集』五十四巻があり、詞は近人・周永先が『梅渓詩余』にまとめた。（『全宋詞』第二冊一三五〇頁）
◇毛幵　字は平仲、号は樵隠居士、信安（浙江省常山）の人。生卒年不詳。『樵隠詩余』がある。（『全宋詞』第二冊一三六〇頁）
◇朱淑真　号は幽棲居士、銭塘（浙江省杭州）の人。生卒年不詳。『断腸詞』がある。（『全宋詞』第二冊一四〇四頁）
◇趙彦端　字は徳荘、魏王廷美の七世の孫、鄱陽（江西波陽）の人。一一二一～一一七五。『介庵詞』がある。

(『全宋詞』第三冊一四四〇頁)

◇向滈　字は豊之、号は楽斎、開封(河南省)の人。生卒年不詳。『楽斎詞』がある。(『全宋詞』第三冊一五一六頁)

◇陸游　字は務観、号は放翁、山陰(浙江省紹興)の人。一一二五～一二〇九。詞は『放翁詞』がある。(『全宋詞』第三冊一五七九頁)

◇周必大　字は子充、洪道、号は省斎居士、青原野夫、平園老叟。廬陵(江西省吉安)の人。諡は文忠。一一二六～一二〇四。『平園近体楽府』がある。(『全宋詞』第三冊一六〇七頁)

◇朱熹　字は元晦、仲晦、号は晦庵、晩年は晦翁、遯翁、滄州病叟、雲谷老人等と号した。徽州婺源(江西省)の人。諡は文。一一三〇～一二〇〇。詞は『晦庵詞』がある。(『全宋詞』第三冊一六七三頁)

◇張孝祥　字は安国、歴陽烏江(安徽省和県)の人。一一三二～一一六九。『于湖居士長短句』五巻がある。(『全宋詞』第三冊一六八六頁)

◇趙長卿　号は仙源居士。宗室で、南豊(江西省)の人。生卒年不詳。『仙源居士惜香楽府』九巻がある。(『全宋詞』第三冊一七六九頁)

◇林淳　字は太沖、三山(福建省福州)の人。生卒年不詳。隆興元年(一一六三)の進士。『定斎詩余』があるも散逸。(『全宋詞』第三冊一八三二頁)

◇廖行之　字は天民、衡州(湖南省衡陽)の人。一一三七～一一八九。『省斎詩余』がある。(『全宋詞』第三冊一八三四頁)

◇辛棄疾　初め字は坦夫、後に改めて字は幼安、号は稼軒、済南歴城（山東省）の人。謚は忠敏。一一四〇～一二〇七。靖康の変の後に金の領土内で生まれ、蜂起してのち南渡し、南宋社会に英雄として迎えられたが、不遇な隠棲生活も長かった。愛国詞人として評価が高い。豪快な詞風から、北宋の蘇軾と並び称される。『稼軒詞』四巻本と『稼軒長短句』十二巻本があり、約六百首の詞を伝える。（『全宋詞』第三冊一八六七頁）

◇程垓　字は正伯、眉山（四川省）の人。生卒年不詳。『書舟詞』（一に『書舟雅詞』）がある。（『全宋詞』第三冊一九九〇頁）

◇王称　字は季平、眉州（四川省眉山）の人。生卒年不詳。慶元年間（一一九五～一二〇〇）に吏部郎中となる。『東都事略』百三十巻がある。また程垓『書舟詞』に序を寄せる。

◇徐似道　字は淵子、囦子、号は竹隠、黄巖（浙江省）の人。生卒年不詳。乾道二年（一一六六）の進士。『竹隠集』があるも伝わらず。詞は四首を残す。（『全宋詞』第三冊二〇一四頁）

◇趙師俠　一に名は師使、字は介之、燕王徳昭七世の孫、新淦（江西省新干）の人。生卒年不詳。淳熙二年（一一七五）の進士。『坦菴長短句』がある。（『全宋詞』第三冊二〇七二頁）

◇陳亮　初め名は汝能、字は同甫、号は龍川、婺州永康(浙江省)の人。謚は文毅。一一四三～一一九四。『龍川詞』がある。（『全宋詞』第三冊二〇九七頁）

◇張鎡　字は功甫、号は約斎、西秦（陝西省）の人。一一五三～？。詩を陸游に学び、楊万里・辛棄疾・姜夔らと交流があった。『玉照堂詞』がある。（『全宋詞』第三冊二一二七頁）

◇劉過　字は改之、号は龍洲道人、吉州太和（江西省泰和）の人。一一五四～一二〇六。『龍洲詞』がある。（『全宋詞』第三冊二一四二頁）

◇姜夔　字は尭章、鄱陽（江西省波陽）の人。一一五五～一二二一?。音楽に詳しく、自度曲などに傍譜を残して、現在復元できる宋詞の貴重な資料となっている。『白石道人歌曲』六巻がある。（『全宋詞』第三冊二一七〇頁）

◇郭応祥　字は承禧、号は遯斎、臨江軍（江西省清江）の人。一一五八～?。『笑笑詞』がある。（『全宋詞』第四冊二二一六頁）

◇史達祖　字は邦卿、号は梅渓、汴（河南省開封）の人。生卒年不詳。『梅渓詞』がある。（『全宋詞』第四冊二三二五頁）

◇方千里　衢州三衢（浙江省）の人。生卒年不詳。『和清真詞』がある。（『全宋詞』第四冊二四八八頁）

◇蘇洞　字は召叟、山陰（浙江省紹興）の人。生卒年不詳。『泠然斎詩余』があるも、現存するのは二首のみ。（『全宋詞』第四冊二五一九頁）

◇黄機　字は幾仲、一に幾叔、東陽（浙江省）の人。生卒年不詳。『竹斎詩余』がある。（『全宋詞』第四冊二五二八頁）

◇張輯　字は宗瑞、号は東沢、鄱陽（江西省波陽）の人。生卒年不詳。詩を姜夔に学び、詞に『東沢綺語債』二巻がある。（『全宋詞』第四冊二五五一頁）

◇劉克荘　初め名は灼、字は潜夫、号は後村、莆田（福建省）の人。一一八七～一二六九。詞は『後村

長短句』五巻がある。(『全宋詞』第四冊二五九一頁)

◇趙以夫　用父、号は虚斎。鄆(山東省)の人、長楽(福建省)に居す。一一八九～一二五六。『虚斎楽府』がある。(『全宋詞』第四冊二六六〇頁)

◇宋自遜　字は謙父、号は壺山、金華(浙江省)の人。生卒年不詳。『漁樵笛譜』があるも伝わらず、趙万里の輯本がある。(『全宋詞』第四冊二六八八頁)

◇呉潜　字は毅夫、号は履斎、徳清(浙江省)の人。一一九六～一二六二。『履斎詩余』がある。(『全宋詞』第四冊二七二四頁)

◇呉文英　字は君特、号は夢窓、晩年は覚翁と号した。四明鄞県(浙江省寧波)の人。一二〇〇?～一二六〇?。やや難解な、職人的で巧みな詞を作ると評される。『夢窓甲乙丙丁稿』四巻がある。(『全宋詞』第四冊二八七三頁)

◇湯恢　字は充之、号は西村、眉山(四川省)の人。生卒年不詳。詞は八首を残す。(『全宋詞』第四冊二九七八頁)

◇黄昇　字は叔暘、号は玉林、花庵詞客。晋江(福建省)の人。生卒年不詳。『唐宋諸賢絶妙詞選』十巻、『中興以来絶妙詞選』十巻を編纂した。また『散花菴詞』がある。(『全宋詞』第四冊二九九二頁)

◇楊沢民　楽安(江西省)の人。一一八二～?。『和清真詞』がある。(『全宋詞』第四冊二九九九頁)

◇楊纘　字は継翁、号は守斎、紫霞翁、厳陵(浙江省桐廬)の人、銭塘(浙江省杭州)に居す。生卒年不詳。琴を善くし、張炎『詞源』に「作詞五要」を残す。詞は三首を伝える。(『全宋詞』第五冊三〇七五頁)

◇陳允平　字は君衡、衡仲、号は西麓、四明（浙江省寧波）の人。一二〇五？〜一二八〇？。『西麓継周集』『日湖漁唱』がある。（『全宋詞』第五冊三〇九七頁）

◇趙聞礼　字は立之、粋夫、号は釣月。臨濮（山東省鄄城）の人。生卒年不詳。『釣月集』があるも伝わらず。『陽春白雪』八巻外集一巻を編纂した。（『全宋詞』第五冊三一五九頁）

◇劉辰翁　字は会孟、号は須渓、廬陵（江西省吉安）の人。一二三二〜一二九七。『須渓詞』がある。（『全宋詞』第五冊三一八六頁）

◇周密　字は公謹、号は草窓、蘋洲、四水潜夫。祖先は済南（山東省）の人。曾祖父の周秘が南渡して、呉興（浙江省湖州）に住んだ。一二三二〜一二九八。元に仕えず、南宋時代の生活を『武林旧事』に著した。西湖で楊纘と詩社を作り、詞は『草窓詞』二巻、『蘋州漁笛譜』二巻がある。また『絶妙好詞』を編纂した。（『全宋詞』第五冊三二六四頁）

◇詹玉　字は可大、号は天游、古郢（湖北省）の人。生卒年不詳。『天游詞』がある。（『全宋詞』第五冊三三四八頁）

◇王沂孫　字は聖与、号は碧山、玉笥山人、会稽（浙江省紹興）の人。生卒年不詳。『花外集』（『碧山楽府』）がある。（『全宋詞』第五冊三三五二頁）

◇仇遠　字は仁近、仁父。山村民と号す。銭塘（浙江省杭州）の人。一二四七〜？。『無絃琴譜』二巻がある。張炎『山中白雲詞』に序を作った。（『全宋詞』第五冊三三九二頁）

◇張炎　字は叔夏、号は玉田、楽笑翁。張俊の六世の孫、曾祖父は張鎡、父は張枢で、家学として詞を学んだ。一二四八～一三一九以後。二十九歳の時に南宋が滅び、以後、元に使えず、詞の理論を『詞源』二巻にまとめた。『山中白雲詞』八巻がある。（『全宋詞』第五冊三四六三頁）

◇沈義父　字は伯時、号は時斎。生卒年不詳。『楽府指迷』がある。

【金】

◇呉激　字は彦高、建州（福建省建甌）の人。宋の宰相呉栻の子、米芾の女婿。金に使いして捕らえられる。？～一一四二。『東山集』があるも散逸。趙万里が『東山楽府』にまとめた。（『全金元詞』上冊四頁）

◇蔡松年　字は伯堅、号は蕭閑老人、真定（河北省正定県）の人。諡は文簡。一一〇七～一一五九。『蕭閑老人明秀集』六巻のうち三巻が伝わる。（『全金元詞』上冊六頁）

◇鄧千江　臨洮（甘粛省）の人。生卒年不詳。『中州楽府』に「望海潮」一首を残す。（『全金元詞』上冊三七頁）

◇許古　字は道真、河間（河北省）の人。一一五七～一二三〇。詞は二首を伝える。（『全金元詞』上冊四九頁）

◇元好問　字は裕之、号は遺山、太原秀容（山西省忻県）の人。一一九〇～一二五七。『中州集』十巻を編纂した。また『遺山楽府』五巻がある。（『全金元詞』上冊七一頁）

【元】

◇白樸　初め名は恒、字は太素、仁甫、号は蘭谷先生。真定（河北省正定県）の人。一二二六～一三〇七。『天籟集』二巻がある。（『全金元詞』下冊六二四頁）

◇王惲　字は仲謀、号は秋澗、衛耀汲（河南省汲県）の人。諡は文定。一二二八～一三〇四。『秋澗楽府』四巻がある。（『全金元詞』下冊六四八頁）

◇陸文圭　字は子方、号は牆東、江陰（江蘇省）の人。一二五六～一三四〇。張炎『詞源』に序を書いた。『牆東詩余』がある。（『全金元詞』下冊八二〇頁）

◇欧陽玄　字は原功、瀏陽（湖南省）の人。一二七三～一三五七。諡は文。『圭斎詞』がある。（『全金元詞』下冊八六八頁）

◇陸行直　字は輔之、季道、号は壺天、壺中天、呉江（江蘇省）の人。一二七五～一三四九以後。張炎の弟子で、『詞旨』二巻がある。（『全金元詞』下冊九〇三頁）

◇楊朝英　字は英浦、号は澹斎、青城（四川省灌県）の人。生卒年不詳。元貞年間（一二九五～一二九七）に郡守だった。『楽府新編陽春白雪』を編纂した。

◇燕南芝庵　姓名不詳。生卒年不詳。「唱論」が『楽府新編陽春白雪』に付されている。

◇張翥　字は仲挙、晋寧（江蘇省武進県）の人。一二八七～一三六八。『蛻巌詞』二巻がある。（『全金元詞』下冊九九七頁）

◇宋褧　字は顕夫、宛平（北京市大興県）の人。諡は文静。一二九二～一三四四。『燕石近体楽府』がある。（『全金元詞』下冊一〇五〇頁）

【明】

◇馬洪　字は浩瀾、号は鶴窓、仁和（浙江省杭州）の人。生卒年不詳。正統年間初（一四三六）頃の人。『花影集』がある。（『全明詞』第一冊二四九頁）

◇李東陽　字は賓之、号は西涯、茶陵（湖南省）の人。一四四七～一五一六。諡は文正。『懐麓堂詞』がある。（『全明詞』第二冊三七六頁）

◇夏言　字は公謹、号は桂洲、貴渓（江西省）の人。一四八三～一五四八。『賜閑堂詞』『夏桂洲近体楽府』がある。（『全明詞』第二冊六六六頁）

◇張綖　字は世文、世昌、号は南湖、高郵（江蘇省）の人。一四八七～？。『南湖詩余』『詩余図譜』がある。（『全明詞』第二冊七五五頁）

◇楊慎　字は用修、号は升庵、新都（四川省）の人。諡は文憲。一四八八～一五五九。『詞品』六巻、『升庵長短句』三巻、『升庵長短句続集』三巻がある。（『全明詞』第二冊七七三頁）

◇王世貞　字は元美、号は鳳洲、弇州山人、太倉（江蘇省）の人。一五二六～一五九〇。『芸苑卮言』『詞評』で詞を論じ、また『弇州山人詞』がある。（『全明詞』第三冊一〇八四頁）

◇兪彦　字は仲茅、上元（江蘇省南京）の人。生卒年不詳。万暦二十九年（一六〇一）の進士。『爰園詞話』『少卿楽府』がある。（『全明詞』第三冊一三二七頁）

◇毛晋　初め名は鳳苞、字は子九、改めて子晋、号は潜在、常熟（江蘇省）の人。一五九八～一六五九。『宋

六十名家詞』を編纂する。また汲古閣から詞籍の抄本や刻本を出した。（『全明詞』第四冊一八一六頁）

【清】

◇沈謙　字は去矜、号は東江、浙江仁和（杭州）の人。一六二〇～一六七〇。『東江集』三巻、また『詞韻略』がある。（『全清詞鈔』上冊三七頁）

◇劉体仁　字は公勇、号は蒲庵、潁川衛（安徽省阜陽）の人。一六一二～一六七七。『七頌堂詞繹』がある。

◇孫默　字は無言、桴庵、号は黄岳山人、安徽休寧の人。一六一三～一六七八。『十五家詞』がある。

◇陳維崧　字は其年、号は迦陵、江蘇宜興の人。一六二五～一六八二。『烏絲詞』四巻がある。（『全清詞鈔』上冊二〇八頁）

◇朱彝尊　字は錫鬯、号は竹垞、金風亭長、小長蘆釣師、浙江秀水（嘉興）の人。一六二九～一七〇九。『詞綜』三十六巻を編纂して、唐・宋・金・元の五百家の詞をまとめた。他に『静志居琴趣』など。（『全清詞鈔』上冊二一八頁）

◇沈雄　字は偶僧、江蘇呉江の人。生卒年不詳。『柳塘詞』、『柳塘詞話』、『古今詞話』八巻がある。（『全清詞鈔』上冊二四五頁）

◇汪森　字は晋賢、号は碧巣、浙江桐郷の人。一六五三～一七二六。朱彝尊の『詞綜』編纂を助け、序を書いた。『月河詞』、『桐扣詞』がある。（『全清詞鈔』上冊二六五頁）

◇万樹　字は紅友、花農、号は山翁、三野先生。江蘇宜興の人。一六三〇？～一六八八。『詞律』二十

巻を編纂した。（『全清詞鈔』上冊二七五頁）

◇厲鶚　字は太鴻、雄飛、号は樊榭、南湖花隠。浙江銭塘（杭州）の人。一六九二～一七五二。『樊榭山房全集』に詞が八巻ある。宋・周密『絶妙好詞』に査為仁と箋を付ける。（『全清詞鈔』上冊四〇〇頁）

◇張奕枢　字は掖西、号は今涪、浙江平湖の人。生卒年不詳。『月在軒琴趣』二巻がある。（『全清詞鈔』上冊四三六頁）

◇許宝善　字は斅愚、号は穆堂、江蘇青浦の人。一七三一～一八〇三。『自怡軒詞』がある。また『自怡軒詞譜』六巻がある。（『全清詞鈔』上冊四八八頁）

◇呉泰来　字は企晋、号は竹嶼、江蘇長州の人。生卒年不詳。乾隆二十五年（一七六〇）の進士。『曇花閣琴趣』（『古香堂詞』）一巻がある。（『全清詞鈔』上冊四八九頁）

◇張宗橚　字は永川、詠川、号は思巌、浙江海塩の人。？～一七七五。『詞林紀事』二十二巻を編纂した。（『全清詞鈔』上冊五一一頁）

◇呉寧　字は子安、浙江海寧の人。生卒年不詳。『榕園詞韻』がある。

◇方成培　字は仰松、号は後巌、安徽歙県の人。生卒年不詳。『芳影詞』二巻、『香研居詞麈』五巻などがある。（『全清詞鈔』上冊五七六頁）

◇宋翔鳳　字は于庭、江蘇長洲（呉県）の人。一七七六～一八六〇。『楽府余論』がある。（『全清詞鈔』上冊七〇九頁）

◇周済　字は保緒、号は未斎、止菴、別号は介存居士、江蘇荊渓（宜興）の人。一七八一～一八三九。『止

菴詞』『介存斎論詞雑著』などがあり、また『宋四家詞選』四巻を編纂する。(『全清詞鈔』上冊七四三頁)

◇周之琦　字は穉圭、号は耕樵、河南祥符（開封）の人。一七八二〜一八六二。詞に『懐夢詞』『退庵詞』などをまとめた『心日斎詞集』がある。また唐から元の詞をまとめて『心日斎詞選』十六巻を編纂した。(『全清詞鈔』上冊八一〇頁)

◇呉衡照　字は夏治、号は子律、浙江海寧の人。生卒年不詳。嘉慶十六年(一八一一)の進士。『蓮子居詞話』四巻がある。(『全清詞鈔』上冊八五四頁)

◇秦巘　字は玉笙、号は綺園、江蘇江都の人。生卒年不詳。道光元年（一八二一）の挙人。『思秋吟館詞』がある。(『全清詞鈔』上冊九二二頁)

◇姚燮　字は梅伯、号は復荘、野橋、大梅山民。浙江鎮海の人。一八〇五〜一八六四。『画辺琴趣』がある。(『全清詞鈔』上冊九八七頁)

◇戈載　字は弢甫、号は順卿、弢翁、宝士、江蘇呉県（蘇州）の人。一七八六〜一八五六。『詞林正韻』三巻、『宋七家詞選』七巻などがある。(『全清詞鈔』下冊一〇三二頁)

◇劉熙載　字は伯簡、号は融斎、江蘇興化の人。一八一三〜一八八一。『芸概』巻四に「詞概」を載せる。(『全清詞鈔』下冊一一〇七頁)

◇徐本立　字は子堅、号は誠庵、浙江徳清の人。生卒年不詳。道光二十六年(一八四六)の挙人。『詞律拾遺』八巻がある。(『全清詞鈔』下冊一一一八頁)

◇杜文瀾　字は小舫、浙江秀水(嘉興)の人。一八一五〜一八八一。『詞律校勘記』二巻、『詞律補遺』一巻、

『采香詞』四巻、『憩園詞話』六巻がある。(『全清詞鈔』下冊一一六五頁)
◇江順貽　字は秋珊、安徽旌徳の人。生卒年不詳。『詞学集成』八巻がある。(『全清詞鈔』下冊一三五七頁)
◇王鵬運　字は幼霞、半塘老人と号す。晩年は半僧、鶩翁、半塘僧鶩と号した。一八四八～一九〇四。宋元詞人の詞集二十種四十四巻を『四印斎所刻詞』として編纂し、校勘した。また朱祖謀と『夢窓詞』を合刻した。(『全清詞鈔』下冊一三八六頁)
◇沈祥龍　字は約斎、江蘇婁県の人。生卒年不詳。『論詞随筆』がある。(『全清詞鈔』下冊一五一九頁)
◇顧春　字は太清。一七九九～一八七六以後。『東海漁歌』四巻がある。(『全清詞鈔』下冊一七〇二頁)
◇況周頤　原名は周儀、後に改名して周頤、字は夔生、揆孫。別号は玉梅詞人、晩年は蕙風詞隠、阮盦、阮堪等と号した。臨桂(広西省桂林)の人。一八五九～一九二六。『蕙風詞』二巻、『蕙風詞話』五巻などがある。(『全清詞鈔』下冊一八三二頁)
◇朱祖謀　原名は孝臧で、原名のほうが通称として通っている。字は古微、藿生、号は彊村、漚尹。帰安(浙江省湖州)の人。一八五七～一九三一。『彊村叢書』を編纂し、唐宋金元の詞(百六十三家、百七十三種)を集め、校訂する。(『全清詞鈔』下冊一八四九頁)
◇胡元儀　字は子威、湖南湘潭の人。生卒年不詳。『詞旨暢』二巻がある。(『全清詞鈔』下冊一九二一頁)
◇蔣兆蘭　字は香谷、江蘇宜興の人。生卒年不詳。『詞説』がある。(『全清詞鈔』下冊一九二三頁)
◇呉昌綬　字は伯宛、号は甘遯、詞山、印丞、晩年は松隣と号した。浙江仁和(杭州)の人。一八六七～一九二四。陶湘と『景刊宋金元明本詞』を編纂する。(『全清詞鈔』下冊一九四五頁)

◇邵章　字は伯褧、伯絅、号は倬庵、倬盦、浙江杭県の人。一八七四〜一九五三。『雲淙琴趣』がある。

◇王国維　初め名は国楨、字は静安、伯隅、号は観堂、永観。浙江海寧の人。一八七七〜一九二七。『人間詞話』二巻は詞の評論として高く評価されている。詞集には『観堂長短句』がある。（『全清詞鈔』下冊一九七九頁）

引用書目

・清以前は王朝順、その下は著者の生卒年の順を原則に配列し、近代以後は中国と日本に分けて五十音順に配列した。
・経部の書籍、正史、著名な総集・叢書などは割愛した。

【清以前】

秦・呂不韋『呂氏春秋』（王利器『呂氏春秋注疏』巴蜀書社、二〇〇二）
梁・蕭統『文選』（唐・呂延済等注『六臣注文選』中華書局、一九八七）
梁・鍾嶸『詩品』（『歴代詩話』所収）
北周・庾信『庾子山集』（中華書局、一九八〇）
唐・元稹『元稹集』（冀勤校点『元稹集』中華書局、一九八二）
唐・温庭筠『温飛卿詩集』（曾益箋注『温飛卿詩集箋注』上海古籍出版社、一九八〇）
唐・温庭筠『金奩集』（蔣哲倫校点『金奩集』、『唐宋人選唐宋詞』所収）

唐・李匡乂『資暇録』(『四庫全書』所収)
唐・呉競『楽府古題要解』(『歴代詩話続編』所収)
唐・薛用弱『集異記』(中華書局、一九八〇)
唐・崔令欽『教坊記』(任半塘箋訂『教坊記箋訂』中華書局、一九六二)
唐・段安節『楽府雑録』(『中国古典戯曲論著集成』所収)
日本・遍照金剛『文鏡秘府論』(周維徳校点『文鏡秘府論』人民文学出版社、一九七五。盧盛江『文鏡秘府論彙校彙考』中華書局、二〇〇六)
五代・趙崇祚『花間集』(『四印斎所刻詞』『唐宋名賢百家詞』『景刊宋金元明本詞』『四部叢刊』所収。『花間集』文学古籍刊行社、一九五五。李一氓『花間集校』人民文学出版社、一九五八。『宋本花間集』芸文印書館、一九七五)
五代・無名氏『尊前集』(蔣哲倫校点『尊前集』、『唐宋人選唐宋詞』所収)
五代・王定保『唐摭言』(上海古籍出版社、一九七八)
宋・郭茂倩『楽府詩集』(中華書局、一九七九)
宋・柳永『楽章集』(薛瑞生校注『楽章集校注』中華書局、一九九四)
宋・欧陽脩『六一詞』(『宋六十名家詞』所収)
宋・欧陽脩『欧陽文忠公近体楽府』(『四部叢刊』所収)
宋・晏幾道『小山詞』(『宋六十名家詞』『書韻楼叢刊』所収)

宋・蘇軾『東坡楽府』（中華書局、一九五九）
宋・蘇軾『東坡詞』（『宋六十名家詞』所収。劉尚栄校証『傅幹注坡詞』巴蜀書社、一九九三。鄒同慶・王宗堂箋注『蘇軾詞編年箋注』中華書局、二〇〇二）
宋・黄庭堅『山谷集』（『四庫全書』所収）
宋・黄庭堅『山谷詞』（『宋六十名家詞』所収）
宋・晁補之『晁氏琴趣外篇』（『景刊宋金元明本詞』所収）
宋・晁端礼『閑斎琴趣外篇』（『景刊宋金元明本詞』所収）
宋・賀鋳『東山寓声楽府』（『四印斎所刻詞』所収）
宋・賀鋳『東山詞』（『彊村叢書』所収。鍾振振校注『東山詞』、上海古籍出版社、一九八九）
宋・賀鋳『賀方回詞』（『彊村叢書』所収）
宋・周邦彦『片玉詞』（『宋六十名家詞』所収）
宋・周邦彦『片玉集』（『彊村叢書』所収）
宋・周邦彦『清真集（附補遺）』（清光緒二十六年、鄭文焯校本）
宋・葉夢得『石林詞』（『宋六十名家詞』所収）
宋・曾慥『楽府雅詞』（『四部叢刊』所収）
宋・楊湜『古今詞話』（『詞話叢編』所収）
宋・王灼『碧鶏漫志』（『詞話叢編』所収）

宋・鮦陽居士『復雅歌詞』（『詞話叢編』所収）
宋・陳亮『龍川集』（『四庫全書』所収）
宋・陳与義『増広箋註簡斎詩集』（『四部叢刊』所収）
宋・胡仔『苕渓漁隠叢話』（廖徳明校点『苕渓漁隠叢話』人民文学出版社、一九八四再版）
宋・楊无咎『逃禅詞』（『宋六十名家詞』所収）
宋・曹勛『松隠楽府（附補遺）』（『彊村叢書』所収）
宋・高登『東渓集』（『四庫全書』所収）
宋・曾覿『海野詞』（『宋六十名家詞』所収）
宋・王十朋『梅渓集』（『四部叢刊』所収）
宋・王十朋『梅渓詩余』（周泳先輯本、『全宋詞』所収）
宋・毛幵『樵隠詞』（『宋六十名家詞』所収）
宋・周紫芝『竹坡詞』（『宋六十名家詞』所収）
宋・周必大『近体楽府』（『宋六十名家詞』所収）
宋・周必大『平園近体楽府』（『彊村叢書』『晨風閣叢書』所収）
宋・張孝祥『景宋本于湖先生長短句』（『景刊宋金元明本詞』所収）
宋・廖行之『省斎集』（『四庫全書』所収）
宋・廖行之『省斎詩余』（『彊村叢書』所収）

宋・辛棄疾『稼軒長短句』(『四印斎所刻詞』所収。鄧広銘箋注『稼軒詞編年箋注(増訂本)』上海古籍出版社、一九九三)
宋・辛棄疾『稼軒詞甲乙丙丁集』(『百家詞』所収)
宋・程垓『書舟詞』(『宋六十名家詞』所収)
宋・陳亮『龍川集』(『四庫全書』所収)
宋・姜夔『白石道人歌曲』(『彊村叢書』所収。夏承燾箋校『姜白石詞編年箋校』上海古籍出版社、一九八一)
宋・郭王祥『笑笑詞』(『彊村叢書』所収)
宋・史達祖『梅渓詞』(『四印斎所刻詞』所収)
宋・黄機『竹斎詩余』(『宋六十名家詞』所収)
宋・張輯『東沢綺語債』(『彊村叢書』所収)
宋・劉克荘『後村居士集』(『四庫全書』所収)
宋・呉潜『履斎詩余』(『百家詞』『彊村叢書』所収)
宋・黄昇『唐宋諸賢絶妙詞選』(『四部叢刊』所収、書名は『花庵詞選』)
宋・黄昇『中興以来絶妙詞選』(『四部叢刊』所収、書名は『花庵詞選』)
宋・黄昇『花庵詞選』(中華書局、一九五八)
宋・趙聞礼『陽春白雪』(上海古籍出版社、一九九三)

宋・陳允平『日湖漁唱』（『彊村叢書』所収）
宋・陳允平『日湖漁唱補遺』（『粤雅堂叢書』所収）
宋・許月卿『先天集』（『四部叢刊続編』所収）
宋・沈義父『楽府指迷』（『詞話叢編』所収。蔡嵩雲箋釈『楽府指迷箋釈（『詞源注』と合冊）』人民文学出版社、一九六三）
宋・周密『草窓詞』（『四印斎所刻詞』所収）
宋・周密『蘋洲漁笛譜』（『彊村叢書』所収）
宋・周密『武林旧事』（李小龍・趙鋭評注『武林旧事』中華書局、二〇〇七）
宋・周密『浩然斎詞話』（『詞話叢編』所収）
宋・楼鑰『攻媿集』（『四庫全書』所収）
宋・張炎『山中白雪詞』（『彊村叢書』所収）
宋・張炎『詞源』（『詞話叢編』所収。夏承燾注『詞源注（『楽府指迷箋釈』と合冊）』人民文学出版社、一九六三。鄭孟津・呉平山箋『詞源解箋』浙江古籍出版社、一九九〇。蔡楨疏証『詞源疏証』北京市中国書店拠金陵大学中国文化研究所一九三〇年本影印）
宋・李昉『太平広記』（中華書局、一九六一）
宋・陳師道『後山詩話』（『歴代詩話』所収）
宋・邵博『邵氏聞見後録』（劉徳権・李剣雄校点『邵氏聞見後録』中華書局、一九八八）

宋・孟元老『東京夢華録』（鄧之誠注『東京夢華録注』商務印書館、一九六一）
宋・陳鵠『耆旧続聞』『西塘耆旧続聞』（『知不足斎叢書』所収。孔凡礼校点『西塘集耆旧続聞』中華書局、二〇〇二）
宋・王銍『黙記』（朱杰人校点『黙記（『燕翼詒謀録』と合冊）』中華書局、一九八一）
宋・沈括『夢渓筆談』（胡道静校証『夢渓筆談校証』上海出版公司、一九五六）
宋・袁文『甕牖閑評』（李偉国校点『甕牖閑評』上海古籍出版社、一九八五）
宋・陳善『捫虱新話』（『宋人小説』所収、一九九〇）
宋・王楙『野客叢書』（王文錦校点『野客叢書』中華書局、一九八七）
宋・朱翌『猗覚寮雑記』（『知不足斎叢書』所収）
宋・趙令畤『侯鯖録』（孔凡礼校点『侯鯖録（『墨客揮犀 続墨客揮犀』と合冊）』中華書局、二〇〇二）
宋・彭某『墨客揮犀』（孔凡礼校点『墨客揮犀 続墨客揮犀（『侯鯖録』と合冊）』中華書局、二〇〇二）
宋・張邦基『墨荘漫録』（孔凡礼校点『墨荘漫録』中華書局、二〇〇二）
宋・王明清『投轄録』（汪新森・朱菊如校点『投轄録（『玉照新志』と合冊）』上海古籍出版社、一九九一）
宋・戴植『鼠璞』（『四庫全書』所収）
宋・耐得翁『都城紀勝』（文化芸術出版社『東京夢華録 外四種』所収、一九九八）
宋・阮閲『詩話総亀』（周本淳校点『詩話総亀』人民文学出版社、一九八七）
宋・王鞏『随手雑録』（『説郛』所収）

宋・魏慶之『詩人玉屑』（上海古籍出版社、一九七八）
宋・陳振孫『直斎書録解題』（徐小蛮等校点『直斎書録解題』上海古籍出版社、一九八七）
宋・闕名『大宋宣和遺事』（『宋元平話四種』所収、世界書局、一九六二）
元・白樸『天籟集』（『四印斎所刻詞』所収）
元・宋褧『燕石近体楽府』（『彊村叢書』所収）
元・呉師道『呉礼部詞話』（『詞話叢編』所収）
元・陸輔之『詞旨』（『詞話叢編』所収）
元・馬端臨『文献通考』（『四庫全書』所収）
元・李治『敬斎古今注』（劉徳権校点『敬斎古今注』中華書局、一九九五）
明・胡震亨『唐音癸籤』（古典文学出版社、一九五七）
明・夏言『桂洲近体楽府』（『全明詞』所収）
明・張綖『詩余図譜』（『詞苑英華』所収）
明・呉訥『唐宋名賢百家詞』『百家詞』（天津古籍出版社、一九九二）
明・闕名『増修箋註妙選群英草堂詩余』（『四部叢刊』『景刊宋金元明本詞』所収）
明・顧従敬類選、陳継儒重校、陳仁錫参訂『類選箋釈草堂詩余』（『続修四庫全書』所収）
明・武陵逸史『草堂詩余』（『詞苑英華』『四庫全書』『四部備要』所収）
明・陳耀文『花草粋編』（『四庫全書』所収。影陶風楼万暦中刊本）

明・毛晋『宋六十名家詞』（上海古籍出版社、一九八九）
明・楊慎『詞品』（『詞話叢編』所収）
明・兪彦『爰園詞話』（『詞話叢編』所収）
明・臧懋循『元曲選』（中華書局、一九五八）
明・趙用賢『趙定宇書目』（『中国著名蔵書家書目匯刊』所収）
明・毛扆『汲古閣珍蔵秘本書目』（『叢書集成初編』所収）
明・郁逢慶『書画題跋記』（『四庫全書』所収）
明・都穆『南濠詩話』（斉魯書社『全明詩話』所収、二〇〇五）
明・陳天定『古今小品』（『四庫全書』所収）
明・田汝成『西湖遊覧志余』（『四庫全書』所収）
清・彭定求等奉勅選『全唐詩』（中華書局、一九六〇）
清・劉体仁『七頌堂詞繹』（『詞話叢編』所収）
清・頼以邠『塡詞図譜』（『詞学全書』所収）
清・朱彝尊『詞綜』（上海古籍出版社、一九七八）
清・沈雄『古今詞話』（『詞話叢編』所収）
清・沈雄『柳塘詞話』（『詞話叢鈔』所収）
清・万樹『詞律』（中華書局、一九七八）

清・徐本立・杜文瀾『校刊詞律』（上海古籍出版社、一九八四）
清・沈辰垣・王奕清等奉勅撰『歴代詩余』（上海書店、一九八五）
清・王奕清・陳廷敬等奉勅撰『欽定詞譜』（北京市中国書店、一九七九）
清・張宗橚『詞林紀事』（上海古典文学出版社、一九五七）
清・方成培『香研居詞麈』（『叢書集成初編』所収）
清・李調元『雨村詞話』（『詞話叢編』所収）
清・秦巘『詞繫』（北京師範大学出版社、一九九六）
清・戈載『詞林正韻』（上海古籍出版社、一九八一）
清・周済『宋四家詞選』（『詞話叢編』所収）
清・周済『介存斎論詞雑著』（『詞話叢編』所収）
清・呉衡照『蓮子居詞話』（『詞話叢編』所収）
清・宋翔鳳『楽府余論』（『詞話叢編』所収）
清・杜文瀾『詞律校勘記』（清咸豊十一年曼陀羅華閣刊本）
清・杜文瀾『憩園詞話』（『詞話叢編』所収）
清・江順詒『詞学集成』（『詞話叢編』所収）
清・劉熙載『芸概』（上海古籍出版社、一九七八）
清・沈祥龍『論詞随筆』（『詞話叢編』所収）

清・王鵬運『四印斎所刻詞』（上海古籍出版社、一九八九）
清・査継超『詞学全書』（清刊本）
清・馮班『鈍吟雑録』（『清詩話』所収）
清・何文煥『歴代詩話』（中華書局、一九八一）
清・丁福保『歴代詩話続編』（中華書局、一九八三）
清・梁廷枏『曲話』（『中国古典戯曲論著集成』所収）
清・施国祁『礼耕堂叢説』（清・陸心源編『湖州叢書』所収本、清・光緒中湖城義塾刊）
清・季振宜『季滄葦書目』（『百部叢書集成』所収）
清・沈宗畸『晨風閣叢書』（清・宣統元年刊本）
清・朱孝臧『彊村叢書』（夏敬観手批本、上海古籍出版社、一九八九）
『書韻楼叢刊』（上海古籍出版社、二〇〇五）

【近代—中国】

王国維『唐五代二十一家詞輯』（六訳館叢書『王観堂先生全集』所収、一九二五）
王国維『人間詞話』（『詞話叢編』所収）
王昆吾『唐代酒令芸術』（知識出版社、一九九五）
王兆鵬・劉尊明『宋詞大辞典』（鳳凰出版社、二〇〇三）

王兆鵬『詞学史料学』（中華書局、二〇〇四）
王兆鵬「宋詞的口頭伝播方式初探―以歌妓唱詞為中心」（『文学遺産』二〇〇四年第六期。池田智幸訳「宋詞の口頭による伝播について―歌妓の歌唱を中心として―」、『風絮』第二号、二〇〇六）
王夫子等『清詩話』（上海古籍出版社、一九八二）
王文濡『詞話叢鈔』（上海大東書局、一九二四）
況周頤『蕙風詞話』（『詞話叢編』所収。屈興国輯注『蕙風詞話輯注』江西人民出版社、二〇〇〇）
金啓華・張恵民・王恒展・張宇声・王増学『唐宋詩集序跋匯編』（江蘇教育出版社、一九九〇）
呉昌綬・陶湘『景刊宋金元明本詞』（上海古籍出版社、一九八九）
呉熊和『唐宋詞通論』（浙江古籍出版社、一九八五）
呉熊和『唐宋詞彙評（両宋巻）』（浙江教育出版社、二〇〇四）
施蟄存「説『詩余』」（『文芸理論研究（季刊）』一九八二年第一期）
施蟄存「歴代詞選叙録（二）」（『詞学』第二輯、一九八三）
施蟄存「歴代詞選集叙録（二十九）」（『詞学』第五輯、一九八六）
施蟄存『詞籍序跋萃編』（中国社会科学出版社、一九九四）
上海図書館『中国叢書綜録』（上海古籍出版社、一九八二）
蒋兆蘭『詞説』（『詞話叢編』所収）
蒋哲倫・楊万里『唐宋詞書録』（岳麓書社、二〇〇七）

饒宋頤『詞集考』（中華書局、一九九二）
饒宗頤初編・張璋総編『全明詞』（中華書局、二〇〇四）
任半塘『教坊記箋訂』（中華書局、一九六二）
任半塘『唐声詩』（上海古籍出版社、一九八二）
任半塘『敦煌歌辞総編』（上海古籍出版社、一九八七）
曾昭岷・曹済平・王兆鵬・劉尊明『全唐五代詞』（中華書局、一九九九）
曾棗荘・劉琳『全宋文』（上海辞書出版社・安徽教育出版社、二〇〇六）
中国戯曲研究院『中国古典戯曲論著集成』（中国戯劇出版社、一九五九）
中国古籍善本書目編輯委員会『中国古籍善本書目』（上海古籍出版社、一九九六）
張高寛等『宋詞大辞典』（遼寧人民出版社、一九九〇）
趙万里『校輯宋金元人詞』（国立中央研究院歴史語言研究所、一九三一。台聯国風出版社、一九七二）
唐圭璋『宋詞三百首箋注』（中華書局、一九六一）
唐圭璋『全宋詞』（中華書局、一九六五増訂、一九七九重印）
唐圭璋『全金元詞』（中華書局、一九七九初版、二〇〇〇重印）
唐圭璋『詞話叢編』（中華書局、一九八六増訂、二〇〇五重印）
唐圭璋等『唐宋人選唐宋詞』（上海古籍出版社、二〇〇四）
湯高才『唐宋詞鑑賞辞典　南宋・遼・金巻』（上海辞書出版社、一九八八）

余嘉錫『四庫提要弁証』（北京科学出版社、一九五八）
楊蔭瀏『中国古代音楽史稿』（人民音楽出版社、一九八〇）
李剣亮『唐宋詞唐宋歌妓制度』（杭州大学出版社、一九九九）
林夕『中国著名蔵書家書目匯刊』（商務印書館、二〇〇五）
林玫儀『清詞別集知見目録彙編』（中央研究院文哲研究所、一九九七）
『現代漢語詞典』（商務印書館、一九七九）
『辞源』（商務印書館、一九八三年修訂本）
『辞海』（台湾中華書局、一九七五修訂本）
『宋人小説』（上海書店、一九九〇）

【近代―日本】

明木茂夫「『白石道人歌曲』に於ける双調形式―歌曲集としての白石詞―」（『九州中国学会報』第二十九巻、一九九一）
明木茂夫「『詞源』犯調考―その「犯」の意味するもの―」（『文学研究』第九十号、一九九三）
荒井健・興膳宏『文学論集』（朝日新聞社、中国文明選第十三巻、一九七二）
小川環樹『蘇軾』（岩波書店、中国詩人選集二集、一九六二）
尾崎雄二郎等訳『書経』（筑摩書房、世界古典文学全集第二巻、一九六九）

岡村繁『白氏文集 九』（明治書院、新釈漢文大系一〇五、二〇〇五）
釜谷武志「漢武帝楽府創設の目的」（『東方学』八十四号、一九九二）
久保卓哉「北朝と南朝に於ける声律の諸相―魏節閔帝・梁曹景宗と沈約の四声八病―」（『六朝学術会報』第八集、二〇〇七）
小竹武夫『漢書』（筑摩書房、一九七七）
興膳宏訳注『文鏡秘府論』『文筆眼心抄』（筑摩書房、『弘法大師空海全集』第五巻、弘法大師空海全集編輯委員会編、一九八六）
興膳宏編『六朝詩人伝』（大修館書店、二〇〇〇）
興膳宏「四声八病から平仄へ」（『六朝学術会報』第八集、二〇〇七）
詞源研究会編『宋代の詞論―張炎『詞源』―』（中国書店、二〇〇四）
静永健「元稹『和李校書新題楽府十二首』の創作意図」（『日本中国学会報』第四十三集、一九九一）
清水凱夫「『文選』研究の基礎資料―沈約の声律諧和論―」（研文出版『新文選学―『文選』の新研究』所収、一九九九）
田中謙二『楽府 散曲』（筑摩書房、中国詩文選二十二、一九八三）
礪波護「貴族の時代から士大夫の時代へ」（中公文庫『唐の行政機構と官僚』所収、一九九八）
中純子・斎藤茂「宋代文献資料による唐代音楽の研究」（『科学研究費研究成果報告書 課題番号一四五一〇四九八』、二〇〇四）

中田勇次郎『読詞叢考』（創文社、一九九八）「草堂詩余の版本」「雲謡集雑曲子」「宋元の詞論」
中原健二「元代江南における詞学の伝承」（汲古書院『宋詞と言葉』所収、二〇〇九）
萩原正樹「杜文瀾の『詞律校勘記』について」（『学林』第三十号、一九九九）
東英寿「欧陽脩『酔翁琴趣外篇』の成立過程について」（『風絮』第二号、二〇〇六）
古川末喜『初唐の文学思想と韻律論』（知泉書館、二〇〇三）
本田二郎『周礼通釈』（秀英出版、一九七九）
松尾肇子『詞論の成立と発展―張炎を中心として』（東方書店、二〇〇八）
村上哲見『宋詞研究―唐五代北宋篇』（創文社、一九七六）
村上哲見『宋詞の世界』（大修館書店、二〇〇二）
村上哲見『宋詞研究―南宋篇』（創文社、二〇〇六）
村上哲見「文人・士大夫・読書人」（汲古書院『中国文人論』所収、一九九四）
村上哲見「文人之最―万紅友事略―」（汲古書院『中国文人の思考と表現』所収、二〇〇八）
村越貴代美「南宋における周邦彦の作品の編纂」（『図書館情報大学研究報告』第十四巻第二号、一九九五）

引用詞籍解題

本書に引用した詞に関する書籍の解題を付し、比較的閲覧の容易な書籍を紹介する。但し、各詩人の詞集については割愛した。

【詞総集】

○唐・佚名編『雲謡集』一巻

敦煌の莫高窟から出土した民間の詞の選集。羅振玉らがペリオ本二八二三、スタイン本一四四一の『雲謡集』を合わせ整理して、三十首を『雲謡集雑曲子』一巻とした。曾昭岷・曹済平・王兆鵬・劉尊明編著『全唐五代詞』は正編巻四に収録する。また『雲謡集』以外の敦煌曲子詞も同巻に収録している。

○五代・趙崇祚編『花間集』十巻

晩唐五代の十八人の詞五〇〇首を作者別に編集した詞選集。後蜀の欧陽炯による広政三年（九四〇）の序文を付す。『花間集』（文学古籍刊行社、一九五五）で宋紹興本影印を、また『四印斎所刻詞』で淳熙年間の鄂州本の覆刻を見ることができる。『詞苑英華』は亡佚した開禧年間本を用いている。更に明では『唐宋名賢百家詞』、『景刊宋金元明本詞』所収の陸元大本、『四部叢刊』所収の玄覧斎本があるなど、版本は多い。李一氓『花間集校』（人民文学出版社、一九五八）は諸本を博捜し、校勘にすぐれている。

○宋・佚名編『尊前集』一巻

唐五代の三十六人の詞二八九首を作者別に編集した詞選集。明の『唐宋名賢百家詞』所収の一巻本が最も早い。ほかに明の顧梧芳が刊行した二巻本による『詞苑英華』『四庫全書』所収本や、明の梅禹金の鈔本を底本とする『彊村叢書』所収本がある。排印本には蔣哲倫増校『尊前集』（江西人民出版社、一九八四）、『花間集』と合わせて一書とした華夏出版社本や遼寧教育出版社本がある。

○宋・曾慥編『楽府雅詞』三巻拾遺二巻

雅詞を標準として編集された宋詞の選集。紹興十六年（一一四六）の序があり、巻下には編纂と同時代である南渡の諸作品を収録する。巻上に立てられた「転踏」「大曲」の二類に収録された作品は、宋代歌舞曲の重要な資料となっている。『四部叢刊』は清の鮑廷博が校訂した清鈔本を収録する。『四庫全書』は朱彝尊蔵旧鈔本を収めるが、その校勘に対する評価は高くない。陸三強校点『楽府雅詞』（遼寧教育出版社、一九九七）は秦恩復『詞学叢書』所収本を底本とし、校訂にすぐれる。

○宋・鮦陽居士編『復雅歌詞』五十巻

前後集五十巻の大部な総集だったが散佚し、『詞話叢編』には趙万里が輯した十則を収録する。

○宋・黄昇編『花庵詞選』二十巻

『花庵詞選』は『唐宋諸賢絶妙詞選』十巻と『中興以来絶妙詞選』十巻を合したもの。明の毛晋が『詞苑英華』に『花庵絶妙詞選』二十巻として収録した。現存する宋代の詞選では最も大部。南宋の淳祐九年（一二四九）の序があり、前の十巻には唐から北宋までの、後の十巻には南渡後の詞を、詞人ごとに収める。『花庵詞選』（中華書局、一九五八）をはじめとする校点本はいずれも『四部叢刊』所収の明翻宋本「絶妙詞選」を底本とする。

○宋・趙聞礼編『陽春白雪』八巻外集一巻

正集の前三巻には主に北宋の、後三巻には主に南宋の雅詞を集め、金詞や無名の作者の作品も収録する。『知不足斎叢書』所収の鈔本その他伝存する諸本はすべて元の趙孟頫の鈔本に出る。葛渭君校点『陽春白雪』（上海古籍出版社、一九九三）はひろく諸本によって校訂している。

○宋・佚名編『草堂詩余』

南宋の書坊が主題によって分類編輯した二巻の『草堂詩余』があったが早くに亡佚した。南宋の胡仔の編集と疑われたこともあった。この分類本原書を増補し箋注を加えた『草堂詩余』前集二巻後集二巻の現存最古のテキストは、元の至正三年（一三四三）盧陵泰宇書堂刊『増修箋注妙選群英草堂詩余』であり、残存する前集二巻の影印が『群英詩余』の書名で出版されている（京都大学漢籍善本叢書第九巻、同朋舎、一九八〇）。趙万里は『校輯宋金元人詞』において宋の何士信輯とする。明代には流行し、「精選」「新刊」「詞話」などを冠した版本が多い。『続修四庫全書』『景刊宋金元明本詞』は明の洪武二十五年（一三九二）遵正書堂刊『増修箋注妙選群英草堂詩余』を、『四部叢刊』は嘉靖中安粛荊聚校刊本を収録する。『唐宋人選唐宋詞』（世紀出版集団・上海古籍出版社、二〇〇四）は『四部叢刊』所収本を底本とし、劉崇徳・

徐文武校点『明刊草堂詩余二種』（河北大学出版社、二〇〇六）は、洪武本と、『四印斎所刻詞』所収の嘉靖十七年（一五三八）南京国士監刊本を底本としている。

○明・呉訥編『唐宋名賢百家詞』存九十種

正徳六年（一四四一）に編輯された、五代～明の詞集一〇〇種を輯録する叢書。この書によって伝えられた孤本も少なくない。数種類の鈔本が伝わり、『百家詞』（天津古籍出版社、一九八九）が底本とした天津図書館蔵明鈔本は、九十種を存する。『唐宋名賢百家詞集』『唐宋名賢詞』『宋元百家詞』『四朝名賢詞』とも称される。天津古籍出版社からは一九九二年に、一九四〇年商務印書館排印本の影印も出版されている。

○明・毛晋編『宋六十名家詞』九十巻

宋の六十一家の詞集を六集に収録した叢書。崇禎三年（一六三〇）前後に、毛氏の汲古閣から六集に分けて順次刊行された。一集ごとに十家を収め（第六集は十一家）、作者紹介や校訂、評論を跋文として添えている。一九八九年に上海古籍出版社から出版された影印本は、朱居易の「六十名家詞勘誤」一巻と索引を巻末に附録して便利である。

○明・毛晋編『詞苑英華』四十五巻

『花間集』『尊前集』『花庵詞選』『草堂詩余』『詞林万選』『詩余図譜』『詩余合璧』を収録した叢書。毛氏汲古閣原刊本および清朝の修印本がある。

○明・彭元瑞編『汲古閣未刻詞』

五代～元の詞の別集二十二種の叢書。日本には知聖道斎鈔本が大倉文化財団に所蔵されている。その細目と日中両国に存する鈔本については、村上哲見『宋詞研究―南宋篇』附録一の二「関於『汲古閣未刻詞』知聖道斎本的討論」および附録二「日本収蔵詞籍善本解題叢編類」参照。

○明・武陵逸史（顧従敬）編『類編草堂詩余』四巻

顧従敬は分類本『草堂詩余』を基礎に、詞牌を小令・中調・長調に分けて詞牌ごとに分類編集し、各詞の前には題目を、後には詞話を加えて出版した。これには家蔵の宋本を用いたと言い、宋・何士信輯をうたい、現存する古い分類本が収録しない作品も見える。以後、分調本『草堂詩余』が各種出版された。『四部備要』所収本は因樹楼重刊毛氏汲古閣本によって校勘したものである。また『続修四庫全書』には明の陳継儒・陳仁錫校訂『類選箋釈草堂詩余』六巻を収める。

○明・顧従敬等撰、明・沈際飛評正『古香岑草堂詩余四集』十七巻

分調本の顧従敬『草堂詩余正集』六巻、長湖外史『草堂詩余続集』二巻、沈際飛『草堂詩余別集』四巻、銭允治『国朝詩余新集』五巻を明末に合刻したもの。

○清・朱彝尊、汪森編『詞綜』三十六巻

朱彝尊が編んだ三十巻と、汪森の増補六巻からなる。巻首に康熙十七年（一六七八）の汪森の「詞綜序」および朱彝尊の「発凡」を置く。浙西詞派の基準によって選んだ唐宋金元詞の選集。詞人に小伝を付して年代順に配列し、詞の後には詞話を付す。中華書局影印本（一九七五）のほか、排印本では李慶甲校

点本（上海古籍出版社、一九七八）、魏中林・王景霓箋注本（広州出版社、一九九六）などがある。なお、道光十四年に陶樑の『詞綜補遺』二十巻がある。

○清・沈辰垣、王奕清等奉康熙勅撰『歴代詩余』一二〇巻

前一〇〇巻は唐〜明の詞選で、字数の少ない詞調から順に配列する。巻一〇一〜一一〇は詞人小伝を年代順に、巻一一一〜一二〇は詞話を収録する。康熙四十六年（一七〇七）に完成した。一九八五年に上海書店から出版された影印本には索引を付す。

○清・侯文燦編『十名家詞』十巻

南唐・宋・元人の詞集十種の叢書。康熙年間の刊行。『亦園詞選』『十名家詞集』『名家詞集』等とも称される。『宋六十名家詞』に未収の五代および元の五詞集を含む。『宛委別蔵』所収影鈔本が江蘇古籍出版社から一九八八年に出版されている。

○清・王鵬運編『四印斎所刻詞』一〇六巻

清末四大詞人のひとりの王氏が刊行した叢書。五代〜元人の別集十九種、総集・詞話・詞韻あわせて二十四種を収録する。『四印斎所刻詞』は光緒十四年（一八八八）に完成し、光緒十九年（一八九三）にはさらに『四印斎彙刻宋元三十一家詞』を刊行した。いずれも善本を用い、原書のおもかげをとどめることに努めた。両書に、『夢窓甲乙丙丁稿』『樵歌』『草窓詞』および索引を付録して、一九八九年に上海古籍出版社から『四印斎所刻詞』の書名で出版されている。

○清・朱孝臧（祖謀）編『彊村叢書』二六〇巻

清末民初の詞壇の重鎮朱孝臧が、詞の総集五種、別集では唐一種、宋一一二種、金六種、元四十九種、明一種を刻した叢書。善本を底本とし、詳細な校勘を加え校訂を施す。一九一七年の初版以後三度に渉る校補を経ており、「彊村遺書」を附録して一九八九年に上海古籍出版社から影印出版された夏敬観手批本は有用である。施蟄存氏がしばしば言及する朱孝臧の跋は本書の各詞籍に付されており、版本の源流や優劣を論じる。

○呉昌綬・陶湘編『景刊宋金元明本詞』一四一巻、序録一巻

一九一一～一七年に呉昌綬が出版した『仁和呉氏双照楼景刊宋元本詞』十七種と、その後を継いだ陶湘の『武進陶氏渉園続刊景宋金元明本詞』二十三種、『景刊宋金元明本詞補編』三種を総称して言う。いずれも善本を模刻し、陶湘の「序録」には各詞集の版本の源流や優劣が述べられている。上海古籍出版社から一九八九年に出版された影印本は索引を付す。

○趙万里輯『校輯宋金元人詞』七十三巻、補遺一巻

宋金元の詞の別集六十五種、総集二種、宋の詞話三種を収録する叢書。国立中央研究院歴史語言研究所から一九三一年に出版された。句読、押韻を示し、異文を注記するなど、近代的な文学研究を開いたと評価された。この『校輯宋金元人詞』や、『彊村叢書』『四印斎所刻詞』が漏らした詞集、総集等を集めた周泳先輯『唐宋金元詞鉤沈』（上海商務印書館、一九三七）がある。

○唐圭璋編『全宋詞』

宋詞の総集。宋代の約一五〇〇人の詞二万千首余を収録する。一九四〇年初版。作者の時代順に配列

し直し、唐圭璋の「訂補付記」を付し、王仲聞の校補を経て中華書局から一九六五年に再版された。一九七九年重印本には「訂補続記」が付され、また一九八一年に孔凡礼輯『全宋詞補輯』が出版された。一九九九年改版重印『全宋詞』は簡体字横組みとなり、「訂補付記」「訂補続記」を本文中に移したほか、『全宋詞補輯』を巻末に収録している。

○唐圭璋編『全金元詞』
金元詞の総集。二八〇人余の詞七三〇〇首を収録する。中華書局から一九七九年に初版が出版された。二〇〇〇年重印本では訂正に加え、巻末に唐棣棣・盧徳宏「訂補付記」を収める。

○曾昭岷・曹済平・王兆鵬・劉尊明編著『全唐五代詞』
唐・五代および敦煌詞の総集。正編には詞と確定できる作品を、副編には詩詞の分類に混乱のある作品および宋元の小説類において唐五代の作とされた作品を収録する。一九九九年に中華書局から上下二冊で出版された。張璋・黄畬編『全唐五代詞』（上海古籍出版社、一九八六）は同じ書名を持つ別本である。

【詞話】

○宋・胡仔撰『苕渓漁隠叢話』前集六十巻後集四十巻
従前の詩話を詩人別に編集した詩話集。前集には紹興十八年（一一四八）、後集には乾道三年（一一六七）の序が付されている。この時期までの詩人評を概観するのに便利。廖徳明校点本（人民文学出版社、一九八四再版）がある。『詞話叢編』第一冊は、前集巻五十九および後集巻三十八の「楽府門」を『苕渓漁隠詞話』二巻として収録する。

○宋・王灼撰『碧鶏漫志』五巻

南宋の紹興十九年（一一四九）に完成した詞話。唐代音楽への言及も多い。巻三～五では約三十の詞牌を収録し、詳細な資料に基づいてその由来や変遷を論述する。『詞話叢編』第一冊所収。一九八八年に上海古籍出版社から『羯鼓録』等と合冊で、一九九八年に遼寧教育出版社からは『知不足斎叢書』所収本を底本として『教坊記』等と合冊で、校点本が出版されている。また、岳珍『碧鶏漫志校正』（巴蜀書社、二〇〇〇）がある。

○宋・沈義父撰『楽府指迷』一巻

『花草粹編』に付録された南宋後期の詞話。周邦彦の詞を理想とする。『詞話叢編』第一冊所収。蔡嵩雲（蔡楨）『楽府指迷箋釈』（夏承燾『詞源注』と合冊、人民文学出版社、一九六三）は詳しい注を施している。中田勇次郎『読詞叢考』（創文社、一九九八）第Ⅳ部、四「宋元の詞論」に翻訳がある。日本語訳と詳細な注釈を加えた「南宋・沈義父『楽府指迷』訳注稿」が、『風絮』第五号（宋詞研究会、二〇〇九）から連載されている。

○宋・張炎撰『詞源』二巻

巻上は音律を論じ、巻下では文学理論を展開して、最も完備した宋末元初の詞論書。姜夔の詞を理想とする。『詞話叢編』第一冊所収。巻上については鄭孟津・呉平山『詞源解箋』（浙江古籍出版社、一九九〇）が音楽面に関して詳細な注釈を施す。巻下については、夏承燾『詞源注』（人民文学出版社、一九六三）があり、中田勇次郎『読詞叢考』（創文社、一九九八）第Ⅳ部四「宋元の詞論」中に日本語訳が、また詞源研究会『宋代の詞論―張炎『詞源』―』（中国書店、二〇〇四）には、日本語訳に加え詳細な校勘と注釈が施されている。蔡楨『詞源疏証』（金陵大学中国文化研究所、一九三〇、北京市中国書店影印、一九八五）は上下巻にわたる注釈が施されている。

○清・況周頤撰『蕙風詞話』

一九〇四年から掲載を重ねた「香海棠館詞話」（『大陸報』）、「玉梅詞話」（『国粋学報』）、「餐桜廡詞話」（『小説月報』）を整理し、一九二四年に『蕙風詞話』五巻として出版された。陳廷焯『白雨斎詞話』、王国維『人間詞話』とともに晩清の三大詞話とされる。続編は、唐圭璋が一九三六年『芸文』に輯評したもの。『詞話叢編』第五冊所収本は、王幼安（王仲聞）校訂『蕙風詞話』（人民文学出版社、一九六〇）による。補編四巻外篇一巻を輯補した屈興国輯注『蕙風詞話輯注』（江西人民出版社、二〇〇〇）のほか、『広蕙風詞話』七巻を付した孫克強輯考『蕙風詞話 広蕙風詞話』（中州古籍出版社、二〇〇三）等がある。

○王国維撰『人間詞話』

一九〇八年『国粋学報』の連載を一九二六年に単行本として出版し、一九二七年に未刊稿が『小説月報』に掲載された。このそれぞれを上下巻とし、一九四〇年に徐調孚が『校注人間詞話』を出版した。これに依拠して、王国維の次子である王仲聞（名は高明だが字の仲聞をもって行われる。王幼安、王学初は筆名）が校訂・編次し、「人間詞話」と「人間詞話刪稿」、さらに附録を付して一九六〇年に人民文学出版社から出版された。『詞話叢編』第五冊はこれを収録している。彼の主張した境界説は当時の学界に大きな影響を与えた。近年も滕咸恵校注『人間詞話新注』（斉魯書社、一九八一）、黄霖等導読『人間詞話』（上海古籍出版社、一九九八）など注釈書や研究書は多い。

○唐圭璋編『詞話叢編』

宋から民国までの詞話を収録する。一九三四年初版。中華書局から出版された一九八六年増訂本では、八十五種の詞話に句読点を施して収録。一九九一年に李復波編『詞話叢編索引』が出版され、二〇〇五年重印本は索引を付録する。

【詞譜・詞韻】

○明・張綖撰『詩余図譜』三巻

小令・中調・長調に分け、調ごとに平仄を示し、後に詞一首を示す。収録数は多くなく校勘も平仄も不正確とされるが、豪放・婉約の説を説いて影響は大きい。『詞苑英華』所収。

○清・頼以邠撰『塡詞図譜』六巻、続集三巻

小令・中調・長調に分け、字数の少ない詞調から配列。調名の次に図譜（白圏・黒圏・半黒半白）を、後ろに原詞を示す。よく用いられる詞調が多く収録されており、版本も多い。清・査継超が増輯して『詞学全書』（呉熊和校点、北京書目文献出版社、一九八六）に収録した。

○清・万樹撰『詞律』二十巻、発凡一巻

万樹の『詞律』（康熙二十六年堆絮園版本）は、各詞牌の句式・押韻を帰納的に整理して字数の少ない

詞調から順に配列し、詞句の右側に句読叶韻を、左側には平仄互用を付し、さらに詞牌の由来や句法の考究、校勘などを記述する。徐本立は『詞律拾遺』八巻を著して、前六巻に万樹が未収の詞牌および又体（詞牌名は同じでも別の体裁）を補足し、後二巻で訂正と補注を施し、さらに杜文瀾が『詞律補遺』一巻で五十調を増補した。以上の三書を合わせて、光緒二年（一八七六）『校刊詞律』が刊行され、一九八四年には上海古籍出版社からその影印本が出版された。なお杜文瀾には別に『詞律校勘記』（清咸豊十一年曼陀羅華閣刊本）もある。ただし、彼の二書には『欽定詞譜』に盲従するあまりその謬説によって『詞律』の正しい見解まで否定した例が少なからずみられる。

○清・王奕清、陳廷敬等奉康熙勅撰『詞譜』

字数の少ない詞調から順に配列し、各文字の傍らに平仄や叶韻を付し、詞牌の由来や宮調、先行詞譜の批正などを記述する。清の康熙帝の勅命により編纂されたために権威のある書とされ、詞牌を調べる際には必読とされてきた。しかし、現在までの研究によって、少なくない問題点や誤りが存在することも指摘されている。内府本は康熙五十四年（一七一五）以来、版を重ねるたびに訂正を繰り返した。『欽定詞譜』（京都大学善本叢書第十～十三巻、同朋舎、一九八三）は朱墨套印の康熙五十四年同内府本を影印する。『詞譜』（北京市中国書店、一九七九）も同版を墨色のみで影印する。排印本では、『康熙詞譜』（岳麓書社、二〇〇〇）および『欽定詞譜』（学苑出版社、二〇〇八）がある。『欽定詞譜』の通称を用いることが多い。

○清・戈載『詞林正韻』三巻、発凡一巻

詞の押韻に用いる韻字を十九部に分類したもの。その精確さによって、従前の詞韻書を一掃した。道光元年（一八二一）翠薇花館刊本が、上海古籍出版社から一九八一年に影印出版されている。

【詞学関連書】

○唐・崔令欽撰『教坊記』一巻
唐の開元年間の教坊に関する見聞録。宮廷音楽所だった教坊の組織や沿革、音楽や歌舞等を記録する貴重な唐代音楽資料である。注釈には任半塘『教坊記箋訂』（中華書局、一九六二）のほか、斎藤茂訳注『教坊記・北里志』（平凡社、一九九二）がある。

○宋・郭茂倩編『楽府詩集』一〇〇巻
漢から五代までの楽府を十二類に分け、作品を年代順に配列する。解題には多くの歴史資料が用いられている。中華書局から一九七九年に排印本が出版されている。

○宋・沈括『夢渓筆談』二十六巻、『補筆談』二巻、『続筆談』一巻
故事・弁証・楽律以下すべて十七門に分けて、様々な事柄を記録する。胡道静『夢渓筆談校証』（上海出版公司、一九五六）、また梅原郁訳注『夢渓筆談』（平凡社、一九七八〜一九八一）は注が詳しい。

○宋・陳振孫撰『直斎書録解題』
私撰の書目解題。四部分類し、解題を付す。もと五十六巻だったが散佚し、二十二巻の輯本が通行している。晁公武の『郡斎読書志』と並んで、南宋における書籍の周辺状況を知る重要な資料である。徐小

蛮等校点本（上海古籍出版社、一九八七）がある。

〇清・紀昀、陸錫熊、孫士毅等奉乾隆勅撰『四庫全書』

『四庫全書』の集部詞曲類には詞集五十九種、詞選十二種、詞話五種、それに『欽定詞譜』『詞律』を収録する。宋詞の詞籍のほとんどは『宋六十名家詞』を採用している。

〇張元済等編『四部叢刊』

商務印書館から善本を影印し、一九一九～三六年に三編まで出版された。詞の総集は、初編に、明・万暦三十年玄覧斎刊『花間集』、清・鮑廷博鈔本『楽府雅詞』、万暦四十二年秦堣刊『唐宋諸賢絶妙詞選』、万暦二年舒伯明刊『中興以来絶妙詞選』、明・安粛荊聚校刊本『草堂詩余』を収録する。また、欧陽脩や秦観、陳与義など、各詩人の別集にも詞を収録する。

〇陸費逵等編『四部備要』

一九二七～三一年に上海中華書局から刊行された叢書。三五一種を輯録する。各詩人の詞集以外には、『花間集』、分調本『草堂詩余』、『絶妙好詞箋』、『詞選』、『詞綜』、『明詞綜』『国朝詞綜』、『国朝詞綜続編』、『宋六十名家詞』、『十五家詞』、『白香詞譜』、『詞律』、『詞林韻釈』を校勘して収録している。

以下に、施蟄存氏の豊富な蔵書の一端を窺わせるものとして、施蟄存旧蔵書の売り立て書目である二〇〇五年の上海嘉泰拍売有限公司「北山楼文房珍蔵専輯」から主に詞に関する書籍のみ転載する。数字は売り立て番号である。

一七五三　周密原輯、査為仁、厲鶚同箋『絶妙好詞箋七巻』清乾隆戊辰精刻本二冊
一七五四　呉鼒著『百萼紅詞』清道光刻本一冊
一七五五　余煌『詞鯖』清道光刻本一冊
一七五六　方回撰『瀛奎律髓』清康熙黄葉邨荘重校刻本九冊
一七五七　万樹『詞律』清康熙堆絮園刻本六冊
一七五八　高不騫著『羅帬草五巻』清康熙癸亥精刻本一冊
一七五九　郝天挺注『唐詩鼓吹箋注十巻』清康熙刻本五冊
一七六〇　羅黙編『綺蘭室詞選精粋』近代手抄五冊
一七六一　方南堂著、金楷、李堃校『方南堂先生輟耕録序』清道光甲午広陵聚好斎仿宋繕写刻本一冊
一七六二　銭芳標纂『湘瑟詞』清抄本一冊
一七六三　陳本禮等箋注『瓠室四種』（屈辞精義、漢楽府三歌箋注、協律鉤元、急就探奇）清康熙刻本十冊
一七六四　唐・李商隠著、清・屈復箋注『玉渓生詩意八巻』清乾隆写刻本四冊
一七六五　顧安『唐律消夏録五巻』（又名、唐詩消夏録）清乾隆写刻本二冊
一七六六　『馬如飛時調開篇』清光緒刻本一冊

一七六七　何其章等『七楡草堂詞等四種』（蕉心詞、憶江南館詞、鉄笛詞、七楡草堂詞等四種）清刻本一冊
一七六八　陳允平著、秦恩復校録『日湖漁唱』清道光己丑刻本一冊
一七六九　項鴻祚『憶雲詞』清道光刻本一冊
一七七〇　范成大等『宋金詞七種』（和石湖詞、菊軒楽府、東浦詞、謂川居士詞、初寮詞、空同詞、和稼翁詞）
清影汲古閣本一冊
一七七一　趙我佩『碧桃館詞』清咸豊戊午精刊
一七七二　姜夔『白石道人歌曲』清抄本一冊
一七七三　邵章『雲淙琴趣』民国庚午刊本二冊
一七七四　雪蓑漁隠等撰『青楼集』（青楼集、極橋雑記、呉門画舫録）清刻本一冊
一七七五　陳其泰編『宮閨百詠』清道光乙巳桐華鳳閣刻二冊
一七七六　張鳴珂『寒松閣詞』清光緒十年江西書局刻本一冊

詞学の用語
――『詞学名詞釈義』訳注――
平成二十二年三月二十五日　発行
著　者　施　蟄　存
訳注者　宋　詞　研　究　会
発行者　石　坂　叡　志
整版印刷　富　士　リ　プ　ロ　㈱
発行所　汲　古　書　院
〒102-0072 東京都千代田区飯田橋二-五-四
電　話　〇三（三二六五）九七六四
FAX　〇三（三二二二）一八四五
ISBN978-4-7629-2876-5　C3098

【著者紹介】

施蟄存（し　ちつそん、1905 ～ 2003）

本名施徳普、浙江省杭州の人。中学生の頃から小説や雑文を発表し、後にモダニズム、新感覚派の重要な作家となった。小説集に『将軍底頭』（1922）、『梅雨之夕』（1933）、散文集に『待旦録』（1947）、『沙上的脚迹』（1995）等がある。

1952 年からは華東師範大学の教授をつとめ、外国文学の翻訳紹介と中国古典文学研究に力を注いだ。詞に関する編著書には『詞学名詞釈義』の他に、『詞籍序跋萃編』（中国社会科学出版社、1994）、『宋元詞話』（陳如江との共編、上海書店出版社、1999）等がある。また雑誌『詞学』（華東師範大学出版社）の主編・名誉主編を長くつとめた。

施蟄存氏の詞学については、林玫儀「施蟄存先生的詞学研究」（『文学世紀』第三巻十期「施蟄存先生百歳専輯」所収、2003）参照。『世紀老人的話：施蟄存巻』（遼寧教育出版社、2003）に年譜が編まれている。小説の翻訳には西野由希子訳「梅雨の夕べ」（原題「梅雨之夕」、芦田肇主編『中国現代文学珠玉選　小説 1』所収、二玄社、2000）などが、また散文の邦訳書としては青野繁治訳『砂の上の足跡―或る中国モダニズム作家の回想（大阪外国語大学学術研究双書 22）』（大阪外国語大学学術出版委員会、1999）がある。

【訳者紹介】（五十音順）

明木茂夫（あけぎ　しげお）、1962 年生、中京大学国際教養学部教授。「六、琴趣外篇」「二十、犯」「二十二、自度曲・自製曲・自過腔」担当。

池田智幸（いけだ　ともゆき）、1971 年生、京都両洋高等学校非常勤講師。「八、令・引・近・慢」「十、闋」担当。

小田美和子（おだ　みわこ）、1961 年生、宮城教育大学教育学部准教授。「二、雅詞」「九、大詞・小詞」「十六、減字・偸声」「十七、攤破・添字」「十九、遍・序・歌頭・曲破・中腔」担当。

神部明果（かんべ　あすか）、1984 年生、お茶の水女子大学博士前期課程在籍。「二十四、詞題・詞序」担当。

澤崎久和(さわざき　ひさかず)、1955年生、福井大学教育地域科学部教授。「十三、換頭・過片・么」担当。

萩原正樹（はぎわら　まさき）、1961年生、立命館大学文学部教授。「引言」「一、詞」「四、近体楽府」「五、寓声楽府」「十二、双調・重頭・双曳頭」「参考年表」担当。

藤原祐子（ふじわら　ゆうこ）、1978年生、龍谷大学非常勤講師。「十一、変・徧・遍・片・段・畳」担当。

保苅佳昭（ほかり　よしあき）、1959年生、日本大学商学部教授。「二十三、領字」担当。

松尾肇子（まつお　はつこ）、1959年生、東海学園大学人文学部准教授。「三、長短句」「二十一、塡腔・塡詞」「二十五、南詞・南楽」「引用書目」「引用詞籍解題」「異同表」担当。

村越貴代美（むらこし　きよみ）、1962年生、慶應義塾大学経済学部教授。「七、詩余」「十四、拍」「十五、促拍」「十八、転調」「引用詞人詞学者小伝」担当。

人名索引

ア行

カ行

サ行

タ行

ワ行

書名・篇名索引

本文中にその書名や篇名が明記されていない場合は頁数横に＊印を附した。

タ行

詞牌索引

タ行

語彙索引

その頁にみえる条名にその項目が含まれている場合は頁数を太字で示し、その条内の同じ項目は省略した。

タ行

参考年表

唐（618～907）	玄宗	開元1（713）	このころ沈佺期（?～）没。
		天宝4（745）	楊太真、貴妃となる。
		天宝14（755）	安禄山の乱。
	粛宗	乾元2（759）	王維（699～）没。
		宝応1（762）	李白（701～）没。
	代宗	大暦5（770）	杜甫（712～）没。
	徳宗	貞元8（792）	このころ韋応物（737～）没。
	敬宗	長慶4（824）	韓愈（768～）没。
	文宗	太和5（831）	元稹（779～）没。
	武宗	会昌2（842）	劉禹錫（772～）没。
		会昌6（846）	白居易（772～）没。
	宣宗	大中6（852）	杜牧（803～）没。
		大中12（858）	李商隠（813～）没。
	懿宗	咸通11（870）	温庭筠（812～）没。
	僖宗	乾符2（875）	黄巣の乱。
	哀帝	天祐4（907）	唐滅亡。
五代（907～960）	（前蜀）高祖	武成3（910）	韋荘（836～）没。
	（後梁）末帝	乾化4（914）	このころ韓偓（842?～）没。
	（前蜀）後主	乾徳2（920）	このころ牛嶠（850?～）没。
	（前蜀）後主	咸康1（925）	魏承班（?～）没。
	（後唐）荘宗	同光4（926）	李存勗（荘宗）（885～）没。
	（後蜀）後主	広政3（940）	趙崇祚編『花間集』。
	（後周）世宗	顕徳2（955）	和凝（898～）没。
北宋（960～1127）	太祖	建隆1（960）	馮延巳（903～）没。
		建隆2（961）	李璟（南唐中主）（916～）没。
		乾徳6（968）	孫光憲（900～）没。
		開宝4（971）	欧陽炯（896～）没。
	太宗	太平興国3（978）	李煜（南唐後主）（937～）没。
	仁宗	天聖6（1028）	林逋（967～）没。
		皇祐1（1049）	葉清臣（1003～）没。
		至和2（1055）	晏殊（991～）没。
			このころ柳永（987?～）没。
	神宗	熙寧2（1069）	王安石の改革はじまる。
		熙寧5（1072）	欧陽脩（1007～）没。
		熙寧9（1076）	王雱（1044～）没。
		元豊1（1078）	張先（990～）没。
		元豊8（1085）	司馬光、宰相となる。元祐の治。
	哲宗	元祐1（1086）	司馬光（1019～）没。
			王安石（1021～）没。
		紹聖3（1096）	沈括（1032～）没。
		元符3（1100）	秦観（1049～）没。

	徽宗	建中靖国 1（1101）	蘇軾（1036～）没。 陳師道（1053～）没。
		崇寧 4（1105）	黄庭堅（1045～）没。
		崇寧 5（1106）	このころ晏幾道（1030?～）没。
		大観 4（1110）	晁補之（1053～）没。
		政和 3（1113）	晁端礼（1046～）没。
		政和 4（1114）	張耒（1054～）没。
		政和 5（1115）	金建国。
		政和 7（1117）	このころ李之儀（1048～）没。
		宣和 3（1121）	周邦彦（1056～）没。
		宣和 6（1124）	このころ毛滂（1060～）没。
		宣和 7（1125）	賀鋳（1052～）没。
南宋（1127～1279）	高宗	建炎 1（1126）	趙佶（徽宗）・趙桓（欽宗）、金にとらえられる。
		建炎 3（1129）	黄大輿編『梅苑』。
		紹興 4（1134）	邵伯温（1057～）没。 王安中（1075～）没。
		紹興 5（1135）	趙佶（徽宗）（1082～）没。
		紹興 8（1138）	陳与義（1090～）没。
		（金）皇統 2（1142）	呉激（?～）没。
		紹興 16（1146）	曾慥編『楽府雅詞』。
		紹興 18（1148）	葉夢得（1077～）没。 高登（?～）没。
		紹興 19（1149）	このころ王灼『碧鶏漫志』。
		紹興 24（1154）	このころ以前に鮦陽居士『復雅歌詞』。
		紹興 25（1155）	このころ李清照（1084～）没。 周紫芝（1082～）没。 洪皓（1088～）没。
		紹興 26（1156）	蔡伸（1088～）没。
		（金）正隆 4（1159）	蔡松年（1107～）没。
	孝宗	乾道 5（1169）	張孝祥（1132～）没。
		乾道 6（1170）	このころ張元幹（1091～）没。
		乾道 7（1171）	楊无咎（1097～）没。 王十朋（1112～）没。
		淳熙 1（1174）	曹勛（1098～）没。
		淳熙 2（1175）	趙彦端（1121～）没。
		淳熙 7（1180）	曾覿（1109～）没。
		淳熙 16（1189）	廖行之（1137～）没。

	光宗	紹熙 4（1193）	范成大（1126～）没。
		紹熙 5（1194）	陳亮（1143～）没。
	寧宗	慶元 6（1200）	このころ以前に『草堂詩余』。
			朱熹（1130～）没。
		嘉泰 4（1204）	周必大（1126～）没。
		開禧 2（1206）	楊万里（1127～）没。
			劉過（1154～）没。
		開禧 3（1207）	辛棄疾（1140～）没。
		嘉定 2（1209）	陸游（1125～）没。
		嘉定 14（1221）	このころ姜夔（1155～）没。
	理宗	（金）正大 7（1230）	許古（1157～）没。
		端平 1（1234）	金滅亡。
		淳祐 9（1249）	黄昇編『花庵詞選』。
		宝祐 4（1256）	趙以夫（1189～）没。
		宝祐 5（1257）	元好問（1190～）没。
		宝祐 6（1258）	このころ陳振孫『直斎書録解題』。
		景定 1（1260）	このころ呉文英（1200?～）没。
		景定 3（1262）	陳振孫（1181～）没。
			呉潜（1196～）没。
	度宗	咸淳 5（1269）	劉克荘（1187～）没。
	衛王	祥興 2（1279）	南宋滅亡。
元（1260～1368）	世祖	至元 17（1280）	このころ陳允平（1205?～）没。
		至元 20（1283）	文天祥（1236～）没。
	成宗	大徳 1（1297）	劉辰翁（1232～）没。
		大徳 2（1298）	周密（1232～）没。
		大徳 8（1304）	王惲（1228～）没。
		大徳 11（1307）	白樸（1226～）没。
	仁宗	延祐 6（1319）	このころ張炎（1248～）没。
	順帝	至元 6（1340）	陸文圭（1256～）没。
		至正 4（1344）	宋褧（1292～）没。
		至正 9（1349）	このころ陸行直（1275～）没。
		至正 17（1357）	欧陽玄（1273～）没。
明（1368～1644）	太祖	洪武 1（1368）	明建国。
			張翥（1287～）没。
	英宗	正統 6（1441）	呉訥『百家詞』。
	武宗	正徳 11（1516）	李東陽（1447～）没。
	世宗	嘉靖 27（1548）	夏言（1483～）没。
		嘉靖 29（1550）	顧従敬編『類編草堂詩余』。
		嘉靖 38（1559）	楊慎（1488～）没。

	神宗	万暦 15（1587） 万暦 18（1590） 万暦 44（1616）	陳耀文編『花草粋編』。 王世貞（1526 〜）没。 後金（清）建国。
	毅宗	崇禎 3（1630） 崇禎 17（1644）	毛晋『宋六十名家詞』。 毅宗（崇禎帝）自殺。清、北京に遷都。
清（1616 〜 1912）	世祖	順治 16（1659）	毛晋（1598 〜）没。
	聖祖	康熙 9（1670） 康熙 16（1677） 康熙 17（1678） 康熙 21（1682） 康熙 26（1687） 康熙 27（1688） 康熙 46（1707） 康熙 48（1709） 康熙 54（1715）	沈謙（1620 〜）没。 劉体仁（1612 〜）没。 孫黙（1613 〜）没。 朱彝尊『詞綜』。 陳維崧（1625 〜）没。 万樹編『詞律』。 万樹（1630? 〜）没。 『歴代詩余』。 朱彝尊（1629 〜）没。 『詞譜』。
	世宗	雍正 4（1726）	汪森（1653 〜）没。
	高宗	乾隆 17（1752） 乾隆 40（1775）	厲鶚（1692 〜）没。 張宗橚（? 〜）没。
	宣宗	道光 19（1839） 道光 20（1840） 道光 30（1850）	周済（1781 〜）没。 阿片戦争おこる。 太平天国の乱おこる。
	文宗	咸豊 6（1856） 咸豊 10（1860）	戈載（1786 〜）没。 宋翔鳳（1776 〜）没。
	穆宗	同治 1（1862） 同治 3（1864）	周之琦（1782 〜）没。 姚燮（1805 〜）没。
	徳宗	光緒 2（1876） 光緒 7（1881） 光緒 20（1894） 光緒 30（1904） 光緒 34（1908）	このころ顧春（1799 〜）没。 劉熙載（1813 〜）没。 杜文瀾（1815 〜）没。 日清戦争おこる。 王鵬運（1848 〜）没。 王国維『人間詞話』。
	宣統帝	宣統 3（1911）	辛亥革命。清滅亡。
中華民国（1912 〜 1949）		民国 7（1918） 民国 13（1924） 民国 15（1926） 民国 16（1927） 民国 20（1931） 民国 24・5(1935・6) 民国 28（1939） 民国 29（1940）	鄭文焯（1856 〜）没。 呉昌綬（1867 〜）没。 況周頤（1859 〜）没。 胡雲翼『宋詞研究』。 王国維（1877 〜）没。 朱祖謀（1857 〜）没。 施蟄存校点『宋六十名家詞』。 呉梅（1884 〜）没。 唐圭璋編『全宋詞』初版。

中華人民共和国（1949～）		1953	邵章（1874～）没。
			夏敬観（1875～）没。
		1956	林大椿（1881～）没。
		1965	唐圭璋編『全宋詞』増訂初版。
			趙尊岳（1898～）没。
			胡雲翼（1906～）没。
		1966	龍楡生（1902～）没。
		1967	詹安泰（1902～）没。
		1969	王仲聞（1902～）没。
		1979	唐圭璋編『全金元詞』初版。
		1980	趙万里（1905～）没。
		1981	雑誌『詞学』創刊。
		1986	夏承燾（1900～）没。
			呉世昌（1908～）没。
		1988	施蟄存『詞学名詞釈義』。
		1990	兪平伯（1900～）没。
			唐圭璋（1901～）没。
		1991	任訥（1897～）没。
		1994	繆鉞（1904～）没。
			宛敏灝（1906～）没。
			施蟄存編『詞籍序跋萃編』。
		1999	曾昭岷等編『全唐五代詞』。
			唐圭璋編『全宋詞』改版重印。
			施蟄存等編『宋元詞話』。
		2000	唐圭璋編『全金元詞』重印。
		2003	施蟄存（1905～）没。

※本参考年表では、本文中に見える人名、事項のほか、その他の詞学関係の人名、書名や歴史事項についても記載した。

異 同 表

一、本異同表は、訳注の底本とした文史知識文庫『詞学名詞釈義』(中華書局、1988年)と、同書2004年第3次印刷本、雑誌連載時の初出、および『唐宋詞鑑賞辞典』附録との異同を示すものである。

二、各篇の雑誌掲載時の初出は次のとおり。文史知識編輯部編『文史知識』(中華書局)および文芸理論研究編輯委員会『文芸理論研究』(華東師範大学中文系)を調査した。『文史知識』では「詞学名詞解釈」として連載された。なお、初出を確認できなかった篇もあり、それらについては読者諸氏のご教示をお願いする。

「二、雅詞」:『文史知識』第六期、1984年
「三、長短句」:『文史知識』第五期、1984年
「四、近体楽府」「五、寓声楽府」:『文史知識』第七期、1984年
「六、琴趣外篇」:『文史知識』第八期、1984年
「七、詩余」:『文芸理論研究』1982年第一期(総第八期)
「八、令・引・近・慢」:『文史知識』第十期、1984年
「十、闋」:『文史知識』第八期、1984年
「十一、変・徧・遍・片・段・畳」:『文史知識』第十一期、1984年
「十二、双調・重頭・双曳頭」:『文史知識』第十二期、1984年
「十三、換頭・過片・么」:『文史知識』第二期、1985年
「十四、拍(一)(二)」:『文史知識』第四期、1985年
「十六、減字・偸声」:『文史知識』第五期、1985年
「十七、攤破・添字」:『文史知識』第七期、1985年
「十九、遍・序・歌頭・曲破・中腔」:『文史知識』第十一期、1985年
「二十一、塡腔・塡詞」:『文史知識』第二期、1986年
「二十二、自度曲・自製曲・自過腔」:『文史知識』第十二期、1985年

三、『唐宋詞鑑賞辞典 南宋・遼・金巻』(上海辞書出版社、1988年)の附録「詞学名詞解釈」は『詞学名詞釈義』本文を簡略化した別版である。またこの「詞学名詞解釈」は、「唐・五代・北宋巻」と合冊の『袖珍唐宋詞鑑賞辞典』(上海辞書出版社、2003年)にも附録されている。その掲載順は次のとおり。「雅

詞」「長短句」「近体楽府」「寓声楽府」「琴趣外篇」「詩余」「南詞・南楽」「大詞・小詞」「詞題・詞序」「塡腔・塡詞」「自度曲・自製曲・自過腔」「闋」「令・引・近・慢」「双調・重頭・双曳頭」「変・徧・遍・片・段・畳」「換頭・過片・么」「領字〔虚字・襯字〕」「拍(1)(2)」「減字偸声」「攤破・添字」「促拍」「転調」「犯」「遍・序・歌頭・曲破・中腔」

四、底本は簡体字であるが、常用漢字に置き替えた。

p.47/16-48/3は、47ページの第16行から48ページの第3行を意味する。項目名の行は含まず、行間隔の広い行も一行に数えない。また空欄は、底本に同じであることを意味する。「〈省略〉」は、底本の当該箇所をこのテキストでは脱する、の意である。

『詞学名詞釈義』異同表							
		文史知識文庫			初出	唐宋詞鑑賞辞典附録	
No.	項目	1988年初版(底本)		2004年版	『文史知識』or『文芸理論研究』	南宋・遼・金巻	袖珍版
		出現箇所	該当本文	本文	本文	本文	本文
1	詞	p.2/4	都只有歌詞的意義還是	都只有歌詞的意義，還是	〈本項無し〉	〈本項無し〉	〈本項無し〉
		p.2/7	它們的句法和音節更能便于作曲	它們的句法和音節更便于作曲			
		p.2/25	作為詩的剩餘産物	作為詩的剩余産物			
2	雅詞	p.5/2-3	黄昇在《花庵詞選》中		黄昇編在《花庵詞選》中『文史』	黄昇編在《花庵詞選》中	
		p.5/11	以大晟府楽插之教坊		以大晟府楽播之教坊『文史』	以大晟府楽播之教坊	〈同左〉
		p.5/21	《介庵雅詞》			《介廟雅詞》	
		p.5/24	“詩余”這个名詞	“詩餘”這个名詞			“詩餘”這个名詞
3	長短句	p.7/1	……是“詞的別名”。或者	……是“詞的別名”，或者			
		p.7/1-2	象《出師表》	像《出師表》			像《出師表》
		p.8/2	《題楊无咎墨梅巻子》				《題揚无咎墨梅巻子》

『詞学名詞釈義』異同表							
		文史知識文庫			初出	唐宋詞鑑賞辞典附録	
No.	項目	1988年初版(底本)		2004年版	『文史知識』or『文芸理論研究』	南宋・遼・金巻	袖珍版
		出現箇所	該当本文	本文	本文	本文	本文
3	長短句	p.8/13	《唐音癸簽》		《唐音癸籖》『文史』		
		p.8/21	漸変成長短句				漸変為長短句
		p.8/25	五代時的“曲子詞”，或南宋時的			五代時的“曲子詞”或南宋時的	〈同左〉
		p.9/1	試続南部諸賢緒余，作五七字語，			試続南部諸賢緒余。作五七字語，	〈同左〉
		p.9/2	期以自誤。		期以自娯。『文史』	期以自娯。	〈同左〉
		p.10/11	而不是象東坡	而不是像東坡			而不是像東坡
4	近体楽府	p.11/2-3	従其意義来～或曰“但歌”。			〈省略〉	〈同左〉
		p.11/7	魏晋以后～楽曲配詞，			〈省略〉	〈同左〉
		p.11/8	楽曲早已～流行了，			〈省略〉	〈同左〉
		p.12/2	河満子			何満子	〈同左〉
5	寓声楽府	p.13/3-4	賀方回所創造		賀方回創造『文史』		
		p.14/9-14	拠《直斎書録》所言～无可考索。			〈省略〉	〈同左〉
		p.14/11	元人李治	元人李冶		〈省略〉	〈同左〉
		p.14/16-19	此本曾在～《東山詞》的上半部。			〈省略〉	〈同左〉
		p.14/21-15/4	其詞也有～従這些情況看来，			〈省略〉	〈同左〉
		p.15/9-10	以残宋本《東山詞》上巻下巻。	以残宋本《東山詞》上巻為下巻。	以残宋本《東山詞》上巻為下巻。『文史』	以残宋本《東山詞》上巻為下巻。	〈同左〉

『詞学名詞釈義』異同表							
		文史知識文庫			初出	唐宋詞鑑賞辞典附録	
No.	項目	1988年初版(底本)		2004年版	『文史知識』or『文芸理論研究』	南宋・遼・金巻	袖珍版
		出現箇所	該当本文	本文	本文	本文	本文
6	琴趣外篇	p.17/12-18/6	庾信《昭君辞》云：～聯系到一起的呢？			〈省略〉	〈同左〉
		p.18/11-18	琅琊幽谷，～以辞補之。		“琅琊幽谷，～以辞補之。”『文史』		
		p.19/8-9	蘇東坡這一段話，～対証。			〈省略〉	〈同左〉
		p.19/17-25	可是，毛子晋～《琴趣外篇》呢？			〈省略〉	〈同左〉
		p.20/2-3	則跟着毛子晋的誤解，			則不去研究，	〈同左〉
7	詩余	p.22/16	胡竹坡箋注本		胡竹坡箋註本『文芸』		
		p.23/12-p.33/4	≪草堂詩餘≫的～或楽府的餘波			〈省略〉	〈同左〉
		p.23/15-17	詩餘者，～首著之云。		“詩餘者，～首著之云。”『文芸』		
		p.24/2	《愛園詞話》		《爰園詞話》『文芸』		
		p.24/4-7	詞何以名～，否也。		“詞何以名～，否也。『文芸』		
		p.24/22	詩餘只是亡失了它的楽能，故不能説是“詩余亡”了。	詩餘只是亡失了它的楽能，故不能説是“詩餘亡”了。	詩餘只是亡失了它的楽府功能，故不能説是“詩余亡”了。『文芸』	〈省略〉	〈同左〉
		p.25/3-8	詩者，餘也。～而已矣。		“詩者，餘也。～而已矣。”『文芸』	〈省略〉	〈同左〉
		p.25/23-26/2	自三百而后～皆詩可也。		“自三百而后～皆詩可也。”『文芸』	〈省略〉	〈同左〉

『詞学名詞釈義』異同表							
		文史知識文庫			初出	唐宋詞鑑賞辞典附録	
No.	項目	1988年初版(底本)		2004年版	『文史知識』or『文芸理論研究』	南宋・遼・金巻	袖珍版
		出現箇所	該当本文	本文	本文	本文	本文
7	詩余	p.26/6-15	自有詩而～殆非通論矣。		"自有詩而～殆非通論矣。"『文芸』	〈省略〉	〈同左〉
		p.26/18	《南風》、《五子》、《周頌》、漢楽府,		《南風》、《五子》、周頌、漢楽府,『文芸』	〈省略〉	〈同左〉
		p.26/19	与兪愛相同,	与兪彦相同,	与兪爰相同,『文芸』	〈省略〉	〈同左〉
		p.27/9-15	詞非詩之餘,～詩之源也。		"詞非詩之餘, ～詩之源也。"『文芸』	〈省略〉	〈同左〉
		p.27/12	被之管弦,		被之管絃,『文芸理論研究』	〈省略〉	〈同左〉
		p.27/13	后有古体,		后有古体,,『文芸』	〈省略〉	〈同左〉
		p.27/20	"乃詩之源也"。		"乃詩之源也。"『文芸』	〈省略〉	〈同左〉
		p.27/24-28/6	詞肇于唐,～従沈去矜氏旧也。		"詞肇于唐, ～従沈去矜氏旧也。"『文芸』	〈省略〉	〈同左〉
		p.29/3-7	謂之詩餘者,～曰詩餘。		"謂之詩餘者, ～曰詩餘。"『文芸』	〈省略〉	〈同左〉
		p.29/12-19	詩餘一名,～希図塞貴。		"詩餘一名, ～希図塞貴。"『文芸』	〈省略〉	〈同左〉
		p.29/13	残鱗剰爪		残鱗賸爪『文芸』	〈省略〉	〈同左〉
		p.30/4-7	詩餘之"餘",作贏餘之"餘"解。～夕付管弦～詩之剰義,則誤解此"餘"字矣。		"詩餘之'餘',作贏餘之'餘'解。～夕付管絃～詩之賸義,則誤解此'餘'字矣。"『文芸』	〈省略〉	〈同左〉
		p.30/11	"詩之剰義"		"詩之賸義"『文芸』	〈省略〉	〈同左〉
		p.31/6-9	晏叔原～少師報書云:"得新詞～老吏之望。"		"晏叔原～少師報書云:'得新詞～老吏之望。'"『文芸』	〈省略〉	〈同左〉

『詞学名詞釈義』異同表							
		文史知識文庫			初出	唐宋詞鑑賞辞典附録	
No.	項目	1988年初版(底本)		2004年版	『文史知識』or『文芸理論研究』	南宋・遼・金巻	袖珍版
		出現箇所	該当本文	本文	本文	本文	本文
7	詩余	p.31/13-15	昔晏叔原～已兼之。		“昔晏叔原～已兼之。”『文芸』	〈省略〉	〈同左〉
		p.32/12	凌歴騒雅		凌厲騒雅『文芸』	〈省略〉	〈同左〉
		p.32/15-16	陳无己		陳无已『文芸』	〈省略〉	〈同左〉
		項目末			1964年文言稿,1981年11月改為語体。『文芸』		
8	令・引・近・慢	全体	5箇所の「引伸」と1箇所の「引而伸」	5箇所中4箇所が「引申」			
		p.34/13	“牙籌記令紅螺盌”	“牙籌記令紅螺碗”		“牙籌記令紅螺椀”	〈同左〉
		p.36/1-14	詞調中還有～是一是二,均未可論定。			〈省略〉	〈同左〉
		p.37/8	纍纍乎	累累乎		累累乎	〈同左〉
9	大詞・小詞	p.38/6	先須工間架		〈本項無し〉	先須立間架	〈同左〉
		P.38/6-7	中間只鋪叙。過処要請新,			中間只鋪叙,過処要請新,	〈同左〉
		p.38/12	蔡嵩云注			蔡嵩雲注	〈同左〉
		p.38/13-15	云:“按宋代～則曰中調。“	云:“按宋代～則曰中調。”			
10	関	p.40/18	双曳頭的慢詞		双拽頭的慢詞『文史』	双拽頭的慢詞	〈同左〉
		p.40/19	可以称為上下関,或曰前后関。			可以称為上下関。或曰前后関。	〈同左〉
		p.41/11	“塵箋蠹管		“塵箋蠹管『文史』	“塵箋蠹管	〈同左〉

『詞学名詞釈義』異同表							
		文史知識文庫			初出	唐宋詞鑑賞辞典附録	
No.	項目	1988年初版（底本）		2004年版	『文史知識』or『文芸理論研究』	南宋・遼・金巻	袖珍版
		出現箇所	該当本文	本文	本文	本文	本文
11	変・偏・遍・片・段・畳	p.43/13-16	王灼《碧鶏漫志》～這様的名称。			〈省略〉	
		p.43/21	前遍、后遍，或称前段，后段。	前遍、后遍，或称前段、后段。			
		p.44/7-11	周紫芝浣渓沙詞序云……是錯了。			〈省略〉	
12	双調・重頭・双曳頭	p.45/1	汲古閣刻	汲古閣刻本			
		p.45/4-8	呉子律的～表示同意。			〈省略〉	〈同左〉
		p.45/10	“称為“重頭”。	称為“重頭”。	称為“重頭”。『文史』	称為“重頭”。	〈同左〉
		p.45/17	按“桂花明”	按“桂華明”			
		p.46/23	説過，還没有		説過還没有『文史』		
		p.47/16-48/3	可知徐氏～這却錯了。			〈省略〉	〈同左〉
		p.47/20	属正平調。		属平正調。『文史』		〈同左〉
		p.48/3	謂之双曳頭。”這却錯了。	謂之双曳頭”，這却錯了。			〈同左〉
		p.48/9-12	至于鄭氏～“失之疏也”。			〈省略〉	〈同左〉
13	換頭・過片・么	p.50/4	一曰護腰，一曰相承			二曰護腰，三曰相承	
		p.50/5	他説：“第一句頭			他説：第一句頭	
		p.50/5-6	第一句頭二字平声，～第三句頭両句仍用			第一句頭両字平声，～第三句頭両字仍用	〈同左〉

『詞学名詞釈義』異同表							
		文史知識文庫			初出	唐宋詞鑑賞辞典附録	
No.	項目	1988 年初版(底本)		2004 年版	『文史知識』or『文芸理論研究』	南宋・遼・金巻	袖珍版
		出現箇所	該当本文	本文	本文	本文	本文
13	換頭・過片・么	p.50/10	双換頭也。”拋此			双換頭也。拋此	
		p.50/22	則遅其声以媚之”。			則遅其声以媚”。	〈同左〉
		p.50/25	過度到下遍				過渡到下遍
		p.51/9-10	例如上文所引～，没有下遍。			〈省略〉	〈同左〉
		p.52/13-18	况氏一代詞家，～没有相似之処。			〈省略〉	〈同左〉
		p.52/19-23	我曾見許穆堂～就是換頭或下遍。			〈省略〉	〈同左〉
14	拍	p.55/2-5	姜百十作徴招詞，～開頭二句相同。			〈省略〉	〈同左〉
		p.55/16	現在将三台及蘭陵王二詞			現在将蘭陵王詞	〈同左〉
		p.55/23-56/6	《碧鶏漫志》又有～新出的曲子。			〈省略〉	〈同左〉
		p.56/22-57/12	附：三台句拍～使声字悠揚”之意。			〈省略〉	〈同左〉
		p.57/1	朝野多歓遍九陌	朝野多歓 ,/ 遍九陌		〈省略〉	〈同左〉
15	促拍	異同無し			〈本項無し〉		
16	減字・偸声	p.63 標目	減字・偸声		減字偸声『文史』	減字偸声	〈同左〉
		p.63/16	它就象一首七言詩	它就像一首七言詩			它就像一首七言詩

『詞学名詞釈義』異同表							
		文史知識文庫			初出	唐宋詞鑑賞辞典附録	
No.	項目	1988年初版（底本）		2004年版	『文史知識』or『文芸理論研究』	南宋・遼・金巻	袖珍版
		出現箇所	該当本文	本文	本文	本文	本文
16	減字・偸声	p.63/16-64/4	温飛卿詩～被識為是一首詞了。			＜省略＞	＜同左＞
		p.64/16	靜	静	静『文史』	静	＜同左＞
		p.65/2	但是我們現在不談～要講的事,			＜省略＞	＜同左＞
		p.65/5	鞦韆	秋千	鞦韆『文史』	秋千	＜同左＞
		p.65/17	爭	争	争『文史』	争	＜同左＞
17	攤破・添字	p.67/14	見《草堂詩餘》		見《草堂詩余》『文史』	見《草堂詩余》	＜同左＞
		p.68/19	浣沙溪這个調名			浣溪沙這个調名	
		p.68/22-69/2	南唐中主李璟的～改名為攤破浣溪沙。			＜省略＞	＜同左＞
		p.69/5-12	万樹《詞律》云：～称之為添字浣溪沙了。			＜省略＞	＜同左＞
		p.69/7	‘細雨’, ‘小楼’二句	‘細雨’、‘小楼’二句			＜同左＞
18	転調	異同無し			＜本項無し＞		
19	遍・序・歌頭・曲破・中腔	p.72/16	蘇東坡詞南柯子云：～《草堂詩餘》注云：		蘇東坡詞《南柯子》云：～《草堂詩余》注云：『文史』	蘇東坡詞《南柯子》云：～《草堂詩余》注云：	＜同左＞

『詞学名詞釈義』異同表							
		文史知識文庫			初出	唐宋詞鑑賞辞典附録	
No.	項目	1988年初版(底本)		2004年版	『文史知識』or『文芸理論研究』	南宋・遼・金巻	袖珍版
		出現箇所	該当本文	本文	本文	本文	本文
19	遍・序・歌頭・曲破・中腔	p.73/20-23	張祜有《悖拏児舞》～大約是胡人名字。			〈省略〉	〈同左〉
		p.73/23	晏小山詞云			晏殊詞云	〈同左〉
		p.74/1-2	張祜《琵琶》～是抜声。"			〈省略〉	
		p.74/2	這都是形容			這是形容	〈同左〉
		p.74/4-7	李后主曾作～"琵琶独弾曲破"十五曲。			〈省略〉	
		p.74/7	《万歳月梁州曲破》			《万歳月凉州曲破》	〈同左〉
		p.74/8	《斉天楽曲破》,"降黄龍曲破"、"万花新曲破",	《斉天楽曲破》、《降黄龍曲破》、《万花新曲破》。	《斉天楽曲破》"降黄龍曲破"、"万花新曲破",『文史』		〈同左〉
		p.74/9	"薄媚曲破"	《薄媚曲破》			〈同左〉
		p.74/10	"万歳月凉州曲破"	《万歳月凉州曲破》			
		p.74/14	小会曲			小令曲	〈同左〉
		p.74/18	注得雖然不够明白,			雖然未説明白,	〈同左〉
		p.74/20	《征招調中腔》			《徴招調中腔》	〈同左〉
		p.75/3	考	考。	考。『文史』	考。	〈同左〉
20	犯	p.78/2	而名之。"	而名之。	〈本項無し〉	〈省略〉	〈同左〉
		p.78/1-24	柳(永)詞醉蓬萊,～并不包括句法相犯。			〈省略〉	〈同左〉

『詞学名詞釈義』異同表

		文史知識文庫			初出	唐宋詞鑑賞辞典附録	
No.	項目	1988年初版（底本）		2004年版	『文史知識』or『文芸理論研究』	南宋・遼・金巻	袖珍版
		出現箇所	該当本文	本文	本文	本文	本文
21	填腔・填詞	p.80/1	謂楽府有“因声以度詞，			謂楽府，“因声以度詞，	〈同左〉
		p.80/6-9	《宋書·楽志》云：……楽曲的関系。			〈省略〉	〈同左〉
		p.80/15-17	張文潜序賀方回詞云：……皆可歌也。			〈省略〉	〈同左〉
		p.81/6-9	可是，顔師古注云：～偸唱呢？			〈省略〉	〈同左〉
		p.81/12	《漢書·元帝紀》謂～窮極窈眇			《漢書·元帝紀》謂～窮極窈眇	〈同左〉
		p.81/21-23	方成培《詞麈》～未免片面。			〈省略〉	〈同左〉
		p.81/24	這些文学形式的			文学形式的	〈同左〉
		p.81/25-82/1	唐代的～先有詩、后有曲調；宋代的～先有曲調，后有詞。	唐代的～先有詩、后有曲調；宋代的～先有曲調、后有詞。		唐代的～先有詩，后有曲調；宋代的～先有曲調，后有詞。	〈同左〉
		p.82/4-6	一个曲調的～失律、犯調。			〈省略〉	〈同左〉
		p.82/18-20	楊守斎～非懂音律不可。			〈省略〉	〈同左〉

『詞学名詞釈義』異同表							
		文史知識文庫			初出	唐宋詞鑑賞辞典附録	
No.	項目	1988年初版(底本)		2004年版	『文史知識』or『文芸理論研究』	南宋・遼・金巻	袖珍版
		出現箇所	該当本文	本文	本文	本文	本文
22	自度曲・自製曲・自過腔	p.84/7-9	按：応劭以此“度”字～即今“鐸”字音,			〈省略〉	〈同左〉
		p.85/18-19	伝于伯固家				伝于伯固定
		p.86/9-10	如白石之湘月，～此理今不伝矣。			〈省略〉	〈同左〉
		p.86/19-20	腔調之不同。可是，周之琦的				腔調之不同。可以，周之琦的
23	領字	p.88/4	‘還有’、		〈本項無し〉	‘還又’、	〈同左〉
		p.88/15-16	在南北曲中，～不宜称為襯字。			〈省略〉	〈同左〉
		p.88 脚注				〈文末注〉	
		p.89/12-13	蔡嵩云			蔡嵩雲	
		p.89/15	塵汙人了	塵污人了		塵污人了	〈同左〉
		p.90/15	青谿看鶴	青溪看鶴		青溪看鶴	〈同左〉
		p.90/20	朝露溥溥				朝露溥溥
24	詞題・詞序	p.92/1	宋人黄玉林(升)説：		〈本項無し〉	宋人黄玉林(昇)説：	〈同左〉
		p.92/14	第一、二階段	第一二階段			
		p.93/12-13	、雁侵云慢，			〈省略〉	〈同左〉
		p.93/18	不得不加再一个題目	不得不再加一个題目			
		p.94/23	味同嚼蠟矣。詞序作詞縁起,			如同嚼蠟矣。詞序序作詞縁起,	〈同左〉

『詞学名詞釈義』異同表							
		文史知識文庫			初出	唐宋詞鑑賞辞典附録	
No.	項目	1988 年初版 (底本)		2004 年版	『文史知識』or『文芸理論研究』	南宋・遼・金巻	袖珍版
		出現箇所	該当本文	本文	本文	本文	本文
25	南詞・南楽	異同無し			〈本項無し〉		